青春无尘

何仁军 著

㈠

CLEAN THE YOUTH ★

青春在电波中绽放
爱情在重逢里粲然

中国言实出版社

图书在版编目（CIP）数据

青春无尘／何仁军著. —北京：中国言实出版社，2016.1

ISBN 978-7-5171-1755-1

Ⅰ.①青… Ⅱ.①何… Ⅲ.①长篇小说－中国－当代 Ⅳ.①I247.5

中国版本图书馆 CIP 数据核字（2016）第 016913 号

责任编辑：郭江妮

出版发行 中国言实出版社

地　址：北京市朝阳区北苑路 180 号加利大厦 5 号楼 105 室

邮　编：100101

编辑部：北京市海淀区北太平庄路甲 1 号

邮　编：100088

电　话：64924853（总编室）　64924716（发行部）

网　址：www.zgyscbs.cn

E-mail：zgyscbs@263.net

经　销 新华书店

印　刷 三河市腾飞印务有限公司

版　次 2016 年 6 月第 1 版　2016 年 6 月第 1 次印刷

规　格 880 毫米×1230 毫米　1/32　11 印张

字　数 253 千字

定　价 36.00 元　ISBN 978-7-5171-1755-1

心若静怡，只在今生

（代序）

文以载道，我不拒真情。美丽的故事就如夜空璀璨的星辰，为爱我所爱者照亮归途。当我和我的战友们带着十八岁的灿烂走进军营，经历三个月的新兵连的生活后，青春的翅膀就如仙霞关朵朵盛开的杜鹃花，充满爱的呢喃。

柳宗元说，文章合为时而著，歌诗合为事而作。这是一部带着浓烈情感的作品，因为我和我的战友们一样，热爱这支部队，对这里的人、山、水，都有真挚的情感。因此在创作中始终以饱满的真情书写这支部队，讴歌那山、那水和那风土人情。

情若相眷，不语也怜惜；爱得炽热，留恋更缠绵。小说中的史云赋和张家驹倾注了我太多的心血。从创作伊始，就想将他们写成大众军人的形象，以便让战友们“对号入座”，找到一份自我的欣喜。因此不断梳理记忆中的点滴，才让他们的形象跃然而出。而对于“那些年我们一起爱过的女孩”的展现，更是以积攒时光的态度，让她们的美丽历久弥新。

天涯海角有穷时，只怨相思无尽处。当时光流逝，蓦然回首，才发现那曾经青春的帐篷里，装着满满的惆怅、欢笑和情爱。有些青春的冲动，虽然单纯、无知，甚至“慌乱”，但它就如高耸云端的江郎山，横看成岭侧成峰，皆发乎于心与真情。

“诗文随世运，无日不趋新。”阳春白雪的爱情故事是许多青春少年的美好憧憬。这部作品我并没有把它当作一本严肃的军旅小说来创作，除去保密工作的需要外，更多的是想通过故事的脉络和人物的情感来展示出战友和兄弟们那份温暖人心的形象。同时，为了表达我对那方热土和乡亲的热爱，在创作中倾注了真挚的情感，对那儿的山水、人物不惜笔墨展现。

不曾邀约，自有一份心安；不说誓言，永远不会再见。眷恋，因懂得而生。岁月是把刀，当窈窕淑女在时光中凋零老去，当英俊少年在岁月中两鬓斑白，惟有一份真情不会变。于是寄情于此来延续那份暖暖的情愫。

目录

CONTENTS

第一章　横生隔阂

心　殇

军列在西南怪石嶙峋的夹缝中喘着粗气奔驰着。山峦两侧的杜鹃花竞相开放，展示着令人窒息的美丽，还有些无名的花儿在霏霏细雨中恣意着青春的美丽……

“张参谋长在想什么？来，喝一口吧。”男中音的话似一股凉风灌入张家驹的后颈，他一回头把心思藏起，露出笑脸蔫答答地说：“在欣赏外面的大好河山。”问话的是一营教导员史云赋，与张家驹是同一个村的发小，一起参军，并驾齐驱一起提干。正因如此，在前进道路上也暗暗较着劲。史云赋从没把张家驹当顶头上司，私下说话总是随性而出。张家驹也没有把史云赋当作属下。然而自从陈菁、陈茵这对双胞胎姐妹出现，他们的关系像春雨花开，变了！

“来吧，喝一口！马上就要见到漂亮媳妇了，久别胜新婚，应该激动才对呀！”史云赋笑着说道。“都老夫老妻了。”史云赋的话戳到张家驹心里如鲠在喉难受，他知道这是虚伪的寒暄甚至觉得史云赋有些不怀好意。“呵呵，可别这么说啊，你们家媳妇我看着是越来越漂亮了。”史云赋说完也邪魅一笑。张家驹挑了挑眉，压抑的情绪瞬间爆发：“史云赋你今天是来找不开心的吧？一边喝你的酒去！”史云赋一愣，莫名其妙地看了张家驹一眼：“怎么了兄弟，我……”“去去去，我没事！”张家驹青筋暴涨，满脸狰狞，挥舞着手不耐烦道。史云赋不知道这是人在绝望中反扑，嘴抽动了下没说出来就气呼呼地兀自向车尾走去。

自卑是人最大的弱点，它会导致嫉妒、多疑、偏激、邪念等。因此人们的情感时常构成悖论：你无意攀附的异性，彼此可以谈笑风生，你倾心爱慕的姑娘，双方却常敬而远之。你真心的话语，却换来愤怒的憎恨。

在绿皮车车厢内，凯旋的L电子对抗大队部队官兵们，或笑谈着在“第四战场”上如何一招制敌将敌方通讯中断，令敌人猝不及防；或笑谈着用两败俱伤，一个“诱饵”，让敌人变成瞎子、聋子的战术。

近不了身便造不了孽。史云赋在张家驹那吃了“苍蝇”，心里也变得怅然若失很不是滋味。看着列车窗外急速倒退的景物，史云赋疲态尽显又想起和张家驹一起到南江大学去担任大学生军训教练员的事。那时他和张家驹刚提干，可谓“春风得意马蹄疾，一日看尽长安花”，满心欣喜。

“陈茵出列！”史云赋威严地命令道。

“你叫我?”陈茵左右看了一下指着自己问道。

“陈茵出列!”史云赋再次命令道。陈茵止住嬉皮笑脸，慢腾腾地走了出来。

“知道我叫你出列的原因吗?”史云赋走到她跟前问道。

“我又不是你肚子里的蛔虫，哪知道你要干什么。”队列中立即哄笑起来，这让第一次担任教官的史云赋很是恼怒。

“都不许笑!”史云赋像被抽了一巴掌般，“那好，现在你重复一下齐步走的要领，五十遍!”“当听到齐步走的口令时，左脚向正前方迈出约75厘米，按照先脚跟后脚掌的顺序着地，同时身体中心前移……”

当陈茵像炒豆子一样流利地背完后，史云赋立即就“涨姿势”了。学生们更是全部以夸张神态对陈茵佩服不已。见大家钦佩的神情，陈茵更加得意洋洋地背诵起来。史云赋顿时如被黑客攻击的电脑，死机了。不过沉默没有持续，一瞬间他就打点好了自己的诧异……

“停停停!”史云赋一连喊了三遍。可是陈茵依然我行我素。直到史云赋有些怒不可遏地冲到她面前，她才一脸无辜地看着他。“你还很犟啊?”“告诉你吧，我在我妈肚子里时就天天受到这样的训练，别说背书了，就是齐步走也不会比你差。”陈茵的“弹幕”之语随即令史云赋更加无地自容。“呦嗬，这么说还小瞧你了，你父母也是军人?”陈茵无视着两手一摊道：“干吗要告诉你，查户口啊!”史云赋又百爪挠心，却噎得说不出话来。

“史云赋你们在干吗呢？吵吵嚷嚷的。”张家驹好奇地跑过来问道：“这小丫头片子嘴巴好厉害，居然和我杠上了。”“本来就厉害，要不我们走个试试?”陈茵满眼敌视，又和张家驹杠上了。史云赋像找到了救星，连忙说：“好呀，你跟我们张排长比一比，听口令！齐步走……”

陈茵的正步阴柔中带着矫健，矫健中带着坚定，张家驹被大家的“呵呵”否定了，他一生遭遇和经历的所有痛苦和福气都这个“呵呵”完结了。于是张家驹转身一路跌宕起伏，一路心碎如麻回到自己的岗位。也就从这一天起，张家驹对陈茵好奇起来。通过旁敲侧击，他得知陈茵是双胞胎，另一个叫陈菁。

这对如花的姐妹除了来到这个世界只差几分钟外，都有着同样的体貌发型，同样清澈明亮的双眸，弯弯的柳眉，长长的睫毛，而白皙无瑕的皮肤透出淡淡红粉，薄薄的双唇如玫瑰花瓣娇嫩欲滴。她们甚至拥有同样的衣服、背包，同样的性格和爱好。

史云赋对这孪生姐妹怦然心动，言行也格外小心谨慎起来。谁知他越是谨慎，陈茵越时不时地故意挑他毛病。直至弄得他脸红脖子粗才肯罢休，但他还是忍了。而陈茵之所以故意弄得他下不了台，就是因为史云赋那浓密的眉，高挺的鼻，厚实的唇，无一不透着她喜欢的样子……

史云赋在陈茵朦胧眼神的一次次“挑衅”下，既激动又害怕。这是他多年来一直渴望和寻找的少女形象。尤其这对姊妹一笑百媚生的样子，令他记忆复苏想起了美少女辛雨。因此每当夜深人静，他便开始在心中向往：倘若有一天娶这样一位妻子回家多幸福。但一向谨小慎微的他并没有行动。他知道陈茵很可能是某个干部子女，和干部子女联姻，在有些人眼中无异于与虎谋皮。因此他暗下决心：先改变自己的高度再说。

而张家驹和史云赋的性格就不一样了，他是“既然琴瑟起，何以笙箫默”的性格。当他探得这对双胞胎姐妹的家庭背景后，如同敏捷的猎豹发现了敌情，迅速发起了攻击。他不仅在走队列时给陈茵开起了小灶，还时不时趁人不注意塞两块巧克力到陈茵的手中。不过这一举动，并没有让陈茵倾心，反而被满口的“冰冷”一巴掌拍的粉碎，更引得同学们哄堂大笑。

教官爱上学员的消息很快传到了史云赋的耳朵里。作为军训的负责人，史云赋虽然知道这位“发小”不会听他的话，但他还是在一个傍晚，苦口婆心地给张家驹来了一个不咸不淡的敲打：“不要看一个人的出身，要看一个人与你结合的可能性，这是婚姻幸福的关键。”张家驹一听就把白眼从北半球转到了南半球，然后用口型回答“智商低级!”转身就走了。史云赋便决定不再管这闲事了。而张家驹觉得，有些事情不是看到希望才去坚持，而是坚持了才能看得到希望。

挣扎于幻想，便有些病入膏肓。军训很快结束了。张家驹在愚蠢中持续着。为了获得陈茵的芳心，每当周末，张家驹便到南江大学去找陈茵。结果，对方像遇到不安好心的黄鼠狼一样，想尽办法避而不见。可张家驹却并不罢休，最后陈茵受不了死缠乱打，选择出国留学。

年少的恋情总是风雨兼程，似乎一切都是最最美好与最最童话的样子令他不能自拔。此路不通，张家驹来了一个急速地向后转，决定托人说媒……

为了迎接战友凯旋，大队留守人员做足了准备。贺村火车站站台上彩旗招展，锣鼓声喧天。凯旋的官兵们个个兴奋得手舞足蹈。张家驹作为大队参谋长第一个从列车上跳了下来，然后健步如飞地向迎接他们的最高首长来了一个标准的军姿敬礼道：“报告政委，电子对抗××大队参加实兵演习顺利返回，请您指示!”徐培尧用他那浑厚的男高音还礼道：“按照作战序列，有序卸载装备。”

张家驹则兴奋地一一与迎接他的战友们握手、拥抱。不知是否过于激动，直到他觉得自己握住的手变得细腻柔软时，才猛然觉醒：队伍中出现了英姿飒爽的女兵。“咱们大队什么时候有女兵了?”崔静看到他惊讶的样子，立即上前报告道，“报告参谋长，她们是刚刚应征到部队的文艺兵。”张家驹定眼一看，发现队伍中十多个身材高挑、长相甜美的女兵，这不禁让他眼前一亮。看着战友们眼中的保护欲望和欣赏之态，张家驹不禁感慨：在充满硬汉气概的军营中，有这样十来朵军花点缀，的确让人心旷神怡。

为了给参加演习的官兵接风洗尘，大队组织留守的连队开展野炊比赛的伙食评比，要求大家各尽所能拿出各炊事员们的看家本领。各连队接到命令后，立即行动起来，大队依山傍水的操场上很快便支起炊具，有的连队还把养了一年多的大肥猪赶了出来……

参加完庆功宴后，头晕晕的张家驹便急切地回家看四岁的女儿张莹。这两年多的离别之苦让他深切体会到了亲人、家人在他心中的意义。一路上他设想着女儿见到他的种种亲昵场景，女儿会不会像小燕子一样飞来，然后稚气地、甜糯糯地叫着“爸爸，爸爸”。在幸福的憧憬中，他很快就走到了家门口，这时才突然发现没给女儿、妻子带礼物。正当犹豫之时，陈菁推门而出差点与他撞个满怀。张家驹以为妻子出来迎接他正不知所措时，陈菁匆忙地说："我去开个会，晚点回来。"便一溜烟走了。这让张家驹的欣喜立即僵持在脸上。

见妻子钻进轿车绝尘而去，张家驹顿时暴跳如雷，真想脱口大骂一句"你××混蛋"！但他在挥手的刹那间又把责骂使劲吞咽了回去。他不想一见面就吵架，更怕惊动岳父母，无奈下他只能狠狠地一拳打在门框上，一股钻心的疼痛让他的愤怒得以缓解。

手被硬物给戳破了，顿时鲜血流了出来。大概女儿张莹听到外面的声音，口中喊着"爸爸"飞跑出门外。张家驹伸手一把将女儿揽进怀中，然后疯狂地亲吻着她的脸，眼泪止不住地流了出来。那一刻，他感觉抱着整个世界。

隐　痛

抱着张莹走进客厅，张家驹发现岳父母都在，他假借跟女儿亲昵，把脸贴在女儿的衣服上轻轻一抹，装作什么也没发生并恰如其分地摆上一个游刃有余的笑容问道："爸妈你们怎么还不休息呀?""这不你宝贝女儿听说你回来，吵着要等你。你回来了，孩子就交给你了。"

"哎呀，我们莹莹太乖了，爸爸爱死你了，可爸爸不乖，忘记给你带礼品了怎么办?"张家驹望着乖巧的女儿，真诚对女儿道歉，眸子里满溢欣喜。张莹立刻撅起小嘴道："不要礼物，莹莹只要爸爸！莹莹要爸爸陪我玩，要爸爸喂我吃饭，还要……要爸爸带我去公园。"说完就挣脱下来去拿零食。"你看我这儿有好多好多好吃的，这个是妈妈买的，这个是柳叔叔买的，这个是外公外婆……”说着就剥开一根香蕉往他嘴里喂。

听到张莹说有柳总买的零食，张家驹脸上的笑容一下子僵住了。他知道女儿说的柳叔叔是妻子公司的总经理柳正青。外面就是传说妻子和他有说不清道不明的关系。想到这里，他气不打一处来，对妻子陈菁更加厌恶起来。然而这一切稚气的女儿并不能体会，她依旧缠着张家驹："爸爸你吃呀?""爸爸不想吃，还是你吃吧。"张家驹的话代替了他溢出的泪。

心中波涛汹涌，脸上却要平静如水。张家驹抱起张莹来到卧室收拾换洗的衣服，正当他犹豫着是走还是留时，陈菁推门走了进来。"哎哟，陈总动作迅速，你这是打的歼灭战还是速决战?"面对张家驹揶揄和怀疑的眼神，陈菁知道他在想什么，因此并不生气地回答："他们说太晚了，明天一早再开会。"

"不对吧，陈总！是我回来的不是时候，坏了你的好事吧?"张家驹满含讽刺的话把陈菁彻底激怒了："你今天刚回来，我不想跟你吵架，但请你不要用你狭隘的目光来诬蔑我的人品。君子坦荡荡，小人长戚戚。"说完她夺过张莹："宝贝，咱们得去睡觉了。"张莹却紧紧抱着张家驹的脖子不肯松开。

看着孩子一脸的纯真，张家驹拍拍她的小脸安慰道："宝贝你是应该睡觉了，这样才能越来越漂亮。"对此张莹跟父母撒娇又提了一个要求，说今天要睡在爸爸妈妈中间。张家驹与陈菁对视了一眼转身向卫生间走去。这时他意识到，人生不是自己选择了什么，而是什么选择了自己。

一截冰凉的仇视就这样横亘在两人之间。张家驹有些为难起来。不走吧，觉得自己像嫖客一样恶心。他现在一点接近妻子的欲望都没有，甚至一想到上床就恶心；回部队宿舍吧，岳父必定要起疑心，所以他在洗漱间里一直磨蹭着。当他强迫自己进入卧室后，发现陈菁已酣然入睡，只有女儿张莹在床上玩着玩具，这令张家驹有几分激动。“爸爸你睡这儿，我睡你们中间。”张家驹下意识犹豫了下就按照女儿划定的“地盘”轻轻把她揽进怀里。

张莹很快就进入了梦乡，然而张家驹内心的耻辱却像梦魇一般挥之不去。毫无睡意的他跟上了劲的陀螺一般在床上翻来覆去，心想：今天晚上要是不回来，妻子是不是又钻进别人的被窝了？影视剧中那些不堪入目的镜头情不自禁地在他眼前反复出现，最后受不了煎熬的他和衣来到四合院里抽起烟来。

爱是一把双刃剑。憋了一肚子气的陈菁其实并没睡着，当她听到张家驹喘着粗气走出房间后，犹豫片刻也起身跟了出去。“怎么，陈总有心事睡不着？”张家驹带着挑衅道。“是的，睡不着，今天我们心平气和地好好谈一谈吧？”“还有什么好谈的，我们的婚姻早就名存实亡了，明天就可以去离婚！”张家驹带着怨恨道。

“那你今晚还住在这干吗？”张家驹实话实说道：“我是给你面子，怕你父母亲担心。”陈菁反问：“你真打算离婚了吗？那孩子怎么办，还有父母那如何交代，你想过了吗？”张家驹头一摆：“老办法，直截了当告诉他们。”陈菁一听生气道：“张家驹，你混蛋！脑袋空不要紧，关键不要进水。你以为今天直截了当的坦白和当初你跪在我父母面前求他们把女儿嫁给你这么简单吗？”

面对女巫般的诅咒，张家驹一脸任性地问：“那你想怎么样，难道让我再次跪在他们面前请求他们原谅我不能善始善终，还要即便被伤害却仍然甘之如饴地相信一切都会好起来?”“今天不想跟你吵架，但我必须说，我爸这么多年一直拿你当亲儿子，现在他已经检查出肝癌晚期了，请你口下留情让他别带有任何遗憾，平静地、有尊严地离开这个世界吧!”陈菁说着悄悄抹起了眼泪。

肝癌晚期！这个消息如晴天霹雳，把张家驹直接劈愣在了原地。好半天他才回过神，依然不敢相信自己的耳朵：“你说的真的?”“这种事我还能编?”“那好……以后再说，明天我就回单身宿舍住。”张家驹说完就要走。陈菁近乎咆哮道：“你给我站住!”可张家驹已经头也不回地离开了。

滚烫的泪，流进风中，陈菁心中像住进了一个会哭的孩子，一哭便停不了。隔阂并未随着两年多的分离而变淡，反而因为得不到抒发而在一夕之间引起了暴怒。

第二天一大早，张家驹就接到通知让他到作战室召开一个重要会议。当他有些奇怪匆忙走进作战室时，发现好久不见的大队长梅照岭和政委徐培尧正一脸严肃地等待他的到来，从空气中他嗅到了硝烟弥漫的硫磺酸味道。

梅照岭没等他开口，便示意他赶紧坐下，说道：“同志们，首先欢迎张参谋长和大队官兵们在实兵演习中凯旋。昨天因一个重要会议没能到车站迎接你们，我表示歉意。”说完他扫视了一下在座党委委员们，随手拿起指挥棒走向墙上挂的军用地图说道：“接首长命令，我部于一个星期后参加由H集团军在仙霞关一带组织的代号为‘魔爪袭击’的对抗演习……”

才下战场，又上战场，这令张家驹非常意外。梅照岭布置完任务后，徐培尧立即补充道："总部首长之所以要求我部配合参与H集团军这次演习，一是为了提高演习难度，打破常规红军必胜的惯例；二是进一步检验我部在高科技信息化条件下局部战争的电子对抗能力……"

一听演习要来真枪实弹，张家驹的眼睛顿时像饿狼发现猎物般闪闪发光。"太好了，太好了，这才叫真正的演习嘛，这样才能够检验部队的战斗力，大队长这仗怎么打你赶紧说吧？"徐培尧站起来笑了笑道："别急嘛，有你干的活。现在我来宣布一下大队党委会的决定：党委会决定组建电子对抗'天使出击'队，由张家驹同志担任队长兼教练，成员由特招的10名女战士和10名技术能手构成。具体成员名单，稍后下发。张家驹同志你作为队长，务必在三个月的时间里将这些队员磨砺成能打善战的精兵强将，争取在演习场上再立新功，为大队争光。有没有问题？"起立，敬礼，张家驹用"尔曹身与名俱灭，不废江河万古流"的声势回答："保证完成任务，请政委和大队长放心！"

张家驹知道，打赢没有借口，因为军令上只写着：攻下城池！

会议结束后，他已完全忘记了一切不愉快，还心情大好地哼起了小曲。这是一名优秀军人的秉性，像雄鹰一样，不需鼓掌，也在飞翔。

矛　盾

茅家岭上空，春光艳丽、和风习习，上饶革命烈士纪念碑在苍松翠柏的簇拥下，显得格外雄伟。庄重威武的八一军旗迎风招展，如血鲜红。

“‘天使出击’的同志们。今天之所以把你们组织到革命烈士陵园这个特殊的地方来做‘战前’动员，是要让大家铭记：作为一名军人，永远不能忘记在阔步迈向强军梦的伟大征程中的危险。就在这个革命烈士陵园中，长眠着无数为祖国革命英勇献身的烈士们。在这个集中营里，不幸落入魔掌的女战士们面对敌人的严刑拷打，凭着革命者大无畏的胆识和精神，蔑视敌人的刑讯。烈士们相互鼓舞，团结对敌，用自己的鲜血写下了壮丽的人生诗篇……”

历史让人警醒，惨痛令人发指。“天使出击”队的队员们在英烈伟绩的事迹感召下，早已把责任扛在肩上。“大家有没有信心完成任务！”“有！”天使队员们响亮答道。张家驹又道：“能不能打赢？”“一定能！”20名“天使出击”队员一声声洪亮的回答在茅家岭山谷久久回荡。

看到自己的队员们个个精神饱满，信心十足，张家驹那如青铜刚毅的脸上，显现出锋芒的惬意。于是他来了一个九十度转身，小跑到最高首长徐培尧政委面前敬礼道：“报告政委同志，天使出击队战前动员完毕，请您指示！”“稍息！”徐培尧道。

“同志们，知道为什么要把我们这队伍命名为‘天使出击’队吗？因为你们当中有10位长得如天使般美丽的女战士！魔鬼与天使从来都是对立的。这次对抗演习代号为‘魔爪袭击’，那么，我们就用天使来还击他们，用无声的电波来摧毁他们。虽然你们10位女战士是因西南边境作战而特招的文艺兵。但我相信，经过几个月的强化训练，你们一定能成为部队文化生活的轻骑兵，更是一支克敌制胜的战斗队！”

队员们在鞭策中热血沸腾。蓝天上突然出现的一群翩翩起舞的白鸽也仿佛在向他们致敬。“大家都看过电影《永不消逝的电波》吧?”徐培尧又问道。“看过!”这是坚定的回答。“那好，在以后的三个月强化训练中，你们就要以李侠同志为榜样，做一名沉着冷静的报务人员，要成为一名不畏牺牲的革命战士……”

徐培尧讲着讲着，电影《永不消逝的电波》中情报人员与敌人战斗的画面已经不断在队员脑海中闪现。他们已将自己置身那个烽火连天的岁月……

“同志能不能敢打必胜!”“保证完成任务!”队员铿锵的回答在茅家岭山谷间回响。

随后队员们唱着歌儿登上汽车。

“如果我能穿上军装
我不会吊儿郎当，
当兵要有个兵样，
衣服穿的展亮，
步子迈得稳当，
站在哨岗上，
保持英姿飒爽!

如果我能穿上军装
不会再虚度时光，
无论是考军校还是提高文化涵养，
都要敢于一尝。
平日的作息我要有模有样。
不会再对仗领导，

忽略战友，
会珍惜和他们在一起的时光，
让我们的兄弟情渲染那流血流汗不流泪的训练场。”

回到部队后，张家驹决定回家跟岳父母做个简单报备，以免引起老人们的猜疑。他觉得人生无常，或许一个转身就是天涯，因此很珍惜与岳父母间建立起来的情感。他迈进家门的瞬间，便被那慈爱的目光包裹，心里顿时震颤，眉眼间布满哀伤。他开始后悔昨晚跟妻子提出离婚，于是悄悄来到书房，从后面捂上女儿的眼睛，张莹扑哧一笑边挣脱边叫道：“是爸爸，是爸爸。”

张家驹心中非常甜蜜地问道：“莹莹你在画什么呢？”“我在画爸爸，爸爸你看像不像你。”张莹开心地回答着并把画像拿给他看。张家驹发现女儿把他画得像足球小王子，于是立即在她脸上亲了一下说：“真……像，你将来一定会成为大画家！”这时张莹突然想起什么地问道：“爸爸你不是说带我去公园玩的？”他随即一愣，余光看到了妻子陈菁，发现她眼睛有些湿润。正在张家驹不知所措准备好好倒饬下情绪的时候，岳父陈韬突然推门进来。张家驹问：“爸，有事吗？”“没什么，莹莹一直吵着要看奥特曼动画片，叫陈菁买，她一直忘记。这不今天我跟你妈上了一趟街，总算给买着了，来吧小宝贝，我们看碟片吧，爸爸妈妈都很忙。”

岳父的话虽然平静，却把张家驹的心掰开揉碎了。他很惭愧，自从女儿出生以后，他这个父亲就没有尽到一天责任。不要说没带她去过公园，甚至连一次零食也没给她买过。想着想着，张家驹鼻子有些酸起来。

动画片开始了，张莹一边叫喊着爸爸坐这边，一边叫喊着妈妈坐这边。陈菁与张家驹对视了一眼安之若素地走了过去。“哎呀，你们看看，这孩子典型缺少父爱母爱，你们俩得抽点时间好好陪陪孩子了，珍惜与孩子相处的每一刻，要谢谢上天给你们一个做父母的机会。”陈韬倒着茶自言自语道。

张莹目不转睛地看着动画片，陈菁和张家驹却各怀心事。房间的气氛渐渐变得凝重，开始让人有些透不过气来。陈菁准备起身去厨房帮助父母打下手。谁知，当她起身时，发现张莹的小手抓着她的袖管，再一看她的另一只手抓着丈夫的袖管，她心头一热。从这一刻起，她决定无论如何也要让女儿有个圆满的家。既然选择了方向，就不问路有多长。

晚饭在热烈的气氛中开始。一家人有一年多没有团聚了，陈韬和老伴非常高兴。他还特意拿出柜子中一瓶珍藏多年的好酒，决定与女婿张家驹好好喝一杯。见父亲要喝酒，陈菁便马上阻止道：“爸，你身体不好不能喝酒!”说着就要去夺酒瓶。可是一向倔强的陈韬哪肯听话。“你别动丫头，我知道我的病没有多少日子了，但今天全家团聚的酒一定得喝。来吧，这第一杯酒祝家驹凯旋，听说还立了战功。”

听到外公一脸严肃的话语，张莹抬起头天真地问道：“外公，什么叫凯旋呀?”陈韬一时语塞，陈菁连忙接话道：“就像奥特曼打怪兽那样胜利了。”张莹放下筷子拍着手高兴道：“喔喔！爸爸真厉害!”孩子的兴奋很治愈，大家脸上都露出了甜蜜的笑容。这时陈韬又倒了一杯酒说：“这第二杯酒祝你们好好过日子，常言说得好，和气能生财，婚姻就如两扇门，只要大家同时一起关，才能关得严严实实。希望你们俩一如既往……”

也不知是做贼心虚，还是岳父早已经洞察到他们的关系出现了危机，张家驹这一瞬间仿佛活在电视剧里，被岳父的一番话说得有些尴尬起来。他强装镇定地一会给陈菁夹菜，一会给张莹夹菜。一杯热茶，暖的是身；一句懂得，暖的是心。陈菁脸上露出了难得的幸福，她多么希望这种氛围一直延续下去。

晚饭后张家驹主动替岳父母收拾碗筷，好让他们带张莹去外面散步，这令陈菁有些意外。而今天家庭中的和谐景象，令张家驹对婚姻又重新充满希望，特别是看到天真可爱的女儿，再想到岳父的病情，他更加不忍心伤害他们。

正当张家驹准备拿衣服去洗澡的时候，陈菁的电话却突然响起。张家驹顺势瞟了一眼，发现来电显示为：柳总。先前一家人其乐融融的画面瞬间被这突来的醋意打破。他愤愤地放下手中的衣服，准备回单身宿舍去。当陈菁从洗漱间出来后立即发现了张家驹的异样。“你又犯哪门子毛病了呀？”“我犯毛病？你自己看看你的手机！连白痴也看得出。”莫名的呛话，陈菁压住火气解释道：“公司领导打个电话有什么问题，你这人也太小心眼了吧，我现在打过去，你们好好对质下，看人家是不是在勾引你媳妇！”说完陈菁就拨起了电话。

“我丢不起那脸，你自己好好说吧。”令陈菁怎么也没想到的是，张家驹伸手就抢过电话，发疯了一样摔在地上，随后就要往外走。看到张家驹如此疯狂，陈菁上前就一把抓住张家驹的衣服，歇斯底里地责问道：“张家驹，你好好说说我到底做错了什么，我是在床上被你抓住了，还是被你看到了？人家是公司老总，我是下属，人家什么时候给我电话还要经过我同意啊？如果你没瞎，就别用耳朵去了解我。”

愤怒令人震惊，也让人清醒。陈菁的一席话，让本来就语言笨拙的张家驹瞬间脸红。为此陈菁决定宜将剩勇追穷寇，借机会给丈夫个教训。她话锋一转责怪道："结婚这么多年，你给我买过一件衣服吗？陪我看过一场电影吗？不说我，说说女儿，你这出去一年多，有给女儿买过一袋零食一件礼物吗？你是个称职的父亲吗？是个知心的好丈夫吗？你一天到晚就是忙忙忙，什么时候把我和孩子，把这个家放在心上过？"

女人的抱怨像往往像是被猫扯开的线头，一开口就源源不断。每一句话都像尖刀，刀刀捅到张家驹的要害部位。张家驹呆如木鸡，知道自己理亏。良久的沉默后，他毫无战意地叹了口气说："既然我一无是处，你还留着我干吗？"陈菁道："张家驹你看自己像带兵打仗的参谋长吗？居然说出这样的话，你平时怎么带兵的？"张家驹眼看自己马上就要缴械，随即反击道："笑话！我还就是带兵打胜仗了，还立了功受了奖，怎么了！"不过脸上却有些慌张和不自然。

"张家驹，我为什么不愿意离婚你很清楚，但也请你记住，我不是碰不到更好的，而是因为已经有了你，我不想再碰到更好的。我不是不会对别人动心，而是因为已经有了你，我就觉得没必要再对其他人动心。责任是什么？责任就是一辈子！"

陈菁的话像机关枪扫射一般，将张家驹心中构筑了三十多年的自尊打得千疮百孔。看到丈夫脸色的变化，陈菁的心又软了下来，主动拉起张家驹的手说："如果有一天，你要离开我，我不会留你，我知道你有你的理由。"张家驹没有躲闪，嘴角牵了牵却完全说不出什么。他知道，隔阂与矛盾不是一时半会能够消除的。

第二章　不经意触碰的爱情

醉　酒

山峦含黛，暖意萦怀。史云赋沉浸在母爱中乐不思蜀。母亲更是乐得合不拢嘴，忙前忙后地给他准备吃的喝的，史云赋这时才意识到，军人付出了很多，而军人的家人付出更多。正在这时，他收到大队调令的电话，调他到 H 集团军司令部工作，职务是司令部训练部副团职参谋。

得知这一调令后，他既喜又愁。喜的是，毕竟职务上升了，还是首脑机关，前程一片光明。忧的是，这一走与崔静不知道能不能继续发展下去。

一想到与崔静的相识，史云赋心中就充满感慨。那是在参加实兵演习前的一天夜里，史云赋的胃病突然发作，当他支撑起身体离开沙盘时，一口鲜血喷了出来。战士见状急忙拨打了卫生所的值班电话。值班的医生正好是女上尉崔静。

崔静赶到一看病情，立即判断出这是胃溃疡引起的大出血，随时都有生命危险。她果断地联系到当地一家最近的医院进行手术。也许是史云赋命运多舛吧，正当崔静庆幸自己的果断救了他一命时，史云赋在手术中的胃出血加大，眼看医院的AB型血浆就要用完，医生焦急万分之时，崔静把袖子一挽对医生说：“我是部队的军医，我是AB型血，直接用我的吧。”

当史云赋从死亡线被拽回来后，得知是崔静的英明决策救他于危难之中时，他对她的情愫没有铺垫地直接开场了。可是崔静对于这样的救助，觉得是应有之责，况且他们还是战友。因此当史云赋康复后带着感激带着示好，带着说不清楚的谢意想请她吃饭时，崔静一口拒绝了。

史云赋并不气馁，而是开始大胆出击。崔静是个聪明的女孩，见史云赋锲而不舍，最终还是答应了他。出门前，崔静还特意打扮了一番。她知道男人都是视觉动物。

青春的短发，黑色的连衣裙……崔静展现出的气质，令史云赋有种不识庐山真面目、只缘身在此山中的感觉。寒暄一番后，史云赋拿出了从未有过的直接和坚定，说想与她建立恋爱关系，不知道她是否愿意。崔静为此似笑非笑地抿着嘴盯着他。史云赋有点懵地把话重复了一遍。“你这样做不会是为了报恩吧？无以为报，以身相许？”“当然是有这个因素，但不是必然因素，我是真心喜欢你的呀！”“算了吧，感动不是爱，你我相处快五年了也没听你说喜欢我，感动的爱情我不要，等你感动到零度再说吧。”崔静的一番话，让史云赋有种说不出的滋味。

不久部队就接到赴西南边境举行实兵对抗演习的任务。他和崔静还未开始的爱情就这样馨香盈面，轻轻绽放在淡淡的时光里。

在演习期间，史云赋信守自己的承诺，在部队实兵演习一年多的时间里，一有时间就给崔静写信。一开始，崔静不咸不淡地偶尔回一封。面对史云赋的追逐，她心里非常清楚这不是爱。在部队这个连蚊子都充斥着男性味的地方，男子汉们对温柔如水的女性更加向往。她更清楚凭史云赋，完全可以找一个不错的女孩。因此她用不自信来阻挡他的爱意。

直到有一天她收到史云赋长达 20 页的情书，语句间的缠绵悱恻加山盟海誓永不变心，终于让崔静动心了，但她还是没有积极回应，她准备等史云赋实兵演习回来后详谈。而史云赋迟迟收不到她的回复，很受伤地收起了心怀。

当军列缓缓驶入贺村站时，史云赋一眼就找到在欢迎队伍中的崔静，而崔静也好像用她那双大眼睛在四处寻找着。当四目相触的一瞬间，齐眉欢笑。史云赋觉得，这大概就是爱情吧。但一想到崔静之前的冷淡，自尊心又让他冷静了下来并采取了脚尖试水的方式。在站台上打了一个不咸不淡的招呼，就回乡探亲去了。

史云赋的举动，让翘首等待的崔静失望至极。为此她痛恨男人的热情之火熄灭得如此之快，她还把天下负心汉们全部诅咒一番。正当她心死灯灭，决定再也不对男人动心的时候，意想不到又来了。这天，天色像薄暮般阴沉，铅灰色的云块湿漉漉地蓄满了水，似乎一阵大风刮来，暴雨就将猛烈地倾泻而下。当史云赋设想着与崔静见面后以什么样的方式开始时，才得知她已经被调往“天使出击”队当指导员了。“这完全是隔行如隔山的安排嘛。”他在心里嘀咕。

史云赋调转方向走进大队训练中心，然后就发现崔静与一位女兵在梧桐树下比画着说着什么。随着他一步步走进，崔静发现了他，结束了与女兵的谈话，然后一个转身看着他微笑。看着他木讷的样子，崔静的呵呵一笑便打破尴尬道：“哎呀，我说今天早上一起床怎么感到眼皮直跳，原来是我们的大英雄来了。”史云赋立即打消了顾虑答道：“那你是左眼跳还是右眼在跳?”“右眼!”崔静指着自己的右眼说。“完了，完了，这常言说啊，左眼跳财，右眼跳灾，看来你遇到灾星了!”史云赋故作夸张。“你不会是说你吧，那我打开我的乾坤袋把你收进去。”

直到这时史云赋才意识到这样的开场太失水准了，于是赶紧打趣道：“崔指导员真是能文能武啊!”“那是，我当医生时是医者仁心，现在带兵依然还是医者仁心，只要心不病一切都健康了。”史云赋笑了笑扯开话题道：“一年不见，越来越漂亮了哈。”“你这话吧，听起来很假，但我喜欢。是路过呢还是有任务来执行?”史云赋犹豫了下，眉毛一挑说：“嗯，专门来找你的。”崔静有些害羞道：“找我，有点意外唉。”“这不，昨天探亲刚回来，所以一回来就来……就来……”史云赋表情不自然并挠着后脑勺说。为此她哈哈一笑道：“我们的战斗英雄也会有难为情的一天呀，别害羞了，直接告诉我好了。”史云赋脸一红：“我感动的温度下降到零度又上升起来了，你看……”

崔静于是收住了笑脸转而答非所问道：“听说你高升了，恭喜啊。”“啊！你知道了?”“你高升的消息前几天已经在大队传遍了!”“哎呀，什么高升，革命战士一块砖，哪里需要哪里搬，说真的还真舍不得离开……老部队。”史云赋本来要说离不开她的，觉得太直白。见史云赋一脸认真的样子，崔静有些动容。于是他们俩你看看我，我看看你谁也不知道说什么是好。

缘分奇妙，驻足变成永恒。这时，崔静见时机已到，便打破沉默一语双关说：“反正H集团军离这很近，你可以经常回来看……看的,别搞得像生死离别的样子。”

看到他少年般羞涩和木讷的样子，崔静心头一热更喜欢他了。“你还有事吗，不然我要进教室了。”崔静知道这样僵持下去只会适得其反，便以退为进让他把关系挑明。谁知史云赋却不解风情，用水不急鱼不跃地话说：“那你忙吧，那你忙吧。”说完就要走。这下急坏了崔静，她灵机一动补充道：“我们晚上一起吃个饭吧，给你送行。”“那晚上见，我定好地方通知你。”

史云赋则以孩子般高兴的节奏跑出训练中心，转角处差点与人撞个满怀。“这不是我们的史高参吗，今儿是哪阵风把你吹到这来了?”张家驹用调侃的语气问道。“没事，顺路来看看。”说着就要离开。张家驹迅速伸手拉住他。“兄弟你这高升了，以后还要你关照啊，今晚请你喝酒怎么样?”“不行，不行，晚上还有事。”张家驹又祭出了他那不达到目的不罢休的性格，说什么都是一个村入伍的，现在高升了就瞧不起了等等。无奈之下，史云赋答应了。

说好与崔静一起吃饭的，现在又答应了张家驹，史云赋矛盾至极。思来想去，他决定给崔静去个电话。可是他又不知道怎么解释才好。为此他撒了个谎，说晚上部队首长要给他送行，不能一起吃饭了。崔静一听就爽快答应了。这令史云赋一阵失落。

史云赋躺在床上在失落中昏昏沉沉睡了过去，当他在饥饿中醒来时已经夕阳西下了。推开饭店的包厢门，他发现除张家驹外还有崔静在座。史云赋瞬时尴尬地硬着头皮跟崔静打了个招呼，结果崔静用不屑的一笑回挡回去。他们俩的举动全被张家驹看在眼里。

“来、来、来，把酒给史高参满上。”张家驹兴奋地指挥着崔静。那架势好像今天不把史云赋灌醉不罢休。史云赋心知肚明，只能叫苦不迭，可又拒绝不了。尤其在崔静面前，就更不能丢分，死也要撑着。正当史云赋做好一切准备的时候，张家驹突然抓住他的软肋说道：“云赋，这第一杯酒呢祝你高升。”说完一口干了下去；紧接着又说道：“这第二杯呢，希望你以后多多关照，这第三杯祝你早娶媳妇早享福……”

面对张家驹的连环炮和组合拳，史云赋有点措手不及以至半晌不动。沉默一会后史云赋意识到，不接招不是办法，被动接招更不是办法，必须得主动进攻才能让他臣服。从张家驹抢着与陈茵恋爱开始，再到提拔为参谋长，作为同乡的张家驹处处远超于他，对于这一切史云赋虽然有些不爽但并不太妒忌。但张家驹今天在崔静面前咄咄逼人的样子，却让他暗暗生气。

“张参谋长的盛情我得好好感谢，我们得再干三杯。”张家驹一听他居然要挑战自己，不屑一顾地说：“好好好，今天全听你的。”崔静看他们要拼酒了，知道这样下去以张家驹的酒量史云赋必醉，再说他曾患过胃溃疡大出血，本来有些生气的她开始心疼起来。于是她急中生智地端起酒杯对张家驹说：“参谋长我来敬敬你，希望在你的带领下圆满完成任务。”张家驹一听，连忙说：“不行，这哪行？哪有胳膊往外拐的，你敬史高参。”

救助意图失败，崔静只好与史云赋碰杯。在碰杯时她特意示意史云赋点到为止，谁知他不领心意还死要面子，居然把一大杯酒喝了下去。就这样来来回回中，三个人将两瓶白酒喝干了。眼看这样下去不是办法，崔静借故说要回部队查房，两个男人的较量才停止。此时，他们已经是敌损一千，自损八百。

张家驹与史云赋有说有笑相互搀扶着，走着走着，史云赋突然两腿一软，一屁股坐在冰凉的地上吐了起来。崔静赶紧让张家驹把他扶到部队卫生队挂水。然而史云赋大概觉得这样太丢人，发着脾气，执意不肯。张家驹只好把他架回宿舍。

会 议

大巴车在江南水乡的弯道上前行，随着大巴车的颠簸，史云赋的心百转千回，脑海里不断回放着昨晚和崔静一起的场景，时而清晰时而模糊，就像一条抓不到的绳索，越想抓却越抓不住。想到这里，他有些激动，都说福无双至，可史云赋觉得他的幸福就如在大塌方无路可走的关键时刻，一瞬间填平了一个坑。

昨晚喝醉后，崔静把他扶进了宿舍，帮他清洗身上的污物，她扒光他身上所有衣物只剩下一条内裤。给他擦着身体时，毛巾所及之处史云赋感到那么舒服，因此他竭力判断着身在何方？当崔静身体散发出的气息侵入他的呼吸，才确定是崔静无疑。于是他继续装死，等待着崔静更温柔的下一步，谁知她关门走了出去。

史云赋顿时怅然若失地摸索着下床一看究竟。结果发现崔静正在洗漱间给他洗衣物，因此他心花怒放又返回上床继续装死，并设想着给她一个什么样的惊喜：要不突然从床上坐起来给她一个吻？不行，这样搞不好会把人吓死或让崔静立即来个大战僵尸。

要不就简单点来一声叹息从床上坐起，然后明知故问我在哪儿？不行，不行，太没创意了。得来个既不过分又不让她生气的创举，还要做到看似无意实则有心。想着想着他便来到梦的世界。

当史云赋一觉醒来之时，已是半夜时分。崔静趴在他床边像守护病人一样睡着了。史云赋在感动中伸出手抚摸着她的头发，见崔静睡得很深，他便准备进一步深入。

正当史云赋进一步探手的时候，崔静突然抬起头睁开眼说道："你酒醒了？"史云赋哆嗦了一下道："你吓死我了！""是你做贼心虚了吧！"说完崔静又含情地看着他责怪道："明明知道自己身体不好，干吗要喝那么多，起来喝点水吧。""真是多谢你了。"史云赋深情地说道。"我该回去了，你送送我好吧。"说着她拎起包就要往外走。"要不你就在这将就一晚吧，我睡好了。""这个不行。"崔静一口否定了这个建议。

走出宿舍，夜晚的军营中静得出奇，只有微风吹过的萧瑟令地上的落叶不时发出沙沙响声，这声音在寂静中令人有些胆怯甚至恐惧，因此她不由自主地将身体向他靠近，史云赋顺势用一只手臂圈住崔静的肩膀，他的气息扑面而来，水到渠成，她的耳根在发热。

面对突如其来的幸福，史云赋的心里紧张得如揣了一只兔子，双手把崔静搂得更紧。崔静感觉自己好像要被他用力融入他的身体里了。史云赋更趁势在崔静的唇上覆过来，沁人的薄荷味道钻进她的鼻孔。

"终点站瀛州车站到了，请大家收拾好行李下车。"史云赋在大巴车司机的叫喊中从回味中清醒，然后习惯性地整理了一下军装，走出车厢。

“报告!”H集团军参谋长薛兆文抬头斜了一眼说道，“请进。”得到允许后，史云赋大步流星上前再次敬礼道：“报告首长，L电子对抗大队史云赋少校前来报到。”薛兆文缓缓站起来握住他的手说：“小史啊，大名鼎鼎的战斗英雄，没想到来得这么快，正好一会有个重要会议，你参加过电子战实兵演练，给大家谈谈电子战如何?”

史云赋一听要他讲战法，立刻紧张地说道：“报告首长，谢谢您的信任，不敢在首长面前班门弄斧!”然而薛兆文看也不看他便摆摆手，用他那浓重的四川话说：“今天就是要让你在这儿摆摆龙门阵，不要害怕，我们也有不懂的时候，再说我们两个兵种隔行如隔山。”

听了薛兆文的话，史云赋的紧张感顿时少了许多，但他仍然觉得压力很大。因为薛兆文的世界是可以俯瞰天下的，而他却还飘在半空，与薛兆文无法接轨。他知道是推脱不过去的，这是考验他的时候，只好开始搜肠刮肚备起课来。他知道，此时如果演好了，他的美好前程将会接踵而至；而演砸了，他将再也登不上这个舞台并从此落幕。

当史云赋紧张地走进H集团军司令部的作战会议室时，已经有许多将军和校官正襟危坐在口字形的会议桌前。史云赋找了一个偏角的位子坐了下来。初来乍到，他不敢轻举妄动，不如好好观察一下会议的情形并抓紧备课。

会议在薛兆文浓重的四川话中开始了。“为全面检验集团军训练成果和适应高科技局部战争的需要，经上级批准，定于××年×月至××年×月，在我防区×市仙霞关地区举行，代号为‘魔爪袭击’的军事演习。自即日起，H集团军暨集团军所有配合演习的部队全部进入二级战备状态。”

他喝了口茶接着说道：“经研究决定：A师担任“红军”，作为攻击方进入作战状态；B师担任“蓝军”，作为防守方进入作战状态。红蓝双方司令分别由该师师长担任，具体演习人员构成由双方司令调配。”直到这时，史云赋才知道这是演习会议。

薛兆文讲完演习重要性和必要性后，A师师长徐春云和B师师长朱皓山分别进行了发言。在史云赋看来，这样的表决心没有多大意义，但作为军人，没有决心似乎打不了胜仗，因此表决心也是重要例行内容之一。首长做完重要指示，部属表完决心，史云赋意识到该他上场了，就在他想去厕所缓解一下紧张情绪的时候，薛兆文喊道：“史云赋在哪?”史云赋立即站起来答：“报告首长，我在这里。”薛兆文招着手道：“来来，到我这里来。”史云赋应声答：“是!”就疾步来到薛兆文的跟前。

“同志们，我给大家介绍一下，这位是我们集团军刚刚从L电子对抗大队交流过来的人才。为了应对未来信息战的需要，我们特意从电子对抗部队引进了他。别看他只是一名少校，但他经历了信息战、电子战的实兵检验，对信息战和电子战很有一套理论与实战经验。下面请他给我们讲一下电子战在未来局部战争中的作用，为我们这次演习开阔一下思路。”

史云赋立即向口字形会议室中间左大跨了一步，向在座的各位首长敬了一个军礼后说道："各位首长，客套话我不多讲，下面由我给大家汇报一下高技术条件下局部战争的一个突出特点和我部电子战取得的经验。首先：高技术条件下局部战争的一个突出特点，就是以飞机、导弹、信息为主的空中对抗和打击作用，突出了争夺制空权……"

"小史你等等，你给大家详细讲解一下空地一体作战是怎么回事。"薛兆文插话道。史云赋愣了一下，迅速把他在军校学到的知识和外军作战样式结合一起说道："所谓的空地一体化联合作战不单单是战法的改变，更是从作战指导思想，到作战理论与实践的全方位变革……"

夏虫不语冰，因为阅历过浅；井蛙不谈天，因为眼界太窄。史云赋在上面侃侃而谈，会议室下面却在窃窃私语，B 师师长朱皓山非常抵触地自言自语道："完全扯淡。抢占山头、夺取阵地，还得靠我们陆军摩步师。"紧接着 A 师师长徐春云骄傲地对身边的参谋说："打赢未来战争还得靠我们装甲部队，否则部队打起仗来伤亡太大，你看美军打伊拉克和科索沃最后都是装甲部队发挥重要作用……"

"你们安静一下嘛，我知道你们不服气，让小史说完嘛。"薛兆文有些不高兴地责怪。"虽然国家在高技术条件下空地一体化作战中取得了比较显著的成效，但是，请记住，随着现代通讯在武器装备中的应用，尤其是卫星、X-37 太空战斗机的应用，已经完全取代靠人力近距离打赢现代战争的时代……"

史云赋说完下面又是一片哗然。朱皓山带着取笑的意味对 A 师师长徐春云说："老徐啊，未来战争你我都没用啦。"徐春云两手一摊道："正好，那我们就当看戏的，省得流血出汗。"随着两位师长的引领，会议室里各种议论开始充斥起来。听到大家的各种议论，史云赋又好气又好笑，心想：真是一群井底之蛙啊。对此，史云赋用求助的眼神看着薛兆文。谁知薛兆文斜了他一眼却并不帮他。事实上史云赋的一番话也深深刺痛了他，如果按照史云赋的说法，他的集团军里什么步兵、装甲兵、炮兵、防空兵、通信兵、防化兵等全无用武之地了。

自助得助，看到从将官到校官都不服气的样子，史云赋犹豫了一下决定来个醍醐灌顶，击碎他们的残梦。"我们以美军打击IS极端组织为例，他们就没有用到任何地面部队和装甲部队，而仅仅用无人机和F-22打击极端组织并取得了很好的效果。但是他们的前提是运用了被称为'太空千里眼'的侦察卫星和电子侦察武器。对此，现在各国都在实验反卫星武器，什么电磁干扰啊，激光打卫星啊，X-37太空战斗机啊，相信随着科技的进一步发展，这将是未来战争的必然。"

史云赋说完，下面立即出现一阵骚动。他的话深深刺痛了人们。对此薛兆文用琢磨不透的表情问道："那小史你再讲讲我军电子战尤其是你们部队电子战的经验吧。"史云赋一听这话，立刻神采奕奕地回答道："好的！"史云赋从电子侦察到电子干扰再到雷达通讯以及通讯对抗……

滔滔不绝的讲演，会议室里一下子又安静起来。

球 赛

初尝爱情的甘甜，崔静像坠入了一个不愿醒来的美梦，只要一有时间就回味那个夜晚的美好。她甚至开始嘲笑自己以前轻言不嫁人的想法。爱情如此甜蜜，想到这里她发乎于心，扑哧笑了，仿佛一朵娇艳的玫瑰盛开在眉眼之间。

“在自娱自乐什么呢崔指导员?”“你吓死我了参谋长，你怎么知道我在笑?”崔静拍拍胸反问道。“你的笑全世界人民都知道了还要我说呀!”“没那么夸张吧?”崔静有些难为情地辩解道。“你没听说有一种爱叫眉飞色舞。告诉你吧，你就是不笑全世界人民也知道你有大喜事了!”

崔静羞涩地岔开话题问道:“参谋长，找我有事吗?”“是啊，有事啊，自从来了几个女兵，就跟有了万能的药丸一样，好像哪儿都需要她们。”“需要她们干吗?”崔静好奇道。“这不刚才政治部那边来电话说晚上全大队组织的‘谋打赢、鼓士气’第一届篮球赛开幕了，要她们组成一支比赛啦啦队，活跃一下气氛。真搞不明白训练这么紧张还搞什么阳春白雪，谋打赢关个球事。”崔静脸一红:“呵呵，领导同志要讲文明啊。”“我还想骂人呢，还文明!”张家驹更加愤愤然。“那你说怎么办?”崔静一脸愣然问。

“还能怎么办啊，你赶快把她们组织起来开个会，看电视也好上网也好，学一下人家篮球赛开幕式上扭扭屁股，弯弯腰的样子应付过去算了。”他两手一摊无奈道。“晚上就要表演，这哪来得及啊?”“来得及的，这帮丫头们来部队之前个个能歌善舞的，舞蹈都是相通的，只要稍加排练一下就成，赶紧去组织吧。”

崔静心急火燎地走进教室。“姑娘们，放下手中的电报本，现在有一项紧急任务需要你们去完成。”女兵们一听说有新任务，纷纷放下手中的活。一向喜欢十万个为什么的女队员段纪华大胆地问道："什么任务啊指导员?""接上级领导指示，要求你们女队员组成一支类似足球宝贝的啦啦队，参加今晚的篮球赛开幕式。"女队员不约而同喊道："啊，不会吧!""你们有谁以前参加过这样的活动?"女兵们又纷纷摇头否定。

对此崔静焦急地走了几步后责问道："不是说你们来部队之前个个能歌善舞嘛，怎么连这个也不会呀!"这时，女兵高晶站起来不屑一顾地道："没参加过不代表不会呀，跳那种啦啦舞很简单的，那是舞蹈里最小儿科的，不足挂齿，只要找个节奏欢快点的音乐，再加上合适的衣服，分分钟的事!""你说的是真的?"崔静转忧为喜。高晶点点头肯定。崔静立即如释重负地说道："那好，高晶，啦啦队的排练就交给你了，有什么需要直接告诉我，后勤保障我来负责。""好呀，你得赶紧给我们去买舞蹈服和道具啊。"女兵叶娅萱补充道。崔静问："那你们说说要什么样的衣服，是电视里那样的?""差不多吧。"女兵们开始七嘴八舌议论起来：有的人说好简单，有人说时间太紧了等等。

正当崔静准备离开时，又突然想起什么转身走回教室："像足球宝贝那样穿是不是太露了一点?"女兵们顿时哄堂大笑起来。这笑弄得崔静有些莫名其妙。"你们笑什么?""哎呀指导员，你没听人家说，晚会好不好关键看舞蹈，舞蹈美不美看什么?看修长的大腿呀。"教室里又一下子变成了欢乐的海洋。

"好了，就按照你们说的办，一帮不害臊的小丫头们!"崔静的口气像母亲般温暖幸福。"指导员别走啊，那我们天使出击队的男兵们跳什么舞啊?"崔静转身回道："别捣乱!他们负责继续训练。"教室顿时发出"呜"的一片叹息。

华灯初上。L 电子对抗大队的灯光球场上，第一届篮球赛在大家的期盼中拉开了序幕。部队政委徐培尧做了重要讲话："我们要把听党指挥、能打胜仗、作风优良作为强军目标。为将这一强军目标落到实处，今天我们结合大队实际，开展这场群众性的体育比赛，其目的就是提醒广大官兵：脑子里永远有任务、眼睛里永远有敌人、肩膀上永远有责任、胸膛里永远有激情……"

面对这样的讲话，迫切想看开场表演的官兵们如坐针毡，私下里不断催促他快点讲完。然而徐培尧却似乎故意跟他们过不去，从强军讲到强基层，再从强基层讲到"天使出击"的任务。直至大家有些不耐烦时，才宣布比赛正式开始，于是官兵们才长长地松了口气。

随着欢快的音乐轰然响起，10 名穿着艳丽的超短裙"天使出击"队员，手持彩练、踏着欢快的节奏涌进球场。这群花儿一般美好的女孩们，让观看比赛的官兵顿时都瞪大双眼，恨不得连眼睛都不眨，只欣赏眼前的景色。而球场这个本属于挥汗如雨的男人的世界，也增添了前所未有的活力。

美丽的青春，伴着美丽的舞姿。官兵们不再吝啬他们的掌声。灯光照耀得球场像风起的大海，时而波涛汹涌，时而浪敛波平。这些颇有艺术才气的女孩们，更加舞姿婀娜起来。

篮球宝贝们令年轻的官兵们热血沸腾。有的官兵伸长脖子，有的人踮起脚尖，还有的官兵开始品头论足。他们太需要这样的遇见和陪伴。从山西入伍的贾建军对身边的朱勇说："快看那左边第三名长得好漂亮啊，有点像歌星杨钰莹。""我觉得右边的第一个更好看，长得像蔡依林。""哪个，让我来瞅瞅。她脸是好看，可惜鼻子短了点，导致人中过长，嘴巴即使小巧精致，也无法构建整体的美感了，可惜。”还没等他说完，音乐戛然而止，女兵们一个鞠躬跑开了。一些官兵好不遗憾地把口水咽了回去。

随着裁判员的哨声响起，篮球比赛正式开始了。可观战的人们似乎仍恋恋不舍刚才那些年轻阳光的俏丽身影，目光仍不肯放弃寻找。而参加比赛的运动员们却个个精力集中，生怕失误让女兵们笑话。因此，队员们努力释放着荷尔蒙。一向在大队里所向披靡的二营篮球队在与机关这支年老体弱的队对抗时，一开始就频频丢球，还被人家一下子领先5分。

二营篮球队队长陈祥辉一看情势不妙，几次要求换人。可是换了人依然臭球不断，最终被机关队以二比一战胜了他们。陈祥辉为此非常生气。以致在吃夜宵时还在责怪队员今天出了什么鬼，被年老体弱的机关队给打败了。队员陈晓宙一语道破天机：“队长，你知道今天我们为什么会失败吗?”“为什么?”“兄弟们都想在美女面前好好表现呀，结果越想好好发挥，就越发挥不出来。”说完，大家都哈哈大笑起来。

比赛结束了，可许多人意犹未尽。在短波通讯连的宿舍里，有的人躲在被子里偷偷翻看着数码相机中的照片。有的人假寐，把脑海中的画面定格在女兵甜甜的微笑上，还有的梦寐这辈子娶个像女兵一样漂亮的媳妇。宿舍里翻床声、叹息声此起彼伏，吵得站长赵国良烦躁不已。但他又不想发作，作为过来人他能理解这种青春的躁动。

因为想念，所以期盼。青春的号角总是像青藤那样野蛮生长。他不得不捂起耳朵，以免再听到他们聒噪的声音，他把思想转移在思念老婆孩子身上。作为部队的一名专业技术能手能破格提干，他十分荣幸。“不知道她们娘俩现在在干什么呢？是不是和我一样在想我?”想着想着，赵国良的眼睛有些湿润了。这些年来，妻子阮玉在家既当爹又当娘，还要照顾瘫痪的父亲，赵国良深知妻子的不容易。不过令他欣慰的是，自己当初找个农村媳妇是个非常正确的选择。相比战友阿来、郑晓龙转了个志愿兵就要与未婚妻退婚，让他觉得很不厚道。想到这里，赵国良觉得自己很崇高。

相遇平淡，却恩爱相伴。想了许久之后，他终于有了睡意。可是当他把精力分散到宿舍之中时，发现他的兵依然没有睡觉的意思，有的战士甚至还在窃窃私语。他站起身骂道："奶奶个熊，你们几个臭小子今天全吃错药了，赶快睡觉!"说完，宿舍中顿时传出阵阵窃笑。赵国良哭笑不得，把头埋进被子，他知道他的士兵们开始发泄荷尔蒙了。

清晨，军号准点吹响。赵国良迷迷糊糊地像往常一样顺手就拿起衣服并操着一口山东腔叫道："熊孩子们起床准备出操。"可是"熊孩子"们并没有像平常一样拖拉着衣服发出声响。他睁大双眼仔细一扫房间，七八名战士的床上全是空的。"不好！出事了。"赵国良迅速提着裤子就向外边跑去。

跑出宿舍，远远他就听到洗澡间的水龙头发出哗哗的响声。于是他大致明白了什么，暗自笑了。当战士们陆陆续续从洗漱间走出时，他故作惊讶地问道："这大冬天的你们一大早洗澡不怕感冒?"一向调皮的上等兵李子园玩味一笑道："我们刚跑完五公里，这不出了一身臭汗……""熊孩子"们顿时哈哈大笑起来。

第三章　故人相会

训　练

“滴答、滴滴答、滴答滴、滴答……”电波声在空中飞舞，队员们手中的铅笔像一把把锋利的刺刀，在收报纸上沙沙作响。这儿没有枪林弹雨，但他们手中的笔却可以兵不血刃，致敌首脑机关通讯瘫痪；这儿没有炮声隆隆，却可以让敌人失聪致盲，这就是被誉为“千里眼，顺风耳”的电子战威力。

“停！把你们抄收的电文收上来，别忘记在电报纸的左上角写上自己的名字，下课。”张家驹用命令的语气说道。然而这时有些天使队员像被“滴答、滴滴答”打懵了。女队员段纪华走出教室，就一脸着急地小声问道：“高晶、叶娅萱、张一楠你们抄得怎么样啊?”叶娅萱叹气道：“还能怎么样，滴滴答、滴答滴我觉得全是一个音!”“根本分不清楚，觉得没有一点区别，哎呀完蛋了，肯定要挨骂。”高晶也一脸担心道。

女突击队员们在担心挨骂，男突击队员们则肆无忌惮地开着玩笑。他们早已经是业务精良的技术能手，就像运动场上的陪练一样，现在干的是陪太子读书的活，一个个都觉得太轻松，也太没劲了。正当女队员叽叽喳喳担心挨骂时，张家驹已经快速地将女队员的考试卷粗略地看了一遍，正如他预计的一样，五十组数字报，二百多个数字，一百七十五种排列组合。这么大的工程，本来也不可能在短短几天内全部抄对，不然这些人一定会超过天才亚德利（美国密码之父）。即便张家驹在心里对自己劝说着，但他还是决定要好好敲打一下她们，否则你松一尺，她定会松一丈。

如逆水行舟，一篙不可放缓。张家驹拿起测试的电报稿故意黑着脸走出教室。其实他完全没有必要故意装样，就他那一脸络腮胡已经够吓人，再加上那“二杆子”的气势，不言就令人惶恐不安，言而令人毛骨悚然。

“全体天使出击队员集合！”命令声如惊雷，女队员迅速来到张家驹面前列好队，而男队员们看似在跑，其实是在走并且装着紧张的样子，张家驹最讨厌这种阳奉阴违的操蛋兵。今天他决定拿一个“开刀”。向子杰撞上了他的“枪口”。

“你给我站住，就站那！”张家驹突然对着向子杰吼道，眉心拧巴得能出水。向子杰不明就里，一脸茫然地左顾右看着。“别看了，说的就是你！”张家驹加强了语气。向子杰却行了一个怪异的敬礼：“报告教练，不知有何指示？”张家驹有些哭笑不得。“知道我为什么叫住你吗？”“报告，不知道！”这时张家驹生气地走到他跟前：“你还不知道？其实你比谁都清楚，你看看你像一名即将执行重大任务的天使队员吗？从喊集合到队员已经列队完毕，你看似走却是腿在抖。”

向子杰来自四川农村，在队中属于年长者，虽然长得一张娃娃脸，却印记着农民特有的质朴与黄土色。两个小虎牙，两个酒窝，像没成熟的稻子，但这并不影响他老兵小油子的地位。张家驹说完，向子杰则摆出死猪不怕开水烫的表情，淡漠地等待着。“你们别笑，否则和他一样给我站出来！”队列中立即又鸦雀无声。“向子杰！”张家驹故意大声叫道。“到！”向子杰挺胸回答。“命令你从今天开始打扫一周的男厕所，一天两遍！”向子杰犹豫了下，“是！保证完成任务！”

掷地有声的回答令张家驹还算满意。接着他又用威严的语气命令道：“如果下次谁在听到集合口令后拖拖拉拉、消极怠工就罚他打扫一个月的厕所，大家听明白没有？”“听明白了！”队员们带着欢笑答道。“向子杰入列！全体都有，目标二号训练营地，向右转，跑步走，注意队形，一二一，一二一……”张家驹喊着口令。

队伍来到营区山坳，来到一片破旧而宽大的瓦房面前。张家驹喊下立定的口令后，丢下队伍扭头大步走了进去。“这是什么地方啊，破烂不堪的？”张一楠悄悄向身边的李婕问道。“我哪知道，好像是个破庙！”“你怎么知道？也没看到红墙琉璃瓦啊。”“别说话了小心挨骂。”张一楠“哦”了一声对接下来的训练好奇起来。

正当大家小声议论还没判明接下来要干什么的时候，张家驹从破房子中走了出来：“想必大家一定在猜测带你们到这来干什么吧?”说着他在队员面前走了几步折返回来道：“今天带你们来这里既不是烧香拜佛，也不是吃斋念经，这里没有佛更没有斋饭，但它不仅仅是一座废旧的破庙。”

“谜题”尚未解开，队员们脸上出现各种猜疑和惊愕的表情，心中更是充满疑惑：接受光荣传统干吗要到这间破庙？这间破庙到底发生了什么？这间破庙能带来什么样的训练效果？此时张家驹多么希望某个队员主动站出来问几个“为什么”。结果令他很失望，他只好点名道：“向子杰你来回答，来这干什么!”“报告教练，你不会是让我们来学念经吧!”

向子杰的故意为之，令队列中顿时出现嬉笑和骚动。张家驹面色立即凛凛，可没发火，是他让人家回答的，没说回答错了要挨批评，因此他又点名道：“丁显你来回答!”“报告教练，真猜不出来!”队列中又是诡异一笑。“我知道你们回答不出来！也不会责怪你们。你们知道吗，这间破庙曾作为淞沪会战中通讯指挥部发挥了重要的作用。今天把你们带到这里，既是让你们勿忘历史，同时又借助这种庙宇的清静环境，练习听力。”

队伍中出现了一阵骚动。张家驹接着道：“知道我们这支部队有什么光荣的称号吗?”“不知道!”队员们响亮回答。对此，张家驹自豪道：“这支部队光荣称号是：我们是‘千里眼’和‘顺风耳’。所谓的千里眼，就是通过我们电子侦察设备能看到千里甚至万里以外的一切；而所谓的顺风耳则是指不论有多远多么微弱的声音我们都能听到。”

听到这里，队员们的脸上露出惊喜和怀疑的神情。“你们不要不信！这是经过无数年实践经验检验并证明的结果。”然后张家驹又把无线通信的起源和电子对抗在多国部队的实战深入浅出地讲了好长一段，队员们才慢慢打消了满脸的狐疑。“下面休息十分钟，准备进入实质训练。”

队员们带着憧憬，像蜂样散开。有的去厕所做训练前的准备，有的三五一群嬉笑着说：“这一不小心成和尚了。”还有的队员不无轻蔑地说：“真搞不明白，都信息战时代了，怎么出这样的招数。”张家驹不用听就知道队员在说什么。他对这种井底之蛙的谈论并不生气。相反在新时代，军队面临新挑战，必须坚持走出自己的路。他相信他的做法管用和有效。要成功，需要朋友，要取得巨大的成功，需要敌人！而队员们现在的敌人就是他们自己。

“哔、哔、哔、哔——”哨声在大家意欲未尽中骤然响起。队员们丝毫不敢怠慢，蜂拥而至，迅速在张家驹面前排好队。“对于今天上午的收报测试，我就不批评大家了，至于测试成绩如何你们个个都清楚，这不能怪大家。但如果接下来的训练你们完成不好，休怪我惩罚你们。”

有向子杰的前车之鉴，队员们不敢再懈怠，通过这些天的了解，他们已经清楚张家驹的性格。由于破庙内光线昏暗，队员们并不知道里面将会发生什么。因此，当队员们探头探脑走进去，发现庙堂正前方坐着一位慈眉善目穿着僧袍的人在低头静静打坐时，立即发出轻微的惊讶声。一些胆小的女队员还吓得赶紧往后退，结果，又被张家驹用威逼的目光赶了进去。

看到大家按照要求坐定后，张家驹虎视眈眈地扫视了一圈后说道：“同志们，现在训练正式开始，首先我来介绍一下，坐在你们前面这位长者是锦山大佛的至善大师，下面由大师来给你讲解

‘如何听，如何静’。”至善大师缓缓地站起来，依然半闭着双眼，双手合一轻声道：“阿弥陀佛，善哉，善哉。”就开始讲授起来。

“各位年轻人，静坐又称打坐、冥想，我们佛法也叫坐禅。禅，为心体寂静而能审虑之义；定，为心定止于一境而离散动之义。禅定之人可从中获得禅味，即轻安寂静之妙味，愉悦身心，即一心清静，万念俱寂，自然得适悦之妙味。静坐，可致心一处，使大脑入于静定状态，把散乱的心安定下来，心境达到清净安详，气脉自然畅通。通过静坐，可以使精神高度放松，达到恬淡虚无，心无挂碍，使精神高度集中……”

为了配合教学，在至善大师讲解完后，张家驹悄悄来到破庙后面的树丛中用微型电台发报，他要测试一下队员们见微音而闻知的能力。他故意将电台发出的声音调到最低，一小时后他要检验一下他的队员们谁在学习中见长。有意而为，无为而治，这就是他的训练方式。

破庙外面树欲静而风不止。风伴着秋天的落叶发出沙沙的响声。破庙里面却静得出奇，甚至能够听到队员的轻微呼吸声。女队员们对这种训练甚是好奇和新鲜，因此静得如莲花仙子样端庄美丽。而男队员们对这种训练似乎并不放心上，大概是因为许多人已是久经沙场的“老油条”，因此各怀“鬼胎”地想着自己的心事。向子杰还在为打扫一星期的厕所在心里憎恨着张家驹，“什么玩意儿，不就是列队慢了一点就让我打扫一星期厕所，先别说厕所又脏又臭，就我在家里公子哥的派头也丢不起这个人啊。”

时间一分一秒地过去。破庙里仿佛进入晓露痴缠，星月为凭，轻入梦中的境地。初来时的好奇和新鲜劲一过，女兵张一楠有些坐不住了，又开始左顾右盼起来，而她的一切举动，被发报间隙悄悄来到破庙后面的张家驹通过窗户观察得一清二楚。

“时间到，大家起立。”张家驹突然天降命令道。队员们发出了此起彼伏的叹气声。“安静！安静！”张家驹决定来个先发制人。“张一楠，通过刚才的训练你听到了什么？”张一楠听到点名，两条腿顿时发抖道：“报告，听到好多声音，如风声、鸟叫声，还有外面说话声。”张家驹一听脸愈发黑了起来，不过他转念一想，人家说的事实，想找她的茬没理由。于是又将目光转向向子杰问道：“你是优秀专业技术能手，说说你听到了什么？”向子杰答：“报告，和张一楠听的差不多。”张家驹生气道：“什么，和她差不多，你是大队专业技术尖子，她是还没入行的新队员，你怎么能和她一样？”

向子杰心里立即开始叫苦不迭。不知道张家驹又会怎样变着法惩罚他。正当他担心之时，女队员王丽红报告说她除了听到他们听到的声音以外，还听到电台发出的滴答声。王丽红说完，张家驹的黑脸上立即闪出灿烂光芒并大加赞赏道：“大家都要向王丽红同志学习。”并夸奖王丽红有超过《潜伏》里瞎子阿炳的潜力。

听到张家驹大加赞赏王丽红，向子杰知道自己脱险了。可队员乔巍觉得他太偏心了，心想这有什么了不起的，于是举手报告道：“教练我们也听到电台发出的声音了。”张家驹一听口气就知道这家伙在替好兄弟向子杰打抱不平。出头的椽子先烂！对此，张家驹拉下长长的马脸反问道：“那你说说我发了多久，有多少组？”乔巍愣了一下没有回答上来。这下张家驹心里高兴起来，心想你小子给我巧舌如簧偷奸耍滑还嫩点。正当他准备枪打出头鸟时，乔巍用豁亮的声音答道："时间大约20分钟，应该在五十组左右，报告回答完毕。"

回答得有根有据，张家驹哑然。这个回答发报组数准确，连时间都正确，这说明他是真正静下心来了。张家驹开心一笑指着他说道："你小子也不错，将来你也可以成为瞎子阿炳。"队员们中立即发出了一阵哄笑。也就是从这一天起，乔巍有了一个诨名——"瞎子"。

为了让队员们快速进入临战状态，张家驹在大家仓促地笑完之后又警告道："后天再次测试你们收报的水平，如果还有人抄收20组电报错误率达到5%，每天晚上熄灯号后，来这里训练一小时。大家可能有所不知，这座破庙里发生过许多事情，曾经有小鬼子在这里谢罪，里面还经常有不知名的蛇和各种动物，如果你们不怕就消极怠工吧。"张家驹说完，女队员们发出了亡命天涯般的呜呼。

偶　遇

史云赋那天在H集团军的会议发表一番高论后，薛兆文直接点名让他先到"魔爪袭击"演习指挥部工作，主要负责红军与蓝军演习的联络、协调工作。说白了这是一个类似通讯员的工作，一跑腿的。对于这样的安排，史云赋想得比较开，知道到一个新单位得从新兵蛋子做起，再老也没用，否则搞不好就会被人家扫地出门。

这时他才意识到，自己就像那山上的小草和野花，没人心疼，也得成长，没人欣赏，也得芬芳。史云赋在单身宿舍安顿好后，主动向指挥部报告说到红军、蓝军两方面去了解一下情况。薛兆文一听觉得他工作主动性很强便赞叹道："嗯，小伙子不错，去吧。"为了方便他的工作，薛兆文还特别交代指挥部给他配备了一台新"猎豹"越野。

开上崭新的"猎豹"，史云赋心里乐开了花，自从参加西南实兵对抗演习练就了一手熟练的驾驶技术后，他对车的热爱超过了他找女朋友的热情。为了仿效美军司令官的酷派，他换了迷彩装，还特地到市场买了一副黑色宽边眼镜戴上，然后对着后视一照："哇!"一声自叹，酷到心底。然后飞身"上马"，一轰油门就向驻扎在雁荡山下的红军A师驻地奔去。

山道弯弯，崎岖泥泞。猎豹在狭窄曲折的山道上狂飙，像捕食者追逐着猎物。引擎的轰鸣在山间震响，惊飞林间的群鸟，清风拂起，薄雾散去。他感到从未有过的惬意，这时他才体会到人家老外那些兵蛋子为什么喜欢耍酷摆pose。他还用他的客家腔大声唱起了《山路十八弯》。

哟……
大山的子孙哟
……

史云赋越唱嗓门越高，略带女人腔的声音在山谷间久久回荡，引得树丛中的鸟儿不知是惊惧还是欢喜，纷纷展翅起舞并鸣叫起来。看到鸟儿们如此配合，史云赋像打了鸡血情绪高亢激动，嗓子里的调调拉得越来越长，直至变成鬼哭狼嚎。

史云赋陶醉在自己的歌声里，不知不觉已经到达红军驻地门岗前，一个急刹车，主动拿起放在猎豹前面的参加演习的通行证对着卫兵晃了晃。头戴钢盔、荷枪实弹的卫兵愣了一下，便一个标准的敬礼挥手放行，史云赋感觉到春风得意马蹄疾，爽得要死。

当他兴高采烈地敲开红军A师师长徐春云的办公室，立即被一盆凉水当头泼下。徐春云看到他来后，只是像蜻蜓点水般瞟了他一眼说了声“欢迎啊”便不再理他。他激动的心立即变得冷冰冰。史云赋知道上次会议上的高谈阔论无意间贬低了这种常规部队，人家不待见了。即使他仍旧认为自己并没有贬低他们，而是随着信息战和空体一体战的到来，常规部队已经走到了发展的关键时刻，必须凤凰涅槃，浴火重生。

僵持总不是办法，史云赋便主动向徐春云搭讪道：“师长你在忙啊，我今天是受军里指派来了解一下演习准备情况的……”此话一出，徐春云就知道这是在拿话压他，心里更加不爽了，一个电话就叫来一名上尉军官。“刘参谋，你先把史参谋安排到会议室休息，中午陪他吃个便饭，下午再把他带到第二会议一起研究演习方案。”

史云赋心中很不是滋味，心想：咱好歹也是一名中校军官，又在王牌部队当主官，还是带过好几百人的教导员，在你这就这么不受待见？史云赋很不理解人家为什么要这样待他，难道说真话有错！再说了，高科技局部战争已经多次证明他的话没说错。心里再不爽，但人在屋檐下，不得不低头。史云赋也知道像徐春云这样的老师长不好惹。于是只好自我安慰一番，乖乖地听从人家的安排。

吃过午饭后，史云赋没有让那名参谋人员陪同，决定自己到师直属团去看一看。作为一名老基层，一支部队是否有战斗力，看部队的松散度便一目了然。当他来到直属团的警卫连时，发现中午这一会儿居然还有干部战士“斗地主”。于是又来到通信连，可连队空无一人。一问值日员才知道搞菜地去了。最后他决定到这个团的训练中心看一看。训练中心通常是部队理论与实践的基地，是战斗的反射地。然而当他走进训练中心时，这里却仿佛上演了一部大片——“这里的黎明静悄悄”。史云赋心想，这哪像要大演习的阵式。

正当史云赋犹豫着是回到师部还是再溜达一会时，刘参谋骑着自行车“咯吱”一下停在他面前道：“史参谋，徐师长请你去参加会议。走吧，我带着你。”史云赋应了一声“好的”，便一屁股坐了上去。一路上史云赋已经想好，吃一堑长一智，吸取上次的教训，再让他发言，打死也不说了。

走进A师的作战会议室，他在刘参谋的指引下坐了下来，这时史云赋已经听到师长徐春云在训话了，大意是作为王牌的装甲部队也要居安思危开拓进取，批评二团在演习准备上不出力，装备器材配发下来舍不得用放在库房当展品等等。

看到史云赋到来，徐春云便不再批评，而是让师参谋长赵盈川把整个演习的作战部署汇报一遍。赵盈川走到会议室前台发言席，开始从总体部署到一团担任主攻、直属团负责通讯保障、二团负责佯攻、三团负责……进行详细汇报。

赵盈川的汇报掷地有声，几个团的军政主官听得严肃认真。史云赋从徐春云的表情上看得出，他对整个计划比较满意。为此在参谋长赵盈川汇报完后，徐春云让几位团长发言，结果都用赞成的目光表示方案非常完美。史云赋心想，不会再问我吧。果然，徐春云说了一声“那好”就把目光转向他。“不好，真是越怕鬼越闹鬼。”史云赋心里暗暗叫苦。“史参谋，你从军里来，站得高看得远，给我们的演习计划提提意见?”史云赋立即挥手道：“我是门外汉，不敢妄加评论。”一朝被蛇咬，他学乖了。

本以为徐春云会客气的就此打住，没想到对方居然一脸诚恳地说：“那天你在军演习部署会上讲的就很好呀，别谦虚了，再给我们普及一下信息战尤其是电子对抗战!”史云赋心想：怕又是将我的军吧，才不上你当呢，今天来时已经领教你的态度了。史云赋宁信其假不信其真，表情坚定，一幅打死都不说的样子。

大概徐春云看出了他的坚决，只得尴尬一笑，放过了他。

参加完A师的会议，史云赋觉得再待下去已经没有意义。这次来A师有点一念天堂、一念地狱的感觉。一看时间尚早，史云赋便向徐春云打了个招呼说再到B师看看，然后油门一踩便向L电子对抗大队驶去。他决定先顺道看看崔静再说，这些日子，对崔静的思念就像是喝一杯咖啡，苦苦的、却让人不断回味。

猎豹在崇山峻岭间飞奔，史云赋的心早已经飞到崔静那儿，有好几次分心走神差点撞到山上，为此史云赋开始全神贯注地驾驶。在猎豹的轰鸣声中，须江市的美景一点点进入他的眼帘。仿佛L电子对抗大队操场上熟悉的旋律，飘扬的八一军旗浮现在眼前。

爱上一个人，是一种绵绵的眷恋。小别重逢，史云赋有种回家般的亲切。这时他理解了，爱上一座城，大致是因为爱上一个人。此时和崔静亲吻的画面再次出现在脑海中。就在他缠绵甜蜜的刹那间，一辆红色小轿车嘎吱一下急刹在他的猎豹面前并发出一声结实沉闷的碰撞声，两车瞬间又分开，像是一个短促的吻别。

“你怎么开车的啊？”他愤愤地冲下车，吃了火药般怒气冲冲地来到对方车前。幸亏他们都反应敏捷，否则后果不堪设想。“彼此彼此，害死一个同谋总比拖一个无辜者下水要好。”这时美女取下墨镜发飙道。“怎么是你？”“怎么是你？”四目相对，两相惊讶。美女是陈茵，一别数年。

多年不见，史云赋发现陈茵比过去更漂亮更有味道了。她上身穿一件露肩带的粉色背心，能清晰看出文胸的轮廓；下身一条短短的短裤，露出丰满的臀部以及瘦长的美腿；脚上一双红色的休闲鞋，显得高雅大方。脸色微黄，但晶莹如玉，细腻平滑，看上去比白皙更有吸引力。

“你怎么这身装扮？要爆发第三次世界大战了？”陈茵非常好奇道。“还打钓鱼岛呢！”“那好，我也报名参战！”陈茵打趣道。史云赋嘴一撇道：“还是说说你这么多年消失得无影无踪，突然又半路杀出来的事儿吧。”陈茵犹豫了一下说道：“还不是因为你的好兄弟，否则我也不会无奈去国外留学更不会嫁到国外啊。”史云赋听了一愣。陈茵示意他把车停到合适地方说话。

很多时候，人都在寻找可以倾诉的人，可一旦遇见又说不出口。一番相对无言之后，陈茵告诉了史云赋出国的真正原因。“那你干吗要嫁到国外呢，国内像我这样的帅哥多的是，老外有什么好的，一身红毛看到都发怵！”史云赋带着笑意调侃道。“看来你对外国人有偏见啊，再说我嫁的人跟你我一样。”史云赋难为情的一笑问道：“哦，这样啊。那你怎么又回来了？”陈茵一个侧身对着天空道：“哎呀，都是命不好，他去年患癌去世了，在外面无依无靠的，所以就回来了。”

听到这里，史云赋心里顿时有些不是滋味，但他并未在脸上表现出来而是马上转移话题问道：“那你以后打算怎么办？”“好办呀，他以前是做实业的，想把他的公司转战到须江来，这不就遇到了你，真是不是冤家不聚头啊。”听到这里史云赋心里舒缓了一些。“那你赶快去忙吧，我已经调离老部队了，现在准备去看一个战友。”史云赋编了一个理由道。“要不你陪我一起去看看厂房，晚上我们一起吃饭吧？”陈茵用小女人般的目光恳求道。

如花美眷，暗香自来。史云赋有些犹豫，最终还是强迫自己打消“邪念”道：“不行啊，真有事情的，过几天吧。”说完，陈茵脸上泛起了阴霾。史云赋心里突然有些不忍，觉得这样拒绝一个曾经喜欢的人有点不解风情。正在他万分纠结的时候，陈茵又恳求道：“这么多年好不容易才见面，你忍心吗？”

陈茵的恳求，再加上灼灼目光，让史云赋心一酥软，坠入她的“牢笼”。他快速地思考着，犹豫着看看天，看看表，然后再与陈茵四目相对的一刹那，他做出了决定。“你看我穿成这样走到外面人家不是把我当保镖了？”他自己找台阶下地问道。陈茵仓促地嫣然一笑道：“活人还叫尿憋死？这个好办，把车开到城里，给你买一身不就得了。”“那倒不用，行李包里有便服，走吧，今晚我请你。”

最好的时光，总是在彼此不经意的那一刻相遇。

醉 意

夜幕下的须江城，缓缓流淌的须江在灯光的映衬下，像一面镜子，把老虎山映衬得威武雄壮，如猛虎下山。而那水中倒影的双塔，就如一对情侣在绵绵细语，诉说着你侬我侬的缠绵情话。陈茵那张绝美动人的脸上透着从未有的甜蜜。

“纷飞了，我在须江边等你，一把伞，两颗心，世界一片美好。”史云赋有些动情地说道。“等我?”陈茵一脸认真。“哈，不是，只不过借用人家的诗句感慨一下，千万别多心。”史云赋笑道，有些小尴尬。“还以为你对我说呢。”其实史云赋并不是针对陈茵，而是发乎于心对另一个女孩的思念。

就在这里，他曾经与一女孩甜蜜相拥，那是他的初恋，更是他心中一抹最美的风景。于是，在风起的早晨，他在窗前念她；在花开的时节，他在溪边等她。转眼十多年过去，蓦然回首，那个春天里的邀约，如今早已长满青苔。想到这里，史云赋心里有些隐隐作痛。

“陈茵要不咱们也去租一条小船泛舟江上?”“好啊，我也正有此意。”陈茵立即像小女孩一样上前挽住史云赋的胳膊就向码头走去。面对她的这一举动，史云赋虽然有几分意外甚至是害怕，但他并没有刻意挣脱而是扭捏了一下随即臣服。作为一名成熟的男人，对于这样的亲近，无法自持。

盈盈一江泉水，宛若明净的眼睛，看着江郎，看着虎山，看着仙霞和岁月。

小船随着须江水缓缓流向前方，一上船陈茵就靠在他的肩膀不再说话。史云赋则因此触景生情怀念他的初恋辛雨。那位女孩还是他入伍不久在一个旱冰场认识的，女孩与他同岁，身材小巧玲珑，微带棕黄色打着淡淡的卷儿的长发披散在肩头，脸型稍稍有那么一丁点婴儿肥，但五官端正：长蛾眉，一双仿佛会说话的大眼睛，小巧而挺直的鼻梁，丰润而不丰厚的嘴唇，漂亮迷人。史云赋一见倾心。

机会总是不期而遇，一天在溜冰场里，当她跌跌撞撞马上摔倒的一刹那。就如诗里写的那样：金风玉露一相逢，便胜却人间无数。正好在她身边的史云赋见状，疾步飞奔，长臂一伸，将摇摇欲跌的她顺手揽入怀中。美人，就这样突如其来。接下来的日子，他们一起溜冰，爬到老虎山顶看日出，畅游须江，在西山丛林里踩着落叶散步，到山下的农家乐吃饭，夜晚躲在草丛里听蟋蟀的叫声……她热爱绿色军营，热爱军人。

就这样，每当周末，史云赋总是到班长那软磨硬泡请两个小时的假去见她。如果说有些人，似荷，只能远观的话，那么她如茶，可以细品。和她在一起时，史云赋会有一种如沐春风的爽朗和快感，在她面前他是放松的、快乐的、真性情的、孩子气的，也用不着刻意地伪装一副豪气冲天和气吞山河的样子。

他的疲惫、沉重、烦恼、失意、懊悔、浮躁、压力、劳苦，统统被她的善解人意一揽子收进了柔情里。史云赋经常在心里憧憬着娶这样的女孩为妻，他知道，要想让爱的人幸福，得先让自己有实力，因此在军事训练之余发奋学习文化知识，争取考上军校。

距离产生爱，距离也产生了分歧。当史云赋外出野营拉练一个月回到部队去旱冰场寻找时，伊人如流星，再也不见踪影。为此他失眠了很久。直至十年以后，史云赋不经意地打开电视，才发现伊人已经成为当红的影视明星。

“你在想什么，怎么不说话啊?”陈茵嗲嗲地问道。“你也没和我说话呀。”史云赋带着淡淡的惆怅回道。现在想来，觉得那根本就不叫初恋，仅仅是一厢情愿的单相思而已。就如叶子的离开不是因为风。

“咱们往回划吧，已经天黑了。”“如果一直这样下去该多好啊。”陈茵头一歪不自然地倒在他的肩上。见他不接话茬，陈茵自言自语道：“这须江两岸的景色真美啊，怎么以前我就没觉察到呢。”“这叫翻手苍凉，覆手繁华，是夜色加灯光的效果。就像你们女孩子在脸上涂脂抹粉一样，要识庐山真面目，卸下浓妆才能知。”史云赋侃侃而谈。

“真难听，你不会说就像你们女孩子女大十八变一样啊。”“呵呵，本人一向不会说甜言蜜语，否则也不会到现在还是光棍一条。”说完这句话史云赋就有些后悔了。明明知道陈茵对自己虎视眈眈，这话分明更挑起对方的兴致，有点搬起石头砸自己脚的苦闷。

正当史云赋自作多情的担心陈茵借杆上树时，陈茵并没有接话，而是起身一脸忧思地转向船头，叹了一口气说道：“没有水，女子也将无所附丽。女子唯有如水绵长，方能一瓢难饮尽。这小船跟人一样，够可怜，总是处在水深冰冷之中还得听从别人的指使。”

史云赋不知何意，便转移话题：“到喽，走吧，我们上岸去吃饭吧。”陈茵知道他没有明白自己话意，便有几分失意。心想，怎么这么多年过去了，情商就是不见长呢？“来，小心点啊，掉水里我可是要上演英雄救美的戏码的。”史云赋跳下小船提醒着她。听他这么一说，陈茵立即故意装着害怕的样子喊道：“好怕呀，快拉我一把呀。”史云赋一伸手，陈茵扑进他的怀中。史云赋一个熊抱加快速转身，稳稳把她放在岸上。陈茵甜蜜无比。

“大小姐今天晚上想吃点什么，我请客！”“说好的，我请客啊别和我抢。”陈茵发着嗲强调着。“钱多，就是任性！”陈茵知道他是玩笑，便又用商量的口气道：“要不我们去吃火锅吧，在国外好多年没吃火锅了，怪馋的。”“只要你不怕长痘完全可以！走吧，我知道有个叫咕噜川香火锅不错，你开车啊，我这公车不好私用的。”陈茵点头：“OK。”

在史云赋的指引下，凯迪拉克似离弦之箭冲了出去。这时史云赋好像突然想起什么问道：“我记得给你们搞军训时你脸上长着好多痘痘，怎么突然没有了？”“讨厌，哪壶不开提哪壶，人家那时是青春年少，现在过了年纪当然没有了，这点生理知识都不懂。”史云赋嘿嘿一笑打趣道：“哦，这就是传说中的痘熟花开吧。”陈茵嫣然一笑道：“去你的，什么逻辑。”

“到了，到了，就这儿。”史云赋指挥道。“你先下去找座位吧，我把车停好就来。”望着史云赋矫健的背影，陈茵忍不住嘴角上扬，他的微笑令她百般回味。当史云赋刚点好鸳鸯锅底坐下，陈茵已经拎着两瓶红酒走到他的身边。“你这样子今晚像是要买醉的节奏啊。”“老朋友相见怎能没酒呢，这可是从国外带回来的真正的卡斯特。”陈茵炫耀道。“喝酒你到时怎么开车回家啊！”“这个你就不用操心了，我这不刚回来，暂时就住在宾馆里，到处都是我的家。”

火锅飘香四溢。“来吧，借你的好酒欢迎你回国。”陈茵立即举杯：“好，举杯忘忧不染悲凉。”“不行，不行，我的胃不太好，上次……就……”史云赋拒绝道。“就怎么了?”陈茵好奇问道。“就喝醉了呀!”史云赋补充道。“那就今天再醉一次吧，不许耍赖!”陈茵命令着。史云赋只能无奈地端起了酒杯。

“可不可以说说你这么多年为什么不结婚?”“这个，这个，你真想知道?”她点点头。“这不，提干，然后上学再去参战等等一直没找到合适的啊!”“呵呵，那你现在有没有目标?”陈茵起杯又问。“有了，刚刚开始。”陈茵脸一红，瞬间又重新复位。她以为是她的出现。

世界上最温情的语言是对酒当歌。很快一瓶红酒就在他们杯觥交错间喝完了，史云赋这时已感到头脑有些晕了，从陈茵人面桃花的样子上也看出她也晕乎起来。但那样子看起来比下午见到时更有少妇的韵味。后悔当年那单相思的等待，如果不是张家驹不想与他成为连襟，也许现在他们的孩子都会打酱油了。想到这里，史云赋“扑哧”一声，笑了出来。

“你在笑什么？好怪异。”陈茵道。“没啊！瞎笑的!”说完他便建议道：“另一瓶我们别喝了吧，就这样聊聊天挺好的。”“那不行，今天咱们俩得把这两瓶全干了。”陈茵说着就叫服务员把红酒打开了。

“你也不问一下我在国外这么多年过得好不好?”她突然一句

话，把史云赋噎在那不知道说什么好。好在他反应迅速，连忙说道："肯定过得不错啊，你看你现在开这么好的车，马上又要当老板了，别人羡慕还来不及呀。""算了吧，对于我这种无足轻重的人，错过也淡忘是吧。"史云赋脸一红哑然。"问你，你现在在部队上干得怎么样啊?"陈茵换了一个话题。

"怎么突然问这个问题?"陈茵回答："关心你啊。""这不，得意洋洋。"史云赋嘴上这么说着，心里却不是一番滋味。他是个越难受越嘴贫的人，今天去A师人家不待见自己的情景又在脑海闪现。"那我得好好祝贺你步步高升了。"陈茵似笑非笑道。"高什么升啊，这不被派到演习场上打杂来了。"史云赋实话实说了。不过说完这句话，他立即觉得该给自己的智商下跪，显然说得前后矛盾。

"你一会说得意洋洋，一会说打杂，要不你转业吧，我们一起开公司，反正我这公司刚开始，需要很多人手，尤其像你这样有资历、见识广的人才。"陈茵怂恿道。"我算什么人才呀，走到哪儿都被人欺负。"史云赋怏怏道。听到史云赋口气中带些酸楚，陈茵更加开足马力般怂恿道："来我这吧，年薪三十万，外加一套房子和一辆车，你当我的副手都行。"

看到她唇红齿白一脸认真，史云赋从座位站起来惊讶道："这么优厚的待遇啊，那好，有一天我可能到很远很远的地方，我把自己打包成礼物你会不会签收?""必须的!"陈茵以为他不相信，加重语气补充道。"那好，真心有重量，三个月后演习结束，如果还不受人待见就来投奔资产阶级，来个发财致富。"说完他端起杯子与陈茵干杯。

陈茵抛出的橄榄枝实在是太诱人了，史云赋觉得这样也不错，可以和崔静结婚后不用两地分居了，他渴望有个温暖的家，爸爸妈妈还等着抱孙子。他觉得生存最重要，重要的是在陈茵这，一下子找到了英雄有用武之地的存在感。

就这样第二瓶红酒也快见底了，陈茵醉意渐深却执意还要喝，见此史云赋连拉带拽，好不容易才把陈茵塞进出租车。

出租车在繁华的须江城穿行，史云赋多么希望这时崔静能够在自己身边。在酒精的作用下，他越发想念崔静，想那晚他们一起的情景。想着想着，便下意识地紧搂了一下陈茵。

“到了就是这。”出租车司机说道。“陈茵到宾馆了，下车喽。”史云赋拍了拍她说道。陈茵嗯了声就是不动。史云赋把她扶上床后，正要抽身离开，陈茵却突然清醒过来，紧紧搂着他的脖子不松手。

第四章　打破惯例

方　案

细听蝉翼寂，遥感雁声来。夜晚的B师作战室里，灯火通明，气氛热烈。作为蓝军司令的朱皓山已经带司令部的一帮人和他手下的几名团长在这里不分白天黑夜连续奋战了多个日日夜夜。为此他手下干将们叫苦不迭，还有的人私下发牢骚说再怎么折腾也是人家手下的败将。

朱皓山清楚自己的手下没有多大信心去对抗，这更加坚定了他要给红军来一个措手不及的决心。从此，作战室里没有战场上的硝烟弥漫，却大有“风萧萧兮易水寒，壮士一去兮不复还”的气势。烟雾从朱皓山面前飘过，他的思绪已飞到硝烟弥漫的战场。

“安静，安静，下面请谷翔同志再把我们制定的B方案给大家演示一下。”朱皓山沉思后一脸兴奋地说道。他之所以对这个B方案信心十足，是因为B方案带着他满脑子的不服，方案一旦实施成功，将对 A 师造成致命的打击。

对于他这个计策，师参谋长谷翔觉得“本是同根生，相煎何太急”，没多大意思，因此曾竭力反对，认为这样做简直是冒天下之大不韪。搞不好轻则受处分，重则丢乌纱帽。可是朱皓山就是咽不下一直当败将这口气，觉得自己也是一师之长，与 A 师一样的级别，干吗老让自己陪太子读书，因此暗下决心要在师长年龄到限之前，不蒸面包也要为 B 师争口气，让爹妈承认手心手背都是肉。

朱皓山这么做其实并不是跟徐春云过不去，相反他和徐春云的关系还是不错的，他俩曾经在陆院一见如故，成为无话不说的学友，后来又成为无话不聊的战友，然后又一起分到 H 集团军司令部从参谋干起，之后虽然在小地方有点冲突，但关系还是不错的。但朱皓山在徐春云的心中，就二杆子一枚，没有自知之明，总想着弯道超越。

即便这样两人关系本可善始善终，然而随着职位越来越高，竞争异常激烈，眼看大势所趋，朱皓山想退隐做戚继光，安稳干到退休或转业。可是 H 集团军搞这次演习像要借助钟馗“打鬼”逼他出山，害得他只好孤注一掷。“兄弟对不起，不怪我无情，只怪现实无义。”他在心里说。

朱皓山的想法，其实也代表了大多数一直充当蓝军部队官兵的想法。他下属几个团的团长、政委早就有翻身闹革命的想法了，早就想是骡子是马比比看了，可是上级党委的决定，只能无条件服从命令。加之这也是多年来已经形成的惯例，红蓝两军组合对抗演习，总有一方要充当被打的败将角色。

破旧立新，不变则颓。作为师长助手的参谋长谷翔，虽然有不同意见，但他还是坚决拥护朱皓山的决定并很为这位一直呕心沥血、全身心扑在军队发展上的老师长担心。为了配合这次演习，可以说朱皓山下足了真功夫。

谷翔听到师长的指示后，以小跑步的军姿来到会议室悬挂的电子地图大屏幕前，轻点了一下鼠标，电子显示屏上立即出现了B师“魔爪袭击”演习敌我态势图几个大字。大字下方是用颜色区别的红军、蓝军两方所在区域和兵力分布情况。敌我双方，军事实力对比、兵员、武器、装备详尽展开。地形地貌上，山川、沟壑、丛林一一呈现。战场就这样浓缩在一张大屏上。

会议室里安静的氛围有些让人透不过气来。谷翔环视了一下会议室，拿起指挥棒道：“下面我受蓝军司令的委托给大家汇报一下我师的作战方案设计，共分三个部分。第一，我方在进行军事行动前一周，所有参加演习部队进入临战状态。然后由配合这次演习的天使出击队运用高技术手段对红军通讯联络入侵，详细掌握敌方通讯频率和破译对方的通讯内容，进而掌握敌方兵力调遣以及作战意图等，待全面掌握敌方动向后，立即调整我方方案。”

谷翔说完，朱皓山脸上洋溢着胜利的喜悦：“谷参谋长，那L电子对抗大队方面协调好了没?”“已经联系好了，他们正精心准备之中。”“不会有什么闪失吧?”谷翔立即回答：“经过前面我与该大队长梅照岭同志的沟通，他们在接到任务后，非常重视，从部队抽调10名集雷达通讯、电子对抗、电子干扰、电子侦听等方面的专业技术能手和新入伍的10名女战士组成‘天使出击’队，目前正以非常规训练方式，进行针对性训练。”

朱皓山一听自言自语道："太好了，那可是太好了。"谷翔的一番话，就如一石激起千层浪，令作战室里像油锅溅水炸开了。一团长钱浩祥很不屑地向身边的二团长柯利刚问道："那L电子对抗大队有那么厉害吗?""据说很厉害，大队长梅照岭是我在通讯指挥学院中级班的同学。那年在上学时谈到伊拉克战争，他就谈到美军如何利用电子战……"

"没那么玄乎吧，听说我们的电子对抗部队要落后美军几十年，我看不管球用的。"钱浩祥又质疑道。柯利刚摆摆手道："你那是老皇历喽，现在我军电子侦察预警机、无人侦察机都上天了，更别说电子对抗装备了，据说他们有一套利剑SD-1系统非常厉害。"

还没等柯利刚说完，朱皓山就打断道："我知道你们表示怀疑，但怀疑不等于现实，谷参谋长介绍的全部是事实。说到这里，我也把现学现卖的战法给大家讲一下。"朱皓山喝了一口茶接着道："这个L电子对抗大队之所以这么神奇啊，是经过实战检验的，不用怀疑。我们以美军打击伊拉克为例。在这场战争中，美军的胜利，与他们全面掌握着这场战争的信息权有着重大关系。首先他们用'天眼'拉开4张大网。美军利用各种侦察手段，掌握伊军的各种军事信息。又利用卫星和高空侦察机以及电子对抗设备，实行多层次的立体侦察系统，全面了解和掌握了伊拉克的军事部署情况。"

"朱师长只说对一半，其实美军在距伊拉克地面600多公里的太空，部署了多颗间谍卫星组成的'天眼'卫星网。在伊拉克头顶约2万米的高空，U-2侦察机和'全球鹰'无人侦察机在不断地盘旋；在1.2万米的高空，装备有移动目标追踪雷达的预警飞机往返巡逻；再往下到6000米高处，则有‘掠食者’无人驾驶飞机，装备有图像、红外线及雷达传感器窥探军情。”柯利刚悄悄地对钱浩祥说。

“你怎么知道这么多?”钱浩祥惊愣道。“你们俩不要交头接耳。”朱皓山看着他们俩责令道。说完他又接着说道：“其次是实施了电子干扰压制。那年美军打击伊拉克，可以说是一场高科技密集的电子战。美军使用强大的电子战部队，通过持续和高强度的立体电子战，对伊拉克的电子信息系统进行空中遮断，对此，伊军大部分指挥、控制、通信防空等电子信息系统都被置于瘫痪境地。”

朱皓山讲完第二点，作战会议室里开始有些骚动。“师长讲的这些我都知道，现在已经写入军事教材中了。”柯利刚轻声得瑟道。直属团团长周国忠也不甘示弱道：“美军在打伊军中最后一招是使用电子‘盾牌’。为了保护己方的电子设备和信息系统不受伊军的干扰和破坏，美军着重加强了其军事信息系统的防护能力，主要配备有‘区域防空指挥系统’‘快速战术图像系统’‘漫游者’软件。‘区域防空指挥系统’是美国近年来才在‘林肯’号航母战斗群中的‘夏伊’号导弹巡洋舰上首次部署的系统，目的是提高远征部队联合舰队的综合反导防空能力，使指挥员能从舰艇上控制空战。‘快速战术图像系统’装备在F-14战斗机上，能使美海军与地面部队之间传递图像，缩短‘从传感器到射手’的时间……”

“好了，好了，别讨论了，既然我讲的你们全知道，那还是请谷翔继续往下讲我们的出其不意吧!”朱皓山有些不高兴道。“我汇报的第二个方面，其实刚才师长已经讲到了，我们可以借助于电子对抗部队的这一独特优势，以‘黑客’施放病毒程序，攻击红军的指挥网络系统，破坏敌方的电子设备、网络系统、通信系统、指挥系统，同时尽最大的努力保护我方不被敌人攻击。然后来个喧宾夺主，进而越俎代庖指挥红军炮群、战机群向自己阵地发出轰炸指令。”

谷翔讲到这里，朱皓山立即插话道：“讲到这我特别提醒一下啊，今天的会议严格保密，谁泄露了，军法处置。”谷翔讲完后，台下又是一片哗然。“就他们那天使出击队就有这么厉害?”周国忠向身边的三团团长许建峰问道。“反正外军做到了，相信我军随着近年来高科技装备的发展和高科技人才的培养，应该没问题!”周国忠又问道：“那他们这个部队怎么会有女兵?”“听说是这个部队长年驻扎在山沟里，文化生活比较贫乏，加之有些军事科目需要女性，所以特招。”许建峰说完。周国忠感叹：“还是他们高科技部队牛，连美女都让他们抢占先机。”

“好了，大家别议论了，继续让谷翔汇报我们B方案的作战方式。”朱皓山挥斥方遒般说道。

“前面我已经讲了，如果我们前面的第一步战略意图成功实施了，那么后面的问题便迎刃而解，很快也会水到渠成。这时红军所有的兵力分布、通讯联络和战略进攻意图全在我们的掌握之中。因此当演习导演部发出演习开始的命令后，‘红军’一定会利用他们炮兵部队向我方阵地发出最猛烈的打击，接着利用他们装甲机部队的优势，跋山涉水一鼓作气向我们扑来，这时就给了我们一个可以乘虚而入的机会。”

谷翔说完故意停下来。台下的人员则个个屏声息气等待他的答案。于是他切换显示屏道：“请看大屏幕，上面已经表述得非常清楚，我们可以分为北、中、南三线对敌作战……”

蓝军这边运筹帷幄，红军那边也没闲着。自从昨天史云赋离开后，红军司令A师师长徐春云觉得史云赋在演习部署会讲的信息战、电子战还是非常有借鉴意义的，加之这些年他也在关注一些地方的局部战争：信息战和电子战在唱主角。更重要的是他从小道消息听说朱皓山这家伙要来个不按常理出牌……

作为老对手的他这几天心里总觉得要有什么事发生，于是在忐忑不安中拨通了薛兆文的电话并以告状的口气说朱皓山在这次大演习中可能会另搞一套，加入信息战、电子战，准备让导演部难堪。徐春云的电话，立即提醒了薛兆文，何不来个凤凰涅槃浴火重生？老把式的演习已经过时，也不符合中央军委谋打赢的指导思想。

为此薛兆文思忖一下顺水推舟道：“军委领导在认真分析国际战略格局和国内安全形势时一再强调，军队要强化善谋打仗，树立战斗力标准，培育战斗精神，不断提高训练实战化水平，你说呢徐师长？”徐春云仍不死心地试探道：“那就是打破常规演习了，到时演习不乱套了啊？”“演练场就是战场，谁告诉你红军就一定非得胜利，蓝军就非得失败！踩着别人的脚印，走不出自己的路。”薛兆文说完就挂断了电话。

事实上，红军胜、蓝军败不只是徐春云一个人的想法，在部队官兵的传统观念中，打仗就是打仗，演习就是演习，是两码事。薛兆文放下电话，心中有些窃喜，他得感谢徐春云提醒他，对抗演习就要不拘一格，否则演习变成演戏如何能提高部队战斗力？

偷鸡不成还被不阴不阳地训了一顿，徐春云心里不是滋味，也让他小算盘彻底告吹。原本想着这次演习完美收官后，你好我好大家好，去把H集团军副参谋长一直空缺的位子补上。如果打破了常规演习，万一他的红军被蓝军干败岂不毁了他的大好事。再说，他们这支一直战无不胜的王牌装甲部队也输不起，全师官兵也不会放过他啊，越想越后怕。徐春云因此更对朱皓山恨得咬牙。

对手让他憎恨也让他变得强大，于是徐春云一道命令，把全团的军事主官全部召集到师里来另起炉灶。他要与朱皓山来个釜底抽薪。

任　务

就在陈茵搂着史云赋脖子的一刹那，崔静那张平静而严肃的面庞隐约出现在他眼前，史云赋像触电般推开了陈茵。谁知用力过猛，陈茵发出一声尖叫，摔在地上，史云赋知道自己又闯祸了，赶紧上前把她搂了起来。“对不起，我不是有意的。”他一边说着，一边抚摸着她的头发。谁知这一举动令楚楚可人的陈茵顺势抱着他的腰嘤嘤哭泣起来。

“真的对不起啊，是我不小心，我也不知道怎么会……”“难道我就这么令你讨厌吗?”史云赋连忙解释：“不喜欢会陪你吃饭陪你聊天游船啊?”说完他随即补充道：“我是把你当老朋友当小妹妹一样看待的。”“我不要当你小妹妹，要当你女朋友，当你的女人!”陈茵说着就要乘势而上。见此史云赋又像触电般推开她道：“我有女朋友了，别这样好不好?”谁知陈茵一把抓住他质问道：“男未婚女未嫁，可以公平竞争啊!”

陈茵的话让史云赋很无语，他不知道怎么回答她。于是双方陷于沉默之中。“好不好啊?”陈茵打破沉默问道。“不好，我已经有女朋友了啊，我不能对不起她。”“世界上有一种爱叫作争取，因为错过就是一辈子。”她的话把史云赋逗笑了。“你以为这是战场啊，谁抢到就是谁的!”“那你要哪样啊？你就说吧，喜不喜欢我?”陈茵再次楚楚可怜撒娇地追问道。

“这爱情婚姻吧，讲究个缘分，能相爱的，自然能相合；要分开的，谁也无法凑合。曾经我真的爱过你，可是那早已属于过去，而不是现在，过去了就让它过去吧。”“什么缘分，缘分就是一本书，关键看你读得认不认真。不认真就容易错过。”对此史云赋摇摇头讪笑道：“当你紧握双手时，里面可能什么也没有。好了，你早点休息吧，我得找个地方休息，明天还要去B师呢。”说完，史云赋一挥手走了出去。

须江夜里的街道上已经静谧得不见行人，只有永远闪烁的红绿灯在坚守着责任。史云赋决定随意走走，再次感受一下这座江南小城的独特气息。谁知走着走着居然鬼使神差走到他和辛雨曾经度过美好时光的地方。经过好一番仔细辨认，他才发现旱冰场如今变成了一座高楼。因此心中陡生沮丧，转身向停车的地方走去。

史云赋从八卦新闻中了解了辛雨的戏里戏外，靠着演技一路走红，在国际电影节上还得了许多奖，但现实中的戏演得好像并不太好，爱一次散一次，前不久还传出她当小三被偷拍的新闻。曾经如此美丽的女孩，为何要走到这一步呢。想到这里，史云赋很是为她惋惜。岁月辗转，时光安然，在月色的倾城岁月里，她已面目全非。史云赋决定将她连同那些最美好的记忆静静收藏。

一夜无眠，当清晨的阳光从江郎山三爿石穿过撒向须江大地时，史云赋已经驾着他的猎豹来到崔静的楼下。随着刹车声响起，洗漱的女兵们纷纷抬起头来张望。崔静听到她的女兵们一惊一乍的声音后，立即从宿舍走出来问道：“你们一大早的又犯什么癫呢?”不曾想，她一抬头，发现史云赋正朝阳般温暖地傻笑着。

“你这一大早的穿成这样子，抽的什么风啊?”崔静装着很生气地问道。史云赋知道她是假装的，便反其道而为之，立即来了个立定加个军礼：“报告指导员同志，我是……我是来混早饭吃的，给点吧。”

崔静见状，赶紧走到他身边小声道：“你这人怎么没个正经啊，这帮丫头都看在眼里的。”“想你想得着急这不就赶了个早。”崔静一挥手道：“你先在车上等会，我去洗漱。”望着崔静远去的窈窕背影，史云赋心里像绽开了花蕊，觉得崔静在这绿色军营里还是很出彩的。史云赋自己心里也清楚，与其找个美人供养着，不如找个媳妇陪伴着。这次回家探亲时母亲还嘱咐他说：“一个女人，物质上不依赖你，精神上不依赖你，要你干吗?”史云赋不知道妈妈从哪儿学的理论，倒是觉得比较有理。

“在想什么呢？走吧!”史云赋在沉思中被崔静叫醒，脸上顿时露出了不易察觉的狡黠：“就在你们饭堂吃点算了吧，干吗要跑到外面去吃?”“就你刚才那样子过会不要在部队里传得沸沸扬扬，再说你最不喜欢的人一会儿准在。”一听张家驹在，史云赋马上说：“好的，走吧。”

“你是吃雪菜肉丝面还是……”史云赋看着菜单问道。“随便你吧。”“老板，两碗雪菜肉丝面。”史云赋对着老板喊道。“对了你怎么这么早过来?”崔静突然想起问道。“这不昨天下午在郊区遇到一……老朋友，晚上喝了一杯所以就没有来成。”史云赋差点说漏嘴跟陈茵在一起。“看来还是你的老朋友比较重要。”史云赋立即做一个鬼脸搪塞道：“结识新朋友不忘老朋友嘛，哈哈。”

“怎么样，你们那‘天使出击’队强化训练到什么程度了?”“一切正在按照部队党委会定的任务有条不紊地进行着，训练上有参谋长负责，我只负责思想政治工作。”史云赋一听，差点一口面条喷出来。他用怀疑的目光问道：“你啥时候学会做思想政治工作了?”对此崔静有些不高兴地反驳道：“怎么，听口气好像瞧不起啊?”“军医改行做思想政治工作倒是很有针对性，治病治心。”“那是，医者人心嘛。再说部队的政工干部不都是军事干部淘汰下来的。”崔静故意说道。她就是要将他一下，看他作何反应。

果然史云赋立即中招并争辩道：“打住，打住，不带你这么说的啊，我可没被淘汰，当初是领导再三做我的工作才当教导员的，再说你看我现在又是军事干部了。”“对了，你不提醒我我还真忘记了，那句瞎参谋烂干事，又瞎又烂是……”崔静步步紧逼道。“打住！打住！你的话题跑偏了，小心被群起而攻之。”“是你先取笑我的，自作孽，不可活。”崔静不依不饶道。

“好了，走吧，送你回部队!”史云赋擦着嘴说道。崔静有些诧异地问道：“啊，你就要走啊!”见崔静对他开始有所留恋，这令史云赋有些小激动，他打趣道：“怎么，开始舍不得我了?”“去你的!”崔静害羞道。“这样看来你也是怪物了。”说完他又一本正经地说道：“这不刚刚调过去嘛，得好好表现嘛，军领导安排我当‘魔爪袭击’演习的联络官，所以一会得赶到B师去听他们汇报。”

说完这话，史云赋自己都感到脸红，难以置信编得这么顺口。事实上没人给他汇报工作，更没人愿意让他听人家汇报。而这一切对于崔静来说却是高兴事。得知未来的夫君被重用，她的脸上立即露出笑脸道："那我们什么时候可以再见面啊?""等你演习结束了吧。"史云赋脱口答道。"不行，我想去你那边看看你!"崔静看着他撒娇道。史云赋又一激动，仓促笑道："好啊，随时欢迎!""言不由衷！刚才还在说演习完后。"

崔静的话还没落音，猎豹"咯吱"一下就停到了训练中心门口。这时，前来训练中心参加训练的各分队已经排着整齐的队伍，唱着军歌或喊着口号陆续向他们走来。"快，快，快，让我下车，一会他们看到了不好。"崔静像做贼一般催促着。"要不我们来个kiss就此话别?"史云赋逗道。"滚!"说完她就小跑步消失在他的视野中。

看着她欣喜离去，史云赋心头萦绕几多甜蜜。他探出头张望了一下，确定崔静已经离去后，便驾驶猎豹向B师而去。

B师位于H集团军所辖的东南沿海地带，与A师和H集团军军部呈扇形态势，这个地区是扼守海上之敌的重要战略之地，地理位置非常重要，自古就是兵家必争之地。因此猎豹所经之地不是青山绿水就是小桥流水。但史云赋没有心情欣赏，他的眼前时而出现崔静的身影，时而又有陈茵的丽影在晃动。美人交错更迭，令他迷离。

当史云赋到达B师时已经过了午饭时间。他被门岗放进B师大院后，并没有饥饿的感觉，所以就直奔师直属团而去。他要观察下这个师的临战状态，尽管首长没有这样要求他，但作为一名参谋人员，掌握军情，任何时候都是职责。然而当他刚刚走进直属团的边缘时，卫兵出其不意地将他拦了下来。

史云赋解释说他是集团军的史参谋。“请出示您的军官证。”卫兵一脸严肃道。当史云赋亮出证时，卫兵带着怀疑的眼光问道：“你到底是哪个部队的?”说着就给团值班室打电话。不一会儿，就出现五名全副武装的卫兵把他围了起来。史云赋一看那阵式，连忙问道：“我怎么了，值得这么兴师动众?”卫兵也不理他，而是毕恭毕敬报告道：“排长，这人说他是H集团军来的史参谋，可他的军官证是ZC的，我怀疑他是假军人。”

那位中尉排长带着怀疑的目光接过军官证看了看，然后又像盯犯人一样把史云赋上下打量了一遍说：“走，到我们团值班室去。”史云赋一听连忙解释道：“我真是军里的史参谋，这军官证是以前部队的还没来得及换。”中尉不再理他，而是做了一个请的动作。

史云赋就像特务被他们押往值班室转交到一位值班的少校手上。少校接过他的军官证看了看问道：“你这证我看像是假的，老实交代你是干什么的?”史云赋立即辩解道：“我真是军里的史参谋，不信你打电话问你们朱皓山师长。”“口气不小啊，我们朱师长的客人会没人陪同?”史云赋哑然。这下少校更确信他是假军人，一个电话又打到师值班室。也不知道对方在电话中说了什么，史云赋被押到师值班室，然后通报给朱皓山后他才得以“平反”。

当史云赋被请进师长朱皓山的办公室时，看到他正在大幅军用地图上比画着什么。见史云赋走进来，他连忙放下手中的铅笔说道：“史参谋远道而来有失远迎啊，请坐!”见朱皓山一脸热情并没有像徐春云那样摆架子，史云赋因此放松起来并开玩笑道：“朱师长这真是戒备森严啊，真有点临战状态的味道。”朱皓山嘿嘿一笑道：“这部队地处改革开放前沿，特务打着商人的旗号来到中国，不防不行啊。”说完他接着问道：“史参谋这次来有什么指示?”

听完史云赋传达军里要求后，朱皓山连忙说：“太好了，上次在军里你讲那信息战、电子战我还没怎么搞懂，这次演习我打算加入你说的信息战、电子战，你得帮我好好参谋一下。”说完他就拿出上午师参谋长谷翔给大家汇报的演练方案来。得知朱皓山的用意，史云赋受宠若惊推辞道：“这个我是外行，我的任务只负责上传下达，不然到时候坏了你的大事我可负不起责任，再说你们两边的演习计划我都知道了，要是说漏嘴那不是里外不是人……”

见史云赋执意不肯，朱皓山有点不高兴了。“那史参谋这次来的主要任务是什么?”也许是朱皓山嗓门过高，这一问还真把史云赋给镇住了，于是只好实话实说道：“军领导叫我了解一下参演部队的进展情况，然后熟悉一下集团军所属部队联演连训中有什么好的建议。”“这样啊，那我叫谷参谋长向你汇报吧，我还有点事。”说完挥手让门外守候的参谋把他领走。

史云赋再次领悟到不怕被人利用，就怕你没用的惨状。

测　试

“今天我们将进行第二次收报模拟测试，请大家准备好。”张家驹一脸严肃地走进教室说道。由于前一次他已经把狠话撂在前面了，这些天来，天使队员们甚至在吃饭上厕所时脑子都没有闲着，都在高速运转着训练科目。还有的队员，提前几个小时起床背诵滴答滴答，答答滴答。害怕一不小心被送到那阴风鬼魅的破庙中。于是当听到张家驹宣布进行第二次测试时，几名女天使队员紧张得连握笔都在发抖，还有的队员报告要上厕所。

草木皆兵。张家驹一看这情形，搞不好他们又得考砸了。于是他换了一幅脸色对队员们说道："不要这么紧张嘛，首先坐姿要端正、心情放松，然后听清楚后，压上两个码或三个码再抄写，你越紧张越会掉码，这样，你们先做一下深呼吸吧。"说完他从教室走了出去。

欲速则不达，急功近利更是训练场上的大忌。张家驹走出教室，队员们的神经立即放松了许多。天使队员采取各种方式整理心情，放松着状态。他们都希望争第一，都希望青出于蓝而胜于蓝成为最优秀的队员。越是这样想，精神状态就在交织中紧张起来。五分钟很快过去了，张家驹走进教室说了声"准备开始"后，电波就随着滴答滴答的声音在教室飞扬……

教室里除了"滴答滴答，答答滴答"的声音外，便是天使队员们的铅笔在电报纸上发出的沙沙声。也许是过度紧张，也许是根本就没背记下来，张一楠抄着抄着突然就趴在课桌上哭了起来。"停!"张家驹有些莫名道。当大家抬起头就看到张一楠已如泪人一般。"你怎么了，哪儿不舒服?""我、我紧张得不会写字了。"说完还大声哭了起来。教室里随即回荡着一阵嬉笑声。

"你们别笑，这次测试不算，一会重来，张一楠你去外面调整一下心态吧。"这时张家驹觉得有必要再做一下大家的思想工作，否则队员们这样紧张下去是训练不出效果的。他说道："同志们，我们今天所处的时代，不是什么'小时代''轻时代'，而是一个风云际会、气象万千的壮阔时代，是一个变革深刻的非凡时代，是一个人人出彩、奋发奋进的英雄时代。上级首长交给我们重要任务，是对我们的信任，大家都知道有句话叫‘欲戴其冠，必承其重’吧……”

张家驹觉得这样调试和等待下去也不是办法，惟有在不断摔打中才能磨炼精兵。弓，拉的太满也会折断。不拉，等于没用。因此他再次宣布测试开始。

当张家驹放下电键，关掉发报机，用犀利的目光扫了一眼张一楠的考卷时，真有点欲哭无泪，他担心的事还是发生了。张一楠紧张过头，几乎没抄对几组，再一看其他队员的考卷，也好不了多少。这令张家驹多少有点心力交瘁，急得他额头上冒出汗来。

言必行、行必果是军人言行一致的优良作风。纪纲一废，何事不生？不矜细行，终累大德。于是张家驹狠下心来宣布：“今晚，所有女队员去破庙补训。”教室里又是抱怨声一片。

这夜的月光显得格外皎洁。树木在秋天时落光了头发，田野在秋天时失掉了青绿的衣裳，山丘冷得发黑。月光之下，遥远的犬吠，落叶的轻舞，飞鸟的啼鸣，汇成一段深远的音乐。古代的寺庙是一个容纳游子过客的驿站。而今，在荒芜的寺庙里，在月光的朦胧中，正演绎铁马秋风战地黄花的故事。天使队员们苦练着心若不动，风又如何。

滴答，滴答，答答、滴答声又在继续，这种听力练习看似没有科技含量，但是把一个人全部器官的力量汇聚在这一时刻着实不易。张家驹相信铁杵磨成针绝非一日之功。因此，在两个多小时的夜训中，张家驹倾注了全部心血，时而长码，时而短码，时而声音加大，时而声音降低。这一切，为的是让他的队员们练就一双顺风耳。

当他将30组英文报发送结束，他检查了一下张一楠的报稿，居然全部正确。这令张家驹有些抓狂。当他再看袁芳的报稿，居然没对几组。这位军事训练成绩一直保持优秀的队员如此掉队令他非常意外："袁芳！你知道你为什么会考成这样吗？如果你平时少出力，到头来必然差人一等。成为劣队员；只有今天努力一点，明天才有资格令别人羡慕。"

看到张家驹越说越气的样子，崔静立即使了一个眼色，意思是太晚了。结果被张家驹一扭头给拒绝了，不过他还是照顾了一下袁芳的情绪，想着毕竟是女孩子，从小在城市长大，夜晚没有经历那种阴风鬼魅的气氛。于是问道："你们晚上谁愿意陪袁芳补训?"大家你看看我，我看看你。正在这时，赵冰站起来："报告，我愿意。""好，就你了赵冰，大家下课休息十五分钟，准备去3号营地进行机上训练。"

面对赵冰的果断，大家不约而同用疑惑的目光看着他。赵冰知道他们在想什么，但他认为，同为战友，只有训练场上做到我为人人，才有机会在战场上人人为我。不过，他也有私心，怜香惜玉了。

3号营地是大队最先进的电子侦察训练之地，那里安放着目前全军乃至世界最先进的电子侦察设备之一，美军的P-8反潜侦察机和E-2D预警机用的就这套设备。平时这里戒备森严，不允许人靠近。这里又被官兵称为"黑室"。

当天使队员们走进密不透风的"黑室"，一股激情涌上心头。他们发现一排排长相奇特的电子设备仪器上的灯光似夜晚飞机跑道上的航标标灯，正不停闪烁着，仿佛早就在等待它的主人们到来。这些设备是当今世界最先进的电子侦察模拟训练器材，只要在这里面训练考核过关，一旦走向战场便可战无不胜。

看到队员群情激昂，张家驹激励道：“你们现在从事的训练是伟大而崇高的使命……”面对“黑室”电子设备上闪烁的灯光，天使队员们很兴奋，都期待在这里崭露锋芒。见此张家驹故意提高嗓门说道：“今天你们将离实战更进一步，现在展现在你们面前的是利剑 SD-1 系统，它将赋予你们可上九天揽月、可下五洋捉鳖的本领，请大家戴上耳机。”张家驹说完自己先戴上耳机。“大家听到了什么？”“报告，听到了很多种手法的无线电通讯的信号。”女队员王丽红回答道。“回答很正确，请大家取下耳机！”

张家驹又给大家讲解如何从这纷繁复杂的无线电通讯信号中找出有用的信息。他从利用无线电波传输信息的通信方式传输声音、文字、数据和图像等开始，又讲到无线电通信可分为长波通信、中波通信、短波通信、超短波通信和微波通信，再讲到无线电通讯信号易受干扰或易被截获，保密性差等。直到听得天使出击队员们个个目瞪口呆。

“报告教练，那我们如何识别有用信息？”张家驹又解释道：“这得从发报者发出的是明码电报还是密码电报说起，同时还要从发报者的点画多方判断，如，摩斯电码是由点画所组成的。这一节训练课，就是要你们自己判断并抄收下来，然后我再给大家讲解，现在开始。”

张家驹说完来到主控台上拨弄了一下按钮，声调不同、长短不一的电波随即又在“黑室”回荡起来。队员们全神贯注地根据掌握的理论知识记录着。他们知道，这就是无声的战场。虽然没有硝烟，也见不到鲜血，可一旦战争打响后，他们就可以利用自己的智慧及时掌握敌人的动向，可以变被动为主动，掌握作战先机，让自己的战友少流鲜血。

袁芳在赵冰的带领下疾速向2号营地破庙走去。一路上袁芳眼里噙着泪水默默跟在赵冰的身后。赵冰知道她害怕，不断小声安慰着她。张家驹则像一名特工悄悄背起微型教练电台尾随其后。他要再次对袁芳进行考核，如果仍不合格将对她进行单独训练，他的要求是不让一个队员掉队。

“我好怕！我好怕！”走着走着袁芳拉起赵冰的手说道。“别怕，都是解放军战士了，你没看到那电影中多少人睡在死人堆里都不怕。”“那你为什么要帮我啊？”赵冰仓促中难为情地一笑道：“英雄救美啊！”“你好讨厌！还有心思开玩笑，我都开始后悔当兵了，教练真变态。”“少说话啊，说不定他就在你身后跟着，听到了你死定了。”袁芳转身向后面望了一下说：“连鬼影都没有，说不定他早上床睡觉了，变态狂。”“可别这么说啊，我们教练那可是战斗英雄，是部队军事专家。”

说话间，他们俩就到达2号训练营地。“怎么这么黑呀，万一有蛇怎么办啊？”“你傻啊，现在深秋了，爬行动物早就进洞冬眠去了，才不跟你玩呢！”袁芳争辩：“我还不跟它玩呢！”“你准备好了，从现在开始，我来计时，你按照上次至善大师讲的要领进行训练，我在边上等你。”赵冰看了一下表说道。“不行，不行，你必须和我一起，否则我宁可受处分，就是不当天使队员也不干。”赵冰忸怩了一下就坐在她身边。

寒风扫着落叶发出轻微的响声，这让静默的破庙更增添了几分阴森恐怖。袁芳浑身有些瑟瑟发抖，但她不敢再轻举妄动，只能屏住呼吸从众多的杂音中寻找着电台的信号。而破庙后面的小树林中，张家驹像上次一样精神振奋地发着电报，不过这次他把发射功率加大了一点。他知道袁芳是名优秀的队员，是因为大意才失的“荆州”。但是，既然决定了就不能改变，你松一尺，队员们就会松一丈。逆水行舟，一篙不可松懈。

“听到了，听到了。”袁芳在心里窃喜。为了防止出错，她更加认真起来。决定这次不能再掉链子了。“一组、两组、三组……”袁芳在脑海中反复确认着。静坐在边上的赵冰却一直在替袁芳担心，可又不敢发出声来。“怎么，教练没来吗？”他说着并抬起手腕看了下表，发现时间已到。“时间到了，大概教练今天没来，我们回去吧。”“谁说没来啊，我明明听到了电台的信号，而且是20组。”“不会吧？”赵冰很是惊讶。

他们说着就往外走，正在这时，一只野猫突然发出一声“嗷呜”，顿时把袁芳吓得扑进赵冰的怀里。“别害怕，不就是只野猫嘛，吓成这样。”张家驹从天而降，出现在他们前面说道。赵冰立即推开了袁芳，说道：“教练你在呀，吓死我们了。”

“你听到信号没有？”“报告，听到共20组。”张家驹接着又问赵冰：“你听到信号没有？”赵冰犹豫了下还是如实回答道：“没听到，风声太了。”“心如不动，风又如何？扯淡，是你替袁芳担心，静不下心吧！”“是！教练。”赵冰难为情道。张家驹接着又对袁芳说道：“祝贺你今天过关了，下次可别……”袁芳脱口嘀咕道：“我一直优秀着！”“早知道你这么骄傲，我就采取其他措施了。”袁芳哈哈一笑，向他做了个鬼脸。

第五章　转变思维

演　习

生于安乐，死于忧患！说干就干是A师师长徐春云的一贯作风，加之朱皓山的步步紧逼，还有薛兆文话中之意的叠加效应，令他棒头一喝清醒起来。他把几个团的主官及司令部的参谋人员组织起来连续几天加班加点搞了一份“背靠背”的对抗演习方案。他要让四个团先自己对抗起来，发现问题及时弥补不足。“老徐真的疯了，干吗这么拼命。”官兵们私下愤愤议论着。

官兵们之所以充满不满情绪，是因为“背靠背”对抗要求指挥员从编组到训练任务完成，全饱和对抗攻防综合对抗，参加演习的官兵要高强度训练，实施实名课题演练。同时“背靠背”对抗意味着红蓝军双方都要从最坏的角度来考虑，在于对手最有利，于自己最不利情况下，自己怎么办。这对于演习指挥员来说更是战术能力的考验，需要知己知彼，分析对方武器装备特点甚至分析对方指挥员的性格等。

徐春云制定出的对抗方案很现实，针对性比较强。其演习地假设为毛家山地区，这一地区是“蓝军”的军事要地，驻扎着两支攻防兼备的“雄师劲旅”，对红军的交通运输线构成了严重威胁，如果不拔掉这个点就对红军的后勤补给运输线构成严重阻碍。为此他们量体裁衣，制定夺取这一军事要地的作战方案。

四个作战组团分别分工为：一团、三团担任红军实施攻击任务；直属团和二团为蓝军，负责防守。为了让演习带有实战性质，徐春云在会议上再三对红军和蓝军指挥员讲：“可以不拘形式创新战法，可以不拘形式发挥战术，令无禁止即可为。”徐春云的话说起来很简单，实则将几个团的主官置于你死我活的较量境地。因为没有既定的框架，等于玩碰碰车，人人都想办法去打败对方。如此一来，大家各尽所能各显身手起来。

A 师的“红军”和“蓝军”受领任务后，连夜就准备起对抗方案来。担任红军的一团、三团利用自身机动速度快的优势，制定了一个奇袭方案，决定利用夜间实施前后夹击毛家山的“蓝军”。担任“蓝军”的直属团和二团则搞出一个类似“马奇诺”的防御作战。然而，当徐春云看了他们的对抗方案时却很不满意，可一时又没有办法去改变。因为军队已经 30 多年没有打仗了，很多人的思想已经僵化老化，不愿意学习外军先进经验；还有很多人不愿意流血牺牲。老酒装新瓶搞一些硝烟迷漫的造势便成为必然。

徐春云带着复杂的心情批准了他们的对抗演习方案。

江山如画，青山隐隐水迢迢。演习在大家的雄心勃勃中开始了。戴着白手套，一身迷彩装的红军指挥官一团团长陈国平站在演习指挥车上，威武英俊，目空一切看着前方，陪伴在他身边的是一名参谋和一名通讯员，如此行装很有几分苏联朱可夫将军的做派。

指挥车在剧烈的颠簸中扬起尘土向敌阵方向开去。他眯起眼看了一下夕阳的余晖，习惯性地抬起手腕看了一下表，然后对着身边的参谋道：“传我的令，再加快一点速度，天黑之前务必到达决战地。”“是!”参谋回答后就打开随身携带的微型电台，向装甲运输队下指令。陈国平这副趾高气扬的做派令大家有些不爽，尤其是三团的官兵们。因为他们不知道师里让几个团放开架势打，还以为还是红军胜，蓝军必败，不值得这么当真。官兵们对他这种过犹不及的样子很是唏嘘，觉得太装腔作势矫揉造作了。

一向以稳重著称的陈国平突然冒进起来，这与他一直追求完美有关，他想借此体现出陆军团长的价值并划个完美句号。同时，他想好好表现一下让师领导网开一面，圆了妻子下达转业的“命令”。妻子多次在电话中催促他转业，否则她要转身了，这下急坏了他。

“背靠背”对抗不设预案，完全凭指挥员根据现场的情况，实战贯穿全程，险情随时发生，光靠他一个人的力量无法完成，因此只有走不寻常的路线才能显现出来。于是一个低级趣味的阴谋在他的脑海中产生了。

坎坎伐檀兮，置之河之干兮，河水清且涟漪。陈国平环顾四周，又立即来了精神，再次向身边的参谋李玮问道：“蓝军方面的情况如何啊?”“根据通讯连和侦察连返回的情况，可以判定蓝军正在严格地按照师演习导演部的战役行动部署执行，没有发现异常，正处在我军的扇形包围之中，作束手待毙状，我们将如囊中取物。”

陈国平一听，露出非常满意的笑意问道:“假设现在这是战争不是演习，你是我方指挥官你会怎么做?”李玮参谋不假思索道:“集中优势兵力，在重火力掩护下，一举歼灭敌人。”“那你要是敌方指挥官又会做如何打算呢?”李玮挠了一下头，笑容僵持在脸上道:“我不会死守阵地坐以待毙，会集中优势兵力和火力趁对方运动时歼之。”“好样的！你将来一定能成为一名优秀的参谋，现在你通知部队从毛家山侧翼绕过去，集中火力从后背一刀。”参谋随即诡异一笑，伸出了大拇指。

在蓝军方面，直属团和二团的军政主官们不约而同地想给“红军”一个教训，他们这样做的目的是给徐春云看的，总把一团当独子，从新装备配备、到提拔军官，再到当先进评选等好处全给他们，这次让陈国平担任红军司令，却把他们几个团当成后娘养的。兄弟团一拍即合制定出一个周密计划，留下直属团的部分后勤人员在毛家山死守阵地来造势迷惑“敌人”，其他部队全部集中在毛家山阵地前五公里的狭长地带扎口袋围歼红军。

二团派出一个加强营断后，其他兵力全部用于围歼。他们要给红军当头一击。这个计划看似很毒辣，但对现代战争来说，要求已经相去甚远。担任“背靠背”演习导演部的徐春云对陈国平的举动很快关注起来。心想，都什么年代了你还搞先打后攻的战术，简直就是土包子一个。你这样用在实战上早就被人家分分秒秒消灭得干干净净。

“谷翔，你提醒一下那个陈国平，能不能搞点新的战法啊，这种落后的东西也拿得出手？要站在新的起点上展望未来嘛，不能拘泥于陈旧的思路举措。”谷翔明白徐春云的意思了，于是他打点好自己的诧异，转身立即接通了陈国平的电话。

电话接通了，陈国平一听导演部说他的战法不新，立马生气了，不过他并没有表现出来，而是以玩笑的口吻答道：“这杀猪是杀脖子还是杀屁股有什么必然关系，只要把猪杀了就行啊。”说完挂断电话。心想：只要站对了风口，猪都会迎风起舞。等着瞧吧！

谷翔一听陈国平对他这个师参谋长如此说话，也有些生气了，于是把陈国平的话增加了一点水分告诉了徐春云。徐春云一听就冒火地把手里的作训帽一摔说：“叫他立即停止演习，反了他的，换人换人。”看徐春云真的生气，谷翔怕把事情闹大，马上劝说道：“师长，现在换人来不及啊，先这样吧，演砸了正好……”徐春云用一声叹气，明白了他的意思。

演砸了正好可以杀鸡给猴看，杀一儆百。于是徐春云不再生气，他倒希望蓝军好好给陈国平一点颜色看看。可是人家陈国平早已经阴谋在胸，放下电话后，立即对身边的参谋命令道：“通知一二三营在离毛家山十公里的地方开始从两侧侧翼向蓝军形成包围态势，今天午夜奇袭毛家山，让他们原地待命。”说完紧接着又命令道：“让榴弹炮连能喘气的全部分散开来摆开阵作佯攻状。”参谋诡秘一笑道：“团长你这是要给他们背后一刀啊。”“导演部不是说让我创新战法嘛。”

“师长，红军和蓝军已经全部准备完毕，请你下令演习正式开始吧。”谷翔提醒道。徐春云一看表，正好是午夜十一点二十八分。于是他对着通讯组命令道：“演习正式开始!”

战斗警报响起，电波瞬间飞向红蓝两军指挥。两支对手的指挥员的眼中立即射出了耀眼的光芒，仿佛能撞击出千万道闪电，战斗由此打响。

蓝军方面一心想报仇雪恨所以士气高涨，个个摩拳擦掌按照作战部署“拦腰一刀”的作战方案正全速向指定地点开进。红军方面在接到演习正式开始命令后，陈国平却心如刀绞起来，因为突然联系不上自己的部队了。这都怪他下达的命令是要求部队在午夜零时前到达毛家山，而部队却到达的比指定时间足足提前了一个多小时。

战事不等人，时间在一分一秒中过去。陈国平急得团团转，对着参谋李玮吼道：“赶快再问一下他们到达指定位置没有。”回答：“暂时还是联系不上。”“怎么回事啊?”“估计他们怕暴露目标实施了无线电通讯静默。”“那你赶快让榴弹炮连慢速前进，否则就要露馅了。”他急吼道。

蓝军这边，直属团团长皮国华和二团团长张晓兵按照他们的对抗计划，部队在接到指令前已经在毛家山狭长地带开始准备扎口袋。参加扎口袋的官兵们个个信心十足，高兴得手舞足蹈等待瓮中捉鳖。然而眼看着演习时间已到，可连红军的鬼影也没见一枚。正当他们云里雾里不知所措时，通讯员何健跑步前来报告：“红军已从毛家山后山发起猛烈攻击，留守部队一举被歼。”

皮国华和张晓兵听到这一消息后，大惊失色，随即大骂陈国平不按套路出牌，不会打仗。因此担任蓝军司令的皮国华一个电话打到徐春云那告状。徐春云一听陈国平来了个声东击西，扫荡了人家的老窝，不仅在电话中没有配合骂他，反而哈哈大笑地说："我也没有非要你们按套路出牌啊！人家这叫战略上藐视，战术上重视。"皮国华一听老徐帮陈国平说话，心里很不服气地争辩道："我们也做好准备在毛家山狭长地带扎口袋围歼他们的，没想到他们更鬼。"徐春云再次哈哈大笑道："水无常形，兵无常势你不懂，兵者，诡道也。"

皮国华一巴掌打在空气中，阻断了气流。

徐春云挂下电话后心情大好，觉得陈国平这小子花花肠子不少。他不仅不会批评他，反而要表扬他。

红军以优势兵直捣黄龙奇袭成功。"没办法，人都是逼出来的。"陈国平在心里说。蓝军没发一枪一弹就失败了。在第二天的演习总结会议上，红军指挥官陈国平一脸幸灾乐祸地主动给大家发烟，而蓝军的两位指挥官一脸怒气低头不语。

看到如此阵势，徐春云心里又气又高兴。气的是本来想借此机会好好敲打一下陈国平，杀鸡给猴看，让大家好吸取教训，然后全力以赴谋划"魔爪袭击"。没想到他小子居然来了个阴招。令徐春云可气的是直属团和二团居然在这种没有一点科技含量的对抗中，轻而易举地让人家给端了老窝。他意识到，部队几十年没有真枪实弹打仗了，思想松懈得不行了。因此决定要借机好好整顿作风，否则"魔爪袭击"不知道还会闹出什么笑话来。

看到徐春云眼珠子马上要从眼眶里掉出来的样子，会议室里的气氛加速凝固起来。正当大家猜测徐春云会以什么样的暴风骤雨训话时，他突然站起来说道："这次演习的得失，需要好好总结，这里我不想多说。现在我要说的是，太平盛世无弱旅，雄师才能保家国。你们这次的演习全部是零分。在这样一个没有技术含量的演习中，打成这样你们不觉得是耻辱吗?"

说完徐春云用冷峻的目光朝会场扫了一遍接着说："一个没有忧患的民族，注定是要被淘汰的，一支没有忧患意识的军队注定是要被消灭的。国家的深化改革转型发展和长治久安，军队是关键因素之一。所以今天我不打算批评你们，希望你们把这次演习看成起点。作为戍边卫国的军队，一定要牢记，国不能一日无防，兵不能一日不练，战法不能一日不新。各单位回去后，把全部的心思放在'魔爪袭击'演习上，否则你们将就地免职!"

几个团的军官听到这里，都像兵马俑一样沉稳地端坐着，蓝军官兵们恨陈国平，陈国平则恨蓝军不经打。由此结下"梁子"，彼此在心里愤恨着。

怂　恿

史云赋被朱皓文打发到师参谋长赵盈川那寒暄一番后，赵盈川假借有事给他下了逐客令，他们的举动令踌躇满志的史云赋有些万念俱灰起来。于是他一轰猎豹的油门就悻悻地回到军部，直接冲到了薛兆文的办公室，然后将他的所见所闻向薛兆文进行了汇报。汇报完后，薛兆文脸色一变，不无担心地问道："不知道这帮家伙会不会依然老把式上场啊。"

史云赋犹豫了下，谨慎提示："咱们导演部不是制定了红蓝两军对抗方案吗?"薛兆文看了他一眼，接着叹了一口气："就是因为有方案他们才会拘泥于这种程式化的教条主义中，但不搞方案吧，他们又不知道如何对抗，甚至对抗出乱子来。"史云赋一听，便用讨好式的语气，忧国忧民道："部队思想僵化已经积重难返了。"

这话让薛兆文找到共鸣，叹气道："哎呀，谁说不是啊，这种现象已经冰冻三尺，想要在短时间解决殊为不易，不过我们有责任转变这种现象啊，否则对不起人民的期待。"这时史云赋想起 B 师准备在这次演习中加入电子对抗，便提示说道："B 师准备在这次演习中加入电子对抗战。"薛兆文惊愕一下后，轻蔑笑道："那玩意儿咱们也不大懂，再说在我们这种完全对称的演习中，我看发挥不出太大的效果。"见薛兆文对电子对抗战没有信心，史云赋又借机说道："那我去电子对抗部队了解了解情况吧，看能不能一起搞个联训联演。"薛兆文不假思索地说："好的，你去吧。"

走出薛兆文的办公室，史云赋看天色尚早，赶到老部队，崔静可能正好下班，于是他加快步伐回到单身宿舍去收拾衣服。

史云赋之所提出要去 L 电子对抗大队，一是真想看看张家驹的"天使出击"到底玩着什么样的花架子。当初在得知他成立了这么个队伍后，顿觉好笑，并不认为他能起多大作用。不过他也知道，这世界上，成功的通常有两种人，一种人是傻子，一种人是疯子。史云赋对张家驹这种疯子式的赌徒是了解的。二是想去看看崔静，最好能来个旧梦重温。尝到爱情甜蜜的他已经开始非常向往婚姻了。于是他吹着口哨，把车开得飞快。

就在史云赋一脸幸福向老部队赶去的途中。陈茵也马不停蹄地向大队赶去。红色的凯迪拉克在“呜呜呜”的急速飞奔中突然一松油门“嘎吱”停在训练中心门前。一下车，陈茵就看到张家驹与一名女军官在小圆桌聊着天，样子还十分亲热，这令她有些不爽起来。“姐夫你这是在谈工作还是……”陈茵用审视的目光问道。张家驹一听语气就知道她误会了，便立即介绍道：“这是我们队的崔指导员，史云赋的女朋友，今天是哪阵风把你吹来了？”

陈茵一听是史云赋女朋友，立即来了精神，围着她转了一圈说道：“原来是一大美女呀，我说那天我怎么也留不住他，原来魂被你勾走了。”崔静对于陈茵的无礼觉得有些莫名其妙。原本不打算理睬，但当听说她和史云赋一起吃过饭时，立即意识到那天早上史云赋说了谎话。“别瞎扯了，说说你今天来的目的，我们正在商量事情呢。”

陈茵叹了一口气道：“哎呀这年头丈夫靠不上，朋友靠不上，所以我只能靠姐夫了！”“什么事啊，你这阴阳怪气的，快说吧，我还有事。”“我看中一片厂房，想请你去帮我看看那地方好不好。”张家驹一听脱口说道：“厂房这东西只要交通方便，水电气通着就好，有什么好看的，再说我也没空。”陈茵立即反驳道：“姐夫这你可就不懂了，生意人讲究的是风水，否则不发达的，你今天陪我去看看吧。”

见陈茵满脸的期待，张家驹就打算帮小姨子一次，毕竟陈家拿他当儿子一样看待。可是焦头烂额的训练又让他走不开，便有些左右为难起来。“要不改天吧，今晚我们还有夜训，这忙的鸡鸣而起的，真不好意思了。”“不行，今天必须得去看，明天要签订合同了，不然设备到了没地方安装损失就大了。”

见陈茵说着脸色都变了。张家驹的心又软了下来：“那你先等一会儿，我和指导员商量事情后再把一个单元的考试完了咱们再去好吧。”因此陈茵恰如其分地摆上一个游刃有余的笑，说：“好的，我先回家属楼看一下爸爸妈妈，顺便再拿点东西。”

“这是你的小姨子?”崔静非常好奇道。“是呀，你不知道?”崔静又一步紧逼问道：“怎么从来没听你说过，她怎么与史云赋认识?”听到这里，张家驹的脸上不自然地抽搐了一下，说道：“那个他们……我们在她上大学时就认识。”崔静打破砂锅问到底：“什么他们我们的，什么意思啊?”张家驹犹豫了一下，揪着眉头说：“这个说来话长，我们还是研究一下晚上的夜训吧。”

他的欲言又止让崔静脑海中闪现出一大串问号。女人的敏感令她觉得史云赋与陈茵之间一定有事情。史云赋一路快马加鞭，很快就到达老部队的大门前，正当他准备向卫兵打招呼的时候，卫兵主动敬礼道：“教导员你回来了。”站岗的门卫是一营二连的战士。“回来办点事，好好干。”史云赋来了个西式挥手礼，一踩油门疾驰而去。

史云赋决定先到大队长梅照岭的办公室去一趟。一来自从去了H集团军报到后还没有回来打个照面，二来去了解一下协同演习的准备情况。他不想背后有人骂他官一升就变脸，更重要的是他希望电子战在这种常规演习中躬逢时代，担起大任。这样才能引起军队建设发展的重视。

当史云赋走进大队办公大楼的大门时，认识他的人纷纷向他问好，有祝贺的有打趣的还有充满妒忌的，史云赋都在一一挥手间表达了谢意。梅照岭听到声音后，叨着烟就从办公室的座位上走了出来。“老远就听到你的喜悦声了，怎么，今天回来视察老部队?”史云赋立即嗅出他话语中的邪气，便以攻为守道：“大队长，你这是笑话你的兵啊，我是特意来向你汇报工作的。”

一番寒暄后，史云赋如实说了他是受 H 集团军参谋长薛兆文的指令来了解一下“天使出击”队协同 H 集团军对抗演习的准备情况。他特意将“配合”改成了“协同”。他知道梅照岭的脾气。对此梅照岭一个电话打到训练中心值班室：“张参谋，你看一下张家驹参谋长在不在训练场，叫他马上过来。”

张家驹气喘吁吁地走进梅照岭的办公室时，发现史云赋与梅照岭有说有笑说着什么，这场面令他很不爽。于是他向史云赋点了下头便对着梅照岭问道：“大队长找我有什么指示?”梅照岭看着史云赋淡淡一笑说：“云赋代表 H 集团军导演部来了解一下你们训练准备情况，你给他说说吧。”梅照岭用“说说”而不是“汇报”。但就是这话也足以对张家驹心理上造成巨大打击。于是张家驹装着客气地说：“云赋，欢迎指导工作啊。”不过脸上的尴尬笑容还是出卖了他。

人们都知道乌龟在地上跑不过兔子，可乌龟在水里永远比兔子游得快。史云赋现在就是那只水中的乌龟，他和张家驹较量的场地已经变了，虽然主观上没有让张家驹难堪，但张家驹却不这么认为。因为这么多年来史云赋和他一直是被领导和领导的关系，此情此景令他的自尊心受到了极大的打击。为了不让梅照岭看出其中的端倪，张家驹表情严肃地将“天使出击”队组建以来如何按照大队党委会所定的目标，将训练内容、训练进度、取得的成效以及下一步还有哪些训练需要加强的方面进行了系统的汇报。

张家驹的客气反而令史云赋有些不自在了。他只好做出恭敬的样子频频点头以示关注。而张家驹心里认为他这样做既是向史云赋通报，更是向自己的领导汇报工作。“嗯，张参谋长搞得不错，你说呢云赋?”梅照岭在张家驹汇报完后先入为主问道。之所以这样做，是他知道他们俩是一年兵又是一个地方的，军人喜欢较量的个性一直像光荣传统那样，尤其是在一个起点上成长起来的兵。

在梅照岭的心中，一直认为能力上史云赋不如张家驹，但谋略上张不如史。张家驹是一团火，一团从里烧到外、随时准备摧枯拉朽的烈火。史云赋是一潭水，一潭深不可测却含而不露的静水。泰山崩于前而色不变，麋鹿兴于左而目不瞬，前半句可形容张，后半句可形容史。抬头的女子低头的汉，都难对付。

“真不错，真不错，没想到你们花了这么多功夫，考虑得真周到，我回去就向H集团军首长汇报，你们继续按照计划准备吧。”张家驹一看没什么事了就向梅照岭说道：“大队长还有别的指示没有，我那边还有事等着呢。”“没事了，你去忙吧。”梅照岭挥手道。

见张家驹要走，史云赋也连忙起身向梅照岭告辞。可是梅照岭非要留他吃晚饭，就在史云赋情急之下找不到办法时，张家驹灵机一动替他解围道：“大队长，我跟云赋一个地方入伍的，他这调走了还没请他单独吃过饭，你看是不是先让我表示一下意思?”梅照岭哈哈一笑说：“那好，反正现在反‘四风’和落实‘八项规定’也没办法接待你，那你们兄弟俩就小酌一杯，意思意思吧。”

就这样史云赋在张家驹帮助下成功脱身。“谢谢你啊老张！”史云赋一脸真诚道。“谢我什么啊，知道你恐怕不是专门为了了解演习的事来，怕是与崔静约会也是内容之一吧？”张家驹试探地问道，并从史云赋的笑脸中得到印证。“知我者老张啊，还是你老兄弟懂我啊，这不老母亲一直催促我早点结婚，刚和崔静有点眉目又交流到H集团军去了……”“是呀，你真应该成个家了……”张家驹的话说得他心中暖暖的。见史云赋非常信任地走进他的话里，张家驹又一脸诡秘道：“那我们去训练中心吧，崔静在那儿。”

“云赋，你真可以啊，专车都开上了？”张家驹带着嫉妒打趣道。“哪有啊，这不是领导考虑到联络工作方便就……”话语间，猎豹在营区转了几个弯就来到训练中心门口。史云赋就看到陈茵面带微笑地看着他俩并故作惊讶道：“哎呀，这是什么黏合剂把你们兄弟俩黏到一起了？”

史云赋神色讶异，心想：这下完蛋了，怎么又遇到这冤家。他扭头准备退到车上，但却掩不住看到她时，眸子里满溢的欣喜。他的动作立即被陈茵呵斥住了：“史云赋你干吗去，装作不认识我啊？”“我这不是还有事没办完准备去……”“你骗谁呀，明明看到我就想溜的样子，你来得正好，上次都没有陪我去看厂房，今天决不放过你，走吧，姐夫你忙你的，不用去了。”陈茵霸道地说着就要上前来拉他。

史云赋无助地看了一眼张家驹，希望他能够帮自己再次解个围，结果张家驹的表情令他很失望，他不但没帮他说话，反而一脸坏笑怂恿道：“兄弟去吧，我这正忙着，谁叫你来得正是时候。”此时史云赋才知道自己上当，只好悻悻而去。而这里刚才发生的一幕，正被百米外的崔静看得一清二楚。

陪　练

从演习场回到部队后，陈国平心里非常后悔不应该从背后插兄弟团一刀。这几天他一直在营房前的小池塘边死盯着池塘的水抽烟。池塘中的鱼儿们有的欢笑着，有的嬉戏着，却不知危险就在面前，由此陈国平联想到人类社会何尝不是如此。表面上看，到处莺歌艳舞，其实来自战争的威胁，来自极端组织的恐怖行径一刻也没有停止。

一团的警卫排长沈奕惇看到陈国平天天如此样子，以为他精神出了问题，很为他担心，于是悄悄把这一情况报告了团政委凌霄。凌霄得知情况后大惊失色道："不会吧，这老陈刚打了胜仗他有什么想不开的，要不就是家里有什么事?"凌霄从办公室的窗户往小池塘那边一看，果不其然。

"国平啊，你这是在钓鱼呢还是想下去洗澡?"凌霄疾步而来叫道。听到政委的声音，陈国平头也不回，仍然死死盯着池塘里的鱼儿们。心想，人类社会要像如鱼得水般，是多么美好多么幸福。凌霄一看陈国平不理自己，更觉得纳闷，真觉得他有什么事想不开了。便三步并作两步来到他身后问道："这池塘是有金子还是有银子啊，你这么痴迷?"

"我在享受鱼儿们自由自在的幸福。"为此凌霄质疑："你这几天就为看几条小鱼?"陈国平站起来看着沈奕惇半真半假责怪道："是你小子嚼舌根的吧!"沈奕惇嘿嘿一笑搓起手来。"老陈你这是什么话，人家沈排长这不是关心你嘛。"陈国平迷惘地看了一下他们俩后，摆摆手道：“你小子去吧，我和政委商量个事。”沈奕惇做了个鬼脸一溜烟走了。

凌霄问道：“你还没说天天在这瞅出什么东西来了，一副苦大仇深的样子，这打了胜仗应该高兴才对呀！”陈国平一副颓败地看着凌霄道：“高兴个屁，我都觉得丢人。”“是不是觉得背后捅人家刀子被人家说闲话不光彩？”陈国平难为情地苦涩一笑道：“好了不说这个了，有个事得和你商量商量。”凌霄一脸愕然地问：“你说吧，咱俩还有什么不好说的。”

陈国平沉默了下，便把他想找个科技含量高的部队跟一团搞模拟登陆夺岛的想法说了出来。凌霄一听近乎跳了起来道：“你没病吧，这哪行啊，演习这么重要，是要经过师和集团军领导批准的呀，再说即便批准了你想找个高科技部队人家就愿意跟你陪练？”陈国平嘿嘿一笑道：“成功的秘籍：要么当傻子，要么当疯子。法无禁止即可为，你别管人家愿意不愿意，你就说你同意不同意吧？”

看着陈国平的神情不像闹着玩，凌霄便略加思考了一下道：“我看你是疯了，不过可以！这想法是不错，说不定还能在科技练兵谋打赢中树个典型什么的。”“别老打着你那点小算盘，这话表明你同意了是吧。”“同意，干吗不同意！”陈国平道：“那好，你明天，不！现在就回办公室向师领导打报告，说一团已经与军区陆航团自愿协商好了要进行模拟登陆夺岛演习。”

凌霄又疑问道：“什么？我没听清楚，你和军区陆航团自愿协商好了？”陈国平自信道：“是啊，有什么问题？”凌霄用手在他面前晃了晃再问：“你说的是真的？”陈国平点了一根烟道：“军区陆航团团长齐向阳是我高中同学，昨天他来电话问我要不要参加高中同学二十年聚会，就顺便问了一句他在干吗，结果他说正在起草演习方案，我一听机会来了，结果人家说只要请示他的上级批准就可以一起练。”

“乖乖老陈，你老太厉害了。”凌霄伸出大拇指佩服道。“什么乖乖老陈，是老陈乖乖，唉不对。这被你……绕的。”一阵大笑之后，他们俩勾肩搭背走向办公室。

“嘘，你别说话。”凌霄拿起电话又放下说道：“你为什么不直接跟徐师长汇报?”“这还要问啊，刚刚打了零分的我哪敢跟他提这事啊，你快打吧，别磨磨叽叽的像个女人一样。”“嘘，那你别说话。”凌霄拨通了徐春云的电话。“师长，我是凌霄啊，有个事想跟你汇报一下，那军区陆航团想和我们一起搞登陆夺岛演习你看行不行，如果行我们再打报告给您?”凌霄打电话时，陈国平则阴笑着在边上轻轻鼓掌。

凌霄之所以要一口气说完，是怕徐春云一口气拒绝了。然而当他说完，徐春云那边却一声不响了，因为这个消息来得实在太突然，令徐春云没反应过来。看到他不表态，凌霄感觉上了陈国平的当了，挨训怕是铁定的。他吓得额头上立即沁出汗水来，后悔地一手拿着电话，一手指着陈国平在心里骂他出的馊主意。

凌霄硬着头皮再次拨通电话后，那端峰回路转传来徐春云哈哈大笑的声音：“好啊，这是个好机会啊，我原则上同意，你们先把报告打上来我去请示军领导……”凌霄如释重负地放下了电话。

凌霄在兴奋中开始亲自起草报告。随后，全团上下立即掀起了迎接演习的热潮。

初冬时节，浙南山区，地上铁流滚滚，空中铁翼飞旋。阵地上，装甲集群刚刚到达“敌”阵地前沿，就突遇“敌方”小股特战分队袭扰……一架架武装直升机铁翼飞旋，满载装甲步兵实施“蛙跳”攻击，达成突然战斗行动，催生驰骋战场的“特战飞兵”。“红一连”班长曹树建迅速完成人员和火力编组，战士们携带火箭筒、便携式小口径火炮等武器做好了战斗准备。H 集团军 A 师某装甲团与军区陆航团战略进攻和战略防御的战役打响了。

当直升机飞临“战场”上空，“加强步兵班”鱼贯跳出。战士们运用单兵通信系统执行后方指挥员指令，在“敌”特战分队身后突然发起进攻，短短 20 分钟就全歼来犯之“敌”。对此，登陆夺岛在厮杀中顺利成功。这边战斗一结束，“加强步兵班”又顺势转为“前沿侦察兵”，相继完成穿插渗透、火力引导、毁伤效果评估等任务……

前来演习场观战的 A 师师长徐春云看到这种阵式，高兴得自言自语：“哈哈，兵就要这么练，仗就要创新地打，这才是新时期人民军队的光荣形象。”为此，在一团与军区陆航团演习结束后，他专门把几个团的军政主官召集在一起，为一团举行了隆重的庆功会。

在会议上他情绪激昂地说：“这次演习，实战贯穿全程，加大了复杂条件，实施了综合对抗训练和各兵种协同训练，发挥了体系作战优势，打击并摧毁了敌人。”说完他停顿了一下环顾四周后接着说道：“未来战场是基于信息系统的体系作战，每个作战单元都是体系内的重要节点，配属不等于‘配角’。要让每个角色都入戏，必须靠观念转变、靠训练磨合。军事斗争准备要不受虚言，不听浮术，不采华名，不兴伪事，同时赶两只兔，一只也捉不住……”

陈国平觉得这次应该有庆功的会标，他这次可是光明磊落打了胜仗。三团官兵的表情和眼神泄露着零星的痛苦，似又在强行遮掩这些痛苦，因为他们团没参战，自然被冷落在一旁。直属团团长皮国华的眼角有几丝嫉妒在跳动，眼神忽亮忽暗，忽闪不定，不知道他在想什么。而一团政委凌霄的表情和眼神只能读出喜出望外。

看到一团的军政领导受到表彰，其他几个团的军政领导们的脸上挂不住了，纷纷向徐春云表示，他们也要组织对抗演习。徐春云一听，马上说：“好，我就等待你们说这样的话。”

第六章　剪不断理还乱

惆　怅

“走吧，上车吧，别再磨磨叽叽的。”陈茵下车拉开自己的车门做了一个请的姿势说道。史云赋在摇摆不定中被陈茵塞进车里。“看厂房，找我干吗啊！”上车后他一脸怨妇道。她知道他这是在假装的，就故意反击道：“你这人怎么这么健忘呀，那天不是说好的咱们以后合伙开公司，真是没肝没肺活得不累……”

“这好不容易来见崔静一面叫你又给搅了，她知道了不要恨死我！”史云赋拉下脸，也许是真的生气了。可陈茵也不管那么多，却反其道而行之，带着落井下石的口吻道：“她已经看到刚才发生的一切了，你就节哀顺变吧。”

“啊？”史云赋顿时像触电一样从座位上跳了起来。陈茵用鄙视的目光看着他说：“瞧你那点出息，我们是去办正事，又不是去约会，一会看完就把你送回来交给她，再说我姐夫也会帮你说好话的。”“他会帮我说好话，今天我已经上他一当了，否则……”陈茵问道：“否则什么?”史云赋一脸沮丧地扭过头不再理她。

“同志，既来之则安之吧。”说完她又带着示好的语气问道：“对了，你今天怎么跟我姐夫一起了?”史云赋一幅不耐烦的样子，冷冰冰地回答：“还不是因为实兵对抗检验性演习的事。”语言不合拍，陈茵决定不再理他，知道他现在就像马蜂窝，越捅越蜂拥，于是她加快了车速。史云赋有些后悔起来，尤其听到崔静看到过他们拉扯的一切。

小轿车在飞速前进。史云赋望着温和透亮的雨过天晴的窗外，内心的浮躁得到一丝丝安抚。于是把自己与崔静做了个比较。觉得她是那种无论天翻地覆、海枯石烂，总有归宿的人；而自己是在春暖花开、湖光山色里行走也惶惶不可终日的人。

张家驹回到教室后，崔静一脸沮丧地正在审核着学员们的作业。他知道刚才发生的一幕她应该全看到了，这时意识到今天做得有点坑史云赋。可是他转念又一想，史云赋不去，他就得亲自上，那么今晚的夜训就没办法进行了。大道如青天，你不下地狱谁下，想到此，他不禁为史云赋默哀了一把。

“什么事参谋长?”崔静看到他进来稍微变了脸色。“刚才的事我给你解释一下，下午我小姨子来了你也看到了，她非要我去帮她看厂房，你知道我根本走不开，结果正好在大队长那遇到了云赋，所以我就跟他商量让他帮个忙，所以就……你不要介意啊。”“哦，这事啊，跟我没多大关系吧!”张家驹顿时像鱼刺梗喉，噎得说不出话来。

看到张家驹一脸尴尬的样子，崔静就转移话题问道："参谋长，晚上夜训的事落实好了没有?"张家驹立即胸有成竹道："我叫司令部的作训参谋全落实好了，那我们分一下工吧?""好的!"崔静嘴上说着的"好的"，心里却跌宕起伏，想着史云赋。

"云赋，就这片厂房你看看怎么样?"陈茵在轻描淡写中把他的姓省略了。听到这样的称呼，史云赋突然觉得有些别扭，有点像公园里老太太对老头子的称呼，因此没有回答。他也不看厂房，而是像侦察兵把厂房四周认真看了一遍后沉思起来。"云赋，怎么样啊，怎么样啊?"陈茵又像家庭主妇般问道。"嗯，这地既可打歼灭战，也可打阻击战，你看，后退一步倚山就可以打阻击……"

陈茵立即打断他的话道："前进一步倚口袋形就可打歼灭战是吧？你真是三句话不离本行啊，都信息战和电子战的时代了，美军的无人机都直接打到世界各地了，你还在这儿打阻击，是不是有点过时了，我是叫你来帮我看厂房，不是来打打杀杀的。"

"哎哟，你也懂得战法啊，还真小瞧你了?"陈茵自豪道："你忘了我爸是干什么的了？我可是从小就接受他南征北战的经验熏陶。从在本国打日本小鬼子，再打中国白狗子，再到朝鲜战场打联合国军加美国鬼子……我可是在战斗中耳濡目染成长起来的!"

"停，说你胖你还喘上了，不过这地方真不错，风水好，你一定会发财的。""你说真的?"陈茵一脸温婉地问道。史云赋叹了一口气责怪道："我什么时候说过假话?"陈茵却话头一转道："不过说起来，我那个姐夫经常跟我姐吵架，差点跟我姐离婚了!""当真?"史云赋一脸惊愕反问道。"不过听说现在又和好了。”她又接着说：“这厂房真不错是吧，那明天我就把合同签了。”“嗯，签吧！”史云赋想早点去见崔静，因此竭力帮她下着决心，事实上他也觉得这个地方真不错，再你来我往扯下去，不知道又会生出什么幺蛾子。

厂房的选择得到史云赋的认可，陈茵非常高兴：“到吃饭的时间了，那我们去吃晚饭吧?”“别了，我得去见我家崔静，还得有劳你送我一下。”史云赋说着径直向她的车走去。陈茵跟在他后面一脸不高兴，心情像本来明亮的整条街上的路灯突然全熄灭了。

“同志们，今天晚上的夜训是作为一名军人必备的科目。一是军事地形学，即走方位角；二是轻武器，即手枪训练。也许大家会疑问，当今是远程打击、定点打击的时代了还搞这种训练何用?”队员们全部瞪大眼睛看着他。张家驹停顿了一下接着说道：“走方位角属于军事地形学，是部队的重要科目之一，对我们这支担负着突击任务的队员们来说尤为重要，因为现代战争并无定势，只有掌握方位和所要前进的方向，才能实施定点打击。而手枪是单人使用的自卫武器，它能以其火力杀伤近距离内的有生目标。手枪也一直被世界各国军队指挥员、特种兵使用。它既是自卫武器，也是一名军人必须会使用的武器，一名军人连轻武器都不会用，还算得上军人吗?”

队员们一听要打枪了，既兴奋又紧张，纷纷表现出摩拳擦掌的样子。枪对于这些从小在蜜罐中长大的女突击队员们来说，是那么新鲜和好奇。女队员高晶、叶娅萱更是兴奋得握紧拳头跃跃欲试。“下面我们以热烈的掌声有请陆军指挥学院战术教研室辛长城教官给大家授课，天使队员韩梅梅列兵上台来配合教学。”

韩梅梅一挺胸，一声“到”后便英姿飒爽走上台前，配合着各种战术动作……

“到了，你去会你的小美人吧!”陈茵停住车醋意大发道。史云赋推开车门逃一样地冲向训练中心。当他转过一个弯，又看到张家驹和崔静在教室外谈笑风生说着什么，便气不打一处来老远问道：“你们俩怎么不在教室陪训跑到外面聊天了?”张家驹心知他还在怄火，就马上回答：“军事战术教员在给他们上课，你们看完了?”

崔静见他们对上话借机就要往教室里面走。“崔静别走啊，我有话要跟你说。”“我没空，不信你问参谋长!”崔静说完头也不回地走进教室。看到史云赋脸色阴沉得非常难看，张家驹连忙解释道：“兄弟，她真没空，这晚上训练还不知道什么时候能结束，等演习结束了你们再卿卿我我吧。”

史云赋张了张嘴，如鲠在喉没说出话来，便摆了摆头失落地转身离开。

有些伤痕，划在手上，愈合后就成了往事。有些伤痕，划在心上，哪怕划得很轻，也会留驻于心。教室里的崔静看到史云赋转身离开，心情倏地不悦起来，如果史云赋执意要和她说说话，她应该会给他机会的。时间这东西挤挤总是有的，可他没有强求，这令她多少有些心死灯灭。

“哈哈，不理你了吧，糗大了吧?”史云赋走出训练中心，陈茵就一脸欢乐取笑道。史云赋瞪了她一眼径直就往自己的停车地走去。见史云赋逃之夭夭，陈茵知道他真的生气了，便一个健步拦住他劝道："干吗这样子，又不是我的错，也不想想都临战在即的关键时刻了，人家哪有时间陪你花前月下!""还不都是因为你，否则她会生气啊!"史云赋故意把责任推到她身上。

她把白眼从北半球转到南半球，转了一圈后用口型说："低级!""就是你!"这下陈茵故意申辩道："你这人怎么不讲道理，我又没做错什么，这大庭广众之下的，人人都看到了。"看到他的脸色渐渐发青，陈茵马上改口道："好吧，好吧，算我的错，给你赔不是好吧，咱们去吃饭?"史云赋也清楚，崔静不见他固然有陈茵的原因，但主要还是没时间。想到这里他心里才舒服了一些。

"走吧，走吧，我们边吃饭，边等她们夜训回来，你一个人孤单单地待在这多没意思啊。"陈茵的提议像霏霏细雨浸润着史云赋的心田。但他还是觉得这一次又与陈茵搅和在一起，即使崔静不生气，传出去名声也不好听。于是脸一变说道："我真有事，得去市里看一位多年的老朋友。这一去 H 集团军工作了再来的机会就不多了，得去打个招呼。"

见史云赋说得如此真切，陈茵只好作罢。"去吧去吧。"说完开着自己的车离去。佛曰：一念愚即般若绝，一念智即般若生。陈茵的离开，史云赋反而心里一下子空了起来。"我这是怎么了?"他手握方向盘却不知往何处去。找部队以前的战友吧，他们又要他喝酒，自从上次和张家驹拼酒后最近胃经常疼痛，他也没心情喝酒。事业和爱情看起来齐头并进，却像指缝的阳光，看得到却抓不住。尤其是去 H 集团军这些日子，干的全是跑腿打酱油的事情。当时之所以立即同意去 H 集团军报到，就是希望在那个更大的舞台上发挥自己的军事才能，结果……

想到这里，史云赋心中又生几分惆怅。于是，发动汽车往须江城开去。

冬天的江南，有浅浅的风，未央了史云赋眸中的时光。车外风在呼啸，心内巨浪翻滚。他相信人们常说的那句话：是金子总会花光的，是镜子总会反光的。怀才就像怀孕一样，时间长了总会被人看到。想到这里他扑哧一笑。

夜　训

“全体天使出击队员注意，今晚全体队员每两人一组向502高地即喇叭山地区进行训练。按照之前的分组，四个组分四个方向向502高地挺进。下面请陆院战术教研室辛长城教官给大家下达训练课目……”

初冬的江南，夜色如水，明月如霜。走出军营进入山丘之中，队员们立即感觉到一股股寒意袭来。尤其丛林中时而因惊愕突然飞起的山鸡，让队员们不由自主地紧张起来。而那些突然窜出的小动物们更是令队员们时而如临大敌。这样看起来奇诡的气氛令他们每一步都迈得斟酌而谨慎，只怕一不小心踩到地雷或是谁的残肢。因此，每每有异响传出，女队员们便会相互抓住对方的胳膊。

第一组的领队是中尉吴朝阳，他曾经是海军战队员，是在电子对抗中级指挥班毕业后分配到大队，可谓既有胆量又有胆识。为了缓解大家的紧张情绪，他轻描淡写地讲起了自己的经历。

第一次进行侦察组夜间按图行进训练，目标就是满是坟墓的一座山。这座山怪石嶙峋，灌木丛生，再加上云雾缠绕，一阵阴风吹过，便会发出沙沙地响声，第一感觉那里就像传说中有妖魔鬼怪出没的地方。虽说作为陆战队员都是百里挑一，有勇有谋有才干，外加天不怕地不怕，可还是闹出了一些笑话。

在重重的树荫里，沿途有篝火，没有歌声，恐惧却弥漫在漫山遍野。到了山上以后借着手电光，他们看到墓碑格外庄严肃穆，一些落叶和冥币随风飞舞，令人毛骨悚然，这时不知谁突然冒出一句：有鬼呀快跑。这就像热油锅里泼了一瓢冷水，大家自然而然躲闪起来，甚至有人还摔倒在地上打起滚来。

“那后来呢，你们完成任务没有?”韩梅梅惊讶得问道。“当然要完成任务啊，后来排长从后面赶上来，像赶猪似得监督大家。其实这世界上哪有鬼呀神呀的，全是自己吓唬自己。”

队员听他这么一说心里的恐惧感减轻了许多。正当大家有说有笑着行进时，丛林突然发出沙沙响的声音，队员正前方突然冲出一只动物来。走在前面的赵冰马上叫道：“不好，有狼!”结果后面的几个队员纷纷转身跌倒在地，而韩梅梅的脚也崴了。

动物是一只肥硕的兔子，见此情景，吴朝阳生气道：“你个熊孩子，这地方有什么狼，瞎咋呼，你负责背她前进。”赵冰一听，心里顿时乐开了花，心想我还巴不得呢。但他还是装作嫌弃地说：“干吗要我一个人背呢，她那么重不要累死我呀。”“少啰唆!”吴朝阳说着像老鹰抓小鸡一样一把就把韩梅梅拎到他的后背上。“这叫因祸得福啊，驾，走起!”韩梅梅调皮地发号施令。“别说话，再得瑟把你丢这山坳与狼为伴!”吴朝阳吓唬道。于是韩梅梅笑如春风，努了努嘴以示抗议。

人说，男人只有穷一次，才知道哪个女人最爱你。女人只有丑一次，才知道哪个男人不会离开你。韩梅梅的漂亮令赵冰早就觊觎不已，只是没机会接触而已，没想到机会如此突然降临。美丽的韩梅梅则不知自己身处饿狼之手，在赵冰背上手舞足蹈着，欢乐得像只小鸟。

“队长前面怎么没路了，出现了一座拦水坝。”第四组组员李涛从前方侦察返回向组长杜广波报告道。“不会呀，这地图标的是有路的呀，那你拿出指北针看看我们偏离方位没有，他们下午留下的暗号物应该就在附近了。”杜广波一脸严肃地提醒道。

杜广波是毕业于第二炮兵雷达学院的研究生。两道浓浓的眉毛泛起柔柔的涟漪，好像一直都带着笑意，弯弯的，像是夜空里皎洁的上弦。白皙的肉皮儿烘托着俊美凸起的五官，完美的脸型，很是阳光帅气。

“报告队长，方位没错，就在附近。”面对李涛的报告，杜广波胸有成竹地命令道：“那你们分散开来寻找。”不一会儿女队员袁芳报告：“队长，我发现了天使出击队的徽章。”杜广波有些不信地上前问道：“你怎么发现的?”袁芳说她在寻找中，手电的光往头顶一晃，结果徽章反射的光芒让她发现了。

“好！虽然你这是纯属巧合，不过是个好兆头，战场就是这样没有定数的。那我们现在只要赶往目的地就算完成任务了！”杜广波兴奋地说道。“队长我们过得去呀?”李涛望着流淌的河流不无担心地问道。于是杜广波借着手电的微光研究起地图来。

队员们用焦急和猜疑的目光等待着他的方略。军事地形学对于这位高材生来说太烂熟于心了，不过当他看了地图后眉头渐渐锁紧。他发现附近只有这拦水坝是抵达502高地的最近通道，否则就要绕到三公里以外的机耕路才能通过。于是他果断命令道："现在是冬季枯水季节，水应该不深。淌河从翻水的河坝上过去！"队员们一听要淌河，顿时打起了哆嗦。他们既不知道水有多深，而且已经是深冬了，想必河水一定冰凉刺骨。

杜广波看到大家为难，便率先挽起裤管，用军用匕首随手砍断一个树枝当作拐杖，就向河中走去："你们先等着，我去探探路。"踏进河中，他顿时感觉到河水冰凉刺骨，不由地皱了一下眉头，又继续试探着向前而去，因为在他身后，队员们的灼灼目光正盯着他。在前进的过程中，他发现除了河水沿过膝盖有点刺骨外，河床并没有长满青苔。他判断一定是这两天因冬季干旱上游开闸浇灌麦苗所致，便迅速回返岸边。

"乔巍，你负责背张一楠过去。"杜广波指着乔巍道。"怎么又是我呀！"乔巍装着很不情愿地说。"你好好学学赵冰，看人家多绅士，多义气，那么晚还去陪练，哪像你?"说着张一楠一个鲤鱼跳就趴到了乔巍的肩膀上。"人家乐意在美人沟里翻船，那你干吗不学袁芳。"乔巍责怪道。"我是女汉子，她是林黛玉。"袁芳插话道。乔巍在心里笑道"再像男人你也缺个把儿"。

"别斗嘴了，从现在开始集中精力别再说话，这水应该很深的。"杜广波提醒道。因此队员们开始小心谨慎起来。河水翻过坝堤，发出哗哗的响声。在明月照耀下，队员们小心谨慎地前进着。张一楠则在乔巍的肩膀上既有些享受又有些害怕，她怕他一不小心真把她丢进冰凉的河水之中。虽然她以前在家学过游泳，但面对这宽广而陌生的河水，她已没有信心。

“这个地方凸凹不平啊，后面要小心!”走在最前面的杜广波严肃地提醒道。谁知他的话还没落音，乔巍在张一楠体香的袭扰下分心走神，身体突然一个踉跄，两手一松差点把张一楠丢在水里。张一楠“啊啊”尖叫着责怪他不好好走路。“怎么回事，怎么回事?”杜广波停止前进担心地问道。乔巍嘿嘿一笑解释道：“没事，她瞎紧张，就是脚下踩到石头滑了一下。”

“叫你小心谨慎的，刚说完你……”杜广波责怪道。“你再叫我真把你丢这河里去喂鱼!”乔巍小声警告。张一楠发嗲道：“哼!你敢，小心我现在告诉组长收拾你!”对这样的发嗲，乔巍非常受用，但心里充满了甜蜜却不能写在脸上。于是他开始用心起来。

502高地“大本营”里，张家驹和崔静刚刚到达不久，便发现一支队伍抵达到他们跟前。“报告教练，第二小组完成赋予的任务前来报到!”“好，先休息待命!”紧接着第一、第三、第四行动小组相继前来报到……

张家驹抬手看了一下碗表，发现时间紧迫，就快速检查各组完成训练任务情况并对第四小组在人员受伤、遇到紧急情况下，队长杜广波灵活果断决策，大家团结一心完成任务给予高度赞扬。

队员们圆满完成任务，张家驹立即又下了一道新任务：“全体天使出击队员注意，立即到喇叭山下，登车到轻武器射击场进行今晚第二个课目的训练。大家听明白了没有?”“明白!”全体天使队员回答道。张家驹一挥手，说道：“出发!”

登上运送车，天使出击队员个个脸上还洋溢着惊险刺激的畅快。为此张家驹自豪地给大家讲起了参战的故事："几年前我带领电子干扰队奉命秘密从敌军占领区穿插到老山背后攻占 1072 高地阻敌增援的任务……天已快亮了，发现全营大部没上来，走在前面的两个排部队也走到与 1072 高地隔一条深沟的山梁上，偏离了方向，此时离我军预定的炮轰时间又马上到了，官兵们开始有些慌乱了。正在这时，1072 敌警戒阵地的敌人被惊醒，发现了我们，然后开始集中火力射击。"

"那你们不是要牺牲了？"张一楠担心地插话道。张家驹哈哈一笑："是呀，差一点。我们只好迎着敌人的枪声而上！紧接着，我军的炮火开始对着穿插路线上各高地进行轰击。到后来，是双方的炮火在所有地段和高地轮番轰击。整条穿插路线和诸高地转眼间变成了光与火的世界……"

随着汽车"咯吱"一声停下，队员们的思绪从战火纷飞中回到现实。张家驹直接在车上下达命令，让全体天使队员进入训练中心的室内射击练习场进行训练。于是女队员们欢乐得像小鸟般急切地想一试身手，做一名美丽的枪花。

承　诺

雾起群山隐，持竿水边钓，不为鱼上钩，只盼心如境。史云赋在须江城里兜了一圈，随便把肚子填饱后他决定到小巷子里去转转，他要感受一下江南小巷深处的美丽。因为这个三省交界的城市里既有徽派黛瓦、粉壁、马头墙为代表的庄重，又有福建建筑土楼的厚重，还有江南水乡的俊秀清逸。更重要的是这条巷子里有美好的念想。

史云赋踌躇地走进一条叫万千巷的小巷，发现这里与许多江南小巷一样古色古香，各家门庭散散地落在石板路旁，门上刻了一幅早已暗黄的对联和倒贴的福字，青黑的小巷里面显得宁静安详。他漫无目的地走着，小巷深处传来他不知名的吴语小调。

从生到死有多远
呼吸之间
从迷到悟有多远
一念之间
从爱到恨有多远
无常之间
从古到今有多远
笑谈之间
从你到我有多远
善解之间
从心到心有多远
天地之间
当欢场变成荒台
当新欢笑着旧爱
当记忆飘落尘埃
当一切是不可得的空白
人生是多么无常的醒来
人生是无常的醒来

小调令人忧伤满怀，这给史云赋平添了几多忧思。当他寻着小调的声音走过去，发现是个小茶馆，茶馆古朴优雅，几位年迈的长者在院子中自娱自乐。于是他要了一杯仙霞关名茶——绿牡丹。这绿牡丹生长在仙霞关海拔 2000 米的顶端，生长期间缭绕的云雾造就它娇嫩而纯粹的品质，泡在杯中如仙女般美丽迷人。

捧上热茶他顺手从墙边的书架上取了一本书，一看是当地的市志，便随手翻起来。伴着品茗，他陷于深深的思考之中……

抽刀断水水更流，不是冤家不聚头。“不会吧，不会吧，你这是唱的哪门子戏啊？”陈茵几乎把脸贴上他的脸问道。“你还真是阴魂不散啊，怎么走到哪儿都能遇到你！”说完，史云赋瞪了她一眼站起来就要走。陈茵对此很不服气地挡住他：“我就这么令你讨厌？再说我也不是来找你的！”史云赋道：“这不是讨厌不讨厌的问题，我正准备要回部队去了！”“别呀，现在还早，她们训练没有结束。”

史云赋顺势抬腕看了一下表，二十一点整。便又回到座位上问道：“不是找我那你干吗来了，哪有这么巧的事？”“我找我同学，这是我同学家！”陈茵说着就喊道：“张欣欣，张欣欣。”“来啦，来啦，你个死家伙怎么才来呀，昨天不是说好你和阿红还有雯雯一起来吃晚饭的？”

走下阁楼，张欣欣发现陈茵身边站着一枚帅哥，便用审视的目光问道：“这位是你……”史云赋脸一红解释道：“我不是！偶遇。”于是陈茵马上介绍道这是她姐夫的战友。顿时张欣欣鬼魅一笑道：“爱与被爱都艰难，有情有缘要时间。管他谁占有，只要不是你占有……”

陈茵一听，立即害羞地扯开话题道：“战友、战友、亲如兄弟……”面对她们俩的一唱一和，史云赋心里又好气又好笑。一看这情形，再坐下去定会很尴尬，便转身告辞，谁知却被陈茵死活拽着走上张欣欣的阁楼。

这是一幢具有江南统一模式的阁楼，琥珀色的木格子窗，室内画龙雕凤的古朴家具，就如它的主人一样，有着丁香一样的芬芳，丁香一样的忧愁。史云赋仔细打量了一下张欣欣，在她说话的时候，秀眉微蹙，落寞如花；在她意兴飞扬的时候，皓腕轻举，柔媚可人；她随手推开窗户，一条小河水碧于天，很有些诗人笔下“月落乌啼霜满天，江枫渔火对愁眠”的味道。

“不行，这地方太诗情画意了，我会离不开这儿的。”史云赋一抬表看时间差不多了，就打起退堂鼓。于是陈茵开始绕口令：“这香烟恋上了手指，手指却把香烟给了嘴唇，香烟亲吻着嘴唇，内心却给了肺，肺以为得到了香烟的真心，却不知伤害了自己！是手指的背叛成就了烟的多情，还是嘴唇的贪婪促成了肺的伤心……真是人生如烟啊，心猿意马了，别找理由，去吧去吧。”

史云赋挥挥手走出小楼小院后，突然觉得陈茵有点阴魂不散的味道。他不记得谁曾说过：今生的爱人是前生的冤家。他有点搞不明白，既然是冤家为什么要在一起？想着心事，他加快速度向自己的车走去。

最美的相遇，总是不期而遇。史云赋觉得像是交上桃花运，一个美女又一个美女出现在他的世界里。他打开车窗让清风吹拂着自己。这时他才意识到，人在很多时候，不忘初心，才能守望那一方宁静的世界。

来到大队，崔静一行人正迈着整齐的步伐往宿舍走。因此史云赋立即喊住了她。“怎么你和美女约会结束了？”“我约哪门子会呀，这不一直在这里等你!”史云赋撒谎道。“你一撒谎就脸红，比桃花还艳。”史云赋：“我没撒谎!”崔静：“你看桃花变成猴屁股了。”说完一看都快十二点了。史云赋一看她想走便霸道地挡住她的去路，带着恳求的语气道：“我有事要和你商量。”“好吧，就在操场上走一会吧。”崔静又心软道。史云赋顿时高兴地想去拉她手，结果被她一个转身，给挡了过去。

那轮明月正清辉满目。“今晚月色真不错啊。”崔静像是自言自语道。“嗯，是的。”史云赋迎合道。“不过还不够圆。”崔静回道。“嗯，是的。”“可不是吗，今天是农历十四，明天是十五，十五的月亮十六圆，应该后天才是圆的。”“嗯，是的。”“江南的四季不是特别分明，在北方现在已是数九寒天，有的地方已经下雪了，这儿倒像深秋一样。”“嗯，是的。”史云赋道。“你不能换一个词来回答?”“嗯，是的。因为你说的是事实，傻瓜和聪明人都会这样回答，因为只有一个答案。”崔静摆了一下头觉得他傻得历历在目。

看到崔静静静地望着天，史云赋没话找话道：“你心情不好?是谁惹你生气的?不会因为我吧。”“我是近视又不瞎。万事皆有因。”“那你说出来我愿意改。”“要不我给你讲个故事听听?”史云赋立即觉得机会来了，说：“好啊，愿洗耳恭听!”“说一个老和尚把一个女人带到山前问：此山如何?女说：伟岸、高大、挺拔、秀美。于是他说跟我上山吧。走着走着女人累了，路也不好走，因此抱怨起来。等到山头，和尚又问：‘你现在感觉这山如何?’女说：‘这个山不好，都是碎石路，树也没长好。不过远远望去，对面那山更美。’”

知道她在“指桑骂槐”，史云赋哈哈一笑，道：“我既不是那女人，更没有这山望到那山高，弱水三千，我只取你这一瓢。”说完拉着崔静的手，崔静挣脱了一下却被他抓得更牢，便任由他抓在手中。在这月色柔美的晚上，她需要这样的温暖。不知道他刚才话里有多少发自肺腑，又有可能她已经来不及思考，因为他侧过头，吻上来了。她闭上眼睛，在心跳加速中热情地回应。

“听说你和那个陈茵曾经有过美丽的故事?”崔静拧起好看的眉试探道。“怎么可能，只当过她们几天军事教官而已，况且都是过去的事了!”见试探失败，崔静不想跟他扯淡了，便就直接问道：“好吧，你今天大老远地找来，不想说点什么?”“崔静，你看我们都是战友，以前也很熟悉，今天来就是来想问你……然后我们把关系确定下来?”崔静听了沉思了一下，带着感伤说道：“有一首诗这样写的：浅望幸福，不写忧伤，红尘三千，不道惆怅，不问花开几许，只问浅笑安然。你知道吗?我需要一个安定而温暖的家。”

史云赋答：“这个我一定能够给你，请相信我!”崔静反击道：“那我怎么感到若即若离，像有用不完的演技?”“我表演什么了?”崔静又思忖了一下，挑眉：“君似明月我似雾，雾随月隐空留露。左瞒右瞒，瞒不过谎言。”

史云赋知道这样打嘴官司下去没意思，便妥协道：“好吧，就算你说的对，那你现在要求我怎么做?”“一个男人真爱一个女人，不是说出来的而是做出来的，难道一个男人爱一个女人还要她告诉他怎么做?”崔静的话看似平静，却明显挟带着深深的怨恨。原本今天晚上史云赋想把婚姻大事敲定下来的，但第六感觉告诉他，这事不可能从速，需要绵绵用力，久久为功。但史云赋还是不死心道：“嫁给我吧崔静。”崔静转身轻蔑一笑道：“我又不是坏女孩见一个爱一个……”

史云赋这时知道自己错了，他想娶她为妻，但他的行为总是在没有控制中跑偏。更何况至今为止除了请人家吃了一碗面条外没有任何付出。想到这里他带着愧疚说道：“崔静，那我保证从今天开始好好爱你。”说着他强行把她搂进怀里。崔静挣脱了几下看着他问道：“作为男人，在这个月色如盘的夜晚，在这名解放军上尉军官夜训饿得前胸贴后背的时候，你就用这种方式向她求爱?”

“哎呀，是我该死，你等着。”史云赋说完飞快地跑了。崔静立即阻止道：“回来，算了，我不饿的。再说这么晚上你到哪去买?”史云赋又折返回来问道：“那你到底饿不饿?”“真的不饿，但我不说不代表我不要，请你记住：要想爱一个女人就用心去爱。如果有一天你把我弄丢了，不会让你再找到我。友情也好，爱情也罢，我若离去，后会无期，这是最后一次原谅你。”

一席话，令史云赋心里五味杂陈，感动得沉浸在悲情的情绪里，半天才憋出“对不起，对不起”。他的眼里有些涩涩的，随即再次把她搂进怀里，然后顺势把嘴贴上去。这一次，崔静没有像上次那样配合。心想是你自己贴上来的，我只是成全你。史云赋单兵操练着……

月光下，爱的薄纱，被风轻轻撩起，在夜的柔情里，任爱意横流。信任就像一张纸，皱了，即使抚平，也恢复不了原样。史云赋感觉她已经不再信任自己。单兵操练令他乏味，为此他停止了前进，悻悻地看着她问道：“崔静问你一个很愚蠢的问题，你谈过几个男朋友?”“你怎么和众多男人一样没有脱俗，这种问题你不觉得有煞风景，太愚蠢?”“嘿嘿，男人都好奇，算了你不用回答。”

“一个人愚蠢不要紧，就怕一直愚蠢下去。我是一个女人，而且是经过军检体检，比一般女人都要健康，当然包括心理上的健康，自认为还长得对得起观众，能没有恋爱过？告诉你，我的恋爱那是青梅竹马，怕是谈得比你还早比你还要帅。”“那，那他，现在在哪？”史云赋一脸尴尬加好奇道。崔静向远方一指，说：“在大洋彼岸，享受着天堂般的生活。”史云赋哑然。

“怎么，你不信？说不定有一天回来了你会措手不及。”崔静看他不吭声以为他不信。史云赋立即双手合一故作虔诚说道：“阿弥陀佛，还是别回来。”“好了，太晚了我得回去查房了，你也早点休息吧，记住你的承诺，别让……”

崔静说完就走，史云赋却恋恋不舍地拦住她说：“这一别还不知道什么时候见面。”“史云赋，你不觉得这个时候谈这些事不合适？演习还没有结束！相见不如怀念，对了你住哪？”崔静一脸认真关心道。“我去部队招待所住，要我送你吗？”“不用了，拜。”说完她就急匆匆地踩着荒草枯叶离去。史云赋则像木桩一样站在那里失魂落魄。

望着崔静渐渐消失在夜幕下的背影，史云赋孑然一身站在那愁肠百结。崔静那句“别让我拿你的承诺去喂狗，然后第二天早上发现狗死了”的嘱咐，深深刺痛了他的灵魂。他觉得是莫大的污辱。

崔静一个人走在冷冷清清的马路上，只有身后的背影在随行……她在心里呼唤：“赵亮，我想你了！想你学习时专注的样子，想你欢笑时呆呆的样子，想你以前在四楼教室桌上写了一个‘静’字时握笔含思的样子……”青梅竹马的爱情总是在寂寞中浮现。

第七章　缘来缘去情殇

拉　练

大漠荒原，烽烟四起，风卷残云带给这里的肃杀之气迷漫满天。突然，3 颗红色信号弹腾空而起。方圆几千平方公里的丘陵沟壑间，战车急驶，炮声隆隆。这是某部队“红军”与“蓝军”举行的以红方战备升级转进，蓝方战术袭扰犯境为背景的检验性对抗演练，进一步检验部队实战中的战术问题。

“红军”由直属团担任，“蓝军”则由二团担任。

战斗警报拉响：红蓝双方从中距到近距，从导弹到火炮，全功能使用武器，全方位检验战术。战机从天空掠过，弹雨倾泻而下；火炮怒吼，喷出阵阵炽焰。从前沿到纵深，“红蓝”两军在纠缠的厮杀中开始了。在猛烈炮火的掩护下，“红军”联合战术兵团对“蓝军”展开立体攻击，战斗进入胶着状态。对抗刚刚打响，“蓝军”凭借先进的侦察装备，来了个先下手为强！很快他们就锁定“红军”指挥所，紧接着呼唤实施精确打击。一连串的巨响，“红军”指挥员惊呼演习总指挥：“蓝军”怎么不按规矩出牌？演习总指挥回答：“现代战争没有规矩，斩首行动也是一种战法，美军也经常使用。”

出师未捷身先死，长使英雄泪满巾。常言道：人不犯我，我不犯人。“红军”指挥员果断决定：既然你们不按规矩来，那我们就孤注一掷！左侧山谷，远距离迂回而至的两架“红军”武装直升机悄然跃出，擦着地皮靠近“蓝军”侧翼，突然一个跃升再一个俯冲。机载反坦克导弹凌空发射，顿时火光频闪，“蓝军”装甲集群顿时浓烟滚滚，硝烟四起，一副摧枯拉朽的惨烈景象。

紧接着“红军”开始实施第二波的反报复行动，“红军”演习指挥部指示炮兵部队迅速组织防空火力对空射击，当“蓝军”另一波次五架直升机刚进入“红军”防区边缘，电子侦察预警机发现“蓝军”随即锁定目标，被防空导弹击中，然后拖着浓烟惨象退出战场。

面对“红军”的报复，“蓝军”独有英雄驱虎豹、更无豪杰怕熊罴的偷袭行动又开始了。“蓝军”经过电子对抗侦察，锁定了“红军”电子干扰基地，正危急关头，“红军”来了个隐真示假摆脱“蓝军”导弹部队的袭扰，迅速侦察“蓝军”目标，眼看“红军”即将锁定“蓝军”目标，“蓝军”突然实施了大功率电子干扰摆脱了“红军”……

战场激战正酣，“红军”的多辆装甲车辆突遭“敌方”炮火密集轰炸而陷入“瘫痪”，“红军”指挥员迅速呼叫装备抢修分队前出抢修。不料，从导演部传来消息：你部抢修分队行进途中，遭“蓝军”航空兵突袭轰炸，已经全部“阵亡”。

“红军”一看“蓝军”马上就要打败他们，于是他们拿出最后的撒手锏，“闪电行动”开始。滚滚铁流中，三辆方方正正的迷彩特种车辆格外醒目。这三辆车出现在那里，转瞬之间，电磁迷雾像兵不见血刃的魔法顿时席卷演兵场：雷达屏幕忽然一片“雪花”。“蓝军”遭到“红军”强电子干扰，锁定的目标瞬间消失，电台、网络骤然中断，双方指挥员的耳机里，只听见“嘶嘶”的电磁叫嚣……

“红军”和“蓝军”像两只早已饿得发抖的饿狼，面对眼前的“猎物”谁也不甘示弱，针锋相对你来我往。战术运用，斗智斗勇，截获发射，摧毁效果。就这样呈现胶着状态地“撕咬”着、抗争着。谁也不愿意服输，他们都急红了眼，于是开始相峙。

狭路相逢，勇者胜。相峙一番后，小规模战斗又开始了，或是“红蓝”两军间相互渗透与反渗透，或是各据点要塞壕沟的反复争夺……往往白日你方才夺下，晚间时分，我又发动夜袭突袭，把失去的据点夺回来。在你来我往的拉锯战中，双方都在不断流血，很多士兵，都是疲惫不堪，部队的不断轮换，成了双方必行之事。

拉锯战就这样一直持续着，双方轮流交错，一会夺而复失，一会失而复得，双方消耗也特别厉害，大有两虎相争谁也不认输的态势，于是战场处于相持不下的死棋之中。这时，“红军”和“蓝军”司令同时按下停战的按钮，激光仿真演习宣布结束。

这套激光仿真系统，类似于“真人版 CS”系统，是将地面战争模拟到网上仿真的对抗系统，它集各种兵力、炮火和电子对抗于一体，各级官兵完全可以发挥自己的军事才能，实施不对称作战。简单点说，没有做不到，只有想不到。如果你有运筹帷幄的才能，在这里完全可能得到全面发挥。

为了获得这次激光仿真系统网上对抗演习，A师直属团和二团的官兵们可是铆足劲要东山再起。因为，在那次演习中被陈国平的一团“打败”后，二团的官兵们非常不爽，直属团的一些官兵甚至情绪低落。作为两个团的军事主官更是吃不好睡不着，日日夜夜想着报一箭之仇，雪洗耻辱。

兵熊一个，将熊一窝。部队打了败仗，上级下级首先责怪的是最高指挥官的无能。面对上下的压力，两个团的团长一合计，决定以实际行动在挫败中绝处逢生，重振官兵的士气。得知几个团的军事主官气馁的消息，师参谋长赵盈川在电话中给他们打气道：“部队打仗是马拉松赛，领跑的往往拿不到金牌。乌龟在地上是跑不过兔子，可乌龟在水里永远比兔子游得快。不要放错自己的位置，发挥你们特长吧。”

为了促成这次网上对抗演习，A师直属团团长皮国华和二团团长张晓兵、三团团长谢成龙学着陈国平，有同学的找同学，有战友的找战友，没有战友的找关系。可谓绞尽脑汁，想尽了办法，总之要找到适合的对手进行对抗演练，并要超过一团的技术含量。更重要的是在会议上他们当着师长徐春云的面立下过决心。作为军人，言必行，行必果是基本的素质。

俗话说“没有金刚钻，别揽瓷器活”。当他们满怀信心实施行动时，才发现后门没门，关系不畅。正当皮国华已经有心无力苦恼之极时，上天无门下地无洞，急得团团转的他抓了一张报纸走向卫生间。柳暗花明出现了，报纸上报道说：在军区某合同战术训练中心首次建成的激光仿真交战系统测试成功。业余时间喜欢打点游戏的他立马豁然开朗。报纸上说，这套系统有两大“亮点”：一是需要陆军成建制、全要素组织两个团开展仿真交战；二是从单兵武器、主战装备到非火力单位，全部安装激光仿真交战系统终端。看到这里他欣喜若狂。

皮国华立即拿起电话打给二团团长张晓兵。张晓兵是山东大汉，身材高大魁梧，外加一脸络腮胡，说起话来很唬人，不说话也吓人。当他听到皮国华说军区某合同战术训练中心有套模拟训练系统后，他用那浓重山东即墨话问道：“奶奶的个熊，我没听说还有这么个系统?”“千真万确，你打开今天的报纸，上面写得很详细。”皮国华肯定道。

张晓兵看完报纸后，立即跟皮国华说，想去联系一下这个合同战术训练中心的人。皮国华一听，哈哈大笑道：“我也正有此意！一起想想辙吧。”他们一拍即合连夜出发了。然而当他们满怀激情地找到训练中心负责人说明来意后，人家一口拒绝了。“这么先进的设备不是谁想来用就可以用的，得请示军区领导……”

张晓兵立马像打蔫的茄子，开始打起了退堂鼓。一向不服输的皮国华从兜里掏出一包烟来递给他一根，学着他的山东话说：“奶奶的个熊，你就这样蔫了？这常言说得，咱人民军队那是有桥过桥，无桥淌水，有路走路，无路开山!”“那你说咋办?”张晓兵疑问道。“好办！咱们去侧面打听打听，想办法把负责训练的人请出来喝一杯说不定就……”张晓兵立即摇摇头否定道：“你赶紧拉倒吧，都什么年代了还兴台上搞不定桌下来搞定?”“你没试怎么知道不行，走！咱们去试试。”皮国华说完拉着他就走。

“你别拉我啊，干吗去呀。”皮国华道：“去师部啊。”“去那干吗呀?”张晓兵奇怪道。“此路不通咱另辟蹊径呀!”“怎，怎么个辟法?”张晓兵一急便结巴起来。“找师长去！就说军区某合同战术训练中心有套训练系统，想借来练习一下。”皮国华理直气壮道。

张晓兵把白眼从北半球转到南半球，转了一圈后说：“幼稚又天真！那是军区的地盘不是师长的一亩三分地，不归他管。”“军区的装备怎么了，我们为了练兵提高部队战斗力又不是贪图享受，再说那建起来的系统本来就是练兵用的，难道娶个漂亮媳妇只用来看不给睡觉不生孩子?”张晓兵觉得有道理。于是他倒先急了催促道：“那还不快走。”

千难万难，也不足以让筋骨刚硬的打铁者退缩。面对两位不速之客，师长徐春云一开始很奇怪他们怎么不在部队指挥训练，阴沉着脸正准备好好“修理”他们一顿。听到他们说明来意后立马笑容满面地赞赏道：“好样的，这才像名真正的指挥员嘛，只要一心想着谋打赢，就是合格的军人，这事我管定了!”说完这话后，他又立即陷入了为难之中。

“踏石留印，抓铁有痕”需要坚定的信念。正如张晓兵预计的那样，军区某合同战术训练中心那边徐春云够不着，也说不上话，得请示 H 集团军领导才行。看到徐春云为难的样子，张晓兵忧心忡忡道：“师长，那你帮我想想门道?”“我来试试，不过别抱太大希望啊？你们回去赶紧再想想其他练兵方式，不要在一棵树上吊死，要登高望远，勇毅笃行。”

皮国华和张晓兵在期望与失望中回到部队。

不是所有的创新都需要过人的勇气和意志，但起跑往往决定后程。皮国华回到部队后，便打开电脑开始研究“CS”抢滩登陆。他知道这些游戏里面有打飞机，打坦克，打装甲车，还有什么空降兵之类的。虽然那些东西与真正战争相差很大，但可以借鉴来个触类旁通，融会贯通吧。

不入虎穴，焉得虎子。经过几天的深入研究，皮国华觉得这种练习可行。因此他结合网上游戏的不确定性，再结合“仿真CS”的战法，再根据本团的实际情况，亲自制定出一套演习方案，决定先练起来再说，左顾右盼什么也干不成，懒政庸政怠政、不作为可不是当代军人的样子。

对　赌

岁月犹如群山，日日秀出峰巅。回望云端高路，仆仆征尘犹自未歇，万千气象喷涌激荡。一个星期六的早餐后，正当直属团的官兵吃完早饭刚刚放下饭碗，军号就吹响了。官兵们听到这突如其来的号声后犹豫了下，快速整理武装向各自平时集合的地方跑去。

“军号是战争之魂”，凡是历练军旅的人，都懂得这其中的深刻含义。短促加2长声是轻装集合！短促的连续几声是全副武装！携枪支打背包！短促加1长声是……

不同的军号声音表示不同的命令。十分钟后，很快就听到从直属团三个方位传来的队列跑步声。全副武装的官兵们，迈着矫健的步伐，有的喊着一二一，有的喊着一二三四向集结地冲来……“立定——向右看齐，向前看，稍息！立定——”口令喊完，那人跑步到离皮国华几米外的地方行一个标准礼道：“报告团长同志，直属团全副武装紧急集体合完毕，请您指示！参谋长戴旭东。”皮国华说完“请稍息”就一脸威严跑到全团队伍的正中央位置道：“喊得响亮不如干得漂亮。从今天开始，我们利用一周的时间开展一项全新的军事训练，刚才司令部已经将训练方案、内容及分组，下达到各营连队，具体内容我就不重复了。下面我只提两点要求：一是要把这种特殊的训练场当战场。那不是游戏，更不是消遣的乐园。二是训练一周后，两个小组按照划分，进行对抗演练，凡在对抗演练中取得胜利的一方进行物质和精神奖励，对于战败一方要进行全团通报批评。全体都有，向训练地鸡公山进发！”

鸡公山过去是一个不毛之地的矿山。在恢复植树造林中，当地武装部与地方一家外资企业因地制宜联合建起一个大型拓展训练场。里面除了有部队进行常规越野训练的军用设施外，还有CS仿真训练的孤岛求生、团队车轮、电网飞渡、拯救大兵、愚公移山和定向越野等项目。这里也是开展军事训练和国防教育的一个基地。

山上红旗招展，山下热血沸腾，直属团的官兵们决战在鸡公山的青山绿草之中。到达基地后，一营按照训练计划与直属队一组，二营则与三营一组，他们迅速展开了对抗演练。全团官兵们面对这种大型综合的训练场面，既兴奋又好奇，个个显出摩拳擦掌的兴奋状态。特别是团长皮国华在出发前下达目标任务，一周后要进行对抗演习。因此各组的组长们不敢有一丝懈怠，生怕对抗失败受处分，在训练中积极性高涨。

直属团独特的训练方式很快就传到了二团。二团团长张晓兵从司令部刘参谋口中得知皮国华甩开他们单干后，又好气又好笑。于是吃不到葡萄说葡萄酸地对刘参谋讪笑道："那种地方是老百姓玩游戏的地方，能训练出什么战法来？完全胡闹，怕是把不符合水土的乌托邦当成自己的桃花源了。"

为此刘参谋一脸认真地纠正道："团长，我听说他们加了许多新战法在其中，只不过借了那种环境和场地，听说效果不错。"张晓兵惊愕："啊，不会吧，没有亲眼所见，就不用急着用你的嘴巴来证明。走，你陪我去看看奶奶的个熊玩的什么新花样。"

夏虫不语水，井蛙不谈天。当张晓兵带着满脑子的疑问来到鸡公山现场一看，顿时傻了眼。练场上热火朝天，隐真示假，实弹射击，靶标全部换成了与现实背景同色的隐显靶；侦察、接敌、进攻、防守、保障等多个课题轮流演练。

尤其令张晓兵叫绝的是，直属团还将指挥通用化、编组模块化、模块标准化融入其中。他们将所属步兵、导弹、通信、侦察等分队，像搭"积木"一样科学编组为攻击群、保障群。红蓝双方针锋相对你来我往。他们从中距到近距，从导弹到火炮，全功能使用武器，全方位检验战略战术……那战火纷飞的场面一点也不亚于实兵实弹作战。

看到张晓兵前来观战。直属团团长皮国华乐呵呵地从张晓兵的身后突然拍着他的肩膀说："张团长你这是来取笑的还是取经的?”张晓兵一回头发现是皮国华，立即装作一幅不经意的样子说道：“顺路，顺便来看看你在玩什么游戏。”“张团长雅兴不小嘛，兄弟不要见笑啊，我们这是让官兵活动活动筋骨，不要当真。”皮国华有些得意地挑逗道。

这时张晓兵终于忍不住地头一甩回敬道：“你小子也太不够意思了吧，前天刚说好要一起练兵的，结果你奶奶的搞起了自立门户，你这分明是要捞头功啊？真是世道变了：过去酒逢知己千杯少，现在酒逢千杯知己少。”皮国华嘿嘿一笑，两手一摊装作无奈道：“哪里有啊，兄弟我也是没办法啊，上次被陈国平那小子使阴招后全团官兵士气萎靡，再不出手徐师长不罢免了我，全团官兵也会让我下台啊。”

听了皮国华的话，张晓兵更坐不住了。他知道人不为己，天诛地灭！放他这只虎归山了，那将后患无穷！于是他放下伪装，用恳求的语气道：“要不让我们的弟兄们一起来练练？兄弟你吃肉总得让我们也喝点汤吧?”“都是徐师长的部队，一口锅里吃饭的，只要兄弟不嫌弃，我们可以轮流练习，随时欢迎。”其实皮国华的心里话是：“你自己贴上来的，我只是成全你。”

皮国华之所以这么爽气，其实心里也在打着自己的小九九。希望通过一周练习后，先与二团来个对抗。否则自己的兄弟下不了黑手，练不出真实状态。见皮国华如此大度，张晓兵连忙致谢：“还是皮团长讲大局，风格高，改天一定请你喝酒。”说完就快速转身回去组织他的部队。要是掉队了他这团长会在师里抬不起头来，到那时后悔都来不及。

看似寻常最奇崛，成如容易却艰辛。那天徐春云听了两位军事主官联训联演的汇报后，思来想去觉得想法不错。他开动自己的“CPU”搜肠刮肚，绞尽脑汁寻找与军区合同战术训练中心的关系。结果这“CPU”一开动还真想起一点，军区组织的师以上军事主官集训时，他与这个合同战术训练中心的军训部长张涛打过照面。于是快速找出电话打了过去。

电话接通后，徐春云作了一番自我介绍后，没说要用他们的激光仿真训练系统，他怕人家一口拒绝了，只是说想去他们训练中心参观一下，取取经。张涛一听，兄弟单位要来参观学习总不能拒绝吧，便哈哈一笑同意了。徐春云第一步成功后，立即带着他的参谋长及司令部的相关人员，连夜向军区某合同战术训练中心赶去。

第二天见面一番寒暄后得知张涛居然是他的同乡，这一下关系更进了一步。徐春云趁热打铁直接说出了他来的目的。张涛一听一连说了三遍“不行”，并说这套系统军区首长还没有来检查验收。言辞凿凿，眼看僵持下去这事就要泡汤，徐春云决定先抛开这些就和他聊起了这套系统，询问这套系统先进在哪儿。于是张涛立即来了兴致，把这套系统的研制到测试到如何先进等等讲了半个小时。见时机成熟，徐春云便用激将的口吻说：“再先进的系统再先进的武器放那成摆设也没用啊，谁娶个漂亮媳妇会放那当花瓶?”

张涛知道他是在将军，便故意嘿嘿一笑说：“你别激我，激将也没用，实话告诉你吧，我也是丫鬟掌钥匙，当家不做主，这一套系统没有我们中心主任发话谁也不敢动!”此路又不通，徐春云心想这下抓瞎了。他不再说要使用他们仿真激光系统的事，决定给他汇报一下部队谋打赢的情况。

为了彻底打动张涛，他还现炒现卖并夸大其词地说，目前他的师为了迎接集团军的“魔爪袭击”演习，官兵们把地方上的“CS”拓展训练场都用上了。张涛一听部队演练用起“CS”，既同情又好笑，有些不相信地问道：“真有这事？那有什么用啊？不过是玩玩的东西。”徐春云故意叹息一声道：“没办法啊，这不几个月前，军委刚刚颁发了新一代《军事训练与考核大纲》，不想办法训练不行啊，部长你看看能不能变通一下？”

精诚所至，金石为开。为此张涛沉思一下说：“这事我真做不了主，不过既然部队官兵练兵热情这么高涨，让我想想。”徐春云一听他的话有松动，知道有门了，心中顿时暗暗窃喜。随即他一鼓作气劝说道：“既然你的系统刚测试好，我们先试用一下说不定还可以发现一些不足，这样你还可以进一步完善啊。”“徐师长，我也知道是这么个理，但是……”“别但是了张部长，我保证让我的兵们爱护它像爱护自己的眼睛一样用，不让它受一点损失。”

这时张涛思忖了一下，很艺术地说道：“那好吧，既然你们练兵的热情如此之高，我也给你们出个主意，你们回去打个报告来，就说来我们合同战术中心搞野外战术演练，到时候我给你们抽出一个小时，进去‘参观参观’设备吧，千万不能把我出卖了啊！”徐春云听后，近乎跳起来连连致谢。这时张涛又一盆冷水浇下来，“能不能最后变成现实还得看机会啊？”

鸡公山拓展基地里，随着二团官兵们的加入，两支团队的训练热情更加高涨。正当皮国华与张晓兵研究下周如何利用现在场地进行对抗演习时，值班参谋尹光明开着军用摩托“咯吱”一声停在他们面前。“报告团长，师值班室刚电话我团，前往某合同战术训练中心基本可行，师长要求我团抓紧训练，激光模拟训练的教程一会发来。”

皮国华一听，脸上顿时乐开了花，立即站出来看着张晓兵说道：“太好了，太好了，太好了。”然后他把这一特大喜讯用喊叫的方式告诉了官兵们，官兵们纷纷把迷彩帽抛上空中以示庆贺。“那有没有听说让我们二团也参加啊？”张晓兵不无担心地问道。参谋尹光明像唱国歌一样铿锵回答：“报告张团长，这个还真不知道。”正当张晓兵有些失落的时候，山重水复疑无路，柳暗花明又一村。皮国华往1000米以外的公路上一指。“看那边，保证是你的参谋来通知你了。”张晓兵倏地向来人方向跑去……

在冬日氤氲的阳光映衬下，云气飘忽，仙鹤引颈。江南大地上的落叶如撒金般熠熠生辉。喇叭山的山谷里，一阵阵枪声划破长空，吓得丛林的鸟们展翅高飞并不时发出嗷嗷叫声。这不是猎人在打猎，而是天使队员正在进行射击比赛。

坚持，注定有孤独、质疑、嘲笑。“报告教练，天使出击队男队员赵冰十发子弹八十一环，子弹脱靶一发。”

“报告教练，女队员袁芳十发子弹七十环，脱靶三发。”眼看第一轮比赛自己的战友输了。女队员段纪华自告奋勇说道：“周新海我来跟你比一比。”周新海的脸一红不相信道：“你找我比？”那样子非常意外。段纪华对于他来说，那是爱你在心口难开。她那一笑百媚生的艳丽，一笑脸上出现小酒窝的甜蜜……令他眼角眉梢都是情。而周新海对于段纪华来说，那伟岸身材，那英武的相貌，还有那雪白的牙齿……令段纪华关情脉脉，一眼万年。

彼此相爱，还得割爱。这既是他们军纪的恪守，更是对使命的尊重。看到周新海害羞的样子，段纪华大方笑道："怎么不愿意和我比?""不是，不是，我……"周新海知道她不是对手，更重要的是跟她比，他有种未有寒风自哆嗦的紧张。段纪华见周新海退让，越要冲锋。她一把把他拉到队列。"咱们十发子弹，三局两胜如何?"周新海一看她与他"杠"上了，迟疑了一下小声说道："OK！我应战，别后悔。"说完就拉开决战的架势。

他们即将挑战之时，男队员乔巍起哄道："那你们输了怎么办?"段纪华反驳道："你不说话没人不知道你长着嘴。"乔巍一个坏笑道："不行，不行，得有奖惩！否则有什么好比的。"这时其他队员也纷纷起哄道："是得先把规矩定好，否则不刺激。"于是段纪华瞪了他们一眼妥协道："好，我输了给周新海洗一周的臭袜子，你呢?""我不会输的！你等着哭吧。"段纪华用鼻子的声音"哼"道："那不一定，不行，你得拿出诚意来。"周新海脱口道："那好，请大家每人吃一盒巧克力。"段纪华竖起大拇指："OK！成交，俺就喜欢找死不等天黑的人。"

缘　分

看到队员们个个信心十足，斗志昂扬，张家驹说道："为了体现比赛的公平性，报靶员各队分别出俩，枪由你们自己挑，省得你们不会游泳老怪游泳衣不好。"他霸气侧漏的话音一落，有的观战队员连声称赞说："还是教练水平高，这样才更加公平。"还有的队员不怀好意道："好戏开场啦，等着好戏看喽。"于是他们俩开始像挑绣花针样仔细挑枪。

枪声“砰、砰”响起，一名男队员报告着：“八环、五环、五环、十环……女队员段纪华最后成绩是四十三环。”听完自己的成绩，段纪华有些不服气地质疑道：“不会吧，赵冰该你了。”周新海立即向靶位走了几步，回头诡异一笑：“等着洗我的臭袜子吧，我都一周没换了。”队伍中立即发出哄堂大笑。美女加帅哥的地方，很容易将荷尔蒙催化，给人带来“世界无限展开”的晕眩感。这样的地方，确实需要大量战天斗地的人。这样的场面更是集体向青春撒娇。

人的缺陷、人的病症、人性的弱点、人的不如意等，都是上帝造人时埋下的伏笔。枪声再次“砰、砰”响起，女队员李亚男报告：“十环、五环、五环，跑靶一环。”周新海一听跑靶了，心里立马叫苦起来并开始紧张。“六环、十环、八环……周新海最后的成绩是……”李亚男又故意制造悬念：“是……是四十三环。”

靶场里顿时像炸开锅，“不过如此嘛，还得瑟什么?”袁芳鄙视地说完，其他女队员们更是叽叽喳喳调笑起来。看到女队员们取笑，有的男队员不服气地说：“这个不行，是不是枪有问题，重新再来。”女队员们一听更不服气地咋呼道：“你们谁不服气就上来挑战。不会游泳不要嫌衣服不好吧。”周新海则难过地向山间跑去。

看到大家群情激昂，张家驹鼓动道：“重新组合对手，继续挑战！今天一定要分个胜负出来。”于是队员们开始自我加压，连声说“好好好”。张家驹看他们一时半不会结束，便小声对崔静说道：“你在这组织吧，我回家拿一下换洗衣服，今晚就不过来了。”崔静答：“好的，我一定会注意安全的。”

推开岳父的家门，正在跟外婆一起做手工的女儿张莹立即小鸟般飞扑过来，张家驹顺势抱起了她亲了又亲。张莹发出甜甜的叫声："爸爸你的胡子好扎人呀。""你妈妈呢？怎么星期天又不在?"张家驹有些不高兴地问。自从上次他们和好以后，这是他第一次回家。虽说是打着回家换洗衣服的旗号，其实他是想陈菁了。听到张家驹的问话，岳母连忙解释说她公司最近比较忙，所以今天去加班了……

正在这时，张莹好像也开始添乱地撅起她的小嘴说："爸爸妈妈你们俩真坏，都好久没有见到你们了。"误会就如一张白纸，越擦越黑。张莹的话如雪上加霜，岳母替妻子陈菁打掩护的话令张家驹的心里更不是滋味。于是就给陈菁打电话，结果关机。为此他又把电话打到她公司的值班室，值班的小姐告诉他，陈副总跟总经理出国了，今天可能回来。

放下电话后，张家驹一瞬间百爪挠心，火冒三丈。想对岳母发火，觉得出国都不跟他打声招呼实在太不把村长当干部了。可是他又发不出火来。"谁的父母不保护自己的孩子?"思来想去，他决定先带女儿去附近的公园玩玩，上次答应她的一直没兑现。顺便想一想等晚上陈菁回来后怎么跟她摊牌。

张莹一听爸爸要带她去公园，立即放下手中的手工拍着小手欣喜若狂道："爸爸真好，外婆再见咯，去公园玩喽。"看到女儿张莹如此快乐的样子，张家驹觉得自己真的很不称职。这是女儿长这么大以来自己第一次陪她。因此歉疚地抱起张莹问道："今天你是爬到老牛背上去呢还是爸爸用自行车驮你?""老牛驮小熊猫!""你什么时候变成小熊猫了?"张家驹好奇道。张莹回答："动画片里说的。""动画片说的?"张家驹反问道。"对呀，小狗对熊说，嫁给我吧，你会幸福的。熊说，嫁你生狗熊，嫁猫生熊猫。”听完张莹的话，张家驹无语地把女儿举过头顶放到后背上。

水的节奏河知道，风的节奏云知道。张家驹的惆怅只有自己知道。“张莹，爸爸问你，你要实事求是地回答，不允许说假话。”张莹天真地回答：“好啊爸爸，小孩子不说假话的，只有你们大人老说假话骗我们小孩。”女儿的回答令张家驹一阵脸红。没想到现在的小孩都知道大人不诚实了。张家驹又问：“那你告诉爸爸，妈妈有多久没有回家了？”张莹于是伸出小手数着指头：“一天、两天、三天……哎呀爸爸我记不得了，反正有好久没有见到妈妈了。”

张家驹不再说话，他的心情坏透了，虽然顽固地打起精神，但消沉的感觉却在悄悄蔓延。他觉得妻子陈菁嘴上说爱他爱这个家，可说的和做的完全相反。尤其知道陈菁与总经理一起出国后，他脑海中立即出现一对男女相偎在高楼的凭栏处甜蜜地欣赏景色的场面，心里就像打破了五味瓶。

来到儿童乐园后，张家驹决定不再想其他事情。今天要好好尽一个为人父的责任。因此，只要张莹想玩他就连连点头，只要她想吃什么他都说好！在这种补偿心理下，张莹乐翻了天，一会儿坐碰碰车，一会儿坐空中飞人……直到太阳西下，他才把张莹从旋转木马上依依不舍地抱了下来。

回到家中，岳父母的饭菜已经摆上了桌。当他准备走进洗漱间方便的时候，陈菁洗澡后推门而出，他反应极快问道：“你这是洗去尘埃还是要洗……”粗话到了嘴边他忍住了。陈菁听后，瞟了眼那张本来发青的脸并未回击，知道他说不出什么好话来，便装着一切没有发生地问道："你们下午玩得开心吗?"张莹马上回答："妈妈，太好玩了。"那快乐的小样令人陶醉。张家驹则小声说道："反正没有你在外面开心!"陈菁立即小声警告道："你回来就是为了吵架的?"正在这时，程桂兰喊道："大家来吧，今天全家又团圆了，咱们开饭喽。"于是张家驹和陈菁又面带微笑地坐到了一起，只不过他们好像没有久别重逢的亲昵。

陈韬看到女儿女婿那别扭的脸色，就知道他们又开始闹矛盾了，因此借故向张莹问道："小宝贝下午都玩了什么好玩的项目啊?"张莹立马高兴答道："外公，那儿童乐园太好玩了，有旋转木马、碰碰车、过山车，我还看到老虎狮子了。"说完她又看着爸爸妈妈说："爸爸妈妈你们什么时候一起带我去玩啊?"

张家驹轻蔑又嫌弃地白了陈菁一眼开始埋头吃饭。这一切陈韬都看在眼里，知道女婿对女儿有些不满，因此圆场道："爸爸妈妈在干大事业啊，下次外公外婆带你去好好玩一天。"陈菁难为情地附和道，"过一段时间妈妈一定带你去。"谁知张莹接着又问道："外公什么叫大事啊?"张家驹不痛不痒回道："就是像你妈妈那样天天瞎忙。"

一听这不阴不阳的话，陈菁立即像触电般一锁眉道："什么叫瞎忙啊？那你着家吗？我那是工作，不是游山玩水。""你那叫工作啊，说不定是美妙的旅游。"张家驹一脸严肃地还击。陈菁立即瞪着他道："我怎么就不是工作了！怎么就是旅游了?"说出不一样的话语，得到一样的答案，饭桌上的气氛一下凝重起来。

见此情景，张莹的外婆程桂兰说话了。平时她一向不发表言论的，她的责任就是默默站在丈夫身后相夫教子。"你说你们俩孩子啊，都结婚这么多年了怎么还没磨出和谐来，走到一起就针尖对麦芒，就不能心平气和好好说话?”程桂兰刚说完，紧接着陈菁就嘤嘤地哭着说道：“爸，妈，你们今天在这给我评评理。你女儿到底能力差还是素质差还是道德品质败坏呀。一个女人有自己的事业，有自己的人生追求难道不对吗?”

陈菁说完，陈韬马上叹了一口气说道：“你这孩子从小就好强，这都怪我把你当男孩子养。”说完他又接着说道：“女人不是说不应该有自己的事业，但家庭也要兼顾啊?”面对父亲的拉偏架，陈菁更加生气道：“我怎么不顾家了，我是天天不着家了还是天天游手好闲了?”这时张家驹像火上浇油补充道：“你都好意思说，连孩子都说好久没看到你了，谁知道你天天在外干什么!”

就是这一句话彻底把陈菁激怒，“我告诉你张家驹，嫁你之前我就是这样，是你在我家门前求我爸求我妈要娶我的，女人有事业怎么了？不靠你吃不靠你穿凭什么要受到你的限制。这夫妻就如两扇门，他们各自支撑着自己的世界。如果你过不下就离婚。”说完她愤恨地摔下筷子而去。

坚强的内心，往往会被一句简单的话打败。面对妻子的一番话语，张家驹的尊严受到了史无前例的打击，下辈子就是叫他长坐青灯古佛旁，吃斋念佛一辈子也心甘情愿不结婚了。于是他尴尬地对着岳父母说：“爸妈我吃饱了，回部队去了。”说完丢下碗筷就走了，索性眼不见为净。陈韬和程桂兰一脸无奈。张家驹觉得这样下去实在太累了，他也有离婚的想法了。

面对如此一幕，张莹很不解，一脸天真地问道：“外公，爸爸妈妈怎么老吵架啊?”陈韬只好敷衍道：“小孩子别好奇大人的事。”

走在回部队的路上，张家驹的思绪一下子回到与陈菁相遇的那年。自从在湖心小公园遭到陈茵的拒绝后，他便托人向陈家说媒。一向热心肠的赵鸿觎觉得这是一个双赢的好事。如果把这桩亲事搞定了，他转业的事就有希望了，虽然老团长已经退休不在岗位上了，他相信老团长还是能说上话的。不过当赵鸿觎兴高采烈地来到老团长陈韬的门口时，顿时又有些后悔了，他知道老团长陈韬的脾气，搞不好会将他轰出家门。再三犹豫之中他还是硬着头皮敲开了门。

看到赵鸿觎欲言又止的样子，老团长陈韬主动问道："今天赵教导员来倒是稀客了，应该是无事不登三宝殿吧，直说吧，来找我这个下台干部有什么事吗?"赵鸿觎尴尬一笑。"那我在首长面前就实话实说了。""说吧，你说吧，只要我能办到。"赵鸿觎小心谨慎道："老首长我今天是受人之托，想给你家陈茵说个媒，是位新提拔的排长，人长得英俊潇洒……""你们那军官多大了，老家哪的?"赵鸿觎一看他的表情，便从军官长相到身高再到家庭情况，凡他所知道的全说了出来。

"小茵，小茵出来一下。"听了赵鸿觎的一番介绍，陈韬突然起身对着女儿房间喊道。陈茵立即"唉"了一声从房间走了出来问道："爸什么事啊?""这是赵教导员，他给你介绍了一位军官，我觉得条件不错，要不要见一见?"看着父亲笑颜中不失威严的样子，一向惧怕父亲的她伸了一下舌头，答道："爸，你……说好就好，那见见吧。"

春天的江南，芳草萋萋，不知名的野花竞相盛开着。部队营区中央的芭塘堤湖中，两只野鸳鸯在杨柳的掩饰下，卿卿我我无所顾忌地缱绻着。芭塘堤湖因四周长满亚热带的芭蕉树而得名。盈盈一池泉水，宛若明净的眼睛，看着江郎山，看着心爱的人，深情一眼挚爱万年。

为了这次见面，张家驹连见面时的呼吸都做了反复练习，还特意从床头柜中拿出一套崭新的军装再配了一副新的军衔，再用刀片将浓重络腮胡子像铲地样认真铲了个遍。这一铲却把他原本芳草萋萋的脸铲出一副鱼背青样子来。对着镜子照了照，他觉得甚是满意，有点美军陆战队队员的野性。

看着芭塘堤湖中那对鸳鸯欲火盛开的样子，张家驹的多巴胺由此迅速施放，他感到下体有些燥热，张望了一下四周无人，便松了松腰带。正在这时，便听到身后来人故意在咳嗽，他知道陈茵已经在不远处了。一个转身，四目相对。“怎么是你?”陈茵脸上写满意外。看到如此逆转的变化张家驹装作嬉皮笑脸道：“怎么就不能是我呢?”陈茵扭头就要往回走。见此情景，张家驹健步如飞冲上前拦住她。“你想干吗?”“介绍人不是已经说了，干吗还明知故问?”陈茵立即回答：“是我爸说让我来见见，但现在我见了，回家不行啊!”

看到她惘然的目光张家驹感到莫名的愤怒，那时只愿时光快走。张家驹的自尊受到极大的摧残并有些恼怒，但他还是一脸努力道：“我就这么令你讨厌吗?”“这不是讨厌不讨厌的问题，而是你不是我喜欢的类型，我更喜欢一见钟情的爱情，是那种晴天霹雳，相信了命中注定的喜欢。”张家驹不屑道：“一见钟情的不是人，是脸吧?”陈茵不语，脸面朝湖中思考着。

火红夕阳挤过树穗，照得人怦然心动。张家驹发现陈茵身着天青色水渍纹裙，站在飘香的栀子花树下，斜眼吊眉梢，夏日热浪贴身而过，更衬托出她胸前的沟壑，一张秀丽的鹅蛋脸上精雕细琢的双唇涂得娇红欲滴，烧眼。

“我哪儿不好？可我就喜欢你！”张家驹鼓起勇气上前一步问道。“你不知道有这样一句话吗，人生就像一场盛大的遇见，有些人终究只是你生命的过客。不合适但并不代表你不优秀，可以自信但不要自恋。”张家驹听了她的话，自尊心立即好受了些。“那你能告诉我你喜欢什么类型的吧?”“这个，这个嘛，我喜欢你们史排长那样的，白白净净，文质彬彬的样子，这下好了吧!”

听到她说喜欢史云赋，张家驹心中顿时像打破了五味瓶难过起来，为自己拼尽全力不要脸感到耻辱。心想：史云赋算什么，我比他强一百倍。此时的张家驹像许多钻破脑袋成为人上人的凤凰男一样，已经用有些激烈的方式，将自己抬到了较高的心理预期，不可能再低下身，扎到庸常的生活中去。脑子里的怪兽，是他用想象喂大的那个过度膨胀的理想幻象。

看到张家驹难过地沉默起来，陈茵又有些于心不忍说道：“你也不错，是我姐姐喜欢的类型。”说完便像风一样消失在绿荫丛中，只留下她身上香奈尔散发出的柠檬味弥香。闻香识女人，这时他才知道自己和陈茵不是一个“味系”。

记忆总是慢慢地累积。回味这婚姻的前前后后，张家驹现在想来，觉得这婚姻真是像人们说的那样，相逢那是缘，情之相通那是心，不是你的就不是你的，强扭的瓜就是不甜。张家驹有些后悔一开始的错误，真想买块豆腐撞死。于是他开始相信婚姻真有缘分一说。

第八章　误会如水，越陷越深

恋　爱

“你不是说今晚不来的嘛，怎么又来了？”正在组织夜训的崔静起身问道。“老婆又不在家待，在家也没意思，所以……”张家驹脸色难看地撒谎道。“你怎么脸色这么差？”面对崔静哪壶不开提哪壶，张家驹避开话题问道：“今天是按照计划进行的新科目吧？”“是的，今天进行的是电磁干扰理论学习。”“‘魔爪袭击’的日子越来越近了，咱们还得抓紧时间啊，不然到时候完不成任务的。”“是呀，我也急，但欲速则不达啊，他们这两个月已经够苦了，几乎睡不了几个好觉。”崔静说完，带着疲惫伸了伸胳膊。

“对了，你和史云赋发展得怎么样了？”崔静愣了一下，苦笑僵持在脸上答道：“这不你都看到了，一来真心没时间，二来天不遂人愿，随遇而安吧。”张家驹转移话题道：“不说这些了，走吧，我们研究一下明天的训练计划吧……”

夜深了，户外已没有夏天虫鸣声的聒噪，周遭在黑暗中渐渐沉寂下来。月儿的光无力地趴在窗台上，清凉如水，像情人温柔的吻，淡淡地贴在脸上。树影也不甘示弱地捋起微风，吹起枯叶沙沙作响。躺在值班室里的张家驹辗转反侧，没有一点睡意。今天妻子陈菁的话像当街扇了他一巴掌，太伤他自尊了。想到这里，他心头一热干脆起床。

执着什么，就会被什么所累。走出门外，顿时一股深冬的寒意袭来，他打了一个寒战，继续漫无目的地在营区里游荡起来。走着走着，他居然鬼使神差地来到营区中央的芭塘堤湖畔。这地方是他感受耻辱与美好的地方，令他难忘。

如今湖畔的红花绿柳在寒冬的肃杀下，已经变成“驿外断桥边，寂寞开无主。已是黄昏独自愁，更著风和雨”的景象。张家驹觉得婚姻就像一桌酒席，爱是主食，宽容、理解、信任、尊重就是一道道菜，欣赏、幽默、趣味就是酒和饮料，只有同时具备上述几个品种的酒席，才算得上完美无缺的酒席。在婚姻这桌酒席上，吃得安逸，吃得泰然，吃得永久，直到生命最后一息，才是最完美的婚姻。

微风吹过，张家驹顿时感觉清醒了许多。回味着在这儿曾经与陈茵的过往。一股悲怆袭上心间，陈茵那藐视的目光和语言立即让他男子汉的尊严受到枪林弹雨般摧残。他觉得年轻时的挑战在现在看来多么愚蠢和可笑。可是那时觉得展开强烈攻势就如打仗般壮烈美妙，结果陈茵选择了消失。然后他又死心不改，求自己的教导员赵鸿觎去陈家提亲。陈韬一听，觉得老二不愿意是因为不是她喜欢的类型，说不定老大喜欢。

果不其然，陈菁一听父亲说给他介绍的对象是陈茵的教练，表示愿意谈谈。在谈了半年后，张家驹自己也觉得他与陈菁的性格太相似了，个性独立、好强争胜，在一起总是你来我往地针锋相对。与其说是谈恋爱倒不如说像两国外交官在联合国会议上的唇枪舌剑。对此一天张家驹还半开玩笑地问道："你说我们这样针尖对麦芒能够生活下去吗？"结果陈菁呵呵一笑用她的顽皮的性格回答："有些人，一旦遇见，便一眼万年；有些人，一旦开始，便覆水难收。爱得性情，才能爱得长久。婚姻就是两个人的战争。"

陈菁的话令他有些毛骨悚然，但一向不服输的张爱驹并未因此退缩，而是义无反顾以试锋芒。心想，一个黄毛丫头岂能成为我的对手，跟我较量的人还没出生呢。因此，张家驹把她的话当成了挑战，更何况他觉得这婚姻就像两扇门，关开之间总要磕磕碰碰吱吱哑哑。好男人不一定能娶到好女人，好女人也不一定能嫁得好男人。

更何况陈菁实在美得不像话，于是所有的一切已经可以忽略不计。一根筋地执着起来，便不再为模糊不清的未来担忧，只为清清楚楚的现在努力……

阵阵清风吹醒了他的思绪，张家驹将白天的一切喧嚣纷扰搁置门外，决定好好理一理自己的婚姻。此刻，夜晚里缓缓而去的不只是风儿，还有那搁浅的痛苦。

张家驹矗立在两个人曾经偎依过的角落。他双手环抱，却抓不到岁月的痕迹，孤独已经将他的灵魂慢慢吞噬，此时他就像三岁的小孩，天黑了却找不到妈妈，水光在眼眶里打转，忍着没掉出来。这是他活了三十多年来第一次如此伤心。他百思不得其解，他们的婚姻为何会走到今天这一步。

男儿有泪不轻弹，只是未到伤心处。在一阵伤心痛苦后，张家驹感到心情好了许多。这时他才觉得夫妻就像云与雨的守望，看起来很美，事实痛苦不堪。哭了累了，张家驹突然意识到在这个世界上，谁也不是谁的永远，不如唱一曲风花雪月，吟一阕岁月静好，便收取惆怅往宿舍走去。

风渐渐大了起来，张家驹不由再打了一个寒战，于是加快了步伐。然而当他路过三中队的蔬菜大棚时，却发现有两个人影晃动了一下，又突然消失了。军人的警惕性立即让他警觉起来。“难道是偷菜的？”他边猜想着边朝人影晃动的方向走去，顺手从地上摸了一支撑菜棚的木头。“什么人，给我出来吧！”张家驹没有目标地大声吼道。那叫声在寂静的夜里显得异常响亮和瘆人。两个人影从大棚后面的树丛中磨磨蹭蹭走了出来。当他们走到跟前，张家驹定眼一看，感到异常意外加崩溃。是他的天使出击队员张一楠和乔巍。“你们俩怎么会在这？你们俩怎么会在这？”张家驹用近乎咆哮的语气问道。

刚刚收起了惆怅却又窜出哀伤。张家驹最担心最害怕最不愿意发生的事情还是发生了，他感觉自己就像中国的剑士，醒来时发现自己手无寸铁地站在陌生的欧洲斗兽场上，一下特别软弱无力。

张一楠则像小偷一样躲在乔巍的身后低头不语。面对他们的状态，张家驹明白了一切。“你们在偷偷恋爱？”他们俩不语。于是张家驹像老鹰抓小鸡那样，一手拽一个带到自己住的值班室。

“说说吧，你们从什么时候开始的？”张家驹的脸气得像猪肝。乔巍犹豫了一下颤抖道："就，就上次夜训开始的。"张家驹又像机关枪说道："那你们谁先提出来要谈恋爱的？难道不知道内务条例明确规定义务兵在服役期间不允许谈恋爱，尤其是男战士女战士在服役期间不允许谈恋爱吗？"乔巍的脸和嘴同频共振地抽搐了一下，想说什么又咽了回去。他知道左瞒右瞒，瞒不过谎言。

看到他们俩不说话，张家驹生气地责问道："作为天使出击队员你们都是百里挑一，去执行重大军事任务的，你们在任务关键紧要的时刻不抓紧时间进行军事训练居然谈起恋爱，作为共产党员的乔巍你对得起组织的培养吗？"说完他停顿了一下又说道："你，你们这样做只有提前退伍了。"张一楠一听要让他们提前退伍，马上急道："又不是只有我们在谈恋爱，袁芳和赵冰也在谈。"

听了张一楠的话，张家驹脑子里还残留着的电影画面中的神情和腔调，像一部看不完的惊悚片，令他差点没崩溃地道："什么，你再说一遍？"顿时耳边响起水杯掉在地上哗啦一声碎了一样的效果："还有人也在谈恋爱的。"乔巍含糊不清地补充道。乔巍之所以这时把其他人给"供"出来，是打着自己的小九九，要让张家驹措手不及来个法不责众，从而来化解自己的危机。乔巍却不知，这小算盘打得太不是时候，这样做只能刺激张家驹更加暴风骤雨。果然，张家驹对着张一楠吼道："去！把崔指导员给我叫来！"

当崔静迷迷糊糊地走进值班室时，她还沉浸在与赵亮在海边打着水仗的美梦中。看到张家驹一脸沮丧又愤怒的样子，崔静立即清醒过来并进入战斗状态问道："怎么了参谋长，这深更半夜的？""你问问他们吧，你这指导员当得可真是称职啊！"面对张家驹不阴不阳的话，崔静惊愕道："到底怎么了你们俩说说？"乔巍和张一楠不语低下了头。“你们俩先下去等着吧!”张家驹一挥手。

得知队员谈恋爱的事情后，作为分管思想政治工作的崔静顿时感到危机四伏不知所措。因为当初大队领导之所以调她到天使出击队来，就是打算让她负责思想政治工作，防止年轻的男女们把持不住谈恋爱，影响军事训练，影响“天使出击”队任务的完成。现在在任务的最紧要时刻他们谈起恋爱，而且不止一对，这让她觉得对不起组织的信任，更觉自己严重失职。

“参谋长，这事我也没想到，也没发现，真对不起，那你说怎么处理?”崔静非常焦急地问道。“还能怎么处理，只能让他们其中一个提前退伍了，否则这样下去还不知道会发生什么?”张家驹用近乎溃败的语气道。崔静突然想起什么问道：“你怎么知道他们在谈恋爱?”他没好气地把经过说了一遍，不过他没说他去过芭塘堤湖。

“对不起，这是我的失职啊，居然在眼皮下没发现，真是灯下黑啊！太忽略了。”崔静像做错了事，满怀歉意。见到崔静的样子，张家驹叹了一口气道：“这也不能怪你，都怪我平时只注重军事训练，所以才……”崔静试探道：“非得要提前退伍吗?”“除非他们到此为止并不影响军事训练任务的完成，否则一旦报告大队党委，就得退伍。”说完张家驹又补充道：“我俩一人一个处分怕是跑不了了。”

“一苗露水一苗草，一层山水一层人啊。”张家驹与崔静陷于深深的沉默之中。这突如其来的恋爱是他们谁也没有想到的，更不知将来事情发展的走向。崔静提议道：“咱们还是先分别找他们谈谈吧，如果他们执意要谈那就再报大队党委，我不怕处分，而是觉得领导把这么光荣的任务交给我们，对不起组织的信任。”张家驹又解不开结地问道：“那袁芳与赵冰怎么办?”“先解决张一楠的问题吧，这样我们可以一石二鸟，再说他们在没有暴露之前还是以警告为主吧，兴许他们俩能悬崖勒马。”

张家驹觉得崔静的话有几分道理，从心理学说上讲，杀鸡给猴看，以儆效尤虽然对老江湖意义不大，但对这几个年轻人来说也许是对症下药的好办法。再说他也不想把这事暴露出来，影响他的声誉，于是决定先捂盖子。张家驹表现出没有信心且死马当着活马医的样子道：“那我们现在就趁热打铁一气呵成吧。”

夜风在轻轻呼叫，张家驹苦口婆心又语重心长地与乔巍晓之以理动之以情，深爱绿色军装的乔巍听到要退伍的警告后立即流下后悔的热泪道：“如果用人间最美的颜色来代表青春和军人的话，那无疑就是春绿军装。”他恳求张家驹不要报大队党委，否则他这一辈子就完了等等。

看到乔巍苦苦恳求和真诚的态度，张家驹一颗悬着的心才渐渐放了下来。他知道，年轻男女正值韶华青春的情窦初开之时，谈情说爱是正常心理生理需要，只不过他们从事的事业和肩负的责任不一样，因此不能过早走进人生的美妙世界。希望浪子回头金不换，但他还是让乔巍立字为证。然后他才露出欣慰的笑脸。

而崔静与张一楠的谈话则没有那么顺利，张一楠听到要让她退伍后，一直哭哭啼啼说她与乔巍是真爱，山无棱天地合才敢与君绝，就算退伍也要永远爱下去。面对她撞南墙不回头的状态，崔静彻底傻眼了。她们的谈话由此陷于僵局之中。崔静一脸无奈地看着张家驹不知道如何是好。“你去吧，我来找她好好谈谈。”

张家驹有些人定胜天的把握道。

谁知张家驹的话音刚落，他的手机响了起来。待他接听，电话中的声音来自妻子陈菁。说她在派出所出了点事情，需要他马上去一趟。张家驹一听妻子深更半夜在派出所里，在惊讶的同时立即气不打一处来，心想，今天他妈的撞见鬼了，尽是事情。张一楠又丢给崔静来处理。

须江的冬夜里，星星点点，寒风萧萧。一路上张家驹在心里不断揣测着妻子到底因为什么原因居然进了派出所，这令他感到非常意外，因此他有种很不祥的预感。再想想今天天使出击队发生的事情，觉得很有点祸不单行，整个人都快要崩溃了。

当他兴冲冲地走进派出所会议室，首先映于眼帘的是一屋子的伤兵败将惨状。张家驹顿时觉得这生活真像一部多幕荒诞剧，在不同的场次里，人们变换着不同的角色。因此他对着众人问道：“深更半夜的你们这是闹的哪一出啊？”柳正青马上看着他解释道：“我们在酒吧喝酒正好遇见有人欺侮陈副总，所以就上前……”张家驹知道说话人是柳正青后，更是气急败坏，脸一甩转身向派出所值班民警走去。

原　委

人是一座情欲的火山，外表虽平静，地火在燃烧，一旦火山爆发，那便是洪水猛兽势不可挡。民警在核对了张家驹的身份后，办理了相关手续就让他把陈菁领走。

在回家的路上，她不说，张家驹也不问，而是唬着他那张青紫色的脸，整个人像霜打的茄子一般。陈菁知道这次事情闹大了，就算有一千张嘴她也解释不清楚。因此她索性不解释随它去了。就像有些伤痕，划在手上，愈合后就会成为往事。她更不想用自己的自尊去赌任何一个自己想要的未来，更不想妄图用自己的妩媚去换取一个男人的爱，她要做和男人一起飞翔的鹰和独步的狼。

相反陈菁甚至认为，今天晚上所发生的事，全是因为在吃饭时张家驹阴阳怪气引起的，否则她不会鬼使神差来到酒吧散心。下午出差回家后听到父母说丈夫张家驹带女儿张莹去公园玩后她非常高兴。心想他们的婚姻危机就这样化解了，因此便早早地去洗澡，决定要给丈夫一个最好的印象。谁知一见面就见到一张青得发紫的脸，再加上不阴不阳的话，让陈菁本来很好的心情一下落于深渊甚至厌恶至极。一向性格率真的她，只喜欢简洁明了的对白。这时她才真正意识到：最适合的感情，永远都不是以爱的名义相互折磨，而是彼此陪伴，成为对方的阳光。

想想他们的婚姻，“他给了我什么样的生活?”她顿时陷入了悲哀的情绪。她立即来到自己的座驾上，油门一踩就向市里的梦幻天地酒吧奔去，她要自我陶醉或说自我救赎一下已经劳累的心。她觉得这辈子最对不起的就是自己的心了，让它痛了一次又一次。

走进梦幻天地。璀璨的灯光，劲爆的音乐，暧昧的眼神，衬托出夜晚酒吧独有的气氛。她喜欢品点小酒然后带着晕眩在这种奔放的音乐节奏中找回自己。事业累，婚姻累，精神累让她不堪重负。因此来到酒吧后她直接冲到吧台要了一杯威士忌。

品尝着苏格兰单一谷物威士忌，色泽透亮轻盈，绵密悠长，令她慢慢爱上了这种酒。这时她才觉得生活像天蓝的海，像海蓝的天，一直延绵到那个夏天……此时她才明白为什么现代人在物质经济如此好的条件下，活得如此之累。

“柳总，你看吧台那站着的背影像谁，像不像你那位陈美人?”说话的是柳正青的死党丁一凡。柳正青与丁一凡是大学同学，大学毕业后听说柳正青在须江市创业很成功，于是慕名来到这里创业。由于他们在一起吃过几次饭被陈菁的美丽和气质吸引，因此多次暗示柳正青他也很喜欢，只是碍着兄弟面没主动下手。

“不会吧，她今天刚刚回家怎么又跑出来了?”柳正青有些好奇地质疑道。“那我去看看?”丁一凡说着就动身，结果被柳正青拉住道：“算了，算了，说不定人家今天约了什么人，万一人家不方便多尴尬。”见柳正青如此不屑，丁一凡便故意添油加醋道：“不会是约了情人吧?”柳正青犹豫了下说：“这事难说，今天下午刚回家就跑到酒吧来，我感觉也不正常，先看看再说吧。”

男人都有窥视欲。他们俩的目光开始死死注视着陈菁，希望从陈菁的身上发现些什么。然而当一个小时过去了，陈菁除了上了一趟卫生间，接了几个电话之外，并没有他们俩想看到的答案，因此有些气馁起来。“她这还真是来喝酒的，雅兴不小嘛。”丁一凡自言自语道。“怎么，只允许你来就不允许人家来?”柳正青得意地回道。

陈菁的清白对柳正青来说也有一种说不清楚的欣慰，其实他也想偷窥陈菁的另一面，但又不希望看到他不想看到的东西。从内心说既喜欢这位漂亮的副总，可又惧怕她的霸气。当初高薪聘请她到公司时，首先是她的外貌吸引了他，接着得知她的父亲是部队的领导后立即产生大树下面好乘凉的私心。商人，利益永远高于一切。

“要不我去把他叫过来咱们一起喝酒吧?”丁一凡有些按捺不住提议道。“怎么还在打人家的注意，人家可是有夫之妇，听说她的丈夫还是一名军官，小心人家带几个兵来把你绑了。”柳正青笑说着警告道。正当丁一凡再想说什么时，发现一个风度翩翩的男人跟陈菁说着什么就坐到她的对面。

“来了，来了，有人了。”柳正青一看，果然陈菁身边多了一个人。他心里顿时像打破五味瓶。丁一凡则幸灾乐祸道:“我说的没错吧，来酒吧这种地方，要么会情人，要么来寻芳。”“我可不是啊，是你非拉着我来的。”看到柳正青话语中有酸酸的味道，丁一凡便又故意挑逗道：“兄弟节哀顺变吧，我看你也没有希望喽。”正在这时，坐在陈菁对面的男人突然站起来说着什么。说时迟那时快，只见陈菁从座位上蹿起来身手敏捷地拎起桌上的酒瓶对着那人说道:“你今天敢动我一指头，立即让你脑袋开花!”那人一见陈菁如此凶悍，在连连后退中说道：“你等着瞧，你等着瞧。”说完便快速退出了酒吧。

由于酒吧的嘈杂，柳正青和丁一凡并不知道来人是谁，更不知道他们说了些什么，本想过去一看究竟，结果在那人离开后他们又坐了下来。“那人好像是她的情人吧，不然怎么会吵架?”“应该是的吧，人家不是说了，这情人间吧开始是谈情，然后谈上位，上位谈不了就钱，而谈不钱就谈你死我活。没想到你的陈大美女还有这么一出。”丁一凡笃笃有理道。

“你理论功底高深嘛，她什么时候变成我的了，就是同事关系而已。”柳正青理直气壮地撇开关系道。正当他们说话的时候，柳正青发现刚才走的那男人又回来了，身后还跟着三个男人。“不好，一凡怕是要出事了！”说着他拉着他就向陈菁那走去。“兄弟们就是这娘们，给我好好收拾她！”男人说完，他身后的几名男人就围到陈菁的跟前。“你们想干吗！”柳正青也不知道从哪来的底气怒吼道。陈菁顿时像见到救星，立即靠到他的身边来。“关你什么事，这娘们一杯酒泼了老子一身。”还没等那男人说完，柳正青便一拳砸到那男人头上，然后只见那男人摇晃了一下便倒在地上。来人见自己的朋友被打倒，也开始冲上前来……酒吧中立即乱作一团打了起来。没多久，警车在呼叫中划破夜空呼啸而至。

他们一行人全部被带到了当地派出所。柳正青毫发未损，但丁一凡却在“乱战”中中招，脑袋上出血，脸上打出了红包。“你们为什么打架？”民警首先向那名男子问道。男子支支吾吾说不出话来。于是他手下的小兄弟连忙说：“她把一杯酒泼到我大哥身上。”警察就转身向陈菁问道：“你为什么要把酒泼到人家身上？”

陈菁生气道：“他想占我便宜！”“那你和他们又是什么关系？”警察用一种复杂的眼光和语气问道。陈菁知道，警察把她当成社会上不三不四的女人了。于是主动把前前后后的情况向警察说了一遍。警察便又对着柳正青问道：“那你干吗先打人？”“他们几个人欺侮一个女人，我作为她公司领导、朋友难道不应该出手相救？”那位警察不怀好意地一笑，又狐疑地看了一眼。“就是这么简单，而且我们是偶遇，不信你去调查。”柳正青竖眉生气道。

那位警察便不再理他们，然后分开进行询问。经过一番调查后，证实了他们所说的都是事实。那位民警来到他们跟前说道：“根据刑法第二百九十二条规定，凡涉嫌聚众斗殴罪，综合你们情况，你们都得拘留进行调查处理，不过这位女同志可以先回家，但得家人来保释。”

听到这里陈菁一下子傻了眼，不过随即她不服气地争辩道：“凭什么要拘留我们，又不是我们主动挑事的?”那民警鄙视一笑，便回道：“因你而起，你能说和你有没有关系?”陈菁心里开始叫苦不迭起来。这深更半夜的，父母要是知道她进酒吧还打了架，不被她活活气死才怪。于是她拿出手机拨打陈茵的电话，结果手机通着却没人接。“怎么办呢？怎么办呢?”她在派出所踱着步急得团团转。

眼看夜已经深了，如果再不回家父母会着急的。虽然之前父亲打过一个电话，她说在外面散步，但散步也不能散得这么晚吧。正在这时，她的手机突然响了。一看电话是父亲打来的，接通后父亲问她在哪在干什么，她只好撒谎说在和几个朋友吃夜宵。陈韬说了一句早点回就挂下电话。

经过一番激烈的思想斗争，她还是决定找丈夫张家驹来把她领回去。虽然她知道张家驹知道她晚上去酒吧尤其又与柳正青一起还打了架会非常生气，但她已经没有选择。于是她心一横拨通了丈夫张家驹的电话。

捞　人

心乱如麻，必须找到线头。张家驹在困倦和痛楚的煎熬中挨到天明。第二天一早起，本着对部属负责的态度，他再一次把张一楠叫到房间谈话，问她是否一定要退伍。虽然他很不喜欢这样开门见山，一下子把自己和对方逼死，可他还是横了一条心这样做，因为时间上他们纠缠不起，心情上也更加承受不了。

生活有时候像煮一壶月光，醉了欢喜，也醉了忧伤。“抽刀断水水更流，举杯销愁愁更愁。”“张一楠你想好了要提前退伍?”张家驹冷峻地问道，那脸青得发紫。张一楠抬起头，一脸果断说：“想好了，不想了。”“什么，什么不想了。”张家驹惊愕中的脸上青筋暴起。正当张家驹的青筋扩张到了极致，张一楠的嘴蠕动着非常干脆道：“不想退伍了。”

张家驹意外得几乎跳了起来。随即又一脸严肃觉得不可思议，问道：“你真考虑清楚了?”“是的教练，我想了一晚上想清楚了。我错了。”说完哭了出来。张家驹不知道她因何哭泣，于是愣在那不知道说什么好。张一楠的哭，是因为她不舍。但她只能面对现实将缘分握紧，芬芳于心中。

“想好了你哭什么啊，这说明你还想谈恋爱不是。”张家驹激将道。张一楠一抹眼泪，立定报告道：“报告教练，我真的想好了，再不违反军纪了。请看我以后的表现吧。”张爱驹为此长长地叹了一口气，接着笑道：“这才是真正的革命战士嘛，等以后时机成熟了你想怎么谈都不阻止你。”

张一楠的逆转，令张家驹像坐过山车一般晕眩。张家驹这时候才意识到：“坚持从思想上政治上建设部队，是我军建设的一条基本原则，这也是能打仗、打胜仗的政治保证。过去我们是这么做的，现在也必须这么做。新形势新任务，要求人民军队把思想政治建设抓得更加扎实有效，永葆人民军队性质、本色、作风，确保我军永远立于不败之地。”为此他决定抽出宝贵的半天时间对“天使出击”队员开展政治思想教育和婚恋教育。

说干说干，不敢怠慢。和崔静简单商量一番后，张家驹便亲自上场了。他觉得这个时候就像蒸包子，正上气时不加大火力必然让包子成为僵包，然后前功尽弃。在教育中，张家驹没有照本宣科，时间也不允许他这样做。他知道这些年轻人都好面子，好胜心强，因此他决定以鼓励为主，把政令融入和风细雨之中……

崔静在婚恋教育中，着重把落实内务条例与正确把握人生追求紧紧联系在一起。她没有把张一楠与乔巍谈恋爱的事情公布出来，也没有点破其他队员谈恋爱的事情，防止破窗效应产生，而是从恋爱、婚姻和家庭是人生中必不可少的，但必须把握时期说起。希望这种教育、警示后的马太效应能产生蝴蝶效应……

一番苦口婆心后，她发现队员们的神态开始转变，崔静知道她找准了出发点和切入点……她的话像雨，静静飘洒，潮了眼，湿了心。她发现袁芳与赵冰的脸一阵红一阵白。而张一楠与乔巍还有些抬不起头来。触动的瞬间，总是热泪盈眶。上完课，崔静和张家驹乘胜追击，开展了单独谈心活动。他们认为只有把队员的思想防线筑牢，才不会有类似的事情再次发生，才能保证天使出击队顺利完成任务。

激发巨大热情，凝聚无穷力量，催生丰硕成果，展现全新动力……

柳正青、丁一凡因陈菁被拘留后，陈菁心里非常难过。她需要托人把他们捞出来，然而当她掏空所有记忆时，才发现在关键时刻，只有一个人能帮她，可她拿起电话时又犹豫了。因为这个人对她一直不怀好意，她这样主动送上门无疑是飞蛾扑火。但为了柳正青、丁一凡能够早点出来，她还是一个电话打了过去。

“彭总，我是陈菁啊，晚上有空吗？一起吃个饭方便吗?”彭总连忙回答说，有空，有空。于是他们约好在江山壹号饭店见面。彭总的全名叫彭其冰，是新天地集团的总经理，号称自己是官二代，自我吹嘘在须江城没有他摆不平的事。因此，许多人对他羡慕嫉妒恨，有想巴结他办事送重金的，还有人用美色投怀送抱的。这令彭其冰在须江有点“不可一世”。

同为官二代的陈菁对这位公子哥并不感兴趣甚至有些鄙视。但是自从有次企业年会上见到陈菁后，他便像一只癞皮狗对陈菁纠缠不放并一直尾随，这令她非常苦闷。陈菁在不堪纠缠中搬出父亲才让他收手，因为父亲的老战友那时正是省公安厅的厅长。

明知山有虎，还得向虎山行，当陈菁来到江山壹号饭店时，彭其冰已经在包厢中点好菜静静地等待着她的到来。不过在来之前，她给妹妹陈茵打了个招呼：如果打她电话响一下，就说明自己遇到了危险，那陈茵就立即赶到江山壹号饭店。听了姐姐如此一说，陈茵非常担心地问道：“姐，你不会是遇到黑社会了吧?”陈菁告诉她：“不是遇到黑社会，但可能会遇到臭流氓。”这话才让陈茵稍稍放下心来，但她还是放下电话就往江山壹号饭店这边赶来。

一番寒暄之后，陈菁单刀直入地说出来找彭其冰的事由。谁知彭其冰哈哈一笑故意刁难道：“你怎么不找你那位厅长伯伯了，我哪办得了这么大的事?”陈菁知道他是故意推脱，于是故作匪气地回道：“找他有用还跟你这么客气废话吗!”彭其冰立即站起来道：“哎哟，这陈大小姐脾气越来越见长嘛?”“这叫看菜吃饭!看菜下酒。咱俩的关系像官场，是一下台就断了的关系，相互利用。”“什么，什么，你再重复一遍?”彭其冰说着就要起身离开。

眼看就要谈崩，陈菁立即脸色一变连忙拉着他的胳膊笑着说道："妹妹跟你开玩笑的，你彭总是这么小肚鸡肠的人吗？"彭其冰于是又欲罢不能坐下来问道："那好，看在你大美女面子上一口价：二十万！两只藏獒的价不到。"陈菁一愣犹豫了下答："别说得这么难听嘛。快钻到钱眼里去了，钱离开人，废纸一张；人离开钱，废物一个。就按你说的，成交！"说完他们开始碰杯。

也许是高兴的缘故，陈菁与彭其冰居然甩开膀子喝了起来。彭其冰看到陈菁如此放得开，正中他的下怀，于是他叫服务员上了两瓶红酒并说要与陈菁一醉方休。彭其冰却不知，他这样做就如乌鸦学老鹰抓羊，结果被羊毛卷住了爪子，最后被牧羊人活活摔死了。

彭其冰心里乐开了花并投鼠忌器地试探道："陈总今天如果答应我……那二十万元可以免了。"说完一只手已经鬼鬼祟祟搭上她的肩膀。陈菁道："你为什么脸皮这么厚？""因为我胖啊。"陈菁知道他想干什么，因此警觉起来并装作不解其意，一把推开他的手说道："今天只谈酒，来喝酒喝酒，谈钱伤感情，请感情伤钱。"

陈菁准备借机撤退。然而这时彭其冰这只已经嗅到美味的狼，哪肯放过这么好的机会，于是开始发起最后的冲击，死缠烂打着让她喝酒，还动手动脚。陈菁知道这样发展下去必将前功尽弃。于是借上厕所之机溜了出来，可是彭其冰紧跟其后，从卫生间出来后并脱不了身，只好乖乖又回到座位上。

好在陈菁有心理准备，当她到卫生间后把喝的酒全部吐了出来，并给妹妹打了电话让她过来救驾。看到彭其冰今天不达到目的不会罢休的样子，她便决定把他灌醉。因此她提议猜火柴棒喝酒。五毒俱全的彭其冰一听赌博喝酒，立即来了情绪连声说：“好！真是好主意。”于是陈菁主动要求做庄家，猜错她手中火柴棒他喝酒，猜对了她喝酒。

为了把彭其冰彻底打倒，为此陈菁使了一个心眼，便在手中多准备了几根火柴棒，每当彭其冰猜对的时候她便借机将手中的火柴棒丢掉几根。如此循环往复，当彭其冰发现上当要求自己当庄家时，说话已经开始结巴了。这时陈菁收到妹妹到来的信息，她再次借故上厕所并把外衣换给妹妹陈茵。

陈茵经过一番准备走进包厢，端起杯子就要与他干杯，谁知彭其冰已经死活不肯喝酒了。为此陈茵叫道：“姐，你进来吧，他已经喝醉投降了。”然而当陈菁走进包厢彭其冰一抬起头，顿时吓得大叫：“有鬼呀，有鬼呀……”喊着就往外跑还一下子摔倒在包厢走廊上，顿时引来酒店的服务员们纷纷围观。

“起来吧，大白天的没有鬼，我们是双胞胎姐妹。”陈茵拉起他说道。饭店的服务员立即发出哈哈大笑。而彭其冰两腿一软一屁股坐在地上。看到彭其冰醉酒的样子，陈菁姐妹俩只好将他送到就近的医院挂水。在医院里的走廊里，陈茵非常不解地问道：“姐你这是怎么回事啊？”陈菁只好将她在酒吧的事情告诉了她。

陈茵立即生气地责怪道：“姐你又不是小孩子了怎么会惹出这档子事啊，那我姐夫知道这事吗？”陈菁拧起好看的眉，怏怏道：“他已经知道了，是他到派出所领我回去的。”“啊，你这样让姐夫怎么想啊？”陈茵惊讶道。“随便了，反正我们的婚姻已经名存实亡，他也就是人们常说的五等老公，仅仅一起生活而已。”说完就靠在妹妹身上睡着了。

一言既出，不得不行动。第二天，陈菁一上班就开始着手筹钱，二十万元对她来说虽然算不了什么大钱，但由于她的钱都在股票中，有的得“割肉”而且割得很痛，所以有些犹豫起来，便准备找妹妹陈茵先借点，可她又开不了口。陈菁最后决定割肉卖股票。

公安机关经过连续工作，对柳正青、丁一凡调查已经全部结束。像柳正青、丁一凡所作所为，只是一般意义上的打架，根本就不是什么事，又没有致对方伤害，公安机关认定他们情节较轻准备放他们出去。正当陈菁准备好钱拿起电话问彭其冰账号时，彭其冰却主动打电话来并说他已经和公安机关的朋友打好招呼，只要她的钱一到账就立即通知放人，言之笃笃。

然而，彭其冰的话令陈菁立即警觉起来，随即她装作不高兴地在电话中责怪道：“彭总你真是心急，还怕我陈菁要赖不成?”彭其冰开始忽悠她说如果再不抓紧公安机关会把他们移交到检察院去，到那时就晚了……

陈菁一听他又言辞凿凿，就有些着急起来。因此她一边敷衍彭其冰说马上就把钱汇过去，一边前往派出所见一下柳正青和丁一凡。打算征求一下他们的意见，看这样是否可行，同时也了解一下公安机关的调查进展情况。

当陈菁风风火火来到派出所打听案件的进展情况时，负责办案的民警告诉她：“你来得正好，经过我们公安机关调查，这个案件已经结案，对方负全部责任，虽然柳正青动手打了对方但没有构成伤害，故作教育处理，你去办理相关手续吧。”

听了民警这番话，陈菁暗骂自己成事不足败事有余，差点上当。

第九章　爱情并不易割舍

离　婚

处理完天使出击队的事，张家驹意识到家里的事已经到了非处理不可的时候，否则他无心完成好天使出击队的重任。于是便一个电话打给了陈菁。

一场不知疲倦的小雨泛起了心中的涟漪，一阵欢快活泼的风儿抚平了内心的躁动。陈菁调整着心情，带着欣喜和欢乐走进部队附近的茶吧，设想着如何与丈夫有个新的开始时，却看到他一脸冷峻坐在那儿虎视眈眈，像等待一场猎杀，充满了不祥之兆。陈菁蓦地瞳孔紧缩收拾心情，她要以静制动。

张家驹被眼前这张浓妆艳抹的脸弄得有些晕眩，犹豫了一下，从包中掏出一张纸说道："给，这是离婚协议，你不是说了要离婚的。"陈菁心里像被猛击一掌，愣了一下，随即接过离婚协议书看也没看，用颤抖的手就要签字。张家驹立即阻止道："你考虑好了?”“不用考虑了，只有两个小小的要求。”陈菁眼里噙着泪水，一脸义无反顾。

这是陈菁没想到的结果，坚强和倔强让她不能回头。对此张家驹有些不敢相信地疑惑道：“你有什么要求尽管说吧。”陈菁嘴角一扬道：“第一，离婚的事暂时不要告诉爸爸妈妈，我爸的病已经撑不了多久了，我不想让他带着遗憾离开这个世界；第二，陪我去老虎山森林公园一次吧。”张家驹略加迟疑答道：“好，我答应你。”陈菁端起茶杯，故作平静地说道：“你先走吧，我一会就来。”

一样的冬季、一样的年底、一样的寒冷、不一样的心情。老虎山森林公园里，冬日已经削去最后的枯叶，残阳映红了落叶的身躯。那些美妙随风飘舞的叶片，唯美了念想，却又妥帖了苍凉。陈菁率先开口道：“家驹，你知道我为什么要带你来到这棵雪松下吗?”张家驹迷惘地看着她，摇了摇头。“你忘性真大啊，再好好想想。”陈菁提示道。张家驹说：“它是这山上的唯一的一棵雪松吧?”陈茵很失望道：“你真令我失望，真是男人的一夜，女人的一生啊!”张家驹有些不以为然纠正道：“这和一生扯上什么关系了?”

“家驹，我知道你们男人忘情快，你可以不记得，但我不能忘。那时候的你，虽然比一般人要成熟也有心计，但你还是很单纯的。因此我渐渐爱上了你。就是在这棵雪松下，我第一次被一个男人强吻了。现在想起来了吧?”张家驹脸一红低下了头，不过他随即反扑道：“两情相悦，那不算强求。”

陈菁并不生气，只是苦涩一笑接着说道：“也就是从那天起，我的心和身体就属于了那个男人，从来都心无旁骛，从来都没有偏离方向，这个雪松可以作证……”陈菁说完走到张家驹面前闭上眼睛。她要以开始和结束并行的方式结束他们的婚姻，这样的方式终归是不能圆满而且从一开始就注定了。因为两条直线相交只有一“点”，这个“点”就是他们的女儿张莹，永远割舍不了。

面对陈菁的举动，张家驹蓦地瞳孔紧缩，吓得连连后退。陈菁非常失望，水光在眼眶里打着转，忍着没掉出来。“你妻子在你的心中就那么可怕那么肮脏吗?”陈菁睁开眼咄咄逼人地责问道。张家驹的嘴蠕动了一下。“今天带你到这儿来，并不是想让你一辈子一想到我就记着什么，更没有惩罚之意，只是想让你学会怎样对待一个事业型的女人，你告诉我你心中的妻子应该是什么样的?”陈菁用温暖的口气道。张家驹沉思了一下说道：“至少要事业和婚姻兼顾吧。”

她安之若素示意走一会，一路上陈菁旧事重提。这令张家驹回忆起很多往事。关于他们的，无一不像泉水般涌进脑海。张家驹的身体抽搐了一下想说什么又止住。这时陈菁又突然冒出一句：“我嫁的不是王子，别把我当仆人。”张家驹有些无地自容起来。他的身体好像被抽了脊椎般痛苦，他期待着她用更加犀利如刀的语言，一下把他刺死反而一身轻松。

令他意外的是，陈菁却转过身擦了一下眼泪，看了看非常熟悉的老虎山，自言自语道：“我们一起生活了十一年，其实相互并不了解。我失去了一个让我的自尊无法忍受的丈夫，你失去了一位让你不能忍受流言蜚语的妻子，但我想，你永远是孩子的父亲，我也永远是孩子的母亲。来让我们像亲人一样拥抱一下，把我们爱的结晶一同抚养长大吧。”说完，她又主动张开双臂。

云气飘忽，仙鹤引颈。张家驹却依然无动于衷像僵尸样勉强与她握了一下手。陈菁又一次失望至极，她泪流满面地对着老虎山大声说道："老虎山可以为我作证，到今天为止，我陈菁从初吻那一刻开始，她的身体只属于眼前这个男人。"说完她转身看着张家驹说道："张家驹你记住，天下的好女人有很多，她们并不滥情，只是为了自己的事业和追求才在各种交际中打拼着，请你们男人学会尊重她们！"

听到这里，张家驹更加无地自容，眼睛里还闪出了泪花。张家驹在感情的沼泽中不能自拔，却还在苦苦挣扎着。谁知陈菁勇追穷寇道："今晚我想上的床和谁想上我的床，那全是我的自由，与背叛与道德无关！"就在她奔跑的一刹那，张家驹反应极快一把拉住了她，他们俩面对面僵持在那。一截冰凉的沉默横亘在两人之间。

老虎山的故地重游，对于张家驹生命的意义来说，他当时并没有感觉到。只是第一次看到心灵皱褶里那些污垢的狰狞可怖。两年多来，在挣脱与陈菁张弛有力的婚姻过程中，他自以为获得了超凡脱俗，甚至一直认为他生命中阳春白雪般的美好景色突然间崩塌了。往事回首，一切行为都像自欺欺人的做戏。用尽全部的心力证明自己从未将陈家作为自己的政治靠山，却事与愿违。因为方向一开始就错了。泼出的水，真的再也收不回来。

在那棵雪松树下，他带着目的和青春的冲动吻了陈菁；在山脚树林中他扯烂了陈菁的内衣……难道不是有着不可告人的目的？这一切行为除了能解释张家驹的阴谋家嘴脸，还有别的纯粹为了爱情的动机吗？张家驹在心里拼命挣扎着为自己开脱，却找不到那个可以为自己解脱的出口。

行为是一切最好的证明，无论你是高尚或低下。人首先是社会的人，一切行为的产生都有其复杂的动因。这时，张家驹才真正明白陈菁带他到老虎山来的原因。张家驹虽然知道老虎山是他爱情剧集中最热烈最高潮的开始，但从这次以后他决定一辈子都不想再来。在他的潜意识里，那个地方像是他为了得到一件宝贝而采取下三烂手段之地，更何况他把婚姻的挫败归咎到陈菁对婚姻的背叛。

“好了，张家驹，还有最后一个要求需要你来和我一起完成。”张家驹拧眉，说：“说吧，我会配合。”陈菁做了一个请的手势：“走吧，晚上一起跟父母还有孩子吃一顿最后的团圆饭吧，那儿是那天回去后父母正式接纳你女婿身份的地方。”张家驹脸色苍白地跟着陈菁下山。

从街道办完离婚手续回到家中，母亲的饭菜已经上桌。陈菁换了一幅表情看着父亲陈韬说：“爸，今天我们一家团圆，大家一起喝一杯吧?”“好啊，是难得一家人在一起吃个饭的。”陈韬说着自己就去酒柜拿酒。张家驹马上也附和道：“爸，我来开酒，您老就坐下吧。”在座的除了张莹以外，张家驹也给岳母程桂兰倒了一杯。

看到女儿如此高兴，程桂兰带着惊讶问道：“你这丫头是不是有什么喜事呀？搞得这么殷勤。”“妈，你就当我有喜事吧，说不定还是大喜。”说完她首先端起杯对着父母说：“爸妈，这么多年来我一直让您俩为我们操心，这杯酒算是女儿对你们的歉意酒。”说完就豪放干杯。

面对女儿异常的举动，陈韬猜想她可能跟张家驹又闹得不愉快了，因此他似有似无地说道："人这一辈子，要经得起谎言，受得起敷衍，忍得住欺骗，忘得了诺言。爱过了，才会尝到快乐和伤心的滋味；恨过了，才会知道珍惜和宽容。与其让自己变得颓废，不如让自己活得更精彩。夫妻的事，商量着说。"

"爸，我和家驹爱如初见，关系好得很，是吧家驹?"张家驹立即尴尬一笑，含混地回答："是的，是的。"然后随手端起杯对着岳父母道："感谢你们二老这些年来帮我们照顾张莹，才让我们有时间放在事业上。"张家驹还没说完，一直在边上默默听着看着桌上发生的一切的张莹站起来插嘴道："爸爸，你说错了，我现在照顾外公外婆呢，他们经常忘记带钥匙关煤气灶。"张莹说完，一家人顿时哈哈大笑起来。

"我们的张莹长大了，来来来，外公奖励你一个大鸡腿。""我不要，你奖励给外婆吧，她对你最好，天天给你做饭洗衣服。"张莹的话让大家又是一阵欢笑。于是张家驹随口说道："你们看，大人做事小孩子都看得清清楚楚，不得了啊。"

没想到这句无意识的话又刺痛了陈菁。"有些事天知、地知、你知、我知。"陈韬一听这话中带着火药味，马上打着圆场道："脑袋测得出的东西叫智商，脑袋测不出的东西叫智慧；耳朵听得到的动静是声音，耳朵听不到的动静是声誉。"陈菁接着父亲的话道："谁说不是呢，这世上哪有人不说他人短，这地球离开了谁都照样转。你还是多保重自己的身体吧，少操点心。"对此陈韬眼一瞪道："乱说，你们都是我的孩子，我能不操心吗？看到你们幸福，日子过得好，若干年后我和你妈到天堂去报到了才会放心。"

醉知酒浓，醒知梦空。岳父说完，张家驹只好一语双关地劝解道："爸，你就放心吧，我和陈菁都是大人了，会处理好各种事情的，你好好保重身体吧。"饭桌上开始沉寂起来。

难　忘

夜深人静了，房外的橡子树上的橡子在风的旋转下，不断被吹落下来并在瓦片上碰撞发出"嘣嘣嘣"的弹跳声。崔静感到很累但却睡不着觉。不是因为橡子树上落下的橡子"嘣嘣嘣"的弹跳声扰乱了她的心绪，因为母亲今天在电话中说遇到赵亮了，并得知他从国外回来还当官了的消息。面对这一突然的消息，崔静的心中犹如一石激起千层浪。有些人终究要用一生的时光去遗忘。就像，某些不可言明的怀念。

刺痛到心底最柔软的地方，往往无力挣扎。赵亮那如黑曜石般澄亮耀眼的瞳子，闪着凛然的英锐之气，加上看似平静的眼波下暗藏着锐利如鹰般的眼神，再配在一张端正刚强、宛如雕琢般轮廓深邃的英俊脸庞上，令人联想起热带草原上扑向猎物的老虎，充满了危险性，却依然让她痴迷。

她和赵亮从小生活在一个宽阔的四合小院里，形影不离，天天一起玩耍，可谓青梅竹马、两小无猜。平时赵亮总是像大哥哥一样照顾着她。春天，陪她轻轻漫步在盛开的百花之间；夏天，陪她奔跑在欢乐的小河之畔；秋天，陪她徜徉在火红的枫林之下；冬天，陪她围坐在炽热的火炉旁边。那样的日子令她至今不能忘怀。

"郎骑竹马来，绕床弄青梅。"崔静每当伫望窗前，看到年幼的男孩女孩在一起戏耍，耳边便会响起这句古诗的微吟，这来自心底的声音，伴随着无数童年记忆的剪影在脑中翻转重叠，仿佛看到那个永远也擦不干鼻涕的男孩和那个常常穿着红色背带裤的女孩，蹲在瓦屋的檐下捡石子，拾掇着别人眼里无法理解的快乐。

她幻想着红粉佳人两相依，然而美丽总是短暂的，在高中毕业时一切美好戛然而止。赵亮在父母的安排下选择出国留学。崔静很想跟着一起相知相伴演绎一段不朽传奇，但受家里经济条件的限制，她选择报考军医学校，以图将来毕业能为一直有病的父亲尽一份孝心。

崔静记得非常清楚，在与赵亮分别的那天，她望着面前奔驰而过的列车，泪眼婆娑，知道他们的缘分就像这擦肩而过的列车，常常相逢却焊接不出一个实实在在的完整将来……青梅竹马终究相隔天涯。这是崔静心底的痛，说不出来却一直存在。有些人魂牵梦萦，却只适合放在心底；有些人波澜不惊，却适合相伴一生。

而在此时，赵亮似乎与崔静心灵相通，同样不能入眠。只不过他是踌躇满志沉醉在对未来美好的希望之中。赵亮是一个理想主义者，同时也是一个悲情主义者，还是一个独身主义者。这三者组成了赵亮与众不同的个性和生活方式。尽管赵亮在国外学的是教育，但他却喜欢水产。上帝常常跟人玩笑一把，张冠李戴却能塑造绝代风华。

在大学里，赵亮学习成绩并不是很好。但是，他爱学习，喜欢博览群书，因此知识非常渊博，特别对水产这一领域，有了独特的见解。因此，当他从国外回来很多人感觉他学无所用时，他歪打正着地踏上了水产之路，并在东海市公务员考试中名列前茅，几年以后又通过竞争上岗当上了农牧局水产处副处长。

在东海市，虽然说当一名农牧局水产处副处长算不了什么，重要的是它给赵亮提供了一个难得的平台，这个平台让赵亮扬起了理想的风帆，让自己的思想遨游在无边无际的梦想天国里。在工作不到两年的时间里，他利用业余时间书写了一部几十万字的水产专著。又在一个对的时间遇到了一个错误的人，却成就了他。这就是人的宿命。

很快赵亮在水产界犹如一颗耀眼的明星，也是在这个时候，他的名字像雄鹰一样划过东海的上空，亮起一道奇异的风景线。于是，一些水产养殖户和养殖场纷纷邀请赵亮去演讲，做报告。东海市的报纸、广播和电视隆重地宣传赵亮。这多少让这位年轻人受宠若惊。

说来也巧，就在这时，他的水产专著《水产与经济》正式出版发行。然后这本专著如漂流瓶，在东海电视台慕蓉雪向东海市委书记赵鸿觎套近乎时，歪打正着推荐到了他的手中。这位年过半百的书记，热爱读书，更坚持终身学习。更重要的是他天天在苦苦思考东海市的经济大发展。因此每当有记者采访他时，总会问他们有什么畅销书推荐一下，如此《水产与经济》一书闯入他的世界。看了这本书后，赵鸿觎没有想到小小的东海市还有这样一位才华横溢的青年存在。他立刻动了惜才之心。

在一次市委常委会上，他隆重地向常委们推荐了这本《水产与经济》，并建议常委有空好好看一看，同时让秘书了解一下作者的具体情况。指示立竿见影，很快人们告诉赵鸿觎这人就在市农牧局工作。赵亮以水产专家的目光穿越过现代经济领域的各种现象，辩证出两者之间的必然关系，这像一面镜子，照耀出了让人深思的历史和在教育中沉淀的经验，也反映了时代在经济中变迁的规律。

《水产与经济》在市委书记赵鸿觎的引荐下，迅速传开了。一些善于揣摩领导意图的人，纷纷看起这本书并想从这本书中破解赵鸿觎与作者的关系。尤其他们的同一姓氏更让人们臆想翩翩。他将成为领导身边的红人，只是这时赵亮还一直被蒙在鼓里全然不知。昨天下班后，东海市委办公室主任通知他说书记赵鸿觎明天要亲自接见他时，他倍感意外，因此夜里高兴得辗转反侧。

乘风破浪会有时，直挂云帆济沧海。赵亮在激动不已中熬到天亮，到达东海市委大院时还不到8点。这时他才觉得自己太不淡定了。正当他犹豫着要不要出门到市委大院外面转一圈时，赵亮的身后响起一声清爽的女生问话："赵亮，是你吗?"

一回眸，高跟鞋、黑丝袜，再加上一身OL装扮，让她显得成熟、端庄、性感。赵亮觉得好面熟，但又认不出来。展现在面前的是熟悉又陌生的女子，女子睫毛像展翅欲飞的蝶，落在瘦削的脸庞上，显现出一股温柔而惶惑的神情。"对不起，面很熟，真的记不起来。"赵亮在迟疑中抱歉道。"也难怪，十多年了，而且当今的生活如此丰富多彩，变化一定很大的，我叫慕蓉雪啊，你忘记了?"

听到慕蓉雪这个名字，赵亮顿时恍然大悟起来，原来是中学的同学。为此，赵亮连忙伸出手说："对不起，老同学，你比学生时代更漂亮了。"慕蓉雪顿时发出一阵咯咯的笑声，说："年轻时可以说美丽，现在的年纪只能说成熟了。"赵亮连忙点点头说："对，对，你比以前更成熟了。"

“对了，你在哪工作啊?”慕蓉雪干脆回答：“东海电视台呀，你不知道?”赵亮立即恭维道：“真不知道，好单位啊。”慕蓉雪开始介绍自己的简历：“还好吧！这不当年没有考上大学，当了三年模特儿，然后做了一个栏目的编导，现在当记者兼主持人。”赵亮又赞叹道：“还是你很厉害，简直是一步一个脚印，平步青云啊!”“哪里，不像你考上大学，对了你在哪儿工作?”赵亮答：“农牧局啊。”于是他在慕蓉雪主动交换名片下也拿出了自己的名片。

慕蓉雪接过名片就惊讶道：“当处长了，不错。”于是赵亮把话题扯到她的身上，开始谈起新闻制作的一些事情。谈话间，慕蓉雪突然建议道：“对了赵亮，今年看看有没有时间，组织一下同学们聚一聚。”赵亮立即高兴道：“好啊，我没问题，你负责联系，到时别忘记通知我就行。”

赵亮在这些年里，一直在孤军奋战之中，因此大部分中学同学都没有什么联络。

“对了，你怎么这么早在这，要采访谁?”赵亮这时才想起什么问道。“当然采访老大呀，上次送了本书给他看，他居然对书中的理论很感兴趣，所以今天想请他专门谈谈东海市对这方面发展的设想。”慕蓉雪骄傲地回答着。赵亮一听要采访大老板，知道不是市委书记就是市长，因此带着艳羡的口气道：“也对哈，这么漂亮的女记者，其他人怕是轮不上……上镜头了。”对此，慕蓉雪一愣，随即难为情地一笑嗔道：“你好坏!”赵亮一愣，笑容僵持在脸上。

崔静几乎是一夜无眠。于是在第二天早上醒来第一件事，就是用母亲给的电话号码给赵亮打了过去。时间总是如风悄然从身边溜走，回忆却又总是在风起时想起。

“喂，哪位?”赵亮的语气朦朦胧胧。“如果还能听出我的声音，我许你终生。”崔静难为情地打趣道。“呵呵你是慕蓉雪。”赵亮懒散地回答道。“看来两小无猜青梅竹马也打不下烙印!”赵亮立即确定了自己回答错误，马上反悔起来：“哎呀真不好意思没听出来，你到底是哪位?”“我是，我是……崔静!”

崔静在失望中险些挂下电话。“崔静啊，昨天还见到伯母说起你，怎么这么大早来电话了。”说完他立即又意识到自己说错了。崔静听了心里更不是滋味。“呵呵，那我不打扰你了，拜拜。”结果被赵亮一句句“别别别”加“对不起”给阻止住。崔静不语。为此赵亮又变了口气地问道：“你在部队还好吗?什么时候回家探亲?”

赵亮一连串的话语中，充满了阳光的暖意。“还行吧，怎么回国几年了也不联系我啊?”崔静质问道。赵亮语塞，不过随即他转移话题道：“要不转业回来吧，这里暖和，有北回归线穿过。”“是你发展不错吧……”崔静有些妒忌道。一听语气不对，赵亮快速决定转移话题，发挥他的文学天赋来修复曾经的美好。

最深的温暖，总是来自真实的情感；最美的风景，总是来自珍惜的情缘。对此他们像历经千辛万苦接上头的地下工作者，开始了漫长的情感回归……

迷　茫

晚饭终于在大家的碰杯中结束了。当张家驹收拾好衣服回望这家里的一切尤其最后回望陈菁时，水光在他眼眶里打着转，忍着没掉出来。这里曾经带给了他许多美好，他和陈菁也曾沐浴爱河，陈菁也曾经跟他甜蜜相拥……

失去，才懂得珍贵；受伤，才懂得原谅。这时他才意识到他已不再属于这个家，尽管他在这个家的天数并不多。“爸爸，我要跟你一起去部队玩。”张莹在他即将出门时拉着他的手甜蜜说道。看着天真无邪的女儿，张家驹的心尖立即疼痛起来，他稍加犹豫，然后无力拒绝地抱起了她。

女儿张莹是他的唯一收获。他把张莹抱得很用力，生怕再失去了她。也许过于用力吧，张莹开始在他怀里挣扎。“哎呀，爸爸我出不了气了，你的胡子好扎啊！”张家驹立即松开些，又把脸从她的小脸上移开。“你看你风风火火地来，又匆匆忙忙地走，就不能留下来陪陪孩子吗？”岳父陈韬有些生气地责怪道。张家驹转身搪塞道：“爸，大演习马上就要开始了，那边还有许多训练任务没有完成。”陈韬知道他在找借口，于是有根有据道：“大演习固然重要，但不能一口气吃个胖子吧，想当年我们打仗的时候也会在紧张中偷闲一下，让战士们好好休息一晚上的，让大家放松一下，不然他们第二天哪有力气？再说小家都没有，哪谈大家和国家？”

岳父的一席话他虽然觉得很有道理，但他没法去执行。他知道张弛有度，知行合一最好，问题是他在婚姻的痛苦中把全部心思内化于心，放在大演习上了，全部心力外化于行已经成为自觉，就是想停也停止不住。更何况大演习就在眼前。看到张家驹为难的样子，陈菁借机走近他身边悄悄说道：“今天就在这边过夜吧，你已经好久没有回家了，不要让父母看出破绽来，否则跟你没完。”

对此张家驹借机在张莹的脸上亲了一口说：“好吧今晚老爸好好陪你，先带你去部队转转，然后再回来睡觉好吧。”张莹立即高兴叫道：“妈妈，我们一起去部队玩吧?”陈菁愣了一下不知如何决定，张家驹一挥手，道：“走吧，陪陪小公主喽。”于是一家仨口手牵着手，缠缠绵绵绕指柔。

夜风轻轻地吹拂着一家三口，空气中迷漫着一种南方山村里特有的炊烟和大地青葱的味道。张莹在大手拉小手间的温暖幸福中，与同龄的孩子们一样开始了十万个为什么。张家驹和陈菁或答非所问或答问所非。但张莹好像并不气馁，一个又一个为什么提出。张家驹与陈菁因此像传接力棒一样回答着。

营区大道两侧的梧桐树已被冬日剃光枝叶，但散步的人依然不少，一家三人幸福的场面引来许多官兵的羡慕。认识张家驹的官兵们小声嘀咕：“张参谋长的老婆好漂亮啊！可以秒杀一条街。”还有的官兵感伤道：“我要娶这么漂亮的老婆死两回都行!”官兵们的话语虽弱，但张家驹却一一听到心里，甜蜜和痛苦交相辉映。于是他开始后悔今天的举动，觉得自己实在太冲动，不应该去离婚。尤其今天下午陈菁在老虎山时那段话，让他后悔不迭，知道错怪了她。为此他脑洞大开突然冒出一个想法：他要与陈菁重新开始，来个破镜重圆。而当他激动地转脸看陈菁时，发现她一脸不屑他的存在。明明是仍然氤氲的前方，他却看到有什么以新的姿态注入他的心脏。于是他沮丧起来。

一路上，官兵们投来羡慕的目光让张家驹很受用，但是他还是决定要努力下。他相信时间的沙漏沉淀着无法逃离的过往，记忆的双桨总能激起那些沉寂的美好。也许她会回心转意。“爸爸，他们为什么要叫你首长好啊，首长有什么好啊？”张莹伸出小手一脸认真地看着。

见女儿如此可爱，张家驹有些哭笑不得地思考了一下，解释加敷衍道：“他们说的首长不是你小手手掌，而是一种称呼，就像在幼儿园叫老师好一样。”张莹又问：“那妈妈怎么不叫你首长好啊？”张家驹哑然。

见此陈菁又像运动员上场接上话：“爸爸不是妈妈的首长啊，我们是……”她找不正确的词汇来表达。“那为什么我的老师不是你的老师，你要叫老师好啊？”张莹又问道。“因为……我也不知道了，宝贝，咱们不提问题了，去灯光球场看叔叔们打球吧。”

部队的灯光球场上，“谋打赢、鼓士气”第一届篮球赛还在继续进行着。今天的比赛是二营对三四营。随着他们的走进，阵阵喝彩声不断放大。张莹甩开他们的手就要往人群中跑。结果张家驹一把就抱起了她说道：“宝贝，不能去，他们会撞到你的。”张莹挣脱了几下便在张家驹的怀里享受着登高远眺，时而舞起小手跟官兵们一起喊加油，时而欢笑着鼓掌。一些手持相机的官兵纷纷把这家人的幸福定格在画面中。陈菁想躲闪结果被张家驹另一只手拉住。

“嗨！张莹来小姨这。”还没等到张莹反应过来，陈茵已经将她从张家驹的怀中抱走。“你怎么在这？”陈菁非常好奇道。“这不车刚进营区大门就听到这里此起彼伏的声音，所以就来看看帅哥们解解馋。”“胡言乱语的，你这一出门就好几天不着家，天天忙什么呢？”陈菁责问道。陈茵也不回答她，而是对张莹说：“来张莹笑一个，跟小姨来个自拍。”

拍完照片她拉开陈菁悄悄问道："你跟我姐夫没事了?"陈菁一愣，接着苦涩一笑地贴着她的耳朵说："我们现在是甲方和乙方的关系。"陈茵一脸惊愕，还想说什么却被陈菁伸出指头阻止了。于是陈茵走到张家驹面前央求道："对了，姐夫我来报告你一件事，后天我的公司正式开业，我想请你和史云赋一起参加，帮帮俺们人民群众壮壮胆。"张家驹一听马上挥手道："不行，不行，这可是违反军纪的，再说你那胆子不用壮已经可以无敌天下了。"

"那怎么史云赋说他可以来的?"陈茵一脸不相信地反驳道。张家驹质疑道："他真这么说的？鬼才信呢。"陈茵信心十足道："当然了，干吗要骗你。"张家驹的嘴蠕动了下，一脸严肃说道："你现在离史云赋远点啊，人家可是有主的人了，别再添乱。""姐夫，在爱的世界里，男未婚，女未嫁，谁是谁的主还不一定呢，你没听人家大明星说，谁是谁的老公都是临时工?""你在瞎说什么呢!"陈菁小声呵斥道。张家驹脱口而出："你和你姐有太多的相像之处，真不愧是孪生姐妹啊。"陈菁一听就有些生气道："你闭嘴!"本以为适度的玩笑能填满尴尬的空间，这时他为刚才的话有些后悔了。

"走吧张莹，跟小姨坐小车兜风去，让你爸妈好好缠绵一下。"说着她抱着张莹向车上走去。"这丫头越来越疯了。"陈菁没话找话说道。"可能出国这些年让她变了吧，感觉以前不是这样的。要不到我们突击队看看?"张家驹试探道。"去那干吗，我去合适吗?"为此陈菁有些半推半就道。"怎么不合适，反正她们现在也不知道我们离婚。"

陈菁犹豫了一下："那好吧，就去看看你的美女帅哥们。"张家驹没有回击。陈菁觉得在部队长了30多年还真没有机会到部队的真正营区去看一下，今天不去看看，以后可能就真没有机会了。“参谋长你怎么现在过来了?”崔静向迎面走来的张家驹问道。“这不张莹非要到部队来玩，我们才一起来转转。”“那张莹呢?这位是嫂子吧?”崔静礼节性地问道。陈菁友好地向她点了点头，转过脸去。张家驹解释道：“跟她小姨兜风去了。”

崔静与陈菁是第一次见面，以前听人说如何漂亮，就是没有见到人。这一见崔静觉得陈菁远远要比传说中的漂亮。她不仅漂亮，而且漂亮得不可一世。尤其她那淡淡一笑的样子，实在太吸引人了。对此她觉得张家驹真有艳福。“到我的宿舍去坐坐吧?”张家驹看着她建议道。

推开宿舍的门，陈菁随即有些身为人妻不尽其责的汗颜。宿舍在豆腐块方方正正的映衬下显得冷清和孤单。张家驹的宿舍是长单间，大概有二十多平米，分两个部分组成。走进门是一书桌加一部电话。推开第二道门后是一张单人床加一只床头柜。床上叠着整齐的“豆腐块”令她肃然起敬。

岁月，总有许多遗憾需要弥补；生命，总有许多迷茫需要领悟。看完这一切，陈菁觉得自己为人之妇的失职。她的脸色由红转白再由白转红。“你怎么了?”张家驹问道。陈菁答：“没什么。”说完她转过身体，她的泪腺有些酸胀。“明天我叫人给你送一张大点的床来吧，这么简陋怎么睡得好啊。”陈菁用久违的温柔声音说道。

“那可不行，我们这是统一的内务，讲究整齐划一，谢谢你的好意了。”张家驹心里温暖地感激道。她转身温良谦恭说道：“走吧，回家吧，张莹要早睡的。”陈菁动了恻隐之心，她要用最后一晚的爱来弥补对丈夫的愧疚。尽管她觉得这种方式不符合道德不符合法律。但她有必要这样做，很多人也会这样去做，前妻还是妻子！张家驹一听，像一只虎一跃而下，说了一声“好的”就关灯跟在她身后向外走去。

回到家中，岳父母们已经就寝，只有张莹和陈茵还在搭积木。看到他们俩成双成对回来，陈茵不明觉厉一笑，立即起身说道：“你们回来得正好，我得回去睡觉了，明天还有好多要准备的事情。”说完她又紧盯着张家驹问道：“姐夫你后天真不去帮我捧捧场?”张家驹立即答道：“真的不行，别说纪律不允许，就是允许我也没空啊，叫你姐姐去吧。”为此陈茵有些失望地推开了家门并嘀咕道：“什么狗屁纪律。”张家驹听在耳里有些不舒服，便轻声回道：“纪律就是红线，越不得。”

随着陈茵的离开，这个家里顿时陷于尴尬氛围之中。“我还是回宿舍吧?”张家驹说着就准备转身。对此陈菁立即小声阻止道：“今天就在家里住吧。”话意中带着无限的温暖和温情，张家驹心中瞬即涌现一股涟漪，于是他放下手中的东西就去洗澡。他期待今天能够破镜重圆。

然而当三个人一起坐床上时，张家驹与陈菁同时感到了尴尬和不自在，僵持在那里不知如何是好。这时张莹用她那天真无邪打破了尴尬。只见她抱着自己的小枕头对着他们俩说道：“爸爸你睡左边，我睡中间，妈妈睡右边。”张家驹与陈茵的目光交汇了一下说那好，便准备关灯睡觉。可是张莹又吵着要张家驹给她讲童话故事。张家驹一笑，把她轻轻搂在怀里讲起了《白雪公主》的故事。陈菁则在一旁闭眼假寐想着自己的婚姻，她多么希望这样的日子能够延续下去，哪怕一开始就是错的。听完《白雪公主》的张莹又要陈菁讲《小红帽》的故事，身心疲惫的陈菁只好接过接力棒……

夜深人静了。陈菁与张家驹都无法入眠。可是他们俩又没有话语。一番沉默思考后，张家驹试探道：“陈菁我们这样下去还有希望吗?”陈菁思索了一下，回答：“这个，这个看缘分吧。”张家驹不解其意问道：“那就是没有希望了?”陈菁淡淡一笑道：“时间会证明一切的，如果有缘，还会继续。睡吧，外面好像下雨了。”

第十章　“朋友”多情

忐　忑

走进东海市委大院，大院的宁静和肃穆让赵亮感到几分紧张。

赵鸿靓矗立在窗前等待这位新人的到来。之所以看中这位年轻人，主要是为他的才情所吸引，更重要的是东海当前的大发展需要这样的人才。赵鸿靓自从L电子对抗大队转业后，先从科员再到科长，直至升到局长再到县委书记，一路的重任始终与他开拓进取、追求卓越分不开。

来到东海市担任市委时，又意外遇到了老战友阎晓宏，他们一起参加过老山作战，在老山作战中结下了深厚的友谊。阎晓宏比赵鸿靓小几岁，在L电子对抗大队当兵时，虽然他们不在一个营，却因老山作战组成加强营时组合在一起，阎晓宏是营长，他是教导员。一对老搭档，又在地方经济建设中比肩而立一起奋斗。

战友相遇，格外亲切。对此阎晓宏经常对赵鸿觎说：“团结一心其利断金，清正廉洁上下团结。”赵鸿觎非常赞同阎晓宏的话，他决心与市长一起：要像在老山作战时那样不畏艰难，并肩战斗，在东海市树起共产党人的光辉形象，为东海市的经济和社会发展再立新功。

赵鸿觎也的确没有辜负东海人民的期望。就任两年多的时间里，完成了快速路网建设，蠡湖治污、须江旧城改造，并建设成了两个商贸集散区等，但这一切成就与赵鸿觎上任时提出的“城市扩大化，农村城镇化”的执政纲领还相差甚远，因此他并不满足于自己的工作。但令他满意的是，在他们“正副班长”的示范下，全市上下党员干部的工作作风、生活作风、思想作风一直保持健康状态。腐败现象更是得到了很好的遏制。

尽管如此，赵鸿觎和阎晓宏依然经常坐立不安，因为在一些基层单位，没有很好地贯彻市委、市政府的精神，环境治理和节能减排也没有很好地完成。东海市环境没有得到根本性的转变，人民群众依然还有许多怨言。市委、市政府的压力依然很大。这些问题愁白了赵鸿觎的发丝，增添了阎晓宏脸上的皱纹。

有时候，赵鸿觎甚至怀疑自己的工作能力。对此他在和市长阎晓宏谈工作的时候，总是自责自己的工作没做好，这也让阎市长感到很不安，觉得他依然像在部队时的作风：求真务实，追求卓越。阎市长在私下里称赵鸿觎为“赵兄”，足见他们同心协力、情同手足的感情。他说：“赵兄，东海有您的到来，已经发生了新的变化，关于市政建设这一块，我有责任。”

赵鸿觎非常重视市政建设这一块，因为市政建设事关市民的工作、生活、娱乐，关系到市民的幸福指数。因此他与阎市长决定共甘苦，同患难，先解决城市的硬件——环境，然后再来解决城市的软件——精神。因此在他们就任的这几年里，东海市的马路拓宽了不少，扩建了多座公园，还大规模地进行了老城改造等。这些变化是有目共睹的，也深得民心。但是赵鸿観是一个不看成绩，只找差距的领导。

正在这个时候，一股强有力的春风从遥远的北京传来。党的十八大胜利召开了。当他结束省里组织的十八大精神学习之后，回到东海就立即号召开全体领导干部大会，组织全市上下认真学习党的十八大精神，深刻领会精神实质。市委市政府因此要求广大党员干部在思想和行动上一致投入到十八大精神的实践中。也就是这个时候，东海电视台的美女主持人慕蓉雪把赵亮的书推荐给了他。

赵亮的文采像梅花含苞，赵鸿観看着他的书，已经嗅到鲜花盛开的香甜。为此，赵鸿観很期待早日见到这位年轻人。同时他把这个情况告诉了正在他办公室商量工作的阎晓宏，阎晓宏听到一位市委书记对一名普通干部如此夸奖，觉得非常好奇也非常意外。心想，我手下正缺这样的一名干将。正在这时，赵书记的秘书小程将赵亮带了进来。

“赵书记好!”进门后赵亮带着胆怯叫了一声。“你就是赵亮吧。”赵鸿観和蔼地问好并握了一下手。市委书记的亲和力让赵亮一下子释放了几分紧张，但他平时清高寡欲，不善交际，此时更不知说什么是好。赵鸿観则向赵亮点点头，认真打量他一番后，说道：“你请坐吧，人和书上的照片差不多，长得挺帅，自古英雄出少年啊。”

赵亮脸一红有些不知所措起来。一瞬间，他感觉面前这个人好像不仅仅是一个市委书记，更像一位善良的长辈。赵鸿觎喝了口茶，问道：“这本书你写了多久？”赵鸿觎接着拿起桌面上的一本书问道。赵亮对此心头一惊，心想他怎么有这本书，立即回答：“一年多的时间，是业余时间。”赵鸿觎赞叹道：“不容易。为什么写这本书？”赵亮实话实说道：“我在农牧局工作，对水产养殖做了一些研究和思考，这也是生活经验的总结，因为人离不开生活，但什么样的教育将注定人过什么样的生活。而经济是生活的保证，一个国家需要，一个地方也需要，一个企业也需要，人人都需要……”

听了赵亮一席话，赵鸿觎带着赞许说：“你说得很好，有思想有独特的见解，也很具有现实性，我也认真看了你的书，对你发展海洋经济的想法非常认可，并动员市委、市政府领导干部都去看。你看看，你多牛啊。一种优秀的思想，一个独特的见解不但会改变一个人，也会改变一个国家……”

字字句句，像春雨滋润心田。赵鸿觎说得很认真。这反而令赵亮感到有些惭愧，觉得自己很渺小，且书中的东西还只是理论上的，没有变成造福社会的具体果实。对此他带着几分羞涩，几分激动说道：“赵书记您太过奖了，我只是纸上谈兵。这本书您怎么会有？”

“不要谦虚，要实事求是，至于你的书嘛，是一名记者推荐给我看的，怎么之前你们不认识？”赵鸿觎说后示意赵亮喝茶，随即就拿起笔在文件上写着什么。赵亮本来想再问下去，但觉得这样问领导有些无礼，便打消了这种想法。放下笔后，赵鸿觎用自嘲的语气说道：“在当代中国，我们的国家、社会和公民应该像你有所坚守有所追求，马云不是也说过：梦想还是要有的，万一实现了呢。大学毕业生存在很多像你这样的情况，专业不一定要对口，但追求一定要对路。一个人只有在社会的历练中不断发现自己的才干，才能寻找到适合自己的职业。就像我从来没有想过要当市委书记，哈哈！”

见赵鸿觎如此平易近人，赵亮开始大胆试探地问道：“赵书记您找我一定有什么事吧?”“找你有事是当然，多少人想见我都没有时间和机会……”赵鸿觎用拉家常的方式和赵亮聊起来。他要好好了解一下这位年轻人的内心世界和思想光芒。

一问一答，相得益彰。赵鸿觎对这位年轻人很满意，但他并没有用行动和语言表现出来。曾为军人的他，就喜欢年轻人这样朝气蓬勃，有思想有闯劲。他一下子联想起自己在老山前线用青春与热血捍卫领土的情景。

看到赵鸿觎陷于沉默之中，赵亮开始感到不安起来，甚至有些后悔刚才自己的肆无忌惮。对此他立即采取补救措施，歉意地说道：“赵书记，实在对不起，不要在意我刚才的胡言乱语……”谁知，赵鸿觎并不接话，突然站了起来，握住赵亮的手说：“小赵你说得很好，今天的谈话先到这里吧。”

面对赵鸿觎如此没有结尾的谈话，把赵亮从云端推倒了谷底。他的心里像几个水桶打水，七上八下起来。那种焦虑和痛苦交织着，令他手心发凉。他猜想，他们的谈话一定令赵鸿觎不满意。因此他开始后悔：若是可以，将万千情意叠起，一路韶华也如白驹过隙，转瞬即逝，我亦不欢，不语。

没有管好嘴，可是一切如泥牛过河，悔也晚了。此时时光已近中午，东海市的街道上繁华而杂乱。大车小车川流不息，人流匆匆忙忙地穿梭在大街小巷。赵亮感到各种广告牌五颜六色，广告语时尚而离奇。“什么你买房我就送新娘。”可能吗？他在心里诅咒着。

安　心

幡然醒悟时已经晚了，站在人行街道上，看着车影人影在眼前闪过，听着喇叭声、嘈杂声充塞着自己的周围，还有汽车尾巴时不时冒出一股浓烟，空气里弥漫着刺鼻而难闻的味道。赵亮几乎要发疯了，可又找不到理由，于是开始漫无边际地在街上游荡着。他一点一滴回忆着与赵鸿觎的谈话，到底哪里说错了？……正当他感叹却又无可奈何时，他的手机响了起来，接听后传来声音：“赵亮兄，今天的偶见，让我忆起十几年前的同学之情，时光似箭，人生无常。我想中午请你共进午餐。”

电话是慕蓉雪打来的，一连串的话语，令赵亮还没缓过神来。“喂，喂，赵亮兄你在听吗？”慕蓉雪在电话中催着。赵亮快速思考着要不要留下与慕蓉雪共进午餐。于是在左思右想的犹豫中，他还是决定见见慕蓉雪。因为与慕蓉雪一起共进午餐，还可以借此向她打听一些情况，毕竟人家是东海电视台记者兼主持人。也许她还采访过赵书记呢！

走进东海电视台旁边韩国料理的包厢，赵亮发现慕蓉雪已经用花开四季般的微笑等待着。这令他受伤和失落的心情顿时有些舒缓。慕蓉雪今年三十来岁，跟许多年龄相仿的少妇一样，身上有着独特的神韵和风姿，令人向往。赵亮记得，中学时代的她，外表与相貌，服饰与打扮，就吸引了无数的异性目光。今天看来，慕蓉雪依然光彩照人，也许是她身为电视台主持人，经常上镜头的缘故，她的外表又与其他少妇不同：在打扮上保留着少女时代特有的风格和讲究，因此更有一种风姿绰约。

“怎么想到请我吃饭了大美女?”“叙叙旧啊，怎么不愿意?”慕蓉雪妩媚笑道。那笑容甜美、柔情，令赵亮冰封的心慢慢开始融化。但他没有表现出来，知道慕蓉雪这样的美女，“颜值”太高只可围观，否则惹火烧身。这么多年来，赵亮近乎没有儿女私情，因为父母的婚姻让他深受伤害，因此他把全部身心投入到事业之中，希望能够成就一番事业。然而“小赵你说得很好，今天的谈话先到这里吧”这话乱了他的心，并一直揣摩着找不到答案。越找不到越去寻找，如此开始不断纠结起来。

“赵亮，你在想什么呢?”慕蓉雪终于打破沉默问道。她想立即破解赵亮并和他进入一个同频共振的世界。赵亮喝了一口茶有意试探道：“我在想，一个电视台记者，除了有敏锐的新闻眼光外，应该能够经常见到各级领导干部，对不对?”

慕蓉雪一听，果然进了她的套路，也快人快语地问道：“你不会想见哪一位市里的领导，才这么爽快与我共进午餐吧?”赵亮微微一笑脸色尴尬道：“当然不是，当然不是。”慕蓉雪接着说：“都是老同学了，有事需要我办直接说吧。”面对慕蓉雪自豪还带些趾高气扬的神情，赵亮本已经受伤的心有点不大舒服起来，脸色也开始变了。不过转念一想，慕蓉雪历来就是这样的性格。学生时代，讲话也是火辣辣的，有时很难让人接受。

想到这里，赵亮哈哈一笑说道：“你曲解了我的意思，记者总是这么敏感吗？我的一句话会让你联想这么多？”慕蓉雪也感觉自己的话有些欠缺，便带着歉意道：“赵亮，你知道今天为什么请你吃饭吗？遇见老同学，我很开心。我能走到今天，很多人羡慕，但是其实我很孤独，很多时候眼睛看到的都是虚幻的，心里的感觉才是最真实的。我去年就离婚了，儿子被他带出国了。如今的我只能靠这份职业带给我一点体面，其他的强势和独立只是假装给别人看的。我是将你看作朋友，甚至知心朋友的。”

慕蓉雪的一番话，顿时让赵亮有些同情。又是一个婚姻的受害者，这令他更加坚定自己独身主义的正确选择。再看看慕蓉雪双眼中泪珠都要滚出来的样子，怜惜之情顿生，于是他像兄长般轻轻安慰道：“走远的，只是过眼云烟；留下的，才是值得珍惜的情缘。每个人的身后都有一个阴影，没什么大不了，一切都会过去的。”

听到他的一席话，慕蓉雪心中暖暖的，因此苦笑一下开始恢复低落的情绪并随即带点小女人式的嗔怪说：“你别像哲学家一样开导我。其实这些道理我也都明白，我在大众面前也伪装得天衣无缝，甚至也有一些男人向我示好，我都不屑一顾，我不是那样的女人，我也才三十岁，还算年轻，还想结婚，没有婚姻的女人容易衰老。我想，我还会遇上心中的白马王子。”

赵亮一笑，就又侃侃而谈起来：“这就对了，就应该保持这样的自信和心态。有人说，我们不能左右天气，但是可以改变心情。幸福和快乐是自己创造出来的。对不对?”“那你的家庭婚姻生活一定很幸福和浪漫了?”慕蓉雪带着好奇问道。

赵亮不知怎么回答。多少年来，他把自己的内心包裹得严严实实，就是要装作坚强，这点和慕容雪很像。他心里充满矛盾，想告诉她，又怕她误会，怕她取笑，怕她不解。慕蓉雪的个性，以他的阅历还不了解。

见他沉默，慕蓉雪追问："赵亮，你爱人是哪里人，在哪里工作？孩子多大了？念几年级？"一连串的问题像一颗颗子弹射在赵亮的心坎里，对于这些，他一无所有。为此他苦笑了一下，悻悻说道："慕蓉雪，实话实说，我还没有结婚呢。"慕蓉雪听了双眼流露出惊讶的光，一时回不过神来。然后语无伦次地追问："这是真的吗？为什么这样？"

"如果说'有情人终成眷属'只是美好的愿景，那么就应该接受那些不婚，或者单身者。这也是一种生活状态，是他们自由的选择。因为婚姻的最终目的，不是把她和他变成他们，而是为了幸福与快乐。"

他的话令慕蓉雪张着嘴不知所措。于是赵亮接着说道："我不是独身主义的鼓吹者，只希望你能找到一种自己想要的生活。结婚也罢，单身也好，都是一种让自己满意，起码是自己能够接受的状态。如果你为人妻，就充分享受有人相伴的好，也接受家庭生活的各种琐碎与麻烦；如果你一个人，就好好享受无拘无束，也接受独处时的孤单。生活有不同的方式，很多时候，选择只在得失，不在对错。不要以这种选择的弊端，去对比另一种选择的优长。"

慕蓉雪赞叹道："说得太好了，想不到你对婚姻这么有研究！"听到赞美，赵亮仿佛又找到前进的方向，更加兴致勃勃道：

"婚姻只是'剩女''剩男'的锦上添花，它不是你改变现在生活的唯一方式，而是让你的未来变得更加美好的一种选择。如果于你而言，某一场恋爱不过是鸡肋，放弃又如何?"赵亮说完双方陷入沉默之中。

"对了，慕蓉雪，你以新闻记者的敏感听听这句话是什么意思。"赵亮放下筷子一脸认真地问道。"什么话?"慕蓉雪好奇道。"小赵你说得很好，今天的谈话先到这里吧。"赵亮把赵鸿觎的话重复了一遍。慕蓉雪思索了一下，哈哈一笑说道："这怎么像是领导的官话啊。"说完她拧起好看的眉，又补充道："不过也像长辈的话。"赵亮又很无助地问道："那要是领导对你说这样的话，通常是什么意思?"慕蓉雪脱口而出："这还不简单，就是随便问问，打发的意思。"

慕蓉雪说完，赵亮又陷入痛苦的思索之中。不过随即他仍不死心地问道："那要是长辈这样对你说是什么意思。"慕蓉雪又脱口说道："这就更简单了，就是人家随便说说的。"

赵亮彻底陷入深深的痛苦之中，原以为有个新的开始，迎来的却是不堪的现在……

"赵兄你又在想什么呢?"慕蓉雪用筷子在他面前晃了晃问道。他不甘心地亮出底牌，问道："如果是东海市委书记赵鸿觎这样对我说的呢。"慕蓉雪一听惊讶道："你说的是真的，他真的对你这么说的?""当然啊。""这个嘛，要基于两种考虑，一是如果他想重用你，说明你的回答令他不是太满意匆忙打发你；二是他有紧急事要办，可能说来话长，所以匆忙到此为止。"慕蓉雪认真地给他分析着，随即又接着问道："他准备调你到市政府工作吗?”赵亮把见市委书记赵鸿觎前前后后的过程说了出来。

慕蓉雪惊愕道：“可以啊，赵兄，说明他福星高照，要重用你，考核过关了，你得感谢我，请我吃饭啊。”赵亮立马激动道：“你说的是真的?”谁知，还没等赵亮激动完，慕蓉雪又一瓢冷水从天而下说道：“这个也不一定，领导们往往同样一句话包含太多含义，谁也捉摸不透的。”赵亮脸上立即尴尬起来并自我释然道：“得之坦然！失之淡然！一切顺从天意，随他去吧。”

慕蓉雪安慰道：“这就对了嘛，有些人就是为了两片薄面而争，为了一条贱命而战，一身虚荣，一身醋味，值吗？累吗？舍得舍得，有舍就有得；得失得失，有得就有失。人世间就是这么奇妙，你又何须苦苦追寻一个目标。放得下，才能走得远！不愿放弃的人，反而会失去最珍贵的东西。”

“来来来，干杯。”一席话令赵亮汗颜提议道，他不想听她七拉八扯，知道新闻记者总有说不完的话和说不完的道理。他最反感电视上一些新闻记者喜欢“站队”围观，在你得道时为你歌唱，在你坠落时帮你挖坟。

吃完饭后，赵亮心里忐忑的不想回单位上班。于是提议道：“我们下午去看电影吧？听说有个电影不错。”她立即高兴道：“好啊，反正我今天的头条任务已经完成交给他们去编辑了。”慕蓉雪满怀欢欣道。“怎么，你每天都有头条任务?”赵亮有些好奇地看着她。“对呀，今天早上遇见你时就是去采访市委赵鸿觎书记的，结果他有事拖到好晚才采访到。”

听了慕蓉雪的话，赵亮的心里如一道闪电照亮，心情一下子大好起来。他知道，赵鸿觎书记那话是对他的肯定。

开　业

在鞭炮齐鸣中，陈茵的古原草动力集团有限公司开业了。之所以把公司取这么个名字，陈茵可谓良苦用心。首先她非常喜欢白居易《赋得古原草送别》这首诗。

陈茵之所以对这首诗牢记在心，得感谢她父亲。陈韬一直把一对女儿当成精英培养，从取名上就可以看出。大女儿取名陈菁，二女儿取名陈茵。希望她们以后成为社会的精英。于是陈茵三岁时就开始享受“母鸡下蛋式”教育，开始诵读唐诗宋词，许多名篇她牢牢铭记在心，出口成章。随着年龄的增长，她觉得这首诗的意境更是美妙绝伦。对此，在给公司取名时，跃然而出，觉得取这么一个名字很符合她的状态和心境。因“古原草”而得“赋”。

有些人，近在咫尺，却是一生无缘。有些遗憾，注定要背负一辈子。爱，不光是给予，更是温暖。当史云赋带着欣喜走到公司一千米之外，就看到楼顶上的这几个金色大字，心头立即一热，那精美包装的情感瓷器顿时打碎一地。他已经深深被陈茵的良苦用心折服。

为了迎接开业，陈茵特别做了一番精心打扮。先是将一头长发高高盘起，再配上一袭玫瑰红的长裙，然后一只蓝白相间的蝴蝶胸花像采花一样展翅在耸起的左胸上。这样的打扮显得高贵和典雅。“哥们还是你不错，欢迎来捧场。”她像见到亲人样，果断丢下其他客人迎上来与史云赋说话。

史云赋展示他那迷人的一笑，轻轻搭了她的手道：“啊哈，都是朋友还见啥外。”说完他就招呼出租车司机。“不成敬意，给你写了一幅字，请笑纳。”史云赋把匾呈现在她眼前。陈茵一看匾上“心旷神怡”几个字，差点感动得流出眼泪。心想：这是心有灵犀呢还是惺惺相惜或心领神会呢……她顿时高兴至极。

走进庆典台一看，史云赋发现陈茵的面子很大，来参加祝贺开业的既有须江市政府有关的领导，还有须江工商界的大佬们。各路新闻记者们更是“长枪短炮”严阵以待。“陈大小姐你这真是声势浩大，贫在闹市无人问，富在深山有远亲啊。”史云赋小声对身边的陈茵赞道。“我这是主动送上门的外资企业啊，他们在国外想引进这样的优质企业都没机会，就如门前拴上高头马，不是亲来也是亲，自然高度重视了。”

“陈总，你看吉时已到是不是可以开始了?”陈茵的助理跑过来问道。陈茵果断干练地说道：“好的，开始吧!”那语气完全一副女强人的样子。随着主持人宣布“古原草动力集团有限公司”开业庆典开始，场内场外锣鼓喧天，鞭炮齐鸣。

首先是市领导讲话，然后又对陈茵选择回须江投资兴业，回报家乡人民表示感谢等等。当市领导用排比句赞美陈茵将给家乡人民带来福祉时，史云赋差点一口茶喷出来。

“您不是雨露，却带来了新生的希望；您不是泉水，却带来了生命的甘甜；您不是太阳，却带来了人间的温暖。您如同星星，没有太阳耀眼的光芒，也没有月亮迷人的浪漫，但夜空中的那点光亮，是您生命价值的闪现。”

史云赋想，这也太献媚了吧，她才不是来回报家乡人民的，不来捞一笔跑就不错了。邻近的蠡湖市从国外引进好多五三〇企业就是例子，很多外商在政府扶助资金到位后，不是金蝉脱壳逃到国外，就是打一枪换一个城市故伎重演。为此蠡湖市被这些人黑了不少钱。对此市里的领导还遭到当地群众的纷纷责骂。

市领导讲完后，接着是须江市的工商、税务的领导接力讲话。讲话的内容无一都是如何搞好一对一服务和上门服务……听到这里，史云赋又觉得好笑。

程序就如波涛，总在推陈出新却万变不离其宗。当司仪宣布请陈茵讲话时，场内场外又是锣鼓喧天，鞭炮齐鸣。

面带春风般微笑的陈茵，款款走上庆典台后，首先用她那甜美的嗓音来了个应景回应："您的关怀，让我感到家乡的关心慈爱；您的鼓励，让我扬起了风帆……"像发表获奖感言样对须江市政府四套班子的领导和工商税务界感谢一番。只是，令史云赋做梦也没想到的是陈茵给他发了个大大的"福利"。

陈茵又面带喜悦看着他说："非常感谢好朋友加部队首长史云赋亲临现场，让我倍感真情的温暖……"说到动情处，眼睛中闪烁着泪花，好像史云赋给了她无穷的动力。史云赋那时真想说：你的笑容是世界上最和煦的春风，你的眼泪是世界上最名贵的珍珠。史云赋一脸尴尬地低下了头却也引起了新闻记者们的极大关注，喜欢捕捉新闻的记者开始咔嚓拍照。

开业庆典在史云赋的难为情中总算结束了。一看时间尚早，他决定赶到老部队，便准备跟陈茵打一下招呼，可是陈茵忙前忙后送着客人无暇顾及，史云赋见状决定发条信息先走。当他掏出手机时，一个熟悉的声音从他身后出现：“史大高参今天真是幸会啊，谢谢你帮我妹妹捧场啊。”

一回头发现是陈菁，身边还站着一个风度翩翩的男士。于是他连忙解释道：“都是好朋友，正好我也是公私一举两得，这不正准备去大队的，正好你一会给陈茵打个招呼，我先走了。”“别呀！慢着慢着。”说着陈菁就挥着手臂大声叫道：“小茵，快过来一下。”

“姐，怎么了？”陈菁拉着妹妹道：“来，我给你们大家介绍一下，这位是我们公司柳总。”说完又指着史云赋又介绍道：“这位是我爸部队的史高参，妹妹的好朋友，这位美女自然就是我妹妹啦，以后大家多关照。”

见姐姐如此大费周章，陈茵有此好奇问道：“刚才来的时候你不是介绍过的？”“是啊，可是史云赋与柳总还不认识呀！”陈茵不知道她葫芦里卖的什么药，便在微微一笑后啧嗔她一下。这时史云赋赶紧走至陈茵身边说：“正准备跟你发信息的，我要去大队有事，先走一步了。”

“去 L 电子对抗大队干吗，你不是专门来的呀？”陈茵有些意外地问道。“前天张家驹对我说搞了个对抗赛，要让他的天使出击队相互比拼一下，叫我去当评判，说好今天要进行的。”“那也要先吃饭再去呀，先别管他。”史云赋两手一摊道：“不行啊，都答应人家的今天上午一定到的，不然不是失信于人了。”

谁知没等他迈开步，陈茵就一把抱住他的胳膊并小鸟依人说：“不行，今天难得我办大事，吃了午饭再走。”史云赋的脸霎时从脖子红到根。“史高参，美女都这样了你还要走，有点不解风情了吧，去个电话，就说路上堵车下午到不就得了。”“还是柳总想得周到。”陈菁马上赞叹道。其实史云赋在陈茵挽他的一瞬间，已经行动未始身先死。于是就坡下驴道：“那行吧，盛情难却，恭敬不如从命了。”为此陈茵便带着他们一起开始参观公司。

午饭时，除了商界几位重要人士以外，其他来参加开业庆典的人全部离开了。陈茵便在须江阁饭店安排了一个大包厢，准备中午好好联络一下感情。同时她也正好借此机会让大家知道一下她跟史云赋的感情。

宴请自然缺不了酒，而久经酒场的一群商界人士自然不会放过陈茵和陈菁这两位美女。女人的身边自然少不了英雄，挡酒的英雄自然从史云赋和柳正青两人身上诞生。只是四个人哪个都不是海量的酒鬼，只得凭借彼此的帮衬最终狼狈熬到战役结束。而史云赋和柳正青两人更是因为英雄举动，被炮火集中攻击了许久……战役的结局自然是陈茵和陈菁勉强得以保全，史云赋和柳正青则成了难兄难弟——醉得不省人事。

当宴请结束时，他们四人像英雄连的兄弟一样走出饭店。陈茵架着史云赋，史云赋又架着柳正青，柳正青又被陈菁搀扶着，那状况令人唏嘘。

第十一章　山明水净夜来霜

赛　前

“秋至满山皆秀色，春来无处不花香。”陈茵看到史云赋已经酩酊大醉，只好将他带回到自己住处。见史云赋一摊泥样躺在床上，她既心疼又不无开心。今天在她的“挟持”下，史云赋已经和她走进同一个战壕。她便爱由心生，带着胜利的喜悦在他额头上轻轻亲了一下。她多么需要组合一个家庭，用两扇大门，支撑起一个门户。为此她想起与丈夫克里一起的日子。

克里是她在国外留学时认识的，是一位美籍华裔。他在美国经营一家规模很大的公司，主要生产高速列车上的轴承和动力要件，是技术含量非常高的高科技产品。克里虽然年长她十多岁，但他们一见倾心，真心相爱。尤其是克里把她照顾得像孩子一样无忧无虑，令她依附。她喜欢这种父亲般关怀备至的婚姻。然而，好景不长，由于积劳成疾，克里突然有一天猝死在办公室里。

美好的，总是不长久。真爱的，却不相眷。想到这里，陈茵潸然泪下。“哎呀，这是哪儿？”史云赋从床上坐起来迷迷糊糊地问道。“我的家呀！你醒啦。”陈茵连忙擦干了眼泪从阳台上走进房间。于是史云赋又受伤般重重躺下说道：“头好痛啊，怎么会醉成这样啊？”“你们男人在一起就喜欢拼酒，十头牛都拉不住，这下知道痛苦了吧。”“坏事了，张家驹会骂我失信于他了，我得赶紧去看看。”“你看看这都几点了，还去干吗？”陈茵抬表在他眼前一晃。史云赋争辩道：“那也得走了，正好找崔静聊聊天，来一趟不容易的。”陈茵阴沉着脸道：“那你走吧，知道就是为了你的小美人，扯什么扯。”

走出陈茵租住的宾馆，史云赋看到太阳已经西下只留下淡淡的红色。他迫切地想见到崔静，就随手拦了一辆的士。来到大队训练中心门前，崔静正好带着“天使出击”队向食堂走去。看到史云赋突然出现，她并没有表现惊讶，相反表情一下漠然起来。因为昨天她就听张家驹说请他来当评判的，今天张家驹还责怪他不守信用。

见史云赋向她招手，崔静便把队伍交给一位天使出击队员就走了过来。“你这是从哪儿匆匆而来？”史云赋犹豫了下支吾道：“这不正好中午遇到个朋友聚了一下，结果喝多了，所以才……”他不敢实话实说。“参谋长今天还说你了，说好的一起商量明天对抗赛的，你怎么不守信呢。”面对责怪，史云赋嘴动了一下想说什么又忍住了。“走吧，一起去食堂吃饭吧，晚上再商量对抗赛的事，一身酒气。”史云赋像个做错事的孩子尾随在其后。

当史云赋和崔静甫一出现在“天使出击”队食堂，立刻就引来了官兵们的注视，女兵们更是开始叽叽喳喳。女突击队员张一楠惊愕道：“哎，大家快看我们崔指导员的男朋友，好帅呀，还是中校耶。”“大惊小怪的，中校有什么好惊讶的，又不是中将。”李婕不屑一顾回道。男突击队员则认为史云赋有点憋屈了，如此一枚帅哥应该找个比崔静漂亮的女孩才配得上，于是纷纷投去惋惜甚至同情的目光。

史云赋知道大家在议论什么，走进门就从队员的眼光中看出了一些端倪。作为带过兵打过实战演习的指挥员，对这种场合并不放在眼中。对此故意显示出领导机关下来的派头，直接用眼睛像机枪扫射一样从左到右扫射着鄙视他的人，并看到他们纷纷低下头才罢休。见大家低下头，他顿时又有了种胜利感。不过，这顿饭他还是吃得很不爽。崔静似乎对他漠不关心。这让他渐渐明白：伤什么别伤女人的心，半颗心的恋人心难唤回。

正当史云赋要放下饭碗的时候，张家驹走进食堂笑容僵持在脸上问道：“云赋你怎么这时候才来呀，都急死我了？”“你不也是才出现的？”史云赋立即悻悻反驳道：“我是下课前回家拿件衣服，你们庆典完了？”崔静一听立即好奇道：“什么庆典？”张家驹补充道：“这不今天小姨子公司开业啊。”崔静狠狠瞪了史云赋一眼，顿时让他尴尬之极。而这一细小举动被张家驹一一看在眼中，于是连忙救场解释道：“我今天没空让他代我去参加的。”崔静用羞赧一笑作答，起身就往外走。看出她有些生气，张家驹又补充道：“你先去训练中心等我，我吃一点就来。”

面对崔静心死灯灭的离去，史云赋心里恨不得将张家驹五马分尸却又无可奈何。是他自己贴上去的，人家只是怂恿了一下，可他还是觉得张家驹这小子故意给他挖了一个坑。因此就有些不高兴地问道："你搞什么对抗比赛啊值得连夜加班?""不是跟你在电话中说了，这大演习就要开始了，主要想检验一下队员们的实战水平。"张家驹说着就丢下饭碗，示意他边走边说。

当他们俩走进训练中心来到天使出击队训练的教室时，崔静正专注地在铺开的演习方案上认真地看着什么。见他们有说有笑地走进来，她立即起身说："参谋长，我觉得这次对抗应该主要集中在压制性电子干扰和欺骗性电子干扰等多种手段密切配合上，这样才能取得电磁斗争的最佳效果。"

"不错啊崔静，看来你这段时间也训练得不错嘛，云赋你先看看方案吧。"张家驹非常惊讶地叹道，就把崔静手上的对抗演练方案接过来递给了史云赋。这正中史云赋无比尴尬的下怀，他认真地看了一下方案后，游刃有余地说道："常言说，操千曲而后晓声，观千剑而后识器。按照作战理论，作战中要统一集中使用各种电子对抗兵力，组织周密不间断的电子对抗侦察，重视电子干扰与火力摧毁相结合，同时实施电子干扰强调突然、准确和快速反应。"

张家驹听了他那大而空的话，一反转露出本性取笑道："你真不愧为当今的赵括呀，理论上一套套的。不过赵括在长平战中虽然一眼窥破了那场国家命运之战的要害，但还是失败了。兄弟，理论我们都懂得，现在是问你方案这样做行不行?"史云赋被戳得脸一红，嘿嘿笑道："刚才崔静说得很好啊，就立足于压制性电子干扰和欺骗性电子干扰等多种手段密切配合，否则这么短的时间你要全面出击也不现实，至于保卫重要目标这一项暂时就放弃吧。"

这话张家驹觉得有理，眉心开花道：“那好，我们研究一下重新分组吧?”“这个你们俩是专家呀，赶紧抓紧吧。”崔静有些不耐烦地催促道。张家驹并不急，又看着他说：“云赋我们就按照他们前期考核情况和男队员以前所学专业搭配一下，你看如何?”史云赋答：“也只有这样了，一场小范围的对抗，没必要搞太麻烦，这样既可以完成对抗，还可以在对抗演练中进一步提高训练效果。”这时崔静自言自语道：“如果正式演习电子战失利，制空权很容易丢失的。”顿时，一股莫名的气氛在他们中间恣意流淌。

张家驹装作什么也没听到，拿起笔在方案上修改起来。首先他把获取军事情报作为首要指导思想。作为一个军事演习对抗方案，这是对抗第一要素，否则没有作战动机和方向。他知道崔静的意思，要完成压制和欺骗就像两个人打架一样必须找到对手。因此，只有通过电子侦察，获取敌方无线电通信的内容，查明敌方电子设备的有关技术参数以及兵器属性、类别、数量和配置位置等情报，才能判断敌军兵力部署和行动企图。

看到张家驹在专心地修改方案，史云赋示意崔静到教室外面聊聊天。在他眼神指使下，崔静犹豫了下后还是跟着他走了出来。“你不是说你和朋友在一起喝酒吗?”面对崔静直奔主题诘问，史云赋诚惶诚恐道：“这不是直说怕你生气吗所以就……”“那你就继续撒谎吧!”“这不是撒谎！是善意的欺骗。”崔静提示道：“还记得上次在操场上我说的话吗?”史云赋哑然了。

时间在流淌，沉默开始发酵。在崔静纵横交错的怪异目光和似笑非笑的包围下，史云赋心存胆怯地解释道，之所以这样做一是出于礼节，所以就顺便去捧了一下场；另一方面为以后万一转业自谋职业留一条路等等……见他一脸认真加无辜，崔静嘴角上扬了下不再说什么，不过她脸色却阴沉起来。这时，崔静渐渐明白了，太在乎一个人往往会伤害自己。

“好了，你们俩进来吧。”张家驹大声喊道。他们俩同时用“来了”化解了氤氲的氛围。

失 败

有些人，走心了就放不下。女人都是感情的动物。陈茵希望他留下，史云赋却头也不回地离开，这让她很伤心。伤心之余，她突然想起姐姐陈菁中午也喝了很多酒。便一个电话打了过去，结果没有人接。于是在担心中拎起自己的包急切地向她的公司赶去。

推开姐姐的办公室时，景象如战场般惨烈：先是一股酒气扑面而来；只见姐姐几乎横卧在柳正青的怀里，样子如死人一般。陈茵捂着鼻子走了进去，然后急切地拍打着陈菁的脸，结果好半天才把她叫醒。

“你怎么来了，这是在哪儿?”陈菁醉眼蒙眬地问道。“在你办公室，你看你，醉成什么样子了。”“怎么啦?”陈菁晃晃悠悠站起来看着她，一脸无辜。“你看看你们的样子，成何体统。”陈茵又责怪地推了她一把。陈菁摇摇晃晃，环顾左右后理直气壮地辩解道：“这有什么关系，一个单身男人与一个单身女人在一起怎么了，再说我们纯洁得很，什么也没干。”

“什么乱七八糟的，你是单身啊?”陈茵非常生气地诘问道。

陈菁一下清醒过来，为此做了一个小声点的样子说：“我和张家驹已经离婚了，千万别告诉别人啊?”“什么，你什么时候离婚的?”陈茵像战机弹起，惊愕道。“就是上次喝酒打架那次的第二天吧。”陈茵摸了一下她的头道：“你没发烧吧，说的真的?”“当然真的，你是我亲妹妹，我骗你干吗?”陈菁一脸轻松道。

陈茵张着好看的樱桃嘴，随即她又不可思议地质问：“那你们怎么在一起风平浪静，跟没事似的?”“嘿嘿，那是内紧外松，是做给老头子看的，我们说好了等过些时间再告诉爸妈，你可别泄露天机啊。”陈茵为此摇头。不过她立即转身拍打柳正青，发现他居然没有一点反应。于是她用手探了一下他的鼻息，随即惊讶地退了几步说道：“哎呀妈呀，是不是死了。”陈菁立即清醒大半，一步跨过去大声叫道：“柳正青，醒醒，醒醒!”叫了几遍之后，柳正青才轻轻哼了一声。陈菁叹了一口气道：“你吓死我了，他哪会死，还没祸害够世界。”“这样不行，你得赶紧把他送到医院。”陈茵提醒道。“有那么严重吗?”“当然了，你看看他的样子。”说着陈茵就拨打了120。

待史云赋和崔静走进教室后，张家驹拿着修改好的方案对史云赋说道：“你再看一下行不行，如果行，明天就按照这个来进行。”史云赋有些不情愿地接过方案看了起来，不一会儿，他抬起头来像巴顿将军仰望了一下天花板，露出了佩服的笑脸，他觉得一次小规模都算不上的演习做得这么规范，非常不错了。但他并没有说出来而是发问道：“那明天你们谁充当对手啊?”张家驹不假思索：“两组人员势均力敌，崔静你选吧。”“这有什么好选的，一组负责侦察，一组负责欺骗，相互不矛盾，随便吧，搞那么复杂干吗。”张家驹脸一沉，严肃地说道：“那可不行，明天还要邀请梅大队长来观看的，必须有正规演习的氛围。”崔静立即说：“那好吧，我选择A组为侦察。”

当他们三人走出训练中心时，已是午夜时分。张家驹知道他们见一次面不容易，便主动说道：“你们俩去聊聊天吧，我回宿舍再考虑一下明天对抗比赛的细节。”说完迈开大步消失在夜色中。望着他远去，史云赋立即像打了鸡血，笑如春风顺势拉着崔静的手亲昵道：“亲爱的，想不想吃夜宵？”“想吃？可你有吗？”“当然有啊，只要你想，必须有。”说完，他像变戏法一样从身后拿出悠百佳的香脆冬枣，还有咪咪虾条和果冻。

面对他第一次如此有心，崔静心头一热，拧起好看的眉夸奖道：“呵呵，还真长记性了啊，不错！”“知错就改是我的优点，来，这还有酸奶。”史云赋说着从包中一一拿了出来。“那好吧，既然有好吃的我们就到那边享受一下吧。”崔静心情开始大好。

夜晚静得出奇，微微的寒风让他们有种抱团取暖的感觉。于是史云赋在探索中轻轻搂着她坐在枯草丛上。崔静也不反抗，任由他耳鬓厮磨并不时主动喂块饼干到他的嘴中，这令史云赋感到非常甜蜜并激动：“崔静，我们结婚吧？”“那现在吧！”史云赋知道崔静故意逗乐。“好，就现在！”崔静脸一变，责怪道：“我不会像一些人以脱鞋子的速度去结婚。爱不是说在嘴上，而是行动之中。”“是的是的，我一定不负美眷。”史云赋说着把嘴凑了上去。

崔静宛若回风流雪，蓦地瞳孔紧缩，没有避及，而是配合地迎了上去，立即就将嘴中的果冻顶进他的嘴中。“呸呸呸，恶心死了。”史云赋说着已将果冻吞下。“恶心干吗还要那样，那也是我嘴里的一部分。”史云赋于是站起来就把她搂进怀中吸吮着幸福的甘甜。她挣扎了一下便不再动弹，任由他拈花含笑间轻落指尖……

柳正青被送进医院后，医生经过检查发现，他的胃和肝已经造成极大伤害。尤其他的胃出现了渗血现象，医生立即展开救治。这时陈菁才觉得还是陈茵果断，否则真要出人命了。直到柳正青从抢救室被推出，姐妹俩才长长舒了一口气。这时已经是午夜零点。

“小茵你辛苦一下在这陪一床吧。我得回家了，不然爸妈会担心的。”“我在这陪他合适吗?”陈茵一脸疑问道。“有什么不合适的，都是朋友。”陈茵迟疑了下想想自己一个人，便摇摇头说道:“那好……吧，路上小心点。”

回到部队招待所，史云赋为今夜兴奋得有些睡不着觉。陈茵的出现就如一夜春雨，让他的阳台开满了花儿令他不能自拔，这时他觉得有些对不起崔静。他不愿做当代陈世美，尽管他们仅仅肌肤之亲。为此他决定从此与陈茵划清界限。

崔静回到宿舍以后，心中却有一种莫名言状的焦躁感。一会想到史云赋，一会想起赵亮。两个男人像她的左膀右臂令她有些纠结。自从那天与赵亮通完电话后，她便打算大演习结束后回家去看一看。和赵亮曾经一起的美好令她无法难忘。“他结婚了吗，还是那样子吗……”一连串的问号等待她去拉直。于是在床上翻来覆去。

花开花谢，缘起缘灭，有多少曾经可以重来?睡不着觉，不如去听风吹，去数星星。于是她干脆起床准备到营区外面走走。当她带着愁迎着风走出宿舍的一刹那，发现两个人影像电闪一样向营房侧边闪去。“谁，谁，谁!”她用措手不及的惊愕问道，并大着胆子向人影晃动的地方跑去。

冬夜虽然有几分月色，但却阴森恐怖。转过墙角，她发现张一楠和乔巍吓得瑟瑟发抖蜷缩在墙角。崔静非常生气地问道："怎么又是你们。屡教不改知道是什么后果吗?""指导员我们不是，不是，不是……""中国文化就饭吃了吗？红男绿女深更半夜的。"崔静牙咬得有些恨恨。"我们不是谈恋爱，是碰巧。"乔巍大胆解释道。

"那你们这么晚不睡觉怎么会在一起?"崔静进一步质疑道。乔巍难为情地一笑道："是上厕所碰到了，所以就聊了一会，这不你……""天下哪有这么巧的事?"崔静还是不相信。"请你相信我们，上次以后我们从没有单独见面，就今天也是巧合，指导员千万不要告诉参谋长啊，不然……"张一楠带着哭腔哀求道。

看到张一楠如此认真，崔静觉得他们的话可信，因为男兵与女兵虽然分住不同楼层，可公用厕所是建在一起的。也许真的错怪他们了，于是暗自松了一口气，祭出威严的语气警告道："好，今天就再相信你们一次，赶快去睡吧，明天还要比赛。"

经过这过山车一样的一番折腾后，崔静的睡意真正全无。直至天亮军号吹响她才迷迷糊糊睡了一会，因此第二天上午走进训练场时，她的眼睛里充满了血丝。史云赋见此关切地问道："你怎么了，眼睛这么红?"崔静答："没什么，准备比赛吧，有空再说。"

"天使出击"队对抗比赛在大队训练中心模拟对抗教研究室即将打响。队员们按照实战要求，全部换上了作训装，大队的主要领导和各营的军事主官亲临参加观摩。这些人的到来给"天使出击”队员比赛增添了不少压力，也增强了他们争夺第一的信心。

比赛前，大队长梅照岭作了临时动员，他说：“在当今，空袭从作战理论到作战装备发生了深刻的变革，防空领域所面临的威胁越来越多。西方军事强国在其强大的信息优势基础上，已经形成了完备的空袭体系，并向空天一体的目标发展，在此形势下，我军采用了电子防空与火力防空相结合的‘软硬一体’防空手段，电子对抗兵与防空兵作战协同的密切程度将影响到我们联合防空作战的成败。因此你们今天的努力就是明天胜利的希望……”

梅照岭作完动员后，张家驹随手从司令部参谋手中接过信号枪，命令道：“‘天使出击’队对抗演练开始……”并扣动扳机。随即两枚红色信号弹在“砰砰”声中腾空而起，划过天际。两个作战室里的电子仪器上的信号灯开始着急地闪烁起来，并发出“滴答滴答”的声音。“报告，一号机位发现敌人电台信号。”A组组长崔静命令道：“继续监听，找准找稳。”“报告组长，三号机组发现目标。”“继续跟踪，死死咬住。”崔静命令道。

梅照岭在演习大厅即时显示屏上看到队员很快进入战斗的状况，频频点头以表示赞许。“报告梅照岭大队长，敌人目标已被我锁定，是否发出压制性干扰。”还没等张家驹说完，他的队员马上报告道：“报告组长，敌人非常狡猾，已经改变了频率，溜了。”张家驹命令道：“各小组注意，全力以赴跟踪敌人，绝对不让他们溜掉。”

较量没有硝烟，战火却在纷飞。梅照岭看到两支队伍你来我往，呈现交织状态不分上下，于是他对模拟信号员指示道：“加快频率转换，采用混合码发送迷惑他们。”命令发出，担负侦察任务的 A 组队员们仿佛一下进入了宇宙黑洞。模拟对抗室里除了电台发出的各种信号的嘈杂声，队员敌我都分不清了，真正的“敌人”仿佛隐身了。队员们因此开始焦急起来，有的急得手足无措冒出虚汗。作为担负侦察任务的队长崔静更是急得团团转。她原以为就是找到“敌人”某个电台信号后发出通报，让 B 组实施压制干扰就能大功告成。没想到进入战争状态后会有如此之多的欺骗信号。

时间在一分一秒中抓挠着队员们的心，担任电子干扰的两组队员像进入了迷雾中，满眼迷惘找不到方向。眼看对抗演练就要失败，张家驹不顾自己“越位”，急促地跑到 A 组侦听室提醒道：“五个机组找出信号源的共同点后，立即报告。”张家驹话音刚落。梅照岭便在演习大厅喊道：“停，今天的对抗演练失败。”

张家驹像被一声吼打败，一脸沮丧地看着大家不语。梅照岭看着他安慰道：“电子对抗兵通常不与敌人进行面对面的斗争，而是通过电磁频谱这一特殊领域与敌人进行较量。其行动具有很强的技术性、隐蔽性和谋略性，并贯穿于作战全过程，对作战行动和结局影响很大。今天队员们之所以在实战情况下失去了判断能力，是因为他们没有经过反复再反复的锤炼，否则一旦进入战争状态会比这样的情况更加糟糕……”

追　责

对抗比赛失败后，史云赋看到张家驹一脸沮丧的样子，心里很有几分快意恩仇。觉得这是老天对张家驹的报应，尽管他不相信什么因果之说，但他还是认为：“你张家驹可以发射自己的光，但千万不要吹熄别人的灯。否则天意难违，做人机关算尽，太聪明反而被聪明误。”然而当他在快意中转身看到崔静的表情时，又高兴不起来了。于是在心里说：“算了吧，得饶人处且饶人吧。”

爱，总是因位置而改变。

祸兮福之所倚，福兮祸之所伏。兔死狐悲，却成了一条绳上的蚂蚱。史云赋很识趣地意识到崔静不可能有心情与他缠绵，因此他来了个“夜阑卧听风吹雨，铁马冰河入梦来”，蔫答答地远远跟她挥了一下手，算作忧伤的告别。

在返回H集团军的路上，他时而为张家驹的天使出击队能否完成任务而忧，时而又不希望他能完成任务。这种复杂的心态像拉锯一样。忧的是如果完成不了任务，女友崔静从此会受到冷遇，尤其是她从技术干部到政工干部这一转变上转型失败，之后灰溜溜地回卫生队继续当医生。而不希望他们完成任务则是针对张家驹的。觉得他太霸道，大有世无英雄、竖子成名的味道，要是再打了胜仗还不要牛气冲天成什么样。不过，张家驹的做派，让他明白善良比聪明更难。

史云赋就在这样的纠结中回到H集团军。当他走进军办公大楼时，迎面就遇到军司令部训练部参谋高健，高健对他点了点头，表情怪异地一笑擦身而过，随即又突然转身叫住他，用严肃的语气说：“史参谋，薛兆文参谋长四处找你呢。”从表情上看，话意深长，他立即反问道：“什么事情知道吗?”“你去了就知道了。”高健又诡异一笑走了。

当史云赋忐忑不安来到薛兆文办公室门外不远处，就听到薛兆文的话："不守规矩特别是不守军纪军规就是最大的危险。不守规矩、不守纪律，长此下去就会言行失当、失范、失控、失节。要让守纪律、讲规矩成为自觉和常态。只有这样，军队才会更有凝聚力和战斗力。"于是史云赋放缓了脚步以探究竟。结果听到训练部部长何淼连声赔着不是："我一定会对他进行严肃处理，一定要维护好我军威武之师、文明之师、胜利之师的良好形象……"

史云赋觉得这样听下去有失军人的磊落，就走到薛兆文门口一个立定喊了声"报告"。薛兆文转身一看是史云赋，一脸冰霜地问道："你在 L 电子对抗大队那边观看的对抗比赛怎么样了啊?""报告参谋长，他们分组进行对抗模拟联演联练，效果不是……不是太理想……"薛兆文冰霜加剧，又盯着他道："怎么不理想啊？说来听听。""主要是队员们实战经验不足，电子烟雾弥漫，找不到作战目标。"史云赋边说边观察他的表情。

见薛兆文不语，何淼便接过话，轻蔑道："首长，不是我小瞧他们，那都是搞的花架子，成不了擎天柱的……"听到何淼这样说自己的老部队，史云赋心里立即很不爽，心想：知人者智，自知者明。胜人者有力，自胜者强。

当他嘴动了下准备为这支部队辩解时，薛兆文抢先一步问道："你除了观摩对抗比赛还做了一些什么啊?"史云赋一听就情知不妙，只好实话实说道："报告参谋长，除了参加观摩以外，还顺便参加了一位老朋友的公司开业。"当然更重要的是他觉得军人就应该忠诚于自己的言行和使命。薛兆文脸色转晴了些说道："很好，你能言行一致像个军人，我可以酌情处理你，你自己看一下这张报纸吧。”

接过薛兆文手中的报纸一看，史云赋立即目瞪口呆。只见报纸头条用大幅标题报道了外资企业“古原草动力集团有限公司”开业的消息并配有须江市领导和他在主席台上就座的照片。史云赋的脸顿时红到脖子根。他的嘴角蠕动了一下又止住。现实给了他重重一巴掌。

“何部长，你带他下去处理吧，处理结果要在军司令部通报。”薛兆文脸色阴沉地说完便开始办公。听到薛兆文这样一说，史云赋心里很不服气。心想：不就是参加一个朋友的公司开业嘛，值得这么小题大做吗？可他又不敢声张，因此后悔之极。

来到军训部长何淼的办公室，何淼把办公室的门一关说道：“你也是位老同志了，怎么会犯这么低级的错误。”憋了一肚子火的史云赋立即不服气道：“部长我不太明白，不就是顺便参加了一下朋友的公司开业，犯了多大错误?”听到他如此轻巧的话语，何淼顿时有些暴跳如雷道：“你作为一名军人、共产党员，简直就是头上无组织，脑中无纪律，难道不知道私自去参加地方公司开业是违反军队纪律的?”说完瞪着大牛眼看着他。

史云赋的嘴扯动了一下想辩解但他忍住了。为此何淼又责问道：“你参加这样一家外资企业的活动，你搞清楚他们的身份了吗？就不怕被敌特份子利用吗？你的思想觉悟到哪去了。”一听何淼责怪他思想觉悟低下，无疑就是对他人格的污辱。他心想老子也是受过党教育多年的老党员，还担任过单位主官，带过几百人的手下，你凭什么这样说。

越想就越憋气，越憋气就越要发泄。于是他也提高嗓门回敬道："参加朋友开业怎么了，不就吃了一顿饭，我又没拿人家好处。再说这公司是我老部队原政委女儿的企业。她的父亲参加过抗日战争，是经受生死考验的老党员，怎么跟就特务扯上边了。""史云赋！你这种思想认识非常危险，你的思想觉悟已经完全丧失了一名共产党员一名革命军人的警惕性。"史云赋又回敬道："我怎么丧失警惕性了，你们完全小题大做！"

"这样吧，按照首长的指示，你近期停止工作，认认真真写一份检查等待组织处理吧。"史云赋以一百八十度的转身离开，表达了抗议。

锋芒露尽，改变不了也认不了，痛苦之极。本来是个既"得陇"又"望蜀"的计划，却突然成了他人生的灾难。

回到自己的单身宿舍，史云赋气急败坏地拨通了陈茵的电话。随即像放机关枪一样射向陈茵，责怪她不该在报纸上大肆张扬，更不应该把他参加庆典的照片登在报纸上……

机关枪一般地扫射完，陈茵还没反应过来，便好奇地辩解道："云赋你这是怎么了，我做企业的当然需要宣传啊，这有什么错啊？""真后悔参加你的什么庆典！肠子都悔青了。"史云赋说完长长叹了一口气倒在床上。"到底怎么了云赋，影响到你的工作了吗？说话啊，说话啊……"

得知史云赋要受到处分，从小在军人家庭长大的陈茵知道受处分的后果，心里为他难过起来。她知道像史云赋这样的军人，都好面子，往往把自己的名誉看得如生命一样重要。知道史云赋这个时候一定非常痛苦，于是她立即用歉意的语气安慰道：“对不起啊云赋，没想到给你造成这么大的麻烦。”史云赋脸如猪肝不语。这时陈茵以一种得过且过的话劝说道：“云赋，不是我劝你啊，既然事情已经发生就不要太难过了……”

在陈茵温良谦恭的一番劝说和安慰中，史云赋的心里慢慢好受多了。他叹了一口气，开口道：“算了，随便他们处理吧。”就放下了电话。他知道，在并不完美的境遇中，你的人生是什么样子，取决于你的选择，也取决于你以怎样的姿态去面对。

出师未捷身先死，长使英雄泪满巾。躺在床上的史云赋陷于深深的思索之中。从进门前听到薛兆文的话，他就意识到处分是跑不了了。本以为调到 H 集团军来能在这个大舞台上有更好的发展，不曾想没进步不说还要通报处分，这让他难以接受。想到这儿，他眼睛里都有些酸。于是他想给崔静打个电话。可一拿起电话，觉得小曲好听口难开，便丢下电话蒙起头睡觉。

心相近，爱相随。陈茵放下电话后，她知道这个时候史云赋一定非常痛苦，非常需要倾诉，非常需要她的安慰。于是她急速整理了一下，便驾车化作风向 H 集团军的驻地赶去。

汽车在山道弯弯上疾驰，车窗外云青青兮欲雨，水澹澹兮生烟。陈茵无暇看景色，一路上她已经想好了如何弥补他，否则她觉得太对不起他了。到达驻地后，她就在部队附近的宾馆开了一间房住下，然后分秒必争拨通了电话。

迷迷糊糊的史云赋听到电话声，拿起电话不耐烦地问道：“哪位啊？”口气怒发冲冠，说完就要放下电话。“是我，陈茵，云赋你在干吗?”“在睡觉，别烦我。”很不耐烦的语气让陈茵手足无措，她带着哭腔说道:“别生气了，我在你们部队附近的翠云山庄宾馆，出来我们聊聊天吧。”这也是她长这么大以来第一次用这种腔调与人说话。

从她的腔调中听出来陈茵也很痛苦，史云赋于是心头一热道:“不用了，你回去吧，我没事了。”“我求你了，你就出来一下吧。”说话中，陈茵居然哭了出来。听到她嘤嘤的哭声，他的痛苦好像立即减轻了许多。因为他平生最怕女孩子哭。记得上初中时，有位同学把一女同学弄哭后，他还给了那小子一拳，为这还受到了学校的批评教育。

“过来吧，云赋。求求你了。”陈茵在电话中哭着说。史云赋在犹豫中自我安慰道:反正自己在停职期间，太过于在乎，会让别人笑话不像男人。咱是当代军人，宠辱不惊有担当;作为男人，吾辈岂是蓬蒿人。想到这里他心中像拨开乌云见月明般亮堂起来。

人总是在寻找一个能够与自己和解的通道。

“你在哪丫头?”陈茵立即破涕为笑告诉了他地址。史云赋这时意识到自己与陈茵的感情，正如他藏不住爱她的喜悦和藏不住与她重逢后的惊喜。不过他自己不确定跟她到底是一种怎样的感情，可连白痴也看得出他爱上了她。

第十二章　反扑

反　思

对抗比赛的失败，令两位负责人非常懊恼。尤其是对张家驹这位曾经上过战场且每次都完美执行任务的常胜“将军”来说，更是难以接受。他觉得实在太丢人了，因此有些无法面对大队的官兵。当大队长梅照岭喊停的那一瞬间，他的情绪几乎像野马一样失控。要不是大队长梅照岭在讲话后及时对他们好好安慰了一番，他怕是要与自己死磕到底。

不在孤独中死亡，就会在孤独中疯狂。人在绝望中会反扑。张家驹知道脚下的路，没人替你决定方向。为重振“天使出击”队员们的信心，张家驹和崔静商量，如果不及时把大家的信心培植起来，“天使出击”队员们可能会在大演习中再次走“麦城”。因此他们决定抓紧做好以下工作：一要深入开展谈心活动，把队员们失败后的信心恢复起来，因为信心比黄金还重要；二要召开誓师大会，把队员们的活力激发起来，人的能量是无穷尽的；三要调整训练思路，把队员们的热情调动起来。

看似寻常最崎岖，成如容易却艰辛。指导方针确立后，张家驹与崔静按照分工迅速行动，先是采取单个谈心的方式，轮流与“天使出击”队员谈心，了解对抗比赛后的思想状况，帮助队员们克服气馁情绪。与此同时，张家驹决定调整训练方案，采取缺什么补什么，即突出重点，把握关键的措施。紧紧围绕发现敌人、欺骗敌人和诱惑敌人这三个中心练兵。

通过谈心，天使出击队员在打赢上信心大增，但许多人认为如果不采取特别训练方式，要在大演习中完成任务并不是一件容易的事，搞不好还会身败名裂。因为从那天的对抗比赛中发现：要想准确识别敌人的信号并不是一件容易的事。尤其当队员在侦察中发现敌人运用多种信号来迷惑他们让他们找不到对手的时候，畏难情绪又开始蔓延。

对此一向聪明灵活的队员张膑建议道：“参谋长，像我们这种没有经过实战检验的队员是分不清楚敌我的，必须多听、多疑、多分辨才能……”张家驹思考了一下觉得他说得有些道理，说道：“这好比一个武林高手，一旦领会到功法的真谛，拳法招法就不再拘泥于一般套路，而是会根据需要，幻化自如。”

听完张家驹的话，有的队员依然不无泄气地说：“这么短时间恐怕练就不出火眼金睛和顺风耳。”听到大家议论，张家驹决定要立即举行誓师大会，要通过誓师大会这一庄严形式，让天使队员们进入战斗状态。

心病终需心药治，解铃还需系铃人。张家驹知道：成功是优点的发挥，失败则是缺点的累积。人往往不是没有力量去做事，而是不肯去做。土地是人耕出来的，有第一年的播种，才有第二年的收成。

江南的冬夜来得早。部队的灯光球场上，这天灯火辉煌，球场四周的彩旗在灯光的刺射下，招展得更加鲜艳。为配合天使出击队誓师营造氛围，大队全体官兵以全副武装的装束列队在灯光球场上。随着张家驹一声全体官兵向天使出击队员敬礼的口令下达，人们发现全体天使队员个个神情严肃而饱满。这时张家驹以矫健的步伐跑到徐培尧面前敬礼道："报告政委同志，全体天使出击队员整装完毕，请您做动员报告。""请稍息。"徐培尧还礼道。

"天使出击队员及全大队官兵同志们：为了响应军委的号召，根据上级的安排，大队从今天起开展为期一个月的全天候科技大练兵活动，目的是配合天使出击队进行战前训练。"

说完，徐培尧话锋一转道："请大家不要忘记，1840 年，英法联军用洋枪洋炮轰炸了清政府闭守的国门；使中华民族历经了百年屈辱和苦难。我们不能忘记历史，更不能忘记落后被打的耻辱，历史和现实总是告诫我们：没有一支强大的军队，没有一个现代化的国防，就不可能有国家的富强和人民的幸福。军事家预言：未来战争不仅是军人知识的较量，更是军人技能和智慧的较量，是综合素质的对抗。事实告诉我们，可怕的并不是高科技兵器，可怕的是军事观念的陈旧、抱残守缺、不思进取和对未来战争束手无策。"

说完他用目光狠狠地扫视了一圈后又语重心长道："同志们，

军队要发展、国防要强大，就离不开科学技术，科技强军是时代发展的需要，是反对霸权的需要，是维护世界和平的需要。科技大练兵的活动是实现科技的重要途径，作为跨世纪的军人，我们肩负着历史的使命，要迅速地掀起科技大练兵的热。团结就是力量，发展就是力量，知识就是力量，让烈士鲜血映亮求知双眼，用铮铮铁拳维护祖国尊严。对军官们来说，突出学习新知识，掌握新技能、驾驶新装备，研究新战法的‘四新’训练。我们必须以实际行动正告任何敢于来犯之敌。”

动员报告讲完，徐培尧很气壮山河地问道：“全体官兵能不能打胜仗?”“能，一定能!”官兵们用响亮的声音回答。“天使出击队员们能不能完成上级交给的任务?”“能!”“大家有没有信心?”“有!”天使出击队员用高昂的士气回答道。

动员大会令全体“天使出击”队员们激情四射，他们个个热血沸腾并在心中暗暗下决心一定要出色地完成任务。誓师大会结束后，张家驹又与崔静一起，按照专业技能水平的高低和综合素质的考量，将“天使出击”队员分成A、B两个组进行模拟对抗，力求训练立竿见影。也就是从这一天，张家驹和崔静更加全心地投入到训练之中。而全体天使出击队员们更是争分夺秒在训练中心战术模拟演习室里，自我挑战对抗着。

作为指导员的崔静也决定要为打赢这次协同演习做些努力。经过一番思考，她决定发挥爱好文艺的特长，为天使突击队写一首战斗之歌。通过歌曲进一步激励大家敢打敢拼和敢打必胜的使命。想到这里她立即行动起来，因此只要一有空，她就在脑海中酝酿，并很快将这首描写电子对抗兵的歌曲完成。

天使出击队之歌

我们是神奇的电子雄鹰
翱翔在祖国的天空
那地平线上
有我隐形的翅膀
敌人胆敢偷袭
无形的钢刀
瞬间插入敌胸膛

我们是年轻的电子对抗战士
日夜守护着国土海疆
用我们那神奇的电波
让敌人闻风丧胆
天空和地平线上
是我们杀敌的好战场
……

人的感染力来自感情。崔静深深热爱着这支部队，这支部队的光辉历史令她自豪。歌词写好后，崔静又尝试着谱曲。因为她小时候曾经学过手风琴和二胡，对乐谱理论有一定的基础。于是每当天使出击队员们休息以后，她就把自己关在房间谱曲练唱。风雨过后见彩虹。一周后，这首歌曲的曲谱就完成了。这首歌曲虽然没有当今流行歌曲的缠绵悱恻之诱惑，但它既有旋律兼有抒情性的阴柔之美，又有进行曲风格充满阳刚之雄气。同时，青春飞扬的歌词，既清新自然，更引人入胜。很符合当代军人雄姿英发的特色。崔静相信队员们一定非常喜欢。

一天崔静趁队员们下课休息时，便用口琴吹起这首歌曲的旋律，悠扬的旋律，顿时引来队员们的围观赞叹。女队员高晶问道："指导员，这是什么歌曲？""天使出击队之歌啊。""不会吧，还有这样的歌曲？""这是我专门为你们写的，为战斗而歌，为胜利而歌。""指导员想得真周到，好听！"队员们你一言我一语地赞叹道。崔静立即不忘自己职责鼓励道，"我们也有'风花雪月'，但那风是'铁马秋风'、花是'战地黄花'、雪是'楼船夜雪'、月是'边关冷月'。"

当崔静说出用这首歌曲作为他们练兵和战斗的进行曲后，队员们纷纷表示赞同。爱跳舞的队员还把这首歌曲的旋律编排在舞蹈动作之中。从此，天使出击队里除了"滴答滴答"之外，多了阵阵青春的歌声。

疏　导

敲开陈茵的房门，首先看到她眼睛红红的，还有"思如海恋如城思念最遥不可及"的爱意。史云赋立即回避着说道："好香啊，你在哪儿弄得这么多菜来？""这不是怕影响你，所以……所以才在饭店炒了几道菜上来。"陈茵噤若寒蝉，生怕打破这尴尬而又难以言喻的复杂气氛。"还别说，中午没吃饭真饿了。"史云赋说着就随手拿起一只鸡腿吃起来。

"也不洗手，就像个小孩子一样。"陈茵在啧嗔中连忙拿毛巾帮他擦手。此时她已经愿意陷入爱情中了。"我又不是小孩子，我自己来。"史云赋难为情地说道，然后就坐到小桌边的座位上。

两人坐下以后，陈茵深情地看着他一言不发，千言万语全在她的神情中。史云赋发现陈茵在忧郁中的美丽恐怕无人能及。“别动，你这让我想起一首诗：莫许杯深琥珀浓，未成沈醉意先融。”“这是宋代李清照的词好吧。此词是李清照年轻时创作而成，写女主人晚来用酒遣愁和梦里醒来的孤寂，隐含无限的离情别绪。那我和谁别呀?”陈茵试探道。

史云赋一听有些意外：“哎哟，懂得还真不少的。”“你以为我在国外几年大学白上了?”史云赋不置可否道：“在国外学中国诗词?”陈茵答：“是呀，我的专业是中国古典文学。”史云赋轻蔑一笑：“你不会吧，跑到国外学中国的古诗词，没病吧?”“这叫墙内开花墙外香。在我们系里我可是很多人崇拜的偶像，不说这个了，我们喝酒。”

陈茵说完随手拿起桌上的红酒就给他倒了一满杯。史云赋一愣道：“你今天这样子是要让我醉的节奏啊?”“酒可以解愁，再说这是红酒不会醉的。”陈茵说着就与他碰杯。“好吧，明月几时有，把酒问青天。今天我还真就一醉方休，来个借酒浇愁愁更愁吧。”说着史云赋将杯中的酒一饮而尽。

随着一杯酒下肚，史云赋的话开始多了起来。陈茵小心问道：“他们真的要给你处分吗?”谁知史云赋一挥手，不屑道：“给吧，随他们去了，实在不行就转业，反正爸妈也想我早点转业，他们正好帮我下决心。”说完又是一杯底朝天。“不就参加了一下朋友的开业吗，有那么严重?”为此史云赋盯着陈茵道：“你知道我们的何部长怎么说的?”“怎么说的?”史云赋摆摆手说：“算了，你还是不要听了，听了会生气的。”“说吧，我就要听!”陈茵嗲嗲坚持道。“他们说你是女特务，哈哈。”史云赋摇摇头说完像审视特务样上下打量着她。陈茵随即笑道："说不定还真是女特务，有这么漂亮的女特务吗？有吗？""那我就与女特务来个与狼共舞，说不定还能立个大功。"陈茵嫣然一笑："去你的！我可不当特务，好日子还没过到头呢"说完与史云赋碰杯。

酒精的麻醉让史云赋忘记了白天的痛苦。看到史云赋渐渐高兴起来，陈茵负疚的情绪也缓解了许多。于是她试探道："云赋，转业跟我干吧，反正到地方也是支持经济建设，可以让祖国建设得更好。""打住，不对啊，你可是资本家，不是支持国家经济建设，跟你干我不真成叛徒了。"陈茵知道他在说酒话，立即反驳道："资本家怎么了，我们又不是靠剥削来满足自己，我是靠正常的购买服务来赚钱，照你这样说在外资上班的人全是叛徒了，什么歪理邪说!"

看到她一脸认真的样子，史云赋又微微一笑道："跟你开个玩笑，说实话吧，我呢真想在部队干一番事业，上小学时老师就问我长大想干什么，我说想当将军。结果同学们说我想做白日梦，引得他们窃笑。所以从那时起我就立志参军当个将军给他们瞧瞧。""唉，是啊，理想很丰满，现实很骨感，很多事情不是以个人意志为转移的。就拿我来说，本以为嫁给了一富翁可以幸福生活一辈子的……随遇而安吧。"说到这里时，陈茵有些伤感起来。

见此史云赋马上转移话题道："来来来，不谈这些了，喝酒喝酒。"陈茵又一脸嫣然，笑道："喝醉了别怪我啊，酒有的是，车上还有好几瓶呢。"史云赋已经有些醉意道："好的，今天就一醉方休。人家不是说了，今天是天大的事，明天就是芝麻点的事。""好，云赋你能这样想我就放心了，反正我的公司随时欢迎你。"

“如果受到处分后，真打算转业了，不回老家就到你公司混碗饭吃如何?”陈茵立即端起杯说道：“随时欢迎！不过我现在倒希望你在部队长期干下去。”

史云赋惊愕，不解地问：“为什么这样说?”“因为我感觉到你对军队的热爱，舍不得你这身军装啊。”说完陈茵又补充道：“坚持走自己的路，哪怕闪光的脚印不多，也是最珍贵的财富。不求每个脚印留下的都是幸福美好，但求无悔无愧无憾。缘深缘浅，早有天定，每件事，每个人的过去，注定了将来。信念，是蕴藏在心中的一团永不熄灭的火焰。无论做任何事情，都必须坚守自己的信念。信念的力量，在于即使自处逆境，亦能帮助我们扬起前进的风帆。”

史云赋哈哈一笑：“你还挺有理论的。”“对了，云赋，你会跳舞吗?”陈茵来了兴致问道。“怎么，你想跳舞?”陈茵没有回答而是起身打开房间的音箱。“来吧，多美好的夜晚，浪费多可惜。”陈茵说着就伸出了手。“你怎么知道我会跳舞?”“这是大学的公开课呀。玩、喝酒、恋爱。”史云赋自嘲道：“你还别说，我还真会一点，不过我保证会踩你脚的。”

随后《来不及说爱》舒缓的音乐开始流淌。

青春是一首曼妙的歌
绿色是一条河青春的河
当心儿的琴弦泛起波澜
让我想起曾有你的天气
你是空气但是好闻胜过空气
你是阳光但是却能照亮半夜

我的爱很包容
爱一个人可以目送他转身
我的爱很舍得
可以轻轻地轻轻地护送他离开
等待下一次再从不无万里赶来

青春是一首曼妙的歌
绿色是一条河青春的河
当心儿的琴弦泛起波澜
让我想起曾有你的天气
岁月太长
我们可以成为谁的初恋
但不因为爱情当作生命的不朽
幸福太像刀锋
握紧一点会血流成河，
所有过往种种相思成疾
在还没来得及说出我想照顾你
真正的爱情会让人变成另一个的影子

青春是一首曼妙的歌
绿色是一条河青春的河
当心儿的琴弦泛起波澜
让我想起曾有你的天气
爱情就像飞机
降落比起飞容易
永远直面爱情，了解它的真谛
永远地了解　爱它的本质

只要爱对了轨迹

我们无须备降

等一个晴天

一定会安稳降落在阳光的万里的陆地

史云赋也分不清曲子是快四步还是慢四步了，只是感觉当他轻轻拉着陈茵的手时，就如万水千山之隔，而心在贴近；海角天涯之阻，而情在暖身。如果不是身上这身军装，也许他和许多同龄人一样会时常享受这样的风花雪月。

入伍十几年来，几乎没进一次电影院，更没有与异性这样亲密地跳一次舞。对父母亲的关心照顾，仅仅靠每年几天的探亲假。想到这里他的眼睛一下子闪出泪花。这时他才突然体会到军人的牺牲岂止在战场。不过随即他又为自己作为一名军人而自豪。如果没有军人们保家卫国，哪有国泰民安?

随着舞曲的高潮迭起，陈茵的身体如漂移一样越靠越近。她的体香令史云赋有些晕眩起来。对此他在享受中突然清醒起来，觉得这样做很对不起崔静，便轻轻推开了她。“怎么了你?”陈茵有些意外地问道。“没什么，觉得有点热。”史云赋难为情地搪塞道。不过，他的搪塞因酒力上脸已让陈茵看不出破绽。“那我们出去走走吧?”陈茵提议道。“好的！去呼吸一下新鲜空气更好。”说完史云赋又不无担心地补充道：“别再撞上某个熟人，否则跳进黄河也洗不清了。”“这有什么呀，男未婚女未嫁的!”陈茵帮助他开脱道。

史云赋觉得她的话也在理，不过他还是觉得这样做是对爱情的背叛，是对崔静的背叛。随即他又想到这么一句话：人生重要的不是所站的位置，而是所朝的方向。心想，只要自己不越过朋友的界线就好了。“走吧。”

走出宾馆，顿时一股寒风扑面而来。陈茵条件反射地向史云赋身上靠去。史云赋很男人地脱下夹克衫像照顾孩子样披在她身上，陈茵没有推辞，抬起头深情地看着他，发现他那一股天然倜傥略显淡漠的气质，无人能及。“云赋，不要害怕我影响你，好不好，我是真心把你当大哥哥一样，真心对你，不求回报。很多东西，可遇而不可求……”

话语温暖如春，史云赋非常感动地说：“好的，我一定会做一个称职的大哥哥。”说完拍了拍她的脸蛋。陈茵这些天表现出来的细腻、沉着、镇静，使史云赋渐渐产生了一种依恋的情愫。这种感觉在史云赋和别的女性交往中，从没有出现过。陈茵一脸幸福地小鸟依人般往史云赋的身体靠近。史云赋也很享受，觉得她真的不错：错过了这个女人，会是终身憾事。基于这种判断，史云赋觉得如果能娶她真是人生的幸福。可是一想到崔静，憋了一肚子的话却又说不出来。

H 集团军驻地是一个丘陵地带，有山有水。夜色下就像一位丰腴多姿的少妇，美翻了。马路上的行人已经不多，不过路人见到这对帅哥美女还是频频回头，和谐得不容置疑。这让史云赋很享受也很有成就感。

“哥，你觉得爱情是什么？婚姻又是什么？”陈茵转换称呼问道。听到这样的称呼史云赋突然觉得很亲切，便好奇道：“怎么突然想到这个问题？”“你先回答我我再告诉你。”对此史云赋略加思考了一下说：“这爱情就如翻书，翻得太快容易错过，翻得认真就很刻骨铭心。”“那婚姻呢?”“婚姻就如两扇门，男左女右，在关门时会发出吱吱嘎嘎的声音，两人长期相处，难免会磕磕碰碰。”

“张家驹跟我姐离婚了。”史云赋非常惊讶道：“不会吧，怎么可能。”“这事就你知道了，我爸妈还不知道，他们知道了不知道会多么痛苦。”史云赋置疑道：“那前几天他还又是回家拿东西又是带孩子，和你姐一起爱如初见的。”陈茵呵呵一笑道：“他们那叫离婚不离家，像许多夫妻一样，为了孩子和老人只能打掩护。”史云赋自我肯定又自我否定地说：“怎么会这样啊！不过他们俩根本就不在一个频道，离婚再正常不过了。就他们俩那针尖对麦芒的脾气，长不了。”陈茵表示同意，点点头。

听到陈茵和张家驹离婚的消息，史云赋心里说不出想哭还是想笑。当初他之所以没有追求这对姐妹俩中的某一个，很大因素是他不想与张家驹进一家门吃一碗饭。对此有段时间他很失落，责怪自己凭什么为别人活着，干吗要回避现实。

“丫头咱们回宾馆吧，好像下雨了。”说完他主动牵起她的手转身。“不嘛，再走会吧，多美好的夜晚。”

演　戏

总觉得问心无愧是件特别酷的事，却又总说服不了自己是否真的问心无愧。把陈茵送回宾馆后，史云赋心情大好，立即回到自己的单身宿舍开始写检查。这是他入伍以来最耻辱的一件事，因为在他的档案履历中只有立功受奖。为此当他提起笔时，感到字字如千斤沉重。可是他又没有选择，检查写不好，写得不深入，很可能不止受到处分，一向追求完美的他更加无法接受现实。

在这个世界上，唯一不可阻挡的是时间，它像一把利刃，无声地切开了坚硬和柔软的一切，恒定地向前推进着，没有任何东西能够让它颠簸，它却改变着一切。

史云赋开始反思错在哪，到底犯了多大的错误。当他将思绪从嚣尘变成宁静时，又认真把《中国人民解放军内务条令》和《中国人民解放军保密条例》在脑海中梳理了一番，自己为之一振。仅凭内务条令第一百二十六条：军人不得接受对工作有影响的宴请和礼品馈赠，不得参加地方非政府组织的剪彩、庆典等活动。这一条表明他严重违反了军队纪律，应当受到处分。这时他才大彻大悟知道自己确实违反军纪了，更不应该与军训部何淼部长顶嘴甚至有些跟他故意过不去。

想到这里，他为自己的纪律淡漠感到羞辱。心想，我还是一名合格的军人吗？还是一名带兵的军官吗？这时他还想起全军政治工作会议上，军委领导的谆谆教导：当前国际社会处在多事之秋，波涛频起，暗流涌动，天下仍很不太平。我国周边形势总体稳定，但风险呈累积态势，安全变数增加。要求全军官兵要切实增强忧患意识、使命意识，坚决听从党中央、中央军委指挥，勇敢担当起新一代革命军人的历史使命。想到这里，他更加心通气顺起来。于是在信签纸上奋笔疾书：

尊敬的薛兆文参谋长：

您好！

对于这次自己所犯的错误，我在深刻反省中认识到触犯了军队的铁律，也深刻认识到自己所犯错误的严重性，对自己所犯的错误感到了羞愧。

事情的经过是这样的：前几天，军首长安排我去L电子对抗大队了解演习准备情况，在朋友的邀请下参加了其公司的开业典礼。后经媒体报道在社会上造成很坏影响，军首长对我所犯罪的错误进行了严厉批评，当时由于认识不足，对军纪的漠视，在受到批评时还有些抵触情绪。事后，经冷静的思考和对军队内务条令的重新学习，深刻认识到所犯错误的严重性，而且我这种行为给军队也造成了极坏的影响……

军委领导在全军政治工作会议提出的要求，是指引我们从新再出发、再‘赶考’的号角。这是革弊鼎新的要求，也是刮骨疗毒、壮士断腕，又是雄鹰换羽、凤凰涅槃的军令。如今，我深深懊悔。我会以这次违纪事件作为一面镜子，时时检点自己，批评和教育自己，自觉接受监督。我要知羞而警醒，知羞而奋进，亡羊补牢、化羞耻为动力，努力学习。我也要通过这次事件，提高我的思想认识，强化责任心。我会好好改过的，认认真真去学习部队的各项规章制度和条令条例，努力提高自己的纪律意识，把一切行动规范到军队条例条令之中……

此致

敬礼

检讨人：史云赋

在热血沸腾中写完检讨书，史云赋的心情变得更加沉重，似乎没有一点睡意。他知道处分对于一名军人意味着耻辱和前途的结束。他在自责中开始灰心丧气起来，他无法饶恕自己犯下的错误。于是他又拿起笔，开始写转业申请报告，打算到地方重新开始干一番事业。

夜静得出奇，史云赋的心里却翻江倒海。一想到要脱下身上的戎装，他心里就如一个孩子在父母身边走失那样撕心裂肺。他感觉自己就像一直匀速行驶的列车突然由于一头发情的山羊而脱轨，线性的时间被打断。为此他再一次为自己的错误流下热泪……

写完转业报告，史云赋倒下便睡，很快进入梦魇。梦中他发现自己在拼命奔跑，后面有无数条大蟒蛇追赶着他，眼看大蟒蛇就要追上他了……“咚咚！”有人敲响他的房门。“史参谋，在不在，薛参谋长找你。”来人听到没有动静，便又用力“咚咚”两声后喊道。他才从梦中清醒过来。“谁呀？”史云赋懒散地翻身下床开门。

“你还在睡觉啊，这都几点了？”来人是司令部训练部参谋李英杰。“领导让我停职检查，不睡觉还能干吗？”史云赋很失落地回答道。“那你赶紧去一下参谋长办公室吧，找你有事。”李英杰说完心怀鄙视转身离开。史云赋说了一声：“知道了，一会就去！”虽然他嘴上说“一会就去”，其实已经开始快速穿着衣服。他知道首长可能在催他交检讨书了，心中再次惆怅起来。他不是怕转业，而是觉得壮士未酬身先死，死得太冤了。他觉得有一些坚持和决定，就像在雪地里行走，不是不能回头，只是那些脚印记录着曾经的坚定，走回去难免成了笑话。

来到参谋长薛兆文的办公室门口，薛兆文和军训部长何淼正准备出门。史云赋立即喊了一声报告就快速走过去，将手中的检讨书递了上去。薛兆文瞟了一眼像忘记了那茬事，问道：“这是什么东西？”史云赋难为情道：“报告参谋长，我的……我的检讨书。”薛兆文接过就丢到桌上说：“哦，检讨得倒很快嘛，不过今天没空看，走吧，跟我们一起到 A 师和 B 师去看看他们演习的准备情况吧。”史云赋看了一眼何淼想说什么，结果被他用眼神阻止了。

第一站，薛兆文一行先来到 B 师，他要先看一下 B 师是不是在坐以待毙。薛兆文知道一直让朱皓山当败将这个下属心里难免有些不痛快不甘心。作为军人，尤其一师之长，谁不希望当主角，尤其在演习取得成功后，前几年某甲种师在演习中充当红军吃了败战，直接影响到这支部队在军序列中的地位。事实上，选拔一名高级军事指挥员，不仅十分注重其履历上的任职，还要看他的经历表现，相比较而言，在甲种师作战部队任职的经历，在实战中获得的战功，在演习和各项部队考核中的表现，或多或少会影响一名军官的升迁。尤其像他们这样的高级军官，要想上升到更高的高度，有经历还要有成绩。

就如人们经常的调侃：“你可以不知道什么叫年少轻狂，但必须知道什么叫胜者为王。”现实警醒人们，胜利一方往往可以受奖甚至提拔，而失败的那方则只能靠边站，这就是游戏规则，于是失败方常常心怀不满，有抵触情绪，想闹革命却又不敢闹。连斯大林都说：胜利者不会受到谴责。为此对抗演习被认为提拔任用的擂台。

而在薛兆文的心中，他也想改变当下的“潜规则”，倒希望这时朱皓山主动站出来挑战一下他的安排，甚至最好让他下不了台来，这样他会就坡下驴来一次军事革命，彻底来一个军事变革。然而，当他的车驶进 B 师大门以后，发现这里的“黎明”静悄悄，看不出一点要大演习的氛围，心中立即生出一股无名之火。薛兆文对司机说道："不去师部了，直接到他的几个团看看吧。"司机张作兵是个善于察言观色的小伙子，知道首长很不高兴了，因此马上建议道："那就去最近的榴弹炮团吧。"他知道这个团的军事训练一直抓得紧。更重要的是他就出自这个部队，对这里怀有深深的情感。薛兆文不语。张作兵加大油门。

来到榴弹炮团里，薛兆文倒是看到部队在按部就班地搞训练，有的连队在搞障碍攀登，有的连队在擦拭弹炮，还有连队在上无线电通讯课程。但这一切与大演习并无多少关联，仿佛大演习这事他们并不放心上。又是没有一点大演习的紧张气氛，薛兆文的脸色像暴风雨即将到来，更加阴沉起来。

而这一切其实是朱皓山"大道入青天，我独不复出"的一计。相反在B师，当薛兆文的3号车到达师部的大门时，朱皓山已经了然于胸，因为他早就跟值班的警卫连长打过招呼，凡集团军来的车辆到达之时，要求值班的卫兵第一时间报告他。当卫兵发现集团军的3号车一抵达门卫前方几百米之外时，立即就报告给了朱皓山。

朱皓山接到报告后，为了进一步迷惑薛兆文，立即让军务参谋通知所属各团，收起他们比武的架势，按常规训练进行。这样既不让薛兆文面子挂不住，也不至于暴露他们在实打实的准备，他要在大演习中给薛兆文一个突然袭击，打他心头肉一个措手不及。朱皓山知道这样干会得罪薛兆文，甚至从此会被打入冷宫。但他还是想冒天下之大不韪为一直充当蓝军的兄弟部队出口恶气。

看到B师没把他的对抗演习当回事，薛兆文黑着脸生气地对司机张作兵手一挥道："走，再去摩步团看看。"何淼和史云赋吓得不敢吭声。3号车大约半小时后抵达了摩步团，薛兆文看到团里一个连队正在搞障碍攀登，一派热火朝天的场面。来到另一个连队，发现正在搞政治教育。当上课的指导员发现将军驾到时，立即停止上课，跑步向他报告道："首长同志，B师摩步团（三团）三营二连正在进行科学发展观教育，请指示！摩步团指导员王立山。"薛兆文阴沉着脸还礼道："把你们团长政委给我叫来。"

不一会儿，这个团里的政委张品和团长许建峰气喘吁吁地跑到他面前。薛兆文气不打一处来，质问道："你们团里准备的演习工作怎么样了?"张品立即报告道："报告参谋长，一切按照师里要求有条不紊准备着。""主要做了哪几方面准备啊?"薛兆文带着愠怒问道。"报告首长，根据师首长指示，我们主要配合好A师打赢这场演习。"

听到这里，薛兆文的气真是不打一处来。"现在你去把朱皓山给我叫来，这个朱霸气搞的什么名堂，反了他不成。"谁知，薛兆文的话音刚一落下，朱皓山像躲猫猫般出现在他面前，报告道："报告首长我在这里，请您指示。""知道我今天来干吗?""报告首长，您来检查大演习的准备情况，请指示。"薛兆文盯着他问道："你们师就这样准备大演习?"朱皓山道："为了配合好A师的胜利，我师全体官兵正以饱满热情，团结协作精神，准备着演习。三营二连正在进行科学发展观教育就是配合演习的一个重要内容。"

"朱皓山啊，朱皓山，什么叫科学发展观?"薛兆文用近乎咆哮的口气问道。朱皓山见阵势低头不语，更不敢看他。虽说他在师里出了名的霸气，可他在薛兆文面前则像老鼠见到猫。于是薛兆文接着教训道："所谓的科学发展观，就是坚持以人为本，树立全面、协调、可持续的发展观，促进经济社会和人的全面发展。对于军队而言，坚持以党的先进理论指导军事实践，站在实现中国梦强军梦的战略高度，站在军事工作真打实备的高度。简单说就一句话，一切为了打赢。你们这样能打赢吗？"

朱皓山继续低着头不语，但他的意志是刚强和矗立的。在他的心里，军人腰可以弯，而心绝不弯。心想：我就是想打赢你也不让啊，你们光搞"头脑风暴"有什么用。这时，薛兆文似乎看出他的心思安慰道："我知道让你当蓝军你有抵触情绪，但如果你能把抵触化为积极行动也不是不可以，是骡子是马可以拉出来遛遛吧。"朱皓山依然不语，他多聪明，知道这个时候回击是讨骂。

没有对手，薛兆文的口气也开始软了下来，对此他停顿了一下接着说："这几年我知道部队的情况，在面子工程上没少做文章，一到部队视察，训练场上生龙活虎，有打军体拳的，有搞野营拉练的，天上飞机嗡嗡作响，地上的坦克声隆隆。未来的高科技局部战争，靠单兵独斗赢不了。单凭人多势重和匹夫之勇也打不了胜仗，而是要科技制胜。"说完他看也没看朱皓山一眼，转身气呼呼地对军训部长何淼说："走，我们去 A 师。"

看到薛兆文气呼呼地离开。朱皓山脸上立即露出阴笑并大声对身边的参谋命令道："通知各团，继续按照我们的方案抓紧训练，到时候打他们一个措手不及，奶奶的熊我还不信邪了。"那副霸气侧漏的样子，立即引得大家的哄笑。

第十三章　峰回路转

住　院

正当张家驹刚放下大队长梅照岭的电话，还没来得及思考如何调整天使出击队的训练时，口袋中的电话再次响起，一接通，电话那头传来妻子陈菁急促的求援声："家驹，快回来，我爸突然昏倒在地了……"电话中他还听到女儿张莹稚嫩的声音哭喊着："外公、外公……"张家驹脑海中立即跳出岳父倒地的惨象，便没加犹豫地说："赶紧拨打 120，我就来。"丢下电话就往家里冲去。

当张家驹以百米冲刺的速度跑到家时，120 已经赶到，于是他夺门而进，迅速打开担架，协助医务人员一起将岳父抬上救护车。张家驹这一连串动作干净利落，体现了一名军事指挥员的素质。陈菁对张家驹的行动有些感动，这时她才知道，一个家庭，男人不仅是顶梁柱，更是女人的主心骨。

急救车在山道弯弯的路上飞奔，张家驹眼眶里的水光在打转，忍着没掉出来。岳父陈韬像父亲一样的爱早已经融进他这个孤儿的血液中。尽管他与妻子陈菁从一开始就磕磕碰碰，但他觉得幸福多于痛苦。更何况他见到世界上所有的婚姻就是这样，总是有苦有甜。事实上在他的婚姻中，岳父母总是偏向于他，不故意做样子给他看，而是真正把他当成自己的孩子。想到这里，张家驹非常感谢这样的信任和父爱。

“师傅，能不能再快一点!”张家驹小声地催促着。陈菁一直握住父亲的手，两行泪水已经像瀑布般在她脸上肆虐。看着平时女汉子样的妻子突然楚楚可怜痛苦的样子，他突然对妻子有了全新认识。原来所谓的女强人只不过是个坚强的外壳，一旦碰破这个外壳，泪流一地。于是他用衣袖轻轻擦拭着她的脸庞。陈菁顺势紧紧握住他的手，她需要这样的力量和温暖。

生活有时就如煮一壶月光，醉了欢喜，也醉了忧伤。

当急救车抵达军队医院急诊大楼时，抢救人员已经全部处于紧急待命状态。陈韬被快速推进了抢救室。这时张家驹才长长松了一口气。他相信英雄总有好报，相信岳父不会有事的。“别哭了啊，老爸不会有事的。”张家驹说着用手理顺了陈菁的前刘海。陈菁心头又一热，更是哭得梨花带雨。

张家驹把她紧紧搂在怀中。他知道，当你的女人在你面前哭了，无论什么原因，一定要抱紧她，再反抗也要抱紧，趴在桌子上永远没有在你怀里安心。陈菁在张家驹那温暖精瘦的胸膛里微微地颤抖，这温暖一下子击败了她一辈子的坚强。这是她结婚以来从未有过的温暖，让她有种未曾青梅，已芬芳满地；不见竹马，却相思万里般的幸福。时间像蚂蚁在爬，他们心乱如麻。

急救室的门缓缓打开了。陈菁立即跑上前焦急地问道："医生，我爸怎么样了？"医生面无表情地答："已经脱离危险了，不过你们要有思想准备，他这病已经抗争不了多久了。"医生的话虽然让人难以接受，可还是让陈菁长长松了一口气。她知道父亲这个病坚持不了太久，但她要努力让他在这个世界上多待一分一秒，她有太多的需要离不开父亲，父亲一旦离去，就再也见不到他，想到这里止不住的眼泪又倾泻而下。

"好了，陈菁，医生不是说了没事了，你应该高兴才对，咱爸福大命大，会闯过这关的。"为此陈菁擦干眼泪说道："那你回部队去吧，这儿有我和陈茵。"说完她才想到陈茵不在身边，于是她迅速拿出电话打了过去，结果关机。"怎么她不在？"她有些迷惑，接着又恍然大悟道，"对了，她这几天可能在国外办回国手续。""那我回部队安排好训练再来。别再伤心了，好好照顾爸，有情况立即电话给我。"

一路风风火火回到部队后，张家驹便按照梅照岭电话中的指示，与崔静一起商量如何应对H集团军的对抗演习。"参谋长，按照他们的要求分成两组会不会太势均力敌了，将来分不出胜负怎么办？"张家驹随即胸有成竹道："这个不一定啊，如果我们的天使出击队员发挥正常，那么胜负就是战略战术上的较量了，这样一定能提高常规部队战斗力。"

崔静又好奇地问道："那这样的演习还有什么劲啊？"张家驹嘿嘿一笑道："当然有劲了，现代局部战争，已经不是一般意义上的常规武器作战，一旦战争打响便是毁灭性的，这样就看谁掌握对方要素全面，从而一击制胜。南联盟佐尔坦在 1999 年科索沃战争中，曾指挥老式的萨姆-3 地空导弹击落美军不可一世的隐形战斗机 F-117。对此，美国媒体一直困惑不解。美军不可一世的 U-2 侦察机不也被我军击落过？战场哪有定数，只有想不到，没有做不到。只有奇迹，没有奇怪。”

张家驹的提醒也让崔静联想到美国被 IS 拽入另一场战争中的教训。对此，她现学现卖说道：“也是啊，现代战争绝非点对点的较量。瞬息万变的战争是综合力的战争，包括财力人力军技等等。”听了她的话，张家驹似笑非笑地看着她，示意她继续说下去。崔静知道他在笑话她，索性大胆说道：“我们就以美军打击 IS 为例子，首先是情报收集，其次是评估 IS 的实力，然后制定空袭计划到确定打击目标。”“哎哟，我们指导员什么时候开始研究外军战法了？”崔静说完张家驹赞许道。“这不都是跟你学的，学而时习之，学英雄见行动啊。”这样的高帽，张家驹很受用，于是一脸认真：“嘿嘿，别抬举我，我可真没有你研究得那么深入。不过，就像你说的那样，美军的空袭无法消灭 IS。这时就需要常规部队作战。”

“对呀参谋长，我们的天使出击队就好比美军的高科技武器，而 H 集团军的部队便好比美军地面部队，只有两相配合、协同才能彻底消灭敌人。”张家驹点点头头，又表示同意赞许道：“就是这么个理，那你说现在这样对抗还有没有劲?”“那我们调整一下训练方案吧。”崔静催促道。

经历让人成长，磨炼让人坚强。张家驹从崔静的身上看到了天使出击队员的希望。思考了一阵他又问道：“你来说说电子对抗的作用是什么?”“电子侦察、电子进攻和电子防御啊。”“回答不错，电子对抗是为削弱敌方电子设备（系统）的使用效能，保护己方电子设备正常发挥效能而采取的各种措施和行动的总称！其理论与我国孙子兵法非常相似。”

张家驹说完，崔静一脸茫然反驳道：“这怎么与孙子兵法扯到一起了。”“哈哈，这你就不懂了，你想想，三十六计中瞒天过海，不正是我们的电子侦察？那笑里藏刀、借刀杀人不正是电子进攻？那李代桃僵跟声东击西不像电子防御和电子干扰……”

“真有你的啊参谋长，居然把三十六计与电子对抗联系到一起。”“告诉你吧，我们老祖先比这些发明电报的聪明多了，只是我们裹足不前把火药用在了放烟花鞭炮上，而人家用来对付敌人。”

张家驹的一席话令崔静突然领悟，说道：“那我们就围绕电子侦察、电子进攻、电子防御来调整我们的训练计划。”张家驹脸一变，胸有成竹道：“时间来不及了，就以电子侦察和电子干扰来作为突破口。现学现用，力争打出威风来。”崔静连连点头，表示了赞同。张家驹打开电脑，快速拟订起方案来……

机　遇

汽车在山道上嗡嗡作响，车内安静得出奇。朱皓山的“三国计”让薛兆文非常生气，可他又不能发作，毕竟演习场上才能见分晓。朱皓山深谙三国之道，小时候他就对《三国演义》和《水浒传》这两本书非常痴迷。他知道，三国在国，即治国、兴国、安国、丧国；水浒在气，勇气、义气、豪气、霸气。他在潜移默化中“中毒”不轻，于是雕刻的性格中充满了霸气。

薛兆文却并不真正了解他，事实上人有多面性，他也没法全面了解。部队不是不要搞五公里越野，不是不要搞军体训练，但这不是军事训练而是体能训练，打仗还是要靠高科技装备与人的智慧。

想到这里他转过身问道：“史云赋，这样的部队一旦战争打响能打胜仗吗?”史云赋愣了下，实话实说道：“参谋长，不能!”“何部长，作为集团军的军训部长，都进入高科技时代了为什么部队还在常规练兵?”何淼脱口道：“参谋长，这主要是观念还没转变过来，另一方面部队害怕出事，明哲保身，不敢实战较量。”

薛兆文因此叹了一口气说道：“你们说的都很对，在海湾战争中，多国部队中的美军损失最小。通常我们认为这是高科技因素的作用。高科技当然是决定性的因素，但我发现一个重要数字比：美军一年中在训练中的死亡人数是海湾战争中的近八十八倍。”对此史云赋救场道：“比八十八倍还要多，譬如仅 1995 年一年，美军训练中死亡人数接近三千。”“是啊，格局决定结局，演习强度不够，问题就自然暴露不出来，更不能体现真正的作战水平，一旦战争打响，一切就晚了。”

说完，薛兆文又用审视的目光看着史云赋问道：“史云赋你从高科技部队来，说说如何才能让我们这种演习多些科技含量?”史云赋早就等待这样的问话，对此他趁机回答：“必须引入信息战和电子战，否则这种演习对未来发生局部战争没有太多意义。”

史云赋的话令薛兆文比较满意，对此他又点了点头说道：“你说的不错，他们的指挥系统、通信系统，这些年也有较大变化，战斗力和反应力应该不错。因此，这样的演习对他们来说是小菜一碟吧，至少平分秋色。

史云赋用“嗯、嗯、嗯”表达他对薛兆文观点的认可。“那你说说如何引入信息战和电子战。”薛兆文带着疑问问道。对此史云赋信心十足道：“未来的信息化战争，将打破二次世界大战以来多次局部战争的作战常规，在多维空间中立体展开，这是已经被诸多军事专家一致认定的，信息战、电子战、心理战、特种作战和常规作战等交织进行，战争形态、作战的双方从根本上发生了变化，从以往单一的依靠兵力及常规技术装备的多少逐步转化为以信息化优势配合高技术装备及尖端武器来压倒和逐步消弭对方的兵力优势，突破对方防线，达到全面压制对方的目的；像海湾战争、科索沃战争、两次车臣战争和阿富汗战争以及伊拉克战争都是以这样的形势进行的，因此，未来信息化战争的高技术性和高度信息化，也给传统的人民战争参战支前等内容、形式与具体方法提出了挑战。”

史云赋说完停顿了下来，他要看一下薛兆文是不是在用心听。结果薛兆文并没有让他从表情上找到答案。“你接着往下讲，不要怕说错话。”薛兆文急切地催促道。史云赋做了一个深呼吸说道：“通过近几年研究认为，未来局部战争一定会体现以下几个显著特点：一是必须有立体的成网络成建制的指挥控制网。因为现代战争，第一炮先打你的雷达或者指挥中心；二是士兵的素质要高，对高科技装备的使用能够融会贯通，能够独立完成作战单元；三是海陆空立体后勤支援良好，后勤做不好，纵使有 1000 架 F/A-22，也只是摆设；四是电子战与反电子战能力冲锋在前，这对能否打赢一场高技术战争至关重要……”

“你讲的可以，但在这种对抗演习中引入电子战、信息战，是纸上谈兵还是十分有把握？如果能，这种演习对科技强军、质量建军方针贯彻就会产生巨大影响。空地一体、电子对抗、精确制导被称为高科技战争的制胜法宝。你要是能在这场演习中充分体现电子战的威力，你的处分可以免除。”薛兆文激将地打断他的话道。

史云赋一听能免受处分，他立即像打了鸡血兴奋地回答：“我知道这个时候立个军令状没有多大用，就看首长敢不敢下这个决心了。这几年，局部战争和国外信息战告诉我们，电子战和信息战已经是必然趋势，并已在两伊和叙利亚战争中证实，这一点首长您比我清楚。”

为此，薛兆文脸一沉：“那好，给你五天时间，写一个基于这次集团军实际可行的对抗演练方案，然后交何部长修改后再给我。里面必须融入电子战和信息的要素，还要毕其功而一役的具有操作性。”说完他停顿了下又接着说道：“如果你的这个方案可行，我推荐你担任导演部副总指挥，全面指导这次演习。”薛兆文说完，史云赋的心里顿时如金戈铁马般浩荡起来。

薛兆文在视察完 A 师后，一行人又风风火火来到八十多公里外的 L 电子对抗大队，看着部队大操场上一排排奇特的迷彩车，还有那车顶上昂首挺胸的各类天线，他指着就近的一套崭新的电子对抗装备问道：“小史对这种电子对抗装备懂得多少？这些装备在战场上将怎样使用?”史云赋得意地回答道：“您指的这套电子对抗装备名为利剑 SD-1 系统。它目前是我军比较先进的电子侦察武器，可以远距离发现敌人飞机起飞和导弹发射时的信号，利用它可以及时提醒我军参谋指挥系统阻击敌人意图。如果用上这套仪器，那将如虎添翼，天下无敌。”

“真有你说得那么厉害?”薛兆文略带不相信地反问道。“L电子对抗大队是我军唯一一支参加过实战的电子战部队，完全可以担负起这次对抗演练的任务。如果这次利用好了，可以开创电子战在常规兵种演习中的先例并在全军产生巨大影响。如果把电子战嵌入到这两支部队一方的对抗演习中，相信会让对手们都措手不及，另一方面可以探索出中国军队电子战的强军之路。”

看到薛兆文明显兴奋起来，史云赋心中很有几分高兴。对此薛兆文催促道：“你继续说下去，这些话不像突发奇想，倒像是深思熟虑过的。”史云赋又侃侃而谈道：“据《美国人》网站发出消息，美国对叙利亚境内的IS目标发动空袭，动用了空军的F-22和B-1轰炸机。美军的这一举动，令许多外界观察者感到意外和疑惑。因为F-22是一种获取空中信号作为目标的隐形战斗机，适合打击正规的军事目标，而不是IS这种松散的民兵恐怖组织。有点暴殄天物。”

说完他故意停顿了下又说道：“美军之所以会祭出这一战术上的败招，目的是想一箭三雕：一方面让待字闺中多年的F-22到战场上镀金，检验其作战效能，平息人们对其的种种非议；另一方面，是一种表态，是对西方盟友的一个交代；再一方面，是想借此试探巴沙尔和叙利亚政府军的底线。从IS在伊拉克境内出现后，美国其实并不想大规模介入这场战争。因为，从本世纪的情况看，美国的海外大规模军事介入，对其全球战略利益的伤害其实是非常大的。但是，美国也要证明10余年前它进行伊拉克战争的合法性，它自诩为伊拉克带来了秩序，如今有人要挑战这种秩序，美国要是无所作为，肯定是行不通的……”

薛兆文听到这里也来了情绪说道：“美国人当然想挽回颜面。现在经过长时间调整，F-22 逐渐磨合完毕，恢复了正常的备战状态，近年更是现身日本、关岛，充当制衡中国的马前卒。在中东局势持续紧张之际，美国想借此检验一下 F-22 的作战效能，当然，这是一种小规模、低烈度的作战。”IS 的武装，是低水平的军事化恐怖民兵组织，其军事实力，特别是信息化实力非常有限。用 F-22 这样的顶级武器打击这样的目标，从战术角度来讲，其实是一种失策……

薛兆文与史云赋你来我往谈笑风生着。史云赋知道薛兆文已经迷恋上了电子战。

分　析

大多数人都想改变这个世界，但没有人想改变自己。要改变现状，就得改变自己，要改变自己，就得改变自己的观念。史云赋知道托尔斯泰说过：世界上只有两种人，一种是观望者，一种是行动者。

回到宿舍后，他第一时间便把被薛兆文重用的信息电话告诉了陈茵。陈茵一听像天降红包惊讶道：“亲爱的，那你的处分不是可以就此免了？”“什么亲爱的，叫我大哥。”陈茵呵呵一笑发嗲道：“好，我的亲哥哥。”史云赋没听清她是说情哥哥还是亲哥哥，心里甜蜜地否定道：“这个不一定啊，关键看我的对抗方案会不会令老头子满意。”“那也要祝贺你。我现在想过来跟你一起庆贺一下好吗?”“不要，不要，这么远，再说我得干活，拜拜。”挂下电话，史云赋就投入到了紧张的方案制定之中。

据说为你的难过而快乐的人，不是善人；为你的快乐而快乐的人，是友人；为你的难过而难过又为你的快乐而快乐的人，一定是最爱你的人。陈茵已经把他当作悲喜的伙伴。

在演习方案的指导思想上，他决定来一个长论述，否则那些抱残守缺的人是无法接受他的观点的，因为他领教过。于是写道：信息化时代，战术创新才能赢得战场，就要打赢“班长的战争”。用军事学术界的说法是：传统战争是将帅的战争，一场战争的胜负主要在运筹帷幄之中，决胜千里之外。但 21 世纪的信息化战场，则是以士官为主的“班长的战场”……

把指挥权交给一线，通过指挥权前移，让小团队在一线发现战略机会，即时向相关各方请求支援，用现代化手段实施精确攻击打击，这正是美军创新型的成功经验。随着战争地域规模的壮大、远程的展开，传统作战模式必须相应改变。如果依然像过去那样把大部分甚至所有权力都收到后方机关，机关势必越做越庞大，组织流程势必越来越繁杂，指挥成本势必越来越虚高，最终的结果往往是贻误战机。

讲完美军作战新特点，他又把美军的战略战术延伸到美国硅谷。他在方案上说，无论是微软、苹果，还是谷歌，甚至中国的腾讯，其赢得市场的主导产品，无一不是“班长即小团队”的研发。即使是一些传统大型企业、百年老店，如通用电气、国际商用机器公司，进行新产品研发之时，也开始组建小分队，推广“班长的战争”……

史云赋之所以啰唆这么多，就是要让他们相信“天使出击”这支班级队伍能够充当好对抗演习的主要角色。事实上战场制胜的真正法宝就在他的“班长的战争”之中。他知道美军之所以打赢高科技下的局部战争主要靠单兵，从美军对伊的战争再到拉登的斩首行动无一不是班长领导下的单兵行动。所以才想在这次演习中让20名“天使出击”队员担任主角来“唱戏”。可见他对电子战多么用心。

最后的方案中，史云赋决定围绕“天使出击”的20名队员做文章，他要复制一下美军的信息战和电子战。为了让自己的作战方案体现公平、公正和科学性的原则，他决定把这20名天使出击队员分成两组，即红蓝两军都可以申请加入。这样既让参谋长薛兆文和他的麾下觉得没有丢面子，又可以真实检验一下红蓝两军在同时拥有电子战能力的同等情况下，到底谁在用兵上更加技高一筹。他相信这样的安排，一定会赢得双方的支持。又是一个既“得陇”又“望蜀”的计划。史云赋相信这次一定能够成功。

但为了防止“天使出击”队陷入绝境，史云赋决定采取交叉互补的方式，将作战脉络显现出来。这样既可以冲淡一下有的人对高技术作战的盲从心理，又可以打消一些人抱残守缺的谨慎心理。他以美军战例为例，把20名天使出击队员当成独立的作战数字主体，像布棋子一样安插到战场上。因为美国的每一个士兵都是单兵作战，在对伊作战中，一名美军队员就抵一个战斗排。如果这20名天使出击队员发挥得好，红军和蓝军的胜负真难说。而从军史的角度上看，冷战结束后，美国之所以能在国际舞台上一枝独秀，也是因为他具有当今世界上最强大的一支军队尤其是高科技装备。1982年的英阿马纳维斯群岛之战，英国之所以能够重占远英本土一万多公里的马纳维斯群岛，也是因为英国有比阿根廷强大得多的军队。

想到这里他有些欣喜若狂。士兵数字化是时代的潮流，这是中国冷兵器时代个体军人决定战场胜负的神话以现代面貌复活的潮流决定的。关云长千里走单骑，张翼德当阳桥一声吼喝退百万兵、赵子龙入百万兵阵取敌上将首级，这些神奇的故事里面其实蕴藏着深刻的军事学观点：即对人的重视。20 名电子对抗兵在同等作战条件下走向战场，对抗演习才变成真正的较量。史云赋对方案制定了明确方向……

陈茵在为史云赋高兴之余，心中又慢慢开始惆怅起来。从内心讲她倒希望史云赋能受个处分，这样她就可以轻而易举地把史云赋拉到自己身边。她相信无论从自己的实力还是诸多外在因素上，史云赋定会欲罢不能。现在看来已经不可能了，她知道史云赋热爱他的那身军装，热爱电子对抗事业。于是浅浅惆怅，安慰自己：“走不进的世界就不要去硬挤了，难为了别人，作践了自己，何必呢?”

三天以后，薛兆文主持召开了对抗演习的最后一次会议。会议的主要内容就是听取史云赋拟定的对抗演习方案汇报。参加会议的人员有集团军司令部的参谋人员，A 师和 B 师的师长徐春云和朱皓山，还有各师的政委，以及一名神秘来宾。当史云赋顶着一头因连续几天加班已如飘摇水草般的头发、带着一双仿佛涂了厚眼影的乌鸦眼睛信心满满地汇报“班长的战争”作战理论时，却不断遭到两个师主要负责人的抨击，汇报被几次三番打断。

徐春云说：“照你这样说，我们这个甲种师不是成了废物，那还要我们干吗?”朱皓山则更是咄咄逼人：“你懂得常规作战吗?知道现代战争永远离不开常规部队吗……”还有一些参谋人员小声议论：“把你们电子对抗部队吹上天了吧，我看是绣花枕头一个，要不直接发展电子对抗部队得了，还要我们干吗?”

议论声此起彼伏，不服气的气息充斥在会议室中。眼看场面就要失控，薛兆文有些烦躁地说道：“好了，别吵了，不盲目骄傲，不刻意渺小。下面请军事大学张志山教授给我们先来补一课再说。”这时史云赋才发现还有一名上校在座。张志山教授开门见山道:“美军率先发动了以信息化为本质特征的新军事变革，并在战争中取得了巨大胜利：海湾战争、科索沃战争、阿富汗战争、伊拉克战争，是美军推行新军事革命，实现信息化转型过程中发动的四场具有代表意义的战争。四场战争反映了美军信息化发展各个时期的阶段性特点，从战争层面为我们勾勒了美军信息化转型的历史进程，以至于海湾战争中伊军苦心经营的‘萨达姆防线’在多国部队的全纵深打击下迅速崩溃……”

军事大学教授张志山的一番讲话，好似大雪压青松，大家不再吭声了。于是史云赋接着将演习汇报完毕。这时A师师长徐春云马上问道:“那我们不得回去重新布置演习方案?”薛兆文一脸严肃回道:“你们不仅要修改方案，而且这是一次从开始就没有胜负的较量，有本事就亮剑吧。”

听到薛兆文的话，B师师长朱皓山立即欣喜若狂，连声说:“这才叫对抗演习嘛，挨打也得找个理由吧。”没想到由于嗓门太高，被薛兆文听到，就接上话并不无幽默地说道:“这次给了你舞台，你要把京剧唱成了黄梅戏，我拿你是问。”徐春云为此也回击道："就他们那乙种师敢与我们对抗？那就是拿鸡蛋碰石头。"

语言的对抗由此升级。朱皓山轻蔑一笑道："好了，大家不要相互不服气，秦琼战关公，等着瞧。"对此徐春云取笑道："你也太不懂得历史了，那关公是三国时期的；秦琼是隋末唐初的，两人相隔几百年啊！怎么可能相遇呢。关公战秦琼这句话用于讽刺不懂装懂、不切合实际、盲目指挥的人。"徐春云说完，朱皓山的脸立即阴沉下来准备反击。这时薛兆文清了清嗓子道："好了，别打嘴官司了，你们演习场上见。现在开始抽签，天使出击队那边我已经联系好了，也分了组，只待战场打响。"

第十四章　不速之客

朋　友

冬寒料峭时节的江郎山地区，史无前例下了一场暴雪。冰雪覆盖的三爿石峰上，巍峨高峻，犹如一个晶莹剔透的巨大风船，横空耸立在蓝天白云之中，那左边突兀挺起的最高一片，便是它的主峰。在皑皑雪峰之下，是由高山冷杉等涂成的一片墨绿，再往下，是各种落叶和不落叶的乔木及灌木杂草抹出的一片五彩缤纷，底部则是一马平川的万亩良田。这是江郎山冬天特有的景色。也只有这时，三爿石才显得最为挺拔。

一支军队对练什么、怎么练、如何练这些基本问题的回答，总是反射到训练场上。“天使出击”队员们按照张家驹新制订的对抗方案进行着军事演习训练。在 L 电子对抗大队密不透风的“黑室”里面，队员们利用“××系统”展开了厮杀。红军刚锁定蓝军电子干扰目标，蓝军来了个隐真示假摆脱红军导弹袭扰，于是红军迅速侦察蓝军目标，眼看即将锁定目标，蓝军又一个金蝉脱壳……

演兵场上的风险课目更多了、硝烟味更浓了、训练作风更实了。理论与实践的结合，就如一部命运交响曲在高歌猛进。在密不透风的“黑室”里，天使队员利用“××系统”天天鏖战，在模拟引导员的指挥下，展开了你死我活、兵不见血刃的较量，虽然这里没有硝烟只有闪烁的信号灯，但那信号灯就如一粒粒子弹，每闪烁一次就能让敌人死伤一片。

正当崔静加班加点迎接对抗演习，忙得焦头烂额时，一个人在窗外静静地注视她很久了。赵亮远远地看着她，思绪却在翩翩起舞，崔静在他的心灵里留下了无数难忘的记忆！在蚂蚱飞溅的草丛里，他们争吃过、也合吃过一个“蜜蜜罐儿”；在花生地里，他们偷扒过人家还没有成熟的花生，一同承受过欢喜和惊怕；在水塘边，他们迎着夕阳挨着肩膀洗过他们肮脏乌黑的小脚丫；在雨后，在僻静的树林里，他们烧着小铁筒儿，分尝过蘑菇的美味。

至于那件可笑荒诞的事情更令他现在想来都感到美妙。

那是一个寂静的中午，他们一同拾柴火回来，白沙遍地，蓝天如洗，他们就在那沙地上，插起三根草棍儿，而崔静的小歪辫上插着一朵野花，两人双双跪下，万分诚恳地叩了三个响头，然后“新娘”和“新郎”才背起柴筐手挽手儿往回家的路走去。想到这里，一股暖流涌上赵亮心头。青梅眼前，不见当年。

如今的崔静已经脱胎换骨，穿上军装的她英姿飒爽，别有一番风姿和韵味。尤其她那凸凹分明的身材，着实多了一份不同于社会青年的高昂。穿上军装的崔静，虽然少了一份娇柔妩媚，却多了一份英气和质朴。“这还是以前那个小女孩吗？真是女大十八变。”赵亮在心里感叹。

当崔静抬起头与赵亮四目相对的一刹那，她的心头如闪电划过，觉得这个人既熟悉又陌生。她不敢确定这个人为什么一直注视着她，怎么会有陌生人来到军事重地？一连串的疑问催促她走出教室，严肃地问道：“请问你找谁?”赵亮见她一脸绝然，微微一笑道：“当然是找你呀。”“找我?”崔静指着自己。“还没认出我呀，我是……”“啊！赵亮！你这个死家伙怎么跑这儿来了。”崔静眼里瞬间闪出激动的泪花。“专门来看你啊!”“你怎么今天突然来了啊？我都认不出来了，比以前高了，胖了，总之变化了许多。”崔静激动得语无伦次。

不速之客令崔静久久不能平静：“哎呀，你怎么今天突然来了啊?”“真的专门来看你啊，怎么不信?”崔静苦涩一笑道：“我要是信了才出了鬼了，这么多年……”赵亮这时才一脸正经地说道：“实话实说吧，我是随市里的考察团来须江的。”崔静好奇道：“我说嘛，来这里考察什么啊?”“听说你们这里生态旅游产业搞得不错，所以市长带队来，我这不就来了。”崔静略带失望道：“原来如此啊，我还真以为你是专门来看我的。”“这和送喜欢的女人回家，去哪都顺路一样，和专门也没有区别啊。走吧，一起到城里聚一下吧?”崔静立即愕然道：“现在啊？不行，在训练的。”正说着，张家驹的自行车一个急刹车停在他们面前。

崔静立即脸一变，揪着眉头问道：“参谋长你会议这么快就结束了。”“是的，刚刚开完，这位是?”张家驹顺势问。于是崔静两边分别介绍道："这是我同学赵亮，这位是我们张参谋长。"赵亮主动伸出手握了下，立即就掏出自己的名片递了上去。一看名片，张家驹就带着惊讶地说道："大秘书啊，前途无量!"说完正要转身时他又惊讶道："巧啊，你们市委赵书记可是我的老领导啊。你们聊，你们聊。"说着就往教室走去。

赵亮一听市委赵书记也是这个部队的，顿时觉得太不可思议了，立即向张家驹招手，还意欲未尽想说什么，结果被崔静插话道："参谋长，我想请个假今晚和同学聚一下。"张家驹扭过头脱口说："没问题，去吧，去吧。这边有我在，你们好好聚一聚。"

多年不见赵亮，崔静心潮起伏，如今他有了双下巴，意气风发掩饰不住开始攀爬的那一条条皱纹，但他依然很帅。自从得知他的信息后，她就希望有一天能够见到他，没想到那些被流水滤过的时光，那些染红的青春，终在等待与欢笑中，悄然成为人间最美的相见……她感到来得太突然了。

"崔静，你们参谋长说我们市委书记是他老领导，你知道吗?"赵亮一上出租车就急切地问道。"好像是的，听说还是他的大媒人呢，你问这个干吗?"说完她看赵亮欲言又止一下明白道："你不会要通过我们参谋长拉关系走后门吧。"赵亮立即一脸不屑道："我就是赵鸿觎书记看中调到市政府的，用不着再找别人吧。""哦，是吧，那你关心这个就没意义了。"赵亮嘿嘿一笑说："我是觉得世界真小，也太巧了。你能不能给我讲讲赵鸿觎书记以前的事情啊。"

崔静嘴蠕动了一下，犹豫道："这个说来话长了，不过都是道听途说的，我也说不好，不可全信吧。"说着崔静就讲起了赵鸿觎的前程往事……

“冬天来了，我在江郎山等你，看那峰起峰落，一步一景。”崔静在出租车路过江郎山时打趣道。“什么，什么，怎么这么诗情画意，又这么熟悉?”崔静呵呵一笑道：“你不是来我们这考察生态旅游的嘛，难道这句广告不知道?”赵亮突然醒悟道：“哦，我想起来了，你们旅游官网有这句。”“怎么样，这身军装是不是让我彻底变样了。”

她要了解一下赵亮对她的第一感觉。赵亮哈哈一笑道：“飒爽英姿五尺枪……”“我现在可是真正的解放军，不是民兵啊。”崔静撒娇道。“民兵怎么了，民兵也是我国武装力量重要的组成部分。”赵亮又释放出无所不知的性格，反驳道。“好了，须江阁饭店到了，今天我要在我们这最好的饭店请你吃饭。”崔静边付车费边说道。赵亮为此开心道：“好啊，今天是客随主便，享受一下宾客的待遇。”崔静装作啧嗔道：“你还真把自己不当外人啊?”“你算说对了，我在你面前还真从来都没把自己当过外人，喜欢就是放肆，你说呢?”赵亮一语双关道。

花开花谢，缘起缘灭，很多爱很多人总是在错误的时间到来。

走进须江阁饭店，赵亮假装心疼地说道：“你这样高规格的招待是不是太奢侈了点。”崔静呵呵一笑：“风起了，我在须江阁等你，静观云卷云舒，享受繁华里的宁静。”“几年不见你，都感觉你快成诗人了。”赵亮说着就一屁股坐在观光的雅座上。“这可不是我创意的，我也成不了诗人。”赵亮“哦”了一声，突然想起一进入须江阁饭店看到的广告语。

当服务员拿菜单走到崔静前时，她便像店小二一样念道：“须江鱼炖豆腐干、须江蛳螺炒青椒、仙霞关菇闷乌骨鸡、江郎山上兔子头……”对此赵亮好奇地道：“你这都是什么好菜啊，怎么全是带地名的呀?”“生态旅游名城，当然富有浓郁的地方特色。”“还别说，这地方真心不错。”赵亮感慨道。崔静便又故弄玄虚说：“告诉你吧，我们这地方不错的东西还多呢，要不要听听。”赵亮放下茶杯看着她，说：“愿意洗耳恭听。”于是崔静学着东北明星一脸喜剧唱了起来。

须江的美女张村的汉，政棠的痞子满街串
江郎的花上余的草，凤林的色狼满街跑
清湖的帅哥四都的狼，贺村遍地是流氓
吴村的饭长台的床，坛石的女生吓死狼
廿八都的女孩很古板，石门的女孩跷跷板
峡口的帅哥随处看，峡口的美女胜貂蝉
凤林妹子嘴巴好，说得多来做得少
贺村妹子心肠好，家里再穷不会跑
清湖妹子气质好，水多皮嫩不出老
长台妹子素质好，不会围着老公吵
上余人思想好，宁愿自己三班倒
峡口妹子身材好，一年四季喂不饱
四都妹子水色好，晚上羞得像小鸟
坛石妹子眼神好，冒得钱来你莫找
……

“太好玩了，你这都是从哪听来的？怎么听起来像沈从文笔下《边城》里面的故事。”赵亮听完哈哈一笑道。于是崔静浅浅一笑回答："是呀，他在《边城》中是描绘湘西地区特有的乡土人情，我在这描绘的是须江地区的乡土人情，不一样的地域不一样的风情。""听你这么一说，我都快爱上这里了。"赵亮看着她爱意绵绵道。崔静见此便转移话题："来，开喝吧，这是仙霞酒，用绿色无公害的糯米和高山猕猴桃一起酿造而成，保证喝不醉你。"

赵亮端起酒杯品尝了下就赞叹道："真的很好喝，甜中微带点酸，有点历久弥香，还有……"崔静带着羞涩打趣道："是不是有点像我？""哈哈，你可不是这种味道。"赵亮有些难为情地说道。对此崔静盯着他问："那我像什么样的味道。"赵亮愣了一下用筷子夹起一块鱼回答道："你就像这须江的鱼，有丝丝的甜味还带点辣味，有点快到碗里来的急切。""讨厌！"说完，崔静脸上泛起一抹绯红。

这使她更显得漂亮妩媚，赵亮有种想拥抱她的冲动。他觉得崔静应该属于上品女人，如香茶的味道，体现在典雅与精致上。女人可以不倾国倾城，但一定要丰姿绰约，一定要赏心悦目。崔静会非常注意自己的行为举止，不修边幅、拖沓无序永远都是她的敌人。

赵亮夹起一块鱼放进她的餐盘里，崔静心里顿时温暖起来。然而，下一刻他们仿佛又进入了冰河时代，开始各想各的心事。还记得你临走前的那个夜晚吗？我们坐在铁路边看火车、数星星……你说你要去远行，要去国外发展，去寻找自己的梦想。现在你回来了，很想以后的日日夜夜我能陪在你身旁，分担你的忧愁，分享你的快乐！崔静边吃边想着自己的心事。赵亮则静静欣赏着她。

“成家了没有，崔静?”赵亮打破沉默，装作不经意地试探道。崔静没有回答，而是反问道：“我也正想问，你呢?”“我呀，还没有呢，在等待那个人出现。”赵亮这次没有说出他是不婚主义者。崔静在米酒的晕眩中大胆挑逗道：“不会是在等我吧?”随即赵亮惊讶道：“你不会也没结婚吧?”“你不也没有嘛，难道我就非要结婚。”崔静回道。“你也知道我那个家庭的，所以我对婚姻有些恐惧，不过见到你我好像有点改变主意了。”赵亮说完深情地注视着她。

“看着我干吗，我可有男朋友了啊，咱俩从小就是哥们儿，过往不恋，未来不迎。”崔静故意以攻为守试探道。于是赵亮犹豫了下，把他为什么不愿意结婚现在又改变主意的想法说了出来。他觉得他们俩像亲人一样，没有羁绊，不需要转弯抹角叽叽歪歪，因为他俩的爱就如一株花籽，从萌芽那天起就亲密无间。

家　庭

军队某医院病房大楼里，张家驹在轻轻地给岳父擦浴。只见他先用湿毛巾擦，然后用蘸肥皂水的毛巾擦，再用湿毛巾擦净，最后用大浴巾擦干。洗浴的过程也是分步进行，先洗脸部及上肢，再洗胸腹及背部；换水换盆及毛巾后，再脱裤擦洗会阴部，最后擦洗下肢。

为了防止在擦洗时身体暴露着凉，他小心翼翼边脱一点衣服、边擦洗、边穿衣。完全一副服侍亲生父亲的样子。

有些伤害，虽看不见，心却疼得厉害；有些爱，虽看不见，却已融入心田。陈韬的身体虽然处于极度虚弱状态，但他清楚这个女婿在用心照顾他，因此在擦浴的过程中他眼中便不自觉地溢出泪水。见此张家驹总是像哄小孩子样安慰道："爸没事的，这都是我们小辈应该做的。"亲切的称呼，细心的呵护，令陈韬觉得不悔此生有这么一位好女婿。

擦浴完毕，张家驹拿出棉签，按照在部队学过的救护常识，用棉签蘸少许漱口液帮岳父擦洗口腔。

张家驹所做的一切都被从国外急切赶回国的陈茵看到了，她在窗外感动得潸然泪下。这时她觉得像张家驹这样的才是真正的男人，虽然他情商不高不会哄女人高兴，但他有担当，心地善良，嫁人就要嫁这样的人。如果有可能她愿意义无反顾，想到这里她心头一热。

看到张家驹帮父亲洗澡完毕后，陈茵噙着眼泪悄悄推开病房门走进去。"姐夫，你回去休息会吧，我回来了。"张家驹很意外地小声问道："啊，你什么时候回来的？"陈茵泪眼婆娑地回答："这不刚下车就来了，对了我爸怎么样了？"张家驹淡淡一笑，然后一脸笃定地说道："医生说已经脱离危险了，应该没事了。"陈茵轻轻坐到父亲的病床边，然后轻轻握着他的手，把脸贴了上去。张家驹眼睛一热，推门而出。

病房的楼道里静悄悄的，张家驹的内心却波澜起伏。眼看"魔爪袭击"演习大战在即，岳父却在这个时候突然病重了。两件不同的事，却都如千斤重担压在左右肩，哪个也不能放下。是陈韬给了他父爱，这位老人戎马一生，身体上留下多处弹痕。张家驹还听说，岳父并没有读几天书，可是他在战争实践中积累了独到的军事理论，从这支部队建立就始终与之相伴，对这个部队有着深深的情感。由于常年操劳和香烟的侵害，才导致他今天的病痛。如果军人不为荣誉战，不为捍卫和平而战，哪来的健康和快乐。一个没有军队捍卫的国家，必然要被挨打欺凌，想到这里他又热血沸腾。

家事国事，事事连着他的心。这时张家驹又想起妻子陈菁，是她给了他一个家。虽然这个家里经常有吵闹，但通过昨夜一夜的思考，他觉得和陈菁的矛盾其实不全在她，他的偏执和大男子主义也在婚姻波涛中起了推波助澜的作用。尤其那天在老虎山陈菁的一番话，让他彻底意识到妻子并没有背叛他，只不过她不甘愿当花瓶，而是像许多事业型女性，想干出一番事业。她要做的是那种：上得了厅堂，翻得了围墙，斗得了小三，打得了流氓，就是下不了厨房的人。

“姐夫你回去吧，这儿有我在。”陈茵走出病房说道。张家驹头也没抬回答：“不用，昨天我跟妈和你姐说好了，晚上全由我来，白天我也没空，再说你们在这要处理污秽也不方便，你回去倒一下时差吧。”陈茵伸了一下懒腰说道：“我没事，还是你回去吧，你们任务那么重，可千万不能倒下。”

温良谦恭，像北回归线穿过心底，陈茵的话令张家驹顿时感到心里暖暖的。心想，要是妻子陈菁说这样的话语多好。这时张家驹才深深体会到：在对的时间，遇到对的人，是一种幸福。“那我再坐一会，陪你聊聊天吧。”张家驹走到她跟前犹豫了下问道：“小茵你跟我说说，我和你姐为什么总是见面就吵?”陈茵思考了一下，难为情地说道：“知道与所爱的人长期相处的秘诀吗?”张家驹一脸认真看着她说：“不知道，但说无妨。”“放弃改变对方的念头。为了爱情的继续，婚姻的美满，妻子固然要取悦丈夫，丈夫也要取悦妻子，至于如何取悦，乃是一种高级的艺术。傲不可长，欲不可纵，乐不可极，志不可满。”

张家驹很受委屈地辩驳道：“你知道，我真没有想改变她啊。”“但你对她不信任啊。信任是婚姻关系中最重要的特质，也是建立愉快的、成长的关系所不可短缺的。婚姻生活中，需要半睁眼半闭眼，天下没有十全十美的男女，如果眼睛睁得太久，或用照妖镜去照，恐怕连上帝身上都能挑出毛病。夫妻生活中最可贵的莫过于真诚、信任和体贴。在幸福的婚姻中，每个人应尊重对方的趣味与爱好。以为两个人要有同样的思想、同样的判断、同样的意愿，是最荒唐的念头。在和睦的家庭里，每对夫妻至少有一个是‘傻子’。夫妻好比同一把琴弦上的弦，在同一旋律中和谐地颤动，但彼此又都是独立的。”

陈茵长长的一段话令张家驹醍醐灌顶，有点茅塞顿开。他们相处的气氛顿时尴尬起来，陈茵起身说道：“那我走了，明天一早我来。”张家驹点了点头，向她挥了一下手。随后张家驹便从公文包中拿出天使出击队的对抗方案研究起来。从目前天使出击队的情况来看，经过两个多月的训练，队员们的素质已经达到卓越超群的地步，新装备的武器也很精良，队员们精神状态良好，如不出意外，是可以完成好这次对抗任务的。

但是张家驹意识到，在实兵演习中，火力只是影响胜负的一个因素，因此方案必须考虑战场综合因素才能得出结论。导演部根据红军战斗力综合指数大于蓝军，就可以判定蓝军防御失败，退出演习；而守卫高地的蓝军士兵“死亡”或者“被俘”也是由导演部根据双方发射的炮弹和子弹，根据数据统计进行判定的。而他的电子对抗战如何判定制敌失败却没有一个明确的界定，既可以把制敌通讯中断作为评判标准，也可以以干扰迷惑敌人错误决策作为评判标准。于是他陷于深深的思考之中。他像下雨没有伞的孩子，又开始努力奔跑起来。

夜已经很深了，张家驹却一点睡意也没有。作为一名指挥员，必须把每个细节考虑得周密不漏。常言说得好，兵熊熊一个，将熊熊一窝。以赤壁之战为例，这是冷兵器时代一场脍炙人口的战争，它几乎包涵了所有戏剧性的元素，比如强弱对比鲜明的军队，意志力坚强的统帅，反败为胜的曲折历程，还有气贯长虹的英雄故事。曹操在有利形势下，轻敌自负，指挥失误，终致战败。孙权、刘备在强敌进逼关头，结盟抗战，扬水战之长，巧用火攻，终以弱胜强。

不过随着他认真分析曹操在赤壁之战失败的原因后，觉得如果曹操远交近攻，不让蜀吴联合、暗度陈仓，暗地让军队深入敌后两面夹击，或许也不至于落得如此下场。

腐　蚀

赵亮的出现，如平静的湖面上飞过的白鹭，在崔静的心中增添了几多涟漪。在须江阁吃完饭后，崔静一看时间不早了，便准备把赵亮送到宾馆，然后自己再赶回大队。谁知她一起身，赵亮便用嬉笑的口吻对她说：“崔静陪陪我看看须江吧，让我也去感受一下一把伞，两颗心，世界一片美好的景色。”“什么意思?”崔静莫名地问道。“纷飞了，我在须江边等你，一把伞，两颗心，世界一片美好。你忘记这么美的广告词了?”

崔静迟疑一下忽然开朗一笑道:“对不起啊,我得回去了,训练已经到了关键时候了,耽误不起啊。”为此赵亮有些不高兴道:“走的时候你不是跟你张参谋长说好的,再说也不差这一会儿。”

女人的变化取决于男人的行为。有的人注定偶然出现在你的生命里,却要用一生的时间将它遗忘。崔静本来就有些依依不舍,最终在赵亮的不断怂恿下,自我否定地说:“那行吧,反正队员也快下课了,那就陪你转转吧。”

立于须江岸边极目远眺,只见须江上畅游的游船灯火点点,一幅灿烂的场面。“好美呀,崔静。”赵亮说着试图伸出手,崔静发现赵亮的意图后下意识一个转身躲开了。对于崔静的这一举动,赵亮判断不清她是真的拒绝还是忸怩。因为小时候他们一起玩耍时,总是他主动牵起崔静的手,崔静也总是甜蜜地紧紧抓住他。

“万家农户灯火熄,儿时邻里今远离。与伊惜别千杯少,一言难尽手足谊。”赵亮开始发挥他的文学天赋来试探崔静。崔静故意装作不解风情地问道:“你现在还写诗?”“偶尔发发感叹,这不睹人思人了。”赵亮干脆直截了当地说道。崔静微微一笑故意伸手摸了一下他的额头道:“你不会真喝多了吧?”赵亮就势抓住她的手,不再说话。崔静忸怩了几下没抽出手来,便任由他抓在手中。

赵亮的心碎了。他知道当年的小女孩已经长大,已经变了,不再需要他保护和陪伴了。想到这里,赵亮的心里陡然失落起来。对于赵亮的主动进攻,崔静觉得只不过是他逢场作戏罢了。如果他真爱她,不会等到今天才回来找她。她知道,真正的爱情不是一时好感，而是明明知道没那么容易，还要有坚持下去的冲动。可她从他身上看不出坚持，而是等她变了以后，他才说怀念以前的她。这是不是有点晚了？她在心里说。

熔岩滚烫余温尚在，心却恍若归于寂静。他们不再说话，像情侣一样并立靠在江边的围栏上，彼此心潮起伏。

崔静觉得这样僵持下去太无聊，因此提议道："走吧，我带你去坐游船畅游须江吧。""好呀！"赵亮一把抓住她的手，高兴答道。崔静这次没有拒绝，事实上她也来不及拒绝。当然主要是她害怕伤害他。这是一种错综复杂的心理，她也说不清为什么要这样做。

来到游船码头，他们在租借点租了一条两人蹬轮的游船，在须江中骑行起来。

崔静觉得赵亮的突然出现像做梦一样：笑看青山远黛雨微凉。一些人，隔了天涯，却念念不忘；一些事，流年沧桑，却记忆犹新。赵亮用力蹬着，水轮搅起水花发出哗哗的响声。"这是谁发明的，真心不错啊，很有创意。"赵亮自言自语道。"都是跟外国人学的吧。""崔静你知道我现在的心情吗？"崔静一愣，侧过脸问道："什么样的心情？"本以为他会责怪她的冷漠，没想到他却诗情画意道："我现在有一种'西塞山前白鹭飞，桃花流水鳜鱼肥。青箬笠，绿蓑衣，斜风细雨不须归'的想法。"

崔静知道，这是一种爱自由、爱自然的情怀。对此她装作不解风情地打趣道："这话怎么听起来好假啊，你现在可是领导的大秘，大红人。说真话你会喜欢这样寡淡的生活？"赵亮被崔静一语道破天机，直触心底露怯，但他还是自欺欺人地反驳道："那种天天伴君如伴虎的日子也不好过的。"崔静呵呵一笑回道："算了吧，天天被老的少的，男的女的捧着哄着，那感觉一定很爽吧。"

赵亮因此难为情地嘿嘿一笑道："还别说，真是这样的，自从当了秘书后，跟你说话的人多了，但说真话的少了；跟你笑的人多了，但真笑的人少了。"崔静立即来了情绪道："我没说错吧，知道为什么那么多人喜欢当官吗？就是捧着抬着舒服，还能为所欲为。"

崔静不知道怎么回答，觉得这样讨论下去毫无意义，于是就抬手托着上半张脸，从嘴里吐出一团心烦意乱的叹息，作了回应。

一片哀伤，几多迷离。沉默又一次萦绕。这时赵亮想起当上秘书后，身边的很多人的确改变了，就连慕蓉雪这样的人都主动靠了上来。想到慕蓉雪，赵亮心中顿时产生了一种说不出的涟漪。自从她得知他未婚后，就不断发起猛烈攻击，而慕蓉雪的漂亮，也让他有些不能自拔。为此，与慕蓉雪在一起的情景不合时宜地出现在眼前。

记得那天，虽然东海已经进入冬季，但在这个亚热带的南方，天气依然热情并热烈着。慕蓉雪站在别墅的阳台上，在淡黄色连衣裙的衬托下显得清雅妩媚。风正从眼前飘过，轻轻拂过脸颊，吹动着她的长发，如梦如幻。

赵亮半躺在她家客厅的沙发上，目不转睛地注视着慕蓉雪，她那楚楚动人古典优雅的背影摇曳生姿。面对此情此景，赵亮顿悟：女人确实是一种善变的动物。此时的慕蓉雪多么淑女，哪里像一个伶牙俐齿的记者。

在这样的意境之下，赵亮的心中也生出无限的陶醉之意。虽然心中依然还不断地涌动着那天中午饭馆里的情景。但是，此时此刻金碧辉煌的别墅，多情温柔的同学，含有几分暧昧的气氛，让这位还不曾碰过女人的男人，涌动着一种雄性的本能，某种难以言喻的渴望，仿佛触动了他的荷尔蒙，像洪水泛滥在他的心田里，似乎即将要冲破他的爱欲之堤。当慕蓉雪走到他跟前，他有些无力地对她说："慕蓉雪，你不该把我叫到这里来。"

"怎么了？难道我家是个陷阱？"慕蓉雪伸出纤纤的小手，在赵亮的鼻子上刮了一下，其动作亲热、暧昧。"你这样比陷阱更可怕，是让人难以自拔的举动。"赵亮说这话时已经有些不自觉地喃喃自语起来。慕蓉雪知道时机已到："那你还不趁热打铁？"挑逗的语言像玫瑰的花香刺激着赵亮。

"给我一杯冰水吧，嗓子有些发干。"赵亮咬咬牙说。"给你一小杯葡萄酒怎么样？"慕蓉雪带着鬼魅地笑，说着已经开始给他倒酒。赵亮装作不解问道："干吗要我喝酒？"慕蓉雪的嘴几乎贴着他的嘴挑逗道："没有听人家说酒出英雄人出胆吗？""我不需要胆量，此时我最需要的是降温，酒只会给我带来热血沸腾，带来灾难。"见赵亮这么说，她心里顿时有些扫兴，便像自言自语又像直接对赵亮发问："难道遇到了坐怀不乱的男人，现在这样的男人还有吗？赵亮，你难道是冷血动物吗？或者是那无能？"赵亮一听脸色都阴沉下来，自然那沸腾的冲动也开始慢慢熄灭。

慕蓉雪多么盼望赵亮主动用行动来满足自己的冲动，然而赵亮并没有按照她的愿望进行下去。对此，慕蓉雪决定自己主动起来，像蛇一样乖巧地钻入他的怀中。皮肤滑嫩，腰肢柔软，她确实很美，连素颜都那么好看，这让他彻底陷于崩溃之中……

“你在想什么呢大秘书?”崔静突然回过神来问道。赵亮敷衍道：“我在想官场上的腐败。为什么现在一下出了那么多贪官。”崔静不假思索答：“对于几百万公务员的大军来说还是极少数的，大多数还是好的。”“要知道一粒老鼠屎坏一锅汤啊，何况不止一只老鼠在作怪。”赵亮带着忧国忧民的语气道。崔静接着他的话又问：“那你认为应该怎么办呢?”

赵亮思考了一下便正义凛然地说道：“我认为首先要用公平正义取代两极分化。其次是权力制衡，公布官员财产，让官员处于民众监督之下。官德主宰民德，官员的堕落必然导致全民堕落，反之亦然。最后是政府担责，让百姓不用贪。政府承担起职责，承诺居者有其屋，病有所医，学有所教，老有所养。一旦百姓没有这几座大山压着，自然不再单一追逐金钱。”

赵亮侃侃而谈，崔静本想和他再辩论一下，但突然一阵微风吹来，让她心中荡起几许涟漪。她觉得官场上那些与她无关，她只要素笺心语，只做自己，便可一掬清欢。

“你又在想什么呢?”崔静凑近他问道。赵亮如实道：“你知道我们高中同学慕蓉雪吧?”“当然知道啊，那可是我们班里的班花，怎么你们还有联系?”“她现在是东海著名的电视主持人。”崔静诡异一笑说道：“那好，你们正好可以强强联合了。”“她离婚了，天天要请我吃饭。”赵亮自豪道。“我没说错吧，官一升美女立即就围上来了吧。”赵亮听出她话中明显带着醋意。“什么呀，烦死人的，天天信息电话不断。”

崔静心里的确不是滋味，虽然夜色下看不出赵亮的表情，但她能从他的口气中听出几多甜蜜和几多自豪。为此她有些酸酸地说道："英雄难过美人关了，那就好好和她来一场风花雪月的故事吧。"这时赵亮有些后悔起来，于是马上解释道："我对她们那种行业没有兴趣。她好几次叫我去吃饭，我都没去的。""革命工作真的累，有酒不喝也不对呀。有美女陪你喝酒比在唐诗宋词里美好吧。"崔静说完，不自觉地与赵亮拉开了些距离。这让极为敏感的赵亮感到不妙。

"都是假的，没有我们真心的。"赵亮叹了一口气道，脸上有些沮丧。赵亮知道，这些年来，他进入机关后已经老成了许多，知道哪些笑是真，哪些话是假。在他的内心世界里，他还是觉得与崔静最真。但他不知道，此时崔静对他已经有些失望，她觉得感情最恨暧昧不明，心灵最怕摇摆不定。一心不可二用，一情不能两许！玩什么都行，别玩弄感情；伤什么都能，别伤害了心。

"好了，大秘书，不说那些没用的了，什么时候结婚告诉我，我会去送上我的真心祝福。"崔静有些不耐烦地扯开话题道。"这一辈子真不想结婚了，你知道我心里想法的。"赵亮气馁道。"那没必要吧，婚姻还是能带来许多幸福美好的，父母的不幸只是一个个案或者说偶然。离婚的毕竟是少数，再说婚姻只是一种生活方式。"崔静又像个长者安慰着。

"走一步看一步吧。要不我们重新开始?"赵亮一脸真诚试探道。"呵呵，吃饭的时候不是说过我有男朋友了，总不能脚踏两只船吧。心只有一颗，不能分两半。伤害了真心，就是没良心；冷落了深情，就是最无情。"于是赵亮转过脸看着她问道："那他对你怎么样啊?”崔静叹了一口气道：“实话实说吧，好像现在已经找不到那种恋爱的冲动了，爱也行，不爱也行。”“知道这是为什么吗?”“不知道，你说来听听。”于是赵亮很有经验地说道：“这是因为随着年龄的增长，大家都成熟了，尤其是男女们都经济独立平等了，不再会为一句话一件事去冲动……”

听到赵亮这么说，崔静觉得有些道理。现在社会上的男女们不愿意结婚甚至独身的越来越多，尤其在一些开放的城市以独身为时尚。因为他们经济独立，个性独立，个个生活得有滋有味。而一旦结婚，就会有牵挂有羁绊。

“起风了，我们回去吧。”赵亮主动提议。因为他感到崔静有些冷漠起来，加上刚才收到慕蓉雪一条接一条的信息，让他有些心不在焉了。崔静一听，正合她意。“好的，是不早了。”

第十五章　你若不伤，岁月无恙

团　圆

病来如山倒，病去如抽丝。当陈韬第三天脱离危险醒来发现张家驹趴在病床边守着他时，感动得老泪纵横。这位老兵一辈子选择了刚强，从未掉过眼泪，但却被张家驹感动得不行。“爸，你醒了。”“嗯，醒了有一会儿了，就你一个人在这?”张家驹马上解释：“是的，妈这两天也担心你的病，高血压犯了，所以不敢让她再熬夜了。陈菁和陈茵白天轮换着照顾你，所以晚上就由我来。”

“爸，今天来得晚，没赶上给你洗澡。正好你醒了，帮你洗个澡吧。”陈韬一听连忙用虚弱的语气拒绝道：“不要，不要，明天叫你妈来洗。”张家驹知道岳父在想什么。今天的陌生，是因为昨天的熟悉，他放不下架子。因为陈韬在大队可谓大名鼎鼎，每当新战士入伍，都要请他讲这个部队的光荣历史，当然也包括他英勇杀敌的光辉战绩。作为老首长，他参加过多次著名战役，战场上铁汉硬汉的形象已经深深扎根在官兵们心中。

选择了坚强，往往要付出不为人知的力量。“爸，没事的，这几天我一直都在帮你洗，医生说了，病人躺在床上一直不动不行，我还帮你按摩过。”张家驹故意捅破横亘在他们之间的窗户纸后，没想到陈韬便不再阻止了。

在张家驹的轻轻擦洗下，陈韬感到舒服的同时，才意识到自己彻底老了，需要人伺候了。“张莹这几天还乖吧？”他用微弱的声音扯开话题道。“嗯，这几天比平时还乖，来看你好几次了，还说外公不乖怎么睡这么久的懒觉。”话未完，陈韬眼角顿时溢出泪水。见此情景，张家驹又马上安慰道：“她明天白天会来看你的，你们爷孙俩好好唠唠嗑。”“唉，我养了几个孩子都没有这孩子乖，那老大老二……”“爸，你别激动，一切都会好起来的。”

擦洗完毕后，张家驹又像前几天一样开始给他按摩身体。陈韬难为情地扭动了一下身体表示拒绝，但已经病弱的身体在张家驹的轻轻按摩下，根本无力挣脱。“最近和大丫头还好吧？”“爸，你别担心，我们都挺好的。”张家驹嘴上轻松地回答着，心里却如针刺般痛苦。自从离婚不离家的约定后，夫妻俩开始相敬如宾，一下子释然了，但一想到婚姻的失败，对于这个死要面子的男人来说，是那么不敢面对世人。他不知道如果有一天部队官兵知道他离婚的消息会怎样议论他，心中不禁万般痛苦。而且他最在意史云赋等人会怎样取笑他。

见张家驹一脸沮丧，陈韬自下台阶自言自语道：“陈菁这孩子没有什么坏毛病，就是脾气不好，像我。都说爱一个人帮你打开一个世界，其实真正爱一个人是要付出你的世界。放下你的面子与她好好谈一谈，面子不值钱。不要在心情糟烂差的时候，用决绝的话伤害爱你的人。”

“爸，别想那么多了，你还很虚弱，休息吧。”张家驹不想就这个话题扯下去。他认为婚姻不是人生的全部，最多是心的归宿或一种生活方式。再说现在正是训练的关键时刻，他的心驰骋在没有刀光剑影的训练场上，腾不出心去想其他的。他更深知：很多时候我们都在肆意伤害着那些最爱我们的人，当幡然醒悟时，却发现时间并不给我们说抱歉的机会。他和陈菁不就是如此吗！

爱如水，思如潮，思念最遥遥无期。于是他一个急刹车把思绪从偏离中拽了回来。

看着岳父陈韬睡沉后，张家驹从公文包拿出队员们白天完成的作业批改着。大战即将到来如箭在弦上，他的心情急切而紧迫。不过从目前队员们的训练成效看，他感到还是有必胜的信心的。张家驹非常喜欢这样一句话：你的责任就是你的方向，你的经历就是你的资本，美好是属于自信者的，机会是属于开拓者的，奇迹是属于执着者的！他要在作战时创造奇迹。

一周后，陈韬执意要回到家中静养。因为他预感到自己已经走到人生边缘，再往前去，就是没有了。住院不能起死回生。

回家第二天，正巧是外孙女张莹的生日。陈韬便对老伴程桂兰说全家人要好好聚一下，老伴深知他的心意，很干脆地迎合说：“老头子，你说怎么办，下指示吧！”“把孩子们全叫回来就成。”程桂兰一边打电话给两个女儿，一边开始写菜单筹备晚宴。她决心让他开心地走完人生旅程。看着程桂兰忙碌，陈韬就觉得老伴是世界上最完美的伴侣，他很不明白为什么现在的年轻夫妻动不动就要吵架、离婚。

晚宴在热烈的气氛中开始了。张莹像一只欢乐的小鸟表现出从未有的高兴。当她在大家的簇拥和呵护下吹灭蜡烛后，晚宴进入高潮。大家纷纷给陈韬敬酒，陈韬则以水代酒频频举杯。张家驹也一改往日的严肃，主动与陈家两女儿碰起酒杯。陈茵虽然知道他们已经离婚，但她依然甜蜜地叫着姐夫。面对亲切的呼喊，张家驹感到从未有过的欣喜。

看到张家驹如此高兴，陈茵决定捉弄一下他，便鬼魅一笑，端起杯："姐姐，姐夫，借此机会，衷心祝你们白头偕老，永远相亲相爱。"陈菁一听就知道妹妹在搞怪，立即斜视了她一眼，接着与张家驹对视一眼问道："永远有多远？今天是张莹的生日，你这是唱的哪门子戏啊？张冠李戴！"陈茵蠕动了一下嘴正要再说什么，却被陈韬不明就里打断道："妹妹敬你们的酒啊，喝吧喝吧，今天一醉方休，我给你们当裁判。"

陈茵又是鬼魅一笑，兴奋道："就是，还是老爸懂我。在乎才会乱想，不在乎连想都不会想。喝吧！最好来个交杯酒。"陈菁和张家驹又四目对视一下，各怀心事将杯中的酒喝了下去。

都说男人的心不经细看，其实在陈茵心中，张家驹这个姐夫就是那种平时不起眼，关键时刻拿得出来的男人。从她在医院看到他照顾父亲的那一刻，她就决定要让他们破镜重圆，否则姐姐失去这样的好男人太可惜了。

父亲住院的日子，张家驹几乎天天给父亲洗澡擦身。这是她从未想到的，即便亲儿子也很难做到这一点。她也清楚，张家驹与姐姐相处不好的根本原因，主要是性格使然和家庭成长存在差异，不是大问题。她曾看过这样一篇文章：说爱情不能过于纯粹。文章中说曾经爱过陈洁如的蒋委员长，在同宋美龄政治联姻之后，之所以两人携手甜蜜恩爱走过那么多年，怕是早就被宋美龄的才华和风度倾倒。看到后来的照片，年华老去顶着一颗光头的蒋委员长，在优雅动人的宋美龄身边咧开嘴笑得像个孩子。所谓“执子之手，与子偕老”怕也就是这样了吧。

爱，有时候并不是没有，而是它从来都没有那么纯粹。正如女人没魅力才觉得男人花心，男人没实力才觉得女人现实一样。

看到一家人其乐融融，陈韬突然冒出这样一句话来：“人家养一女儿吧，就像种一盆稀世名花，小心翼翼，百般呵护，晴天怕晒，雨天怕淋，夏畏酷暑冬畏严寒，操碎了心，盼酸了眼，好不容易一朝花开，惊艳四座，却被一个叫女婿的瘪犊子连盆端走了！养个儿子吧，跟玩游戏差不多，建个账号，起个名字，然后开始升级，不停地砸钱……砸钱……砸钱……一年升一级，等以后等级起来了，装备也神了，却被一个叫儿媳妇的盗号了！”说完顿时引得大家哈哈大笑起来。

“老爸，你的心还真年轻。”陈茵打趣道。“就兴你们时尚，想当年我也是走在时代前列的人，还有你……”还没等他说，陈菁坏坏一笑补充道：“爸，我们都知道你英勇地把我妈追到手的故事！”“老不正经的，你把战火烧到我这了，我还正想跟自己说声对不起，这些年一直没学会爱自己。”程桂兰说完，陈韬“唉”了一声想说什么，却被家里一片欢腾淹没了。

“老爸，我们想问你一个问题，你们那时找对象有什么要求?”陈茵像个孩子顽皮地问道。陈韬稍一愣，随即脱口而出：“就你妈这样的。”“啊哈，我明白了，其实男人希望娶的女人永远没变，而且多年来都没有变。”陈茵带着诡异的笑说道。“那二丫头你说说男人要的女人是什么样的吧。”“请听好，还有姐夫也听好。”陈茵清了清嗓子道：“炊烟起了，我在门口等你。夕阳下了，我在山边等你。叶子黄了，我在树下等你。月儿弯了，我在十五等你。细雨来了，我在伞下等你。流水冻了，我在河畔等你。生命累了，我在天堂等你。如有可能，我在来生等你。”

听完，陈菁一脸木然看着张家驹说道：“男人都一样是吧?”见张家驹有些难为情起来。陈茵借机添柴加油问道：“姐夫是这样吧?”张家驹不知如何回答，抬起头吞吞吐吐道：“那你听说过女人嫁谁都后悔的事吗?”“说吧，我们经受得住。”陈茵浅笑道。“嫁给有钱的男人，空有一份表面上的华丽，内心的苦涩有谁知道？嫁给有闲的男人，没有很多的钱，你必须和他千辛万苦一起打拼。嫁个会甜言蜜语的男人，他会把甜言蜜语说给很多女人听，一不小心就会在外面竖起几面彩旗。嫁给朴实木讷的男人，会觉得他缺乏情趣！你也许会说，嫁哪种男人会比较好？是不是既有钱又有闲，既有情趣又忠贞的男人。世间没有这样完美的男人！即使有，可能你也配不上，因为，许多人自身不够完美！所以说，女人嫁谁都后悔！”

张家驹哭丧着脸一说完，桌上的气氛一下子凝固起来。陈韬马上解围道：“你们说的都对又不对。相夫教子是多么快乐的一件事，干事业那是男人的事。你们俩就要好好向你妈学习。”“爸，你也太老观念了，都什么时代了，女性也是社会的主角了。”这时，从来不唱主角的程桂兰站起来说道：“前不久，我看报上写的一些话有所触动。说这人啊一辈子，三万天。刚一看到这个数字，我不由吃了一惊。我原本对人生是没有概念的，以为过了今天有明天，过了明天有后天，过了后天还有大后天。然而，真正有这样一个数字摆在眼前时，我突然觉得，人生真的好短。你可曾静下心来想过：人生短短三万天，我们是不是应该好好珍惜眼前的所有？”程桂兰说完，大家陷入深深的沉默中。张家驹知道岳母的话中意，知道为小辈们好。但生活告诉他：很多人闯进你的生活，只是为了给你上一课，然后转身离开。

举　报

赵亮回到宾馆后，默念着轻叹着，睡意全无。他在心里对两个女人做比较：崔静如茶，虽然长得一般，但是个值得品味的女人。尤其她不贪婪、不矫情、不伪装，而不贪婪的女人容易知足，遇上这样的女人是男人的福气。在现实中，这种品质非常难得和可贵。而慕蓉雪漂亮有风情，但她目的性强，为所欲为，喜欢掌控男人，也令男人垂涎，是那种人见人爱花见花开的女人。这是赵亮内心深处最害怕的，因为父亲和母亲离婚，虽然不全然因为母亲的美，但这是最重要的因素之一。因此他又想起那天在慕蓉雪别墅的情景。

当他好不容易从欲河中挣扎出来，慕蓉雪又像魔仙般化作云飘到赵亮跟前，轻轻将她那细软的小手搭在他的大腿上。此刻慕蓉雪穿得很单薄，薄薄轻纱之下居然露了不少肉，连胸口处隐约雪白的乳沟都一览无余。如此诱人的画面，让他在挣扎中终于还是缴械……他将头埋在她的胸口，贪婪地呼吸她的气息，灵活地拿下她手中的佛珠，温柔地挂在她的颈上，接着用他那双笨拙的手撕裂她的裙子，旺盛的情潮像洪水猛兽，冲击着俩人。

一番云雨之后，赵亮意欲未尽地抚摸怀中人，觉得生活如此美妙。

慕蓉雪打破沉默一脸认真地说道："赵亮，我不求跟你天长地久，只求与你曾经拥有。"就是这句话，成为压倒赵亮最后挣脱的稻草。不要负责还能得到，赵亮也不是圣人。于是他本来带着负疚的心一下觉得心安理得。

从须江考察回来后，赵亮的心情大好。当他走到市政府办公楼就遇到了综合处的美女高圆圆。他像所有春风得意的人一样，露出假假的笑后点了一下头便与高圆圆擦肩而过。谁知，春风无意人有情，高圆圆与他擦肩而过两秒后，一个蛇转头，带着诡异说道："赵秘书，给你透露一件事。""什么事?"赵亮停止步伐，有些意外。"有人举报你，知道吗?"这话顿时令赵亮如惊弓之鸟，吃惊地问："谁揭发我？揭发我什么?""听我市纪委的同学说的，怕你还蒙在鼓里，所以悄悄告诉你，别出卖我啊。"

高圆圆的话像当头一棒令赵亮措手不及，他苦着脸问道："那你知道揭发的内容吗?"高圆圆摇摇头说："我不大清楚，据说你……"见有人过来，高圆圆欲言又止地走开了。赵亮顿时陷入紧张的思索之中。他一边走，一边快速思考着什么事情会让人举报，百思不得其解。

高圆圆是东海市政府综合处办事员。她毕业于中国政法大学，比赵亮早一年进市府大院，由于她和赵亮来自同一个地方海沟镇，所以，她对这位当秘书的老乡格外关注。经过一番梳理，赵亮首先意识到可能是他跟慕蓉雪的事露馅了。想到这里，他反而一身轻松起来，觉得也没有什么，男未婚，女未嫁，谈恋爱有什么问题。不过他意识到，应该在他的名节没有彻底毁掉之前赶紧离慕蓉雪远点。正在这时，赵亮的手机响了起来。一看号码是赵鸿觎书记办公室的，赶紧接通了电话。“赵亮，你来我办公室一下。”虽然赵亮不知道赵书记找他有什么事，也很意外市委书记直接找他，但他感到电话中的声音与往常一样，这让他放松了许多。

一边走，一边猜测着赵鸿觎会找他干什么，接着就有一种上当掉入陷阱的后悔。为此，赵亮快速地思考着对策，他相信，那天和慕蓉雪在一起的事，只要她不说，没人能知道。再说他当秘书没多少天，没有得罪什么人。退一万步说，他就说在谈恋爱也没什么。思索好对策，他轻松地敲开赵鸿觎的办公室门。

一进门，就见赵鸿觎正在抽烟，那烟雾那神情像罗丹笔下的思想者，令人肃然起敬。这让赵亮更加忐忑起来，他知道平常赵鸿觎是不太抽烟的，只有在他发怒或苦闷时才点燃香烟。一种不好的预兆立于眼前，于是他决定先入为主，便小心翼翼地先检讨起来：“赵书记，我可能做错事了，您就批评吧。”赵鸿觎看也没看他，转身灭掉香烟，然后喝了一口茶径自说道：“赵亮，我和阎市长准备带你参加经贸项目洽谈会，你要做好充分的准备。特别是东海港口建设和核电站工程项目，已经获得国家发改委的批准……”

赵鸿觎说着说着，赵亮已经完全丢掉了思想的包袱。招商的事情谈完，赵亮心情如久违阴霾后艳阳高照，为此他还是做贼心虚地问道："赵书记，还有什么指示吗?"这时，赵鸿觎迟疑了一下，可他想说什么却又突然顿住了。见此，赵亮的心立刻提到嗓子眼上，他情不自禁地提醒道，"赵书记?"于是赵鸿觎在他的提醒下说道："对了，你向街头免费派发面包和创建无贼城市的报告抓紧写出具体方案，到时你要在常委扩大会上作汇报，然后形成文件下发到各相关办局。力争在今年国庆节前实施。"赵亮又一身轻松地答："好的，保证完成任务。"

此时赵亮确定高圆圆说的事完全子虚乌有。可是正当他准备退出赵鸿觎办公室的一瞬间，赵鸿觎又突然说话了："赵亮，晚上有空吧，到我家一起吃晚饭吧，想和你聊聊天。"赵亮的心如坐过山车，先是一紧后又一松，接着双眸中露出万分喜悦，感激道："赵书记，那多不好意思，会不会很麻烦?""不麻烦，你晚上七点前到。"赵亮诚惶诚恐答道："好的，我会准时到达。"

走出赵鸿觎办公室，一向认为自己很聪明的赵亮心里更加忐忑起来。他不知道赵鸿觎在家请他吃饭要做什么。自己一个秘书，何德何能被一个书记请到家中吃饭，赵亮越想越不明白，他意识到这要么是一场暴风雨即将来临，要么就是大好机会即将来临。左想右想一番后，他还是后悔那天不该去慕蓉雪的别墅……

塞翁失马，焉知非福；塞翁得马，焉知非祸。

走出赵鸿觎的办公室，发现刚才还在下雨的天已经放晴了，天边竟有一束阳光冲破乌云。

夜色在不紧不慢中赶走白天，赵亮如履薄冰准时敲响海岸人家十八号一〇一的大门。开门的居然是赵鸿觎，这令他有几分意外。随即一股家宴的味道扑面而来，让赵亮感觉到家的味道。赵鸿觎一边叫他随便坐，一边叫着赵艿的名字。随着两声甜甜的“哎哎”声，从厨房里走出一个貌若天仙、气宇不凡的女子。“来，老爸给你介绍一位客人。”赵鸿觎说话的时候，女孩已经微笑着向赵亮打招呼：“你好！”

“这是我的女儿，叫赵艿，在市侨办工作。”赵鸿觎介绍女儿后又介绍赵亮。赵亮连忙向赵艿问好。面对如花美眷，他的脸一下红了半边。赵亮平时本来就不敢直视女孩子，更没有胆量多看漂亮女孩一眼。

赵鸿觎见赵亮提着酒来，略带责怪道：“我现在不喝酒的。还是老山前线时喝过壮行酒。不过今晚特殊，下不为例。”一听赵鸿觎说在老山前线喝过酒，赵亮立即想起他在L电子对抗大队服役过，亲近感油然而生，瞬间觉得像一个战壕的战友了。

一瓶啤酒下去了，赵亮等待赵鸿觎这顿饭的目的却什么也没等到。难道他想把我灌醉套我话？他曾经听说过有些领导喜欢在酒桌上考察干部。

想到这里，赵亮不知道如何应对了。正在这时赵鸿觎放下酒杯看着他说道：“赵亮，知道为什么把你叫到家里吃饭吗?”“知道，你是想听听我对东海市发展的建议吧。”赵鸿觎迟疑了一下道。“嗯，小伙子聪明，不过，也不全是。”赵鸿觎的“不过”还有另一层意思，但他没办法说出口。

“赵书记，您尽管讲，今天我把您当长辈，不当领导，晚辈做的不对的地方请您指出来。”赵鸿觎对此像所有长者样，微微一笑，欲言又止。这时赵亮突然想起赵鸿觎在西南前线打仗的事情，便试探道："赵书记，听说您以前在西南前线打过仗，能不能讲讲您的英雄故事。"赵鸿觎意外地一愣，随即游刃有余一笑反问道："你怎么知道我打过仗?"于是赵亮把前往他老部队的事情重复了一遍。这下点燃了赵鸿觎的兴奋点。

"当时我 35 岁，是政治教导员，尽管当时边境战斗已经趋于平缓，但敌军仍然对我方保持小规模的袭扰战斗，部队接防后，我被抽调随某步兵师驻扎到了最前线，离敌军的阵地只有不到 400 米远。不用望远镜，早晨起来就能清楚地看到对方的活动，没有战斗警报时，双方互相没事，一旦对方有所行动，两座山之间顿时枪声大作，但也只持续一会儿，大约 2 个小时后，又进入对峙状态。"

听到这里赵亮迎合着，惊愕道："那多危险啊，那敌军要是放一冷枪不是就要……"赵鸿觎叹了一口气又接着说道："是啊，敌军对我边境地域一直不死心，尽管占不到便宜，仍然不断地派出排级规模的小分队袭扰我们，而且当时敌军的部队驻防轮换非常频繁，对当面敌情侦察成了我们电子对抗兵首要的任务……"

赵亮听得津津有味，赵鸿觎讲得激情满怀。他仿佛又走上当年的战场。正当赵亮随着他的描述，走进战火纷纷中时，赵鸿觎突然停顿一下话锋一转道："赵亮，有人向我和纪委举报你的情况。经过我们了解，主要不是你的问题，但以后要注意了啊……不然你会毁在那些人的手里。"

赵亮的脸色顿时由喜悦转为尴尬。看到赵亮难过的样子，他用长辈的语气安慰道："交朋友也好，婚姻也好，一定要选对人。

人家不是说了：交对老师进步一辈子，交对伴侣幸福一辈子，而交错朋友痛苦一辈子。”赵亮像小鸡啄米似的连连点头并说：“对不起书记，那女记者慕蓉雪是我中学同学，刚联系不久。”赵亮之所以把慕蓉雪亮出来，是想知道问题是不是出在她那儿。果不其然，赵鸿觎听完立即微微一笑回道：“记住不要的东西，再好也是垃圾。反正过去的都过去了，以后交朋友小心就是了，来喝酒。”

赵亮血管贲张，后悔结交慕蓉雪。对此他又不甘心地问道：“赵书记，举报信都说些什么?”“你不要问，我也不会说，这是组织纪律。今天之所以从侧面告诉你这件事，是怕你陷得太深，及时把你拉回来。这在我们党内也叫‘提袖管’。不过，经过调查了解，纯属造谣。你应该具有这样的心理素质，经得起各方面的压力，思想不受任何影响，一如既往地去完成你的事业。这才是一个共产党干部，一个男子汉。”

为了表达对赵鸿觎的感激，赵亮主动把自己的身世和家庭背景统统向赵鸿觎和盘托出，争取取得他的信任，并希望他以长者的身份对自己的成长多提些建议。可是，赵鸿觎并没有按照他的思路走下去，而是与他谈起东海下一步发展海洋经济，抢占海上丝绸之路，借路出海的先机对策……

对此赵亮一下来了精气神，发展海洋经济是他研究的对象，并一直希望能够发展海洋经济造福东海人民。直到他们一口气谈到晚上九点钟的时候，赵亮才想起应该离开了。赵鸿觎便叫女儿赵艻开车送他，赵亮难为情地推辞一番后，还是坐上赵艻的车。她是一个比较腼腆的女孩，长得一副清纯与典雅的样子，如出水的芙蓉，似兰花般典雅，令人倾心。

夜幕下的东海，宁静安详，不像一些大都市人潮涌动，永远喧闹着，相反街道上显得格外清静，车和人也很稀少，一些路段还少有行人出现。在橘黄色的路灯照耀下，街景显得色彩斑斓又令人胆寒。赵芗开着车，缓慢地向前行驶，赵亮想着心事。“赵鸿觎为什么要女儿送我？她今年多大了？谁举报了我……”

人生烦恼：放不下、想不开、看不透、忘不了。

纠结就如潮水，一波接一波向他袭来。“赵秘书，你的家是往左还是往右?”赵亮回过神来回答：“左边第二个路口就到了！真不好意思，深更半夜让你来护送，改日我一定请你吃饭。”赵芗有点羞赧地微微一笑道：“是吗？赵秘书哪一天要请我吃饭，将是十分荣幸。”没想到随便一句中国式谎言，她居然当真了，赵亮因此激动道：“赵书记很器重我，对我也很爱护。真的，如果不是高攀的话，我会把赵书记当成父亲。那么，你就是我的妹妹了。”

赵芗并没有接话茬，而是呵呵一笑说道：“到了，赵秘书这是吧。”赵亮在感激中走下车，这时他才意识到：人其实很贱，爱你宠你的人你不稀罕，对你冷若冰霜的却穷追不舍，最后搞的遍体鳞伤的还是自己。

望着赵芗远去的车影，赵亮的目光里，有一种不知时辰、亦不知生辰的感觉。这时他突然想到被举报的事，一个电话就打给了慕蓉雪。

坠　落

把赵亮送到须江阁宾馆后，崔静故意没有下车与他道别，她要测试一下赵亮会不会依依不舍，会不会如他所说，依旧一如既往地爱她。然而赵亮那一挥手却令青梅枯萎、竹马老去，崔静心里很不是滋味。

其实她还是非常喜欢他的，尽管她认为这不是爱情。因此当他背影离去，她梦里花开了又落。当她带着满满的惆怅回到自己的宿舍时，已经午夜时分，可她又睡意全无，不断回想起他们小时候一起的日子。

小时候他们几个小伙伴一同去海岛采蛤蜊，因为巨浪众人被掀入海，最终赵亮靠着水性好，将几人一一救助上岸，而他第一个救的，就是崔静。想到这里，崔静心里涌起几多甜蜜。而这次他以领导秘书的身份出现，她为他感到自豪。如今的赵亮身上还散发出一个成熟稳重男人的气息，令她有些不能自拔。再一想到他未来的光明前景，既为他高兴，又为他担忧。她知道官场如战场，稍有闪失就是巨大的灾难。

崔静真心喜欢他，这是多年来一点点堆积的情感，但她清楚地知道自己不是他爱的主角，现实中她看到了太多的悲哀。她需要一个稳定温暖的家，因此觉得他只是她生命中的一个过客，不能留恋。

慕蓉雪接通赵亮的电话后，高兴地说道："赵大秘书你电话来得真巧，正准备邀请你一起来唱歌的。"然而电话中赵亮用责怪的语气道："你过来，我有事找你。""什么事啊要我过去，还是你过来吧，这还有一帮同学呢。"赵亮犹豫了一下说"你等着"便打车奔了过去。

赵亮来到人间佳人 KTV 后，一把就将慕蓉雪从包厢中拽了出来。慕蓉雪挣扎着责怪道：“你这人干吗这么粗鲁。”“我还想打人呢，都是你干的好事。”赵亮气呼呼地说。慕蓉雪推了他一把生气道：“我怎么你了，值得你这样大呼小叫的?”于是赵亮把他被举报的事说了出来。慕蓉雪听完，脱口而出：“一定是李泾连，非找他算账不可!”

“李泾连是谁，跟我有关系吗?”赵亮非常意外道。慕蓉雪一愣，然后不屑一顾地说：“他是追求我的俘虏，至今依然暗恋着我，为我终身不娶，你说这人傻不傻？真是想得到的得不到，不想要的三番五次往这塞。”赵亮对此不解地又问：“他跟我有什么关系，为什么要举报我?”

慕蓉雪沉默了一会才说出缘由：李泾连是前市委书记的秘书，早在几年前，看上了她并且大胆地追她，谁知那时的慕蓉雪正沉醉在谈情说爱之中，她的男朋友就是东海电视台新闻部主任。李泾连在慕蓉雪那求爱失败后，并没有灰心丧气，反而想与她的男朋友竞争。令他措手不及的是，慕蓉雪和那位新闻部主任闪电般结婚了。

而正当李泾连失望时，又得知了慕蓉雪与那个新闻部主任闪电离婚。他心中又立即升起爱的希望。只是，性格泼辣的慕蓉雪就是不喜欢李泾连的娘娘腔。但刚离婚的慕蓉雪非常恨前夫，没想到丈夫是一个伪君子，便想通过李泾连将自己的前夫扳倒，便与李泾连虚与委蛇。

后来李泾连到前市委书记那告状：说电视台新闻部主任抢他女朋友。经查实才发现李泾连有些神经过敏，最终在前市委书记调走之后，这事才不了了之。

“你们的事和我有什么关系?”赵亮还是不得其解地问道。“你笨啊，他觉得你抢走了他的女人啊。”“那我以后要离你远远的，否则他再举报我就完了。”说完就要走，可是慕蓉雪顺手拽着他并说：“同学们都在里面，一起去唱歌吧，你干吗这么不合群?”

赵亮一听有些道理加之慕蓉雪的怂恿和死拉硬拽，他半推半就走进了KTV。一群同学看到市长秘书大驾光临，不是恭维便是套近乎。而最令赵亮兴奋的是他初中时的同桌宁馨儿亦在其中，而且已经从当初的丑小鸭变得楚楚动人：有些少数民族韵味的面孔兼具立体与细腻，鼻尖上的雀斑有些孩子气，惹火的身材令人遐想不断……

两人就同桌情谊话题不断，期间更是美酒不断。赵亮将自己的酒量发挥到了极致，当他重新清醒过来时，心脏骤然紧缩，半天回不过神来。他发现自己正躺在慕蓉雪的床上，这令他自己都感到不可思议。

“我怎么会在这?”赵亮如惊弓之鸟弹跳起来。“还说呢，见到宁馨儿像见到了新娘，喝醉了同学们一起把你抬到我家里来的。”对此赵亮后悔不迭道：“上次说好的那天是最后一次了，怎么你这么不讲信用啊!”谁知慕蓉雪两手一摊，一脸无辜道：“西线无战事，你睡的床，我睡的沙发。”

“那么多同学知道我在你这过夜，我就是一千张嘴也说不清楚啊。”赵亮对她恼怒道，说完就穿起衣服来。慕蓉雪也板着脸道：“你这人怎么这么无情啊，真是像人家说的，完事就忘情。那些不需要解释的事情，从你张嘴的那一刻起，你就已经输了。”赵亮顿时一愣道：“你怎么会说出这样的话。”

说完他气愤的近乎摔门而出。走在无人的街道上，他觉得人生一个念头就咫尺或天涯，觉得自己实在太堕落了，更对不起赵书记。“我这是怎么了？真糊涂。”他拍打了一下自己责问道。其实对慕容雪来说，她对赵亮是真心的，并不在乎他是否娶她，她早已对婚姻不抱信心，大有“当一天和尚撞一天钟”、逐步感受岁月破碎的心态。

只是，刚驱走了慕容雪，却又迎来了宁馨儿。在赵亮真诚以对时，宁馨儿却将其当成了财源滚滚的突破口……

当赵亮第二天早上一打开手机，宁馨儿的信息就出现了：夜空因繁星而美丽，清晨因旭日而多彩，人生因朋友而美好，朋友因知心而幸福。

一看如此富有诗情的文字，宁馨儿的美丽跃然眼前。苗条的身段，高挑的个头，微黑的皮肤，她的魅力秀色可餐。她黑亮亮的眼珠，像两粒闪闪发光的黑珍珠，转动到眼眶的任何部位都显得灵动俏媚。再配上一副淡紫边框的眼镜，气质高雅妩媚。想到这里赵亮立即回信：懂得豁达才能找到满足，懂得微笑才能找到快乐，懂得自信才能找到真诚，懂得放弃才能找到机会。

逐渐，赵亮的才情令宁馨儿按捺不住自己的感情，开始试探赵亮的感觉。宁馨儿开始按键输入文字：日是有色彩照耀的地方，就如我对你真挚的爱意；月是有朦胧弥漫的地方，就如我对你深刻的思念。心融化了是情，情升华了是爱……

赵亮回复：月圆了就赏月，别想月会缺；花开了就恋花，别说花会谢；风起了就吹风，别怕风会走；潮涨了就弄潮，别管潮会落。快乐心境才能成就美好生活。

宁馨儿马上回复了过去：就怕岁月老了青春的容颜，月光陪伴了孤独难眠，时间带不走似水缠绵，清风吹不散深深爱恋，长歌几曲，难掩心中牵挂，情深意切，惟愿你与我携手走进明天。

看到宁馨儿的信息如恶魔住进天使的身体，来势凶猛，直觉告诉他应该就此打住，于是他来了一个一百八十度的转弯回道：控制金钱，可以得到财富；控制饮食，可以得到健康；控制情绪，可以得到快乐；控制感情，可以得到幸福。至此，赵亮不再理会就上班去了。

宁馨儿错误地以为赵亮喜欢她，却没想到这只是成功男人的一时兴奋而已。宁馨儿期待着赵亮的互动，可是，一分一秒一小时过去了，手机再没有出现赵亮的文字。她太贪心了。

第十六章　决战在黎明前

动　员

冬夜，夜凉如水，寒风萧瑟。L电子对抗大队操场四周，篝火熊熊，彩旗猎猎，呈现出一种前所未有的庄严和肃穆。那阵式大有山雨欲来风满楼的气势。大队官兵们的脸色在篝火的映衬下，一个个红光满面显得英威无比。

随着一千多名官兵集结完毕，大队参谋长张家驹发出一声“稍息立定”后，跑步向大队长梅照岭报告：“大队长同志，全大队官兵向天使出击队员送行集结完毕，请您指示。”张家驹史无前例的洪亮声音在操场上空回荡。梅照岭大队长在还礼后喊出一声“稍息”，跑步到方阵的正前方用他雄鹰一样的眼神扫视部队一圈命令道：“请迎誓师英雄匾……”

接着四名身穿军礼服，戴着白手套的官兵像仪仗队升国旗样，迈着矫健的正步，高举着巨大牌匾，在义勇军进行曲的伴奏下，款款向方阵走来。随着英雄牌匾出现在官兵的视线中，官兵们均以注目礼的方式迎接着，这是军人最神圣的时刻。牌匾约四米多长，二米多高。牌匾的正中央雕刻着遒劲有力的八个大字——电子对抗首战告捷。

今天之所以举行迎誓师英雄匾仪式，而大队官兵们对这块牌匾非常敬畏和珍视，是因为这块英雄牌匾上凝集着几代电子对抗兵的心血，这块英雄匾也是大队官兵在老山前线英雄作战并取得辉煌战果后中央军委授予的最高荣誉。自从英雄匾授予后，“电子对抗首战告捷”这八个大字，激励着大队官兵们始终牢记中央军委的嘱托，坚决不辱使命。在这样的精神鼓舞和激励下，大队官兵在强兵强军之路上阔步前进。

在四名官兵的托举下，牌匾来到大队官兵面前。它既像一座山峰，更像一道令牌，指引着官兵奋勇前进。而官兵们面对这块牌匾，个个信心百倍，精神抖擞。排列在方阵最前方的 20 名天使出击队员则更加情绪高昂，在被篝火映红的脸庞上，呈现出虎虎生威，势不可挡之势。他们都知道，大队之所以用这种方式为他们壮行，其实是鞭策和命令，也是全大队官兵对他们寄予的希望。因此，他们倍感责任重大。

梅照岭用豁亮的声音说道：“同志们，法国著名军事家拿破仑曾经说过，世界上只有两种力量，即利剑和精神，但精神终究会战胜利剑。我军素以强大的战斗精神闻名于世，在阔步迈向中国梦、强军梦的伟大征程中，更需要我军从优良传统中汲取智慧和力量，更需要我们不断增强汇聚起强军兴军、备战打赢的精神力量。今天我们以这样的方式为天使出击队员们壮行，不是造声势，更不是做样子，而是对荣誉的敬畏和传承。希望你们在‘魔爪袭击’行动中，像天使除恶魔样，战胜对手……”

梅照岭做完简单动员令后，大队政委徐培尧又上前指示道：“今天在这里为你们隆重送行，是为迎接凯旋的壮行。这次对抗演习，希望你们始终珍视军人的荣誉，对人民满怀真情、对祖国赤胆忠诚，时刻把保家卫国的职责牢记在心，随时把使命任务高举头顶，头脑里永远有使命，眼睛里永远有敌人，肩膀上永远有责任，胸膛里永远有激情，敢作敢为不推诿，尽心竭力不懈怠，圆满完成演习任务。天使队员们有没有信心?”“坚决完成大队党委交给的任务!”响亮的回答随着风儿飘荡在夜空中。

接着“呜，呜……”两颗红色的信号弹腾空而起，梅照岭再次用无比洪亮的声音命令道：“天使出击队，出发!”锣鼓在官兵们击打下，声音此起彼伏。“加油，天使出击队”的呼唤响彻不断。队员们则纷纷从车窗伸出手向大队官兵致意。十辆电子对抗技侦车分成两组，轰隆轰隆地如猛兽，向两个方向出发并渐渐消失在茫茫夜色之中。

长相奇特的电子对抗技侦车在崎岖的山路上奔袭着，那声音那装束仿佛把人们一下带入纷飞战火之中。前往仙霞关地区的第一组天使队员们信心十足，他们将与 H 集团军 B 师的战友们共同防御来犯之“敌”。张家驹作为组长，担负防御任务。虽然他曾在老山前线与敌人实战，知道如何去应对错综复杂和变化无常的战场，但他对于这次打不打得赢，心里并没有底。因为彼此无论从作战手法还是脾气性格上，无论从装备性能还是战法运用上，都知己知彼。

常言说，兵熊熊一个，将熊熊一窝。张家驹首先意识到自己不能从精神败下仗来。为此他用铿锵有力地话对队员们说道：“帅哥美女们，把我们的《天使出击队之歌》放声唱起来。”队员们立即答道：“好!”歌声便在车厢中萦绕。

担负进攻任务的第二小组，由崔静带队前往江郎山地区与H集团军A师作战指挥部汇合。作为进攻小组的指挥员，她没有像张家驹那样参加过实战检验，连平时的重大演习都没参加过，因此压力巨大，心中一直浮躁不安。从接受任务那时起，她一刻也没停止思索该如何打赢这一战。

汽车在山间峡谷中疾驰，队员有些昏昏欲睡。见此情景，崔静立即打破沉寂道：“大家不要睡觉，要不要听江郎山的传说。”乔巍一听有传说故事，立即带头回答道：“要，一定是风花雪月的故事吧。”崔静嘴一撇，卖关子道：“不一定，但可以保证你们听后心情舒畅起来。”队员们立刻来了情绪，嚷嚷着让她开讲。

“这江郎山，是早白垩纪火山侵入杂岩形成的。这一地区海拔824米，方圆67平方公里内奇峰怪石，飞瀑深潭，引人入胜。景点达150余处，矗立于群山之巅有350余米高的三爿石，被誉为全国丹霞第一峰，长、高各300余米的一线天被誉为全国之最。”

“哎呀，这有什么意思。”乔巍不屑一顾道。“我知道你们喜欢八卦故事，但这是人文故事，可以增长人文素质。”乔巍不再插话。崔静接着道：“历代名人白居易、辛弃疾、陆游、王安石、欧阳修、苏辙、朱熹、郁达夫等都曾慕名而至，赋诗吟诵。明代大旅行家徐霞客曾三次登江郎山，留下千古名篇。”

队员王丽红突然插话道："指导员，辛弃疾曾作诗云：三峰一一青如削，卓立千寻不可干。正直相扶无倚傍，撑持天地与人看。""不错嘛，那你知道那个美丽传说吗？"王丽红哑然。崔静嫣然一笑讲道："在江郎山流传着一个神奇而又美丽的传说：说东海龙王有个小女儿叫海公主，时常从这海口出来嬉戏，看见凡间人男耕女织、夫妻恩爱，十分羡慕。她想，要是自己将来也能过这样的日子，那该多好啊！为此海公主经常从海口出来嬉戏，便认识了江姓三兄弟。"

乔巍连忙插话道："指导员停，停，你接下来的故事是不是这样的：海公主见三郎眉清目秀，又温和又文雅，就偷偷地爱上了他。哪知道天不遂人愿。海龙王为了巴结拥有兵权的癞蛤蟆将军，竟昧着良心，私自把小女儿许配给他。癞蛤蟆一想到能占有年轻美貌的海公主，浑身癞疮疤都亮亮地黑里透出红来。姐姐把这一消息告诉了海公主。她哭着去求父亲，要求父亲撤回他的许婚成命。"

"你知道这个传说故事？"乔巍嘿嘿一笑道："传说故事嘛，不都是一个模版，美女爱上帅哥，可帅哥又有青梅，于是他们爱得死去活来，最后不是感动了父母就是私奔天涯……"王丽阻止道："乔巍你好讨厌，别捣乱，让指导员讲嘛。"乔巍作了鬼脸不再说话。

崔静又讲道："东海龙王劝女儿说，傻孩子，蛤蟆将军人虽难看，但他拥有重兵。如若不答应他的婚事，他便要造反。到时候你我性命都保不牢，还谈得上如意不如意？"海公主见父亲为了保皇位，竟心甘情愿把自己的亲生女出卖掉，知道求他也无益，就偷偷溜出海口，找三郎来商量了。

“江姓兄弟一听，都气得跳起来。大哥说：‘这样狠心的父亲，还是他亲生女，怎么舍得往虎口里送！’二哥说：‘别理睬他，看他们怎么办！’老母亲说：‘孩子啊，你就住我们家吧，我们不愁吃不愁穿，还回那冷冰冰的龙宫做啥！’海公主就住下了。这一来，可不得了啦！蛤蟆将军逼着龙王要人。”

“龙王没有办法，只得派乌龟丞相去找。乌丞相老早就算计着海公主躲在江郎家里，他也不满蛤蟆将军的霸道，在海里转了一圈，向龙王交差说：‘寻勿着！’‘寻勿着’怎么办呢？乌龟丞相献计说：‘大王派蛤蟆将军自己去寻吧！’龙王想了想也对，就对蛤蟆将军说：‘我把女儿许给你了，你自己派兵去寻。寻回来给你当夫人，寻勿着，我亦没办法！’听完，蛤蟆将军气得两眼一鼓，肚皮一胀：‘好你个老贼，把女儿藏起来，叫我去寻！先不与你啰唆，等我寻回来，有你老贼好看的！’就带领虾兵鳖将去寻找。”

讲到这里，崔静发现大家一脸兴奋，知道把队员的情绪调动起来了，因此她便戛然而止地问道：“你们对打赢有没有信心?”队员们愣了一下，答：“保证完成任务!”对此，崔静卖关子道：“要知详情，且听下回分解，现在大家休息一会，准备明天的战斗!”

论　战

连绵横亘的仙霞关，云气飘忽，仙鹤引颈。随着天际一点点发白，山间独有的雾霾和炊烟缭绕升起，这里仿佛一下子成了人间仙境和世外桃源。小鸟在歌唱，雄鹰在展翅……

蓝军备用指挥所建在主峰边缘的一片竹林里。因为红军正在实施全境无空隙电子干扰，所以指挥所的参谋人员都闲了下来。韩梅梅昨天夜里奉命带着两名队员到指挥所值班后，就一直在寻找机会接近张家驹，想着最好能单独见面。可是张家驹一直待在作战室，没机会。于是她就选了一个可以窥视外界的最佳位置，托着香腮，等待着。

在这位十八岁美少女眼里，张家驹这个男人如坠炼狱的神情显得更加魅力四溢，令她怦然心动。她知道张家驹是已婚男人，知道喜欢一个已婚男人是危险的也是不道德的，可她就是喜欢，甚至心碎。

这是十八岁少女情窦初开的迷惘，与道德无关。“我要尽一切努力，让这个男人巨人样耸立着，成为心中的航标。”韩梅梅正想着，一抬头就看见张家驹一个人走了出来，那样子满怀心事。韩梅梅赶忙跑到后窗，却发现张家驹一下就消失在崇山峻岭之中，这让她有些失望。

脚踩着仙霞关的大地，张家驹心中有种说不出的滋味。如果没有战争，如果世界一直和平，这里将是多么美妙的人间仙境。张家驹心想：真是不一样的山水，养育不一样的生灵。号称“中国的盖世太保”的戴笠就是在这里训练谍报人员。

张家驹轻蔑一笑臆想：如果戴笠能够看到今天，观摩今天的中国军队，一定会对中国军队的和平崛起而欣慰，一定会对中国军人坚忍的意志而赞叹。

“报告，张参谋长，B 师朱皓山师长请你到会议室开会。”B

师作战参谋杨来红报告道。张家驹转过身回答道："好的，我马上就到。"自从今天凌晨他们天使出击第一行动小组抵达仙霞关阵地与 B 师作战指挥部汇合后，张家驹就没有一点睡意，一直思考着如何打好漂亮一仗。

因此天一放亮他就到阵前熟悉一下作战环境。他既担心天使出击队完成不了任务，又担心因为他们的胜利，挫伤了他的第二行动小组。这时他觉得自己像家长，十指连心，伤了哪根指头都很痛。

对此，在这种手心手背都是肉的指导思想下，张家驹希望第一小组和第二小组都能打出威风，哪方失败他都不想看到，他的心里一直纠结着，渴望想出个两全其美的战法。

B 师作战指挥部设在仙霞关下戴笠的旧宅中。旧宅占地 300 多平方米，主楼设计精巧、新颖，是依地势而建的前二层后三层的别致楼房，风格独特，处处设防。置身这密宅中，可近距离感受戴笠这个神秘人物的内心世界和当年的风声鹤唳。密宅主楼共有 122 扇窗、85 扇门，间间相通，环环相扣，人们步入其中，似走迷宫。屋内明梯暗道，明门暗哨，可谓机关算尽，充分体现了戴笠作为"世界谍王"的职业特点。

走进作战指挥部后，张家驹发现一屋子人都在等他。张家驹立即向军衔最高的首长行了一个军礼。对此，师参谋长谷翔连忙介绍道："这位是 B 师朱皓山师长、那位是一团团长钱浩祥、二团团长柯利刚、直属团团长周国忠、三团团长许建峰及参谋人员。"他们已经全部入座等待他的到来。

一连串介绍完毕，B 师朱皓山师长就接过话说道："今天之所以开这个早会，主要是给张参谋长介绍一下我师布防仙霞关阵地区的战略构想，然后请张参谋长针对天使出击队如何围绕战略防御来获取敌人情报谈谈看法……"

朱皓山通报完布防仙霞关阵地区的战略构想后，便看着张家驹客气地说道："张参谋长，请你谈谈吧。"张家驹连忙站起来道："一切听从朱师长调遣，保证全力以赴抵御敌人和防御敌人。""不是调遣，是共同来对付红军的进攻，保证我方阵地安全，最好是给红军来个措手不及的打击。"

对此，张家驹把天使出击队如何进行电子战略防御、进攻、扰乱等一一做了全面系统的介绍。朱皓山一脸认真地听后，伸出大拇指连说："好好好，打他们个稀巴烂。"说完，会议室里一片欢腾。接着 B 师参谋长谷翔从位子上站起来说道："大家打开面前的笔记本电脑，我来介绍一下详细作战示意图。"说完，谷翔轻点鼠标，电脑立即出现了 B 师仙霞关阵地战略防御方案示意图。然后，谷翔按照图例指引，把 B 师战略防御和战略进攻从头到尾讲了一遍。

张家驹听完介绍后意味深长地说道："师长，这次演习不设导演部够我们喝一壶的，基本与实战没有什么两样，说句不应该说的话，如果按照刚才谷翔参谋长的防守构想，我们很可能会……"说完他发现 B 师的参演人员全部用惊愕的目光看着他，只有朱皓山师长一脸认真地鼓舞道："张参谋长你继续说，本来今天就是论战的，畅所欲言嘛。"

"那我就外行装内行说说我的看法吧。如果 A 师步坦协同甚至空天一体来攻击我方阵地，大家都知道在敌我双方都运用信息战和电子战的前提下，他们一定会把信息制控权当成制约对方通讯畅通的关键因素来行动……为此，我建议与其被动防守，不如主动出击。”

张家驹一口气说完，会议室里顿时惊讶一片。“你这明显是外行说内行话，怎么主动出击？难道要我们跑到红军阵地上去消灭对方？”直属团团长周国忠小声反驳道。三团团长许建峰一向天不怕地不怕，嗓门很高地道：“请问张参谋长，步坦协同作战你是真懂还是假懂啊？”与会人员听到许建峰这么一问，立即发出哄堂大笑。张家驹更是尴尬得无地自容。他那本来就青鱼背的脸色一下子显得更加发黑。

眼看这样下去，会议要失控，朱皓山便打断他们的话问道：“那你们几个团长来说说这次演习怎么才能掌握主动权？”许建峰不敢直视，嘴巴扯了扯说不出话来。然后会议室的人你看着我，我看着你。许建峰的脸上羞赧得一会白一会红，不过随即他又本性难移道：“依我之见，这样的对抗演习，上级要求的本来就是配合红军取得胜利，我们只要多在掩体防护和突袭准备上下足功夫就好了，让红军不要一下子攻下阵地就算完成了任务。”许建峰说完，大家发现朱皓山的脸色阴沉得厉害。

山雨欲来风满楼，好汉不吃眼前亏，大家都屏住呼吸不敢再吱声。谁知，许建峰以为他的“理论”说到点子了，对此，他又侃侃而谈道：“所谓的演习嘛，只要演好看了，不出岔子就行了。反正我们蓝军总是当配角的，不差这一次……”

“砰！”还没等许建峰的四川腔落音，就看到朱皓山用力将手上的作战方案摔到桌上，并非常生气地说：“你给我住嘴！大战临头你还在这扯淡，表演？这次演习，本来就是探索打赢信息化条件下的局部战争，是要动真格的，肉体是拿来用的不是用来伺候的，你这谋打赢的观念还沉浸在几十年以前。”说到这里他稍停顿了一下继续道：“不是演习在即，老子立即撤销你的团长职务，回去后给我写检查，好好反省，你这就是军委领导讲的尸位素餐。”

会议室里顿时死一般沉寂，很多人甚至连抬头看他一眼的勇气都没有。大家知道这位老师长一般不发火，一旦发起火来那可是惊天动地，无法拒绝。“一团长，你来说说如何打好这次防守战。”朱皓山看着钱浩祥问道。他立即站起来道：“报告师长，如果这次H集团军不设导演部，其实就是不对称作战，和真正的战争差不多，如果这样，如果这样……”

“不要如果，只要结果，你就实话实说！”朱皓山带着愠怒提醒道。“那么，我们就来个不拘形式的对抗，抛开演习来打仗。”钱浩祥战战兢兢地说完，主动等待挨批。令他意外的是，朱皓山的脸色渐渐转晴了。“你继续往下讲！”朱皓山平静地说。于是钱浩快速整理了一下思路道：“简单说，就八个字：放弃阵地，主动出击。”说完，大家在担心中轻轻发出惊愕的声音。

很多人为他的言语捏了一把汗，但钱浩祥却不再担心，他是个聪明人，当他还是战士时就跟着老团长当通讯员，对领导的决策意图一看一听，就心知肚明。因此，当朱皓山师长叫他发言时，他已经做好准备。决定顺着L电子对抗大队张家驹参谋长的话往下说。

突然又是“砰”一声，朱皓山一拳打在桌子上把大家吓了一跳。大家的目光齐聚到他的身上。这时朱皓山站了起来，用目光在会议室扫视着。大家再次屏住呼吸，猜想着钱浩祥这次可能要倒大霉。正当大家怀着担心甚至带着取笑心理看着钱浩祥时，朱皓山哈哈大笑道："B 师总算有个头脑不简单的人了，钱团长的战术思路很好，符合我军的战略战术，谁说蓝军只能打败仗？谁说我们只能当配角，谁规定的？我就要赢给他们看看。"

声声责问如雷贯耳。说完他停顿了一下，又语重心长地说道："大家知道，这次'魔爪袭击'演习是集团军诸兵种一次合同登陆作战演习，我们师在演习中扮演蓝军防御。作为对方的靶子，决不能坐以待毙，军首长已经明确表示，这次演习就是要打破常规，可以说我们的防御水准直接决定着对红军战斗力的检验，一打就跨还叫什么对抗演习。因此说对抗得越有力，越能提高双方的战斗力，更直接关系到整个演习计划的成败，这一点，希望同志们有足够的认识。"

说完他停顿一下道："我要提醒大家，在这样一次规模宏大，参演人员众多的演习中，各部队之间存在着不是比赛的比赛，不是竞争的竞争。所以，这次演习中的表现，绝不仅仅关系到 B 师的形象，更关系到我们的声誉，军首长把这项任务交给我们，是对我们师的信任，希望同志们在演习中，以最优秀的表现，回报首长的期望，同时，向友邻部队展示我师敢打必胜的风采！"

朱皓山说完钱浩祥露出开心的一笑，张家驹的脸上更是挂满了自信。心想，取笑我的人还没出生呢。朱皓山点燃一支烟，瞪了一眼许建峰接着说道："同志们啊，既然付出了，就要有所收获，我们要把平时苦练的成果淋漓尽致地发挥出来，让所有的人都看到，我们是真正的攻无不克，战无不胜的一支劲旅！综合刚才张家驹参谋长和一团长钱浩祥的思路，由战略防御改为战略进攻。谷翔，限你用24小时带领大家重新制定一个新的作战方案。方案的指导思想如下：一要突出由被动防守变主动出击，至于怎么出击你要将电子战融入其中；二要突出灵活机动，主动出击并不是不要守阵地，而是将阵地前移，完全可以打一个阻击战嘛；三要出其不意，可以假想一旦红军按常规向仙霞关阵地空投，我方将首先在仙霞关阵地以南150公里的喇叭山地区为战术支撑点，向来侵之敌前方发射红箭9火箭弹，用密集火网阻止红军逼近。然后留一个团扼守阵地外，其他三个团全部直捣红军老窝。谷参谋长，我这只是一个人的思路。权作抛砖引玉，你们放开思路去设计。只要能取得胜利，可以不管战法。”

朱皓山说完，大家的心已经飞越到硝烟弥漫、厮杀一片的风火战场。

部　署

冬夜的江郎山格外静谧和阴冷。一轮清冷的明月从三爿石正前的一线天中穿过，射出的白光像一把长长的利剑直插敌人心脏。而红军A师作战指挥部里却气氛热烈，师长徐春云正在召开战前部署会，对着作战显示屏语言犀利讲述着：“在部署作战计划之前我给大家先讲讲‘诺曼底登陆战’的故事……”

“师长，你这是要搞偷袭？”一团团长陈国平听完就迫不及待站起来问道。“不对，是突袭，不是偷袭！别讲那么难听，把我们搞得像做贼一样。”作战室里顿时哄哄大笑。这时一向不太发言的三团团长谢成龙站起来说道：“师长，诺曼底登陆成功，是因为希特勒中了盟军总部的疑兵之计。在诺曼底登陆以前，盟军伪装集结了一支舰队，发出大量电讯，造成假象，那么我们如何让蓝军中我们的疑兵之计？”

徐春云脱口说道：“这个嘛由我们天使出击队员负责了，是吧崔指导员。”崔静立即站起来回答：“一切正按照师长之前的战略意图进行着，具体说下我们天使出击队的电子进攻计划吧？”徐春云满意地点了点头说：“请你给大家详细讲一讲吧，也算给大家洗洗脑子，让生锈的脑子速转起来。”

崔静清了清嗓子说道：“电子战的总任务是通过干扰、压制敌方的通信和各种电子系统，在特定的时间内夺取电磁频谱的局部或全面控制权，破坏和削弱敌人的作战能力，保持和提高己方的作战能力。有效的电子战有助于降低己方参战人员、装备的折损率，提高部队长时间作战能力；同时在己方有选择地集中兵力突击重要目标时可减少参战各装备面临的危险。这个我就不多讲了。”

见大家一脸迷惘，崔静停顿了一下接着说道：“下面我再讲一下在战役实施过程中，如何采用电子干扰伴随掩护或远距掩护部队行进的方法以及对敌进行电子侦察、佯动、干扰和摧毁……”“你这些我们都懂，有什么好讲的。”随着陈国平的嘀咕，会议室开始交头接耳。

崔静一看情形就知道他们在议论她纸上谈兵，对此她立即话锋一转说道：“下面我再说这次天使出击队实施电子进攻的几个步骤。第一步，蓝军那边的天使出击队一定会在演习打响之前，采取一切手段窃听我方情报。”说到这里，会议室里立即开始窃窃私语："这样我们的战略意图会不会暴露啊？"崔静主动回答："从现在开始，都要切断与外界的一切通讯联系并实施电子压制干扰，这一点我来参加会议时已经开始，请大家放心。"

徐春云开心道："还是女同志想得周到，你们这些大老爷们要好好学习人家啊。"徐春云示意她继续往下讲，崔静又说道："第二步，蓝军也同样在防范我部窃听，好在我们是战略进攻，虽然不能明确他们的战略防御，但我们可以多准备几种进攻策略，这一点各位首长是专家我不多赘述。第三步，也是最重要的一步，蓝军可能运用技术手段破译、窃听、侵入我方通讯联络和指挥系统，如果他们得逞，那我们麻烦就大了。"

讲到这里，徐春云急切地站起来问道："崔指导员，有没有好的办法阻止蓝军破译、窃听、侵入我方通讯联络和指挥系统？"崔静难为情地一笑欲言又止，见此徐春云手一挥鼓励道："你大胆说，本来就是作战会议，大家集思广益，说错了也不要紧。"

"关于破译、窃听、侵入通讯联络和指挥系统无非是黑客入侵、密码分辩破译等手段，据我了解，目前世界上还没有更好的方法。至多设置电报密码强度或采用第三种通讯联系以及备用通讯联络等方式。"

"那具体怎么办啊，有那么神奇的手段吗？"会议室里又开始窃窃私语。于是崔静讲起了L电子对抗大队在老山作战中，运用第三种通讯联系的方式。她说："在老山作战期间，敌军不知运用什么手段破译了我军即将进攻敌方311高地的战略意图，加强了防御准备，导致我军损失惨重。对此，张家驹带领的短波通讯分队及时吸取教训，采取明码通讯，即用方言通讯，一下子让敌人傻眼了……”

讲到这里，会议室的气氛一下子沸腾起来。“这是个好办法，我们师里的兵来自全国各地，尤其那闽南话谁能听懂啊。”徐春云心里一下子有了主意。

“崔指导员你继续往下讲……”徐春云有些兴奋道。“这第四步……”

崔静说完，徐春云站起来说道：“刚才崔指导员把电子进攻、防御等作战方案说完了，大家心中也有数。那好，下面就由师参谋长赵盈川将具体作战团任务分配如下：一团（坦克团）在直属团（榴弹炮）的重火力压制下，分两组分别向仙霞关正面和侧翼挺进，目的是吸引蓝军的火力和注意，配合空降部队奇袭成功。二团（摩步团）组成一个加强营的敢死队，搭乘陆航团直升机，在直属团火力压制后，实施空降蓝军大本营。三团（通信团）和天使出击队相互配合，制造发送大量虚假通信，扰乱蓝军视线，扫清一切障碍，为突击做好准备。”说完他又突然补充道：“通讯团要准备多条有线通讯备用线路，以备不测……”

赵盈川说完，一向爱动脑子，对现代高科技局部战争颇有研究的直属团团长皮国华不无担心地问道：“师长，那要是B师弃守阵地从后面抄底怎么办?”三团团长谢成龙听后，立即站起来道：“老皮，你说的不属常理，咱们这次对抗是登陆作战，人家干吗要跑到我们这边来主动出击，不符常理啊，再说B师那点实力能打得了我们步坦协同?”张晓兵一听立即反驳道：“不对啊谢团长，皮团长的担忧还是有道理的，要引起足够重视。”

一番争论后，徐春云心中有了底，见时机已到，便说道："很好，你们几个说得都有道理，那这样，通信团剩下的人负责保卫作战指挥部的安全，这个朱皓山还不知道会搞出什么名堂来。"徐春云说完，一脸无奈悻悻然。他知道对手这次不会轻易放过他的，因为对手已经积蓄了多年的报仇之心。

"对了师长，我还有个疑问，双方都有天使队员加入，从信息战上看可谓知己知彼、势均力敌，我认为迷惑敌人这一套有些行不通。"皮国华又不无担心提醒道。这时，张晓兵不以为然道："哎呀，老皮你今天怎么总是哪壶不开提哪壶，就我们这甲种师打他一个乙种师不是小菜一碟?"其他人也附和道："实在不行，我们就按照常规战法，直接强攻，说不定更能显示我师实力。"

听到大家的议论，徐春云也觉得有道理。他也认为在双方实力对等的情况下，狭路相逢勇者胜。古人也说，天下难事，必作于易，天下大事，必作于细。徐春云兴奋中，喝了一口茶道："你这话还是有道理的，那我们就来个生死对决。赵参谋长，你再连夜拟定一个常规作战的方案出来，以备不时之需。我还不信他朱皓山能给我搞个什么新花样来，都是千年的妖精，跟我玩什么聊斋，哼!"

作战布置会议结束后，崔静转身走进天使出击队报务侦察室。发现队员们并没有休息，而是全神贯注抄收着电报。看到她突然到来，队员高晶立即站起来报告道："指导员，刚刚收到一份奇特的密电，像是一组段纪华的手法。""很好，马上送译电室。""报告指导员，我也收到一份奇特电报，手法和报种完全与我们训练时不一样。"张一楠报告道。

“怎么不一样?”崔静一愣问道。“是数字英文混合报，从未遇到过的类型。”崔静“哦”了一下心想，这可能是参谋长张家驹的撒手锏，别人没有这个绝活。她记得他曾说过，那年对西南边境某国作战时，为了防止敌人破译我们的通讯联系，他们先后创造了地方语系明码电报，如用闽南话通讯，混合码通讯等等。敌人明明白白知道我们的电报声，却就是不知是什么内容，敌人一下就陷入了破译的迷魂阵之中。想到这里，崔静立即命令道："所有队员们注意了，按照训练中的要求，找规律寻突破，找出对方的死穴，谁先找出给你们记功……”

命令如剑出鞘，激励令人奋进。队员立即开始忙碌起来。当崔静走出报务侦察室时，东方的天际已经开始发白，江郎山迎来了新的一天，她知道不管日月如何更替，它依然雄伟屹立在那，于是打了一个哈欠向帐篷走去。

第十七章　天使凯旋

论　棋

位于东南沿海的赢州地区，雁荡山下，H 集团军代号“魔爪袭击”演习的指挥部里，史云赋手指轻轻敲着桌面，将 A 师、B 师上报的对抗演习方案再看了一遍，认为方案基本达到演习总指挥薛兆文的目标了，这是他没想到的。接下来就是实战了，虽然说 A 师和 B 师都做了各种精心准备，但他们怎么也想不到，薛兆文还会把“放羊”式的演习推向极致。虽说这样的演习更具灵活性，贴近实战，机动性更高，但对于常规部队来说，非常具有挑战性。因为作为一名军人尤其是指挥员来说，谁不想争夺第一？

“史云赋，A 师和 B 师的对抗方案报上来没有？”薛兆文走进指挥部开口就问道。“报告首长，已经都报上来了，我刚刚看了一遍。”“有没有按照我们制定的演习大纲来准备？”史云赋答：“方案都搞得不错，像是要混战的架势。”对此薛兆文心知肚明地问：

“怎么个混战法啊?”史云赋先把B师的作战方案递给薛兆文。

史云赋诡异一笑，心想你不就是要这个结果嘛。看着B师的作战方案，薛兆文脸色一会阴沉一会云散。史云赋判断不清他会不会发火，虽说他曾在会议上说过要不拘形式对抗，但朱皓山这种类似反其道而行之的做法还是明显带着挑衅的意味。看完B师的作战方案薛兆文也不说话，伸手就拿起史云赋面前的A师作战方案坐下来，换了个姿势研究着。

于是史云赋去给他泡了一杯茶看着他，希望从他脸上找出对这两个方案的评价来。结果令史云赋很失望，薛兆文的脸色依然是阴晴圆缺让人琢磨不定。

看完两个师的作战方案，薛兆文站起来仰望着帐篷顶叹了一口气问道:“小史你下过军棋没有?”史云赋立即回答:“报告首长，还是小时候下过。”薛兆文问:“那军棋有几种战法?”史云赋脱口回答道:“大概有两种，一种暗战，一种混战。”“那你是喜欢暗战还是喜欢混战?”史云赋不知道他想干什么，就吞吞吐吐地回答道:“这个，这个小时候是根据不同性格的朋友而选择的。”

“那么我来说说我对军棋的认识吧。暗战和混战是理想和毅力的交锋，如果一个人有了理想和毅力这‘两个翅膀’，他就能飞得高，飞得远。行棋是建立在判断的基础上做出的选择，准确的判断是实现各项手段及控势的前提条件。练就单兵作战能力、良好的判断力必须靠长时间实战，此外没有捷径可循。有人说，判断力就是一种棋感，是天生的，这与我所说的‘判断’并不是一个意思。我这里指的‘判断’是在有一定前提条件下为合理行棋而做出的合理选择，并不存在感觉。”

史云赋借力打力顺水推舟道："是的首长！碰运气的行棋不叫判断。"薛兆文继续说："第一空炸。空炸不是上上策，含有一定的运气成分，但可以用合理的判断将运气成分降到最低，根据局势的不同选择不同的空炸对象。高手之间的对局，到中盘其实无异于下明棋，互相之间的配置情况都自明于心，该有什么子必是什么子，这种情况下，把炸弹扔出去，炸师长炸军长的可能性都较大，判断比较容易，而且敌方也不容易判断你是否仍留有炸弹防守，靠微弱的优势取胜，往往会使敌人看到复盘后才恍然大悟。当然空炸到司令是稳赚不赔的好棋，可概率很小，而且一旦没有炸到司令还被敌人看出没炸了，结果就是敌家司令吃爽甚至拔旗，大势去矣。"

史云赋插话道："是的首长！炸弹空炸，不一定非要瞄着司令去，盘棋空炸师长是上策，判断师长还是相对容易些的，炸到了还不一定被敌人发觉你少一炸，之后的行棋也相对容易。空炸属暴利、贪心的下法，尤其是在局势并不占优时空炸，我并不提倡，毕竟军棋包含偶然的因素。"

薛兆文点头表示赞许，接着又说道："第二旗线。判断旗线有几种方法，但对于军棋这种棋类来说不是绝对的，很多情况要视棋手的风格或想法改变判断方法。判断旗线最简单的方法就是针对闪电快攻阵做判断，一般情况下，选择闪电打法的棋手都会选择非旗线作为进攻线，这是理智的选择，因为这样可以做到毫无顾忌地进攻，不必担心自己的旗线空虚，使进攻线上的大子完全发挥它的效力，从而充分发挥出闪电阵的功效。"

史云赋插话道："是的首长，习惯靠旗线进攻的棋手首先可以说明这样的打法是不成熟的闪电打法，既然选择了进攻，却又担心自己旗线力量薄弱不易防守，是心态较差的一种体现。如果我看到对家旗线进攻，司令被炸，我是打心眼里别扭，这种情况下，如果敌方出子及时，双军推，极难守得住，未到中盘时一家被灭，两家打一家，敌人占有步数上的优势，可说是胜算全无，所以我极力反对旗线进攻。”

对此史云赋又巧妙叙述道：“在和盘棋高手的对局中，对旗线的判断是有一定难度的，盘棋布局左右实力大致均衡，行棋也以稳为主。”薛兆文呵呵一笑道：“这个得视局势而定，不要靠主观意识急于求成，要减少失误，对手先沉不住气也说不定呢！判断出旗线对行棋有一定的帮助，但并不是取胜的关键。”

“这第三是雷型。判断雷型有很多种方法，关键一点是要考虑到对手的防守心态，按照棋理做出合理的判断。若遇配合较好的敌手，挡拆及时，下子及时，即便底线还有一炸也无力回天……”

“是的首长，您对军旗也有这么深入的研究。”史云赋拍着巴掌恭维道。薛兆文为此得意地一笑道：“当然军棋的布阵有很多变化，也看每个人行棋的风格和习惯，以上我所提到的只是大多数情况下应做出的最基本的判断，我认为高手行棋以稳为主，相信自己的判断力即有根据的判断，所走的棋效率大增，根据局面而变。军棋无定式，这是我的个人意见。”

接着他喝了一口茶转入正题，说：“从刚才这份作战方案上看，朱皓山明显喜欢混战，这是开放之举的性格；而徐春云的作战方案，明显过于保守。虽然他加入了空降突击，但如果 B 师火力防守缜密，岂不是白白送死，从方案上看并没有考虑空降后的掩护。而更令人可笑的是B师放弃阵地，主动出击。作为一个乙种师放弃阵地不守，去突击人家大本营从表面上看很可笑，也不符合演习规则，但徐春云恰恰又防守空白给了朱皓山机会。两种不同的心态，决定出两种不同的战法，有意思啊。”

“是啊，一个人的思想有多远，他就有可能走多远。”史云赋惶恐地附和道。“小史，你说这演习会不会导致一边倒?”薛兆文一脸疑惑问道。史云赋略加思考，侃侃而谈道：“高科技条件下的局部战争，前方和后方分界已经不存在了，一旦战争爆发，在战区将无前线后线之说。作为防御的B师，虽然采取大间隙梯次的防御，可以避免全线溃败的噩运，也可以避免兵力过于集中，遭到敌战术火力的摧毁。但作为高科技装备条件下的战争，要是按照常规去做已经没有意义，因为没有纵深，只有战场，主动出击应该上上之策。”“你真这么认为?”薛兆文好奇道。史云赋脱口道：“是的首长，强者都是孤注一掷，含泪奔跑的人!”

薛兆文点点头，又带着疑问问道：“作为集团军第一次不设导演部的自由对抗演习，你认为他们这样去对抗，会不会出现一锅粥的局面?”史云赋犹豫了下回答：“以A师的实力，如果按照常规作战样式，即便明战他们恐怕也可以很好地突破B师的防线。因为在战争的前期，他们已经利用天使出击队电子对抗的优势，掌握了信息的主导权，那么最后就是拼实力了。因此蓝军只有出击才是上上之策。”

这时薛兆文带着忧虑担心提醒道：“抓住谋打赢的准绳，才能实现打得赢的牛鼻子。可你别忘记了，他们在信息战占有资源上势均力敌，A师毕竟是一个甲种师，无论从装备上还是兵员上都有优势，如果朱皓山那四不像的战术偷袭成功岂不让人笑掉大牙?”“那首长如果你是A师指挥员这仗应该怎么打?”薛兆文因此信心十足道：“如果，如果是我，既然有了飞机，那就在制空权上下功夫，然后直接占领蓝军指挥部，活捉朱皓山。这就是军棋中的炸司令战术。”

见史云赋不语，薛兆文自言自语道：“众所周知，战争虽然有时候不可避免，但是也要以最小的代价换取最大的胜利。20世纪后半叶的海湾战争，多国部队出动兵力70多万，虽然取得了战争的胜利，但是战争成本令人惊叹。而伊拉克战争时，美英联军总共出动40多万兵力，其整体作战能力却比海湾战争时提高了2至3倍。俗话说：兵不在多而在精，将不在勇而在谋。”

史云赋一听他们又回归到一个理论点上，便插话道：“是的首长，近年来世界上的几场局部战争表明，数量和规模上的优势，很难弥补质量上的劣势。随着科学技术的迅猛发展，军队的质量建设对战争胜负将具有决定性作用。”史云赋说完，薛兆文表示共鸣道：“好吧，让他们在无战法中磨炼吧。”说完背着手满意地走了出去。

开　战

江南多竹且颇有明月之风，春夏秋冬，一直都和清风流水应和着，和成诗，和成歌，和成婆娑美景。满山秀竹，恰似江南美女，亭亭玉立，婀娜多姿，让人目不暇接。她们或立于水边，静听水的清唱；或站于山巅，浑身写着“一览众山小”的超然；还有的隐于山谷，羞答答地俯首细想着心事。此时的“红军”和

"蓝军"在各自阵地的竹林中，静静远眺着昏黄而安详的景象。而那些颤抖的花絮，飞行的昆虫，一切蠢蠢欲动。

17点30分，薛兆文走进作战室对军训部长何淼命令道："现在我宣布H集团军'魔爪袭击'演习正式开始。"电波立即随着薛兆文的口令迅速传达到红军和蓝军的指挥部里。

命令就是冲锋号角，在A师前线指挥部，徐春云以报仇雪恨的愤恨对着参谋人员命令道："命我军右翼集团两个团趁夜渡河，于明晨三点前赶至三号何家山地区摆出口袋阵，防止敌人由战略防御变为战略进攻，聚歼敌二团于运动中。命我军左翼集团横移到四号毛塘河地区渡河，一团、三团负责从左翼突破敌人一道防线。命反坦克部队两个营，连夜渡过毛塘河，必须于午夜两点钟以前渡河完毕。时刻准备应对敌人向我坦克部队反击……"

一连串的命令下达完毕，他傲视群雄地大声问道："听清楚没有？"参谋答："非常清楚了！"A师参谋长赵盈川又提醒道："咱们恐怕得留一个营佯攻敌方何家山地区并不断向前推移，否则这样昭然若揭会引起敌人注重左右翼的防范，佯攻能够从正面进攻并吸引他们的火力。"徐春云片刻思索后补充道："命令天使出击队停止电子干扰五分钟，以最快速度把电报全部发出。之后，全面实施电子干扰，直至明晨五点总攻前停止。同时请求陆航团进入战斗准备，根据战场发展态势，随时请他们增援。"

这一系列决定，犹如秋风扫落叶瞬间就在H集团军作战室红蓝两军对抗演习显示屏上得到完全显示。史云赋立即报告道："报告首长，红军的行动已经开始了，气势逼人。"薛兆文起身走到他跟前："让我看看红军战斗布局的态势。"画面上，红军的作战态势一目了然，且行动迅速。薛兆文表情严肃，没作评论地回到座位上。

毛塘河的对面是蓝军防区，正是主力防守的地域，却没有一点动静。这让薛兆文觉得有些奇怪，便自言自语道：“看来徐春云是准备后半夜动作了。红军突然集结发动，这种思路是对的。只是这种突然伸出两只拳头打人的战法实在不可取，有点老套了，要是敌人一个闪身不是打空了。”这时，军训部长何淼胸有成竹道：“红军突破蓝军第一道防线的可能，只能是以突然袭击的方式，从毛塘河侧翼主攻，然后借三号何家山地区佯攻。只要他们地面打击能够奏效，完全可以做到这一点。”

正当B师在红军强大的电子干扰下，无法收发电报急得张家驹团团转的时候，对方却突然停止电子干扰了。张家驹立刻意识到，机会来了，红军可能要利用间隙向自己的部队发送指令，于是他命令天使出击队员全力做好收报。没想到，就在他的话音一落的刹那，天使队员就报告红军开始发报了，红军的电报就这样轻易被张家驹的队员截获。薛兆文担心一拳打空的担忧很可能要一语成谶。

心急火燎的张家驹拿起队员们抄收的电报快速走进破译室，不一会工夫，就破译了A师那五分钟的密码电报并立即向朱皓山进行了报告。得知红军的战略意图后，朱皓山喜出望外对谷翔命令道：“谷参谋长，以最快速度命令各部队：敌方可能于今夜来犯，各部进入战争状态，以寸土必争的姿态投入演习。令一团、二团、直属团按昨日预备方案全速向毛塘河侧翼运动并构筑坚强防事。令榴弹炮团做好一级战斗准备，随时对敌装甲部队进行致命打击。”谷翔提醒道：“那何家山地区不是防守力量太薄弱了，这地方很可能就是敌人最想突破的防线啊。”朱皓山一挥手脱口道：“那好，命令三个团各抽出一个加强营在何家山地区进行阻击。”说完他又自我否定道：“直接把直属团迅速调过来，然后抽出反装甲营火力支持。”

较量由此拉开。鹿死谁手没人知道……

“报告首长，B 师也行动起来了。”史云赋向薛兆文报告道。薛兆文立即走过去仔细看了一遍道：“不对呀，这朱大胆先知先觉啊，他们怎么知道徐春云要从毛塘河侧翼主攻?”史云赋立即嘿嘿一笑，胸有成竹道：“很可能 A 师的电令被对方天使出击队员们窃取了，否则他不会这么先知先觉，神机妙算的。”

薛兆文因此长长叹了一口气道：“当年日本人进攻占领南京，就是从这里突破防线的。B 师一团、二团，两个门神一左一右，再加他们的直属团，一夫当关，A 师想进菜园子怕没那么容易。再看看红军摆的是什么架势?”屏幕又换成红军的兵力部署图。“从图上看，红军一线部队兵力倒是速度很快，已经快进入毛塘河对岸，那架势像直捣黄龙。但是这样大摇大摆进人家菜园子摘菜，不要被人家拦腰一棍? 从布阵上确实看不出什么过人之处。难道他们不怕蓝军全力阻击，这徐春云搞的什么名堂。”薛兆文开始有些纳闷。

“兔子总是在自己的窝边吃草，最后一定会被猎人逮住的。红军的前景我看不妙。”何淼感叹道。史云赋也附和道：“徐师长观念没变，还以为红军永远是胜利者，怕是要吃亏了。”正当他们对话间，A 师做出新的战略部署。在 A 师指挥里，徐春云对着赵盈川命令道："赵参谋长，记录命令：第一，因敌一团已经开始脱离其后方，所留弹药、粮食有限，令我二团全部和一个独立营将其困在三号地区至毛塘河之间，其余围歼敌一团的部队，迅速由敌三号地区左侧，插入敌五号地区；第二，命空军轰炸机大队，寻找敌左翼运动中的部队，全力炸毁它的榴弹团，并负责监视须江大桥；第三，令在敌五号地区隐蔽待机的摩步营，突然发动，彻底捣毁敌方正在何家山布置的高炮阵地；第四，令航空兵大队趁敌预备队前移，准备空降到敌阵地上，彻底捣毁敌前指；第五，在摩步营得手后，空军全力打击敌摩步团主力；第六，在各部队接到命令后，对敌实施无间隙电子干扰，以隐蔽我方作战意图。"

赵盈川听后，惊愕得长长叹了一口气道："好家伙，你把家底全用上了，这下他们肯定会死得很惨……""这叫当我们作战时，我们在履行战争责任，当我们放下武器时，我们在履行善良责任。"徐春云说完，露出饱含阴险杀机的一笑。

蓝军担负何家山一线防守的直属团报告道："报告，师长我方前沿五公里外发现红军装甲部队，请指示。"朱皓山一听便抬起手表看了看，然后发出轻蔑一笑对报务员道："命令榴弹炮团远程射击！命令装甲营准备阻击，奶奶的熊，徐春云这狗日的果然给我来了个声东击西，都是千年的狐狸……"

随着朱皓山的命令发出，正在快速前进的红军装甲部队，在没有准备的情况下立即迎来当头一棒。

"报告首长，红军和蓝军交上火了。"军作战指挥部里参谋李英杰报告道。薛兆文立即从座位上来到红蓝两军对抗演习显示屏前。"好啊，是得给徐春云洗洗脑子了，都什么年代了还打突击战。"

红军前方传来战报："报告徐师长，我装甲部队遭到蓝军猛烈阻击，请您指示。"参谋张坚报告道。"蓝军是不是用的红箭9？蓝军怎么不守阵地？"徐春云发出一连串好奇的疑问。张坚立即回答："报告，是的，他们好像在中途打阻击战了。"徐春云命令道："迅速锁定目标，对敌红箭9反坦克团实施精准打击。"

徐春云早就预料到，蓝军一定会对他的装甲部队实施打击，而且他还知道这红箭9有个致命的弱点，那就是它在发射中必须要跟踪瞄准，否则就打不中目标，如此一来就容易暴露自己的阵地。果然，很快就传来了消息。张坚又报告道："报告首长，电子侦察锁定蓝军反装甲阵地坐标，请您指示。"徐春云手一挥道："给我狠狠地打，彻底摧毁它。"徐春云说完紧闭双目，嘴在无节律地嗫嚅着，像是进入了梦中磨牙的状态。顿时，蓝军反装甲阵地上一片火海。

"报告前指，我方反装甲部队遭到红军毁灭性打击，请求是否可以转移到第二防线。"蓝军榴弹炮团报告道。朱皓山一听不好，立即命令道："立即转移，准备向何家山两侧进行火力支持。命令一团、二团做好战斗准备，根据可靠情报，红军准备从何家山两侧直插仙霞关来。"朱皓山下达命令完毕，又急忙说："赶快让各部报告战况。"参谋宁新路立即报告道："已收到摩步团一营报告，他们和炮团三营在何家山大桥3号公路上遭到持续一个小时的空中打击，炮营全完了，摩步营一部和独五营大部正准备泅渡须江，向5号地区靠拢。"

朱皓山追问："那舟桥营呢？有没有赶到？"宁新路回答："舟桥营两个小时前就……"这时，参谋长谷翔拿着一份电报走过来，颓败地说道：“完了，摩步团来电，炮团阵地突然遭到红军摩步营偷袭，红军对摩步团已进行过第一轮空中打击……”

听到这一消息，朱皓山并不着急，而是闭了一会儿眼睛，缓慢地说：“告诉独五营和摩步一营，不用再泅渡须江了，天太冷了。”接着抬头长叹一声问道：“徐春云就没给我们一点机会?”作战室里气氛顿时紧张起来，失败像黑云排山倒海般压过大家的头顶，人们噤若寒蝉。

在演习总指挥室里，在打盹中的薛兆文像触电一样，突然弹跳起来问道：“现在他们打得怎么样了啊?”“报告首长，红军和蓝军现在处于交织状态，不过蓝军好像处于被动挨打，很可能……”李英杰报告道。“好啊，好啊，徐春云还是比较灵活机动的，这家伙还是有两下子的。”薛兆文说完露出欣慰的笑颜。他的情绪完全被红军的战场形势左右着，这是他的老部队，有着深深的情感。输了，他没面子。

徐春云做出的一系列新的战略部署，点燃了他对 A 师的希望和信心。看到薛兆文高兴的样子，军训部长何淼盯着显示屏处自言自语地说：“如果红军能够构成这样一个新的防御体系，支撑到明天早上，发起总攻后，蓝军败局已成定局。”对此，薛兆文又露出了难得一见的笑容道：“徐春云变主动挨打的防御体系，目前也算上策了，值得表扬啊，原以为被蓝军拦腰一刀要完蛋的，结果他又起死回生了。”

薛兆文说完后又回到座位上闭目养神。当年他打老山时就是这样，一晚上没睡觉，抽了五包烟。现在年纪大了，只能闭目养神来运筹帷幄，但依然有种战栗的幸福。而这，全是因为放不下。

“报告朱师长，天使出击队已经突破红军通讯指挥系统，请您指示。”张家驹带着万分喜悦的成功报告道。“好啊，太好了，天无绝人之路。只要把他们的中枢神经破坏了，拖也能把他们拖死。第三次中东战争时，以色列就是以这种办法赢得了胜利。他们用假命令把埃及的油料车队引入雷区，埃及死海南部的装甲部队全部成了以色列的战利品。明天如果他们不能及时更换密码，部队就会收到真假难辨的电报，战斗力会丧失大半。”朱皓山一下来了精神兴奋道。

“报告首长，我方通讯出现异常，怀疑蓝军突破我方通讯系统，请指示。”崔静焦急地跑到徐春云前报告道。“不会吧，他们有那么厉害?”徐春云置疑道。崔静立即带着惶恐答道：“报告，目前还只是判断，不能确定。”“那继续侦察识别，千万做好防守啊。”徐春云近乎吼叫道。

在何家山左右翼，果然不出蓝军指挥部所料，很快红蓝双方又交上了火。炮声、装甲声和厮杀声响彻云霄……

战局眼看已经转败为胜了，在B师指挥室部，师长朱皓山还即兴唱起了京剧《智取威虎山》。这时的他完全可以一击制敌于死命，因为天使出击队员已经完全掌握了红军的通讯系统。但他没有直接一招制敌，而是像一名老猎手，在与猎物周旋。看到朱皓山如此高兴，张家驹迎上前去试探道：“师长，你要不要客串一下A师师长的指挥权?”“啊，还有这等好事?”张家驹一脸坏笑道：“是你，你随时可以指挥他的部队，想怎么打就怎么打。”

朱皓山难为情地嘿嘿一笑道：“好，那我来指挥一下，让徐春云先尝试一下自己炮弹的威力。”当他满怀高兴地走到天使出击队员边上，又犹豫地看着张家驹问道：“这样干是不是太不厚道了？”张家驹尴尬一笑说：“兵者，诡道也。”“好，命令A师一团、二团向何家山主峰全速开进。”说完他停顿了一下接着说道：“命令A师装甲团向徐春云指挥部开火……”

参谋长谷翔发现师长朱皓山一脸杀气，不由得吃了一惊，劝道：“师长，我看还是给徐师长留点面子吧……等他们重新布好防，咱们再动手。要不然，他们就真的无法还手了。”朱皓山一听有些生气道：“你忘了薛兆文参谋长留下的话了？不彻底把A师打垮，这场演习日后怎么评价就难说了。留点面子，打个平手？这要是真的战争，谁给他们留面子？”

见到谷翔不语，朱皓山踱了两步，缓和一下语气又说：“只有把A师打痛了，存在的主要问题打出来了，咱们这个角色才算扮成功。”谷翔嘿嘿一笑，说道：“道理我都懂。可别忘了，人心都是肉长的，部队的主体，毕竟是A师这样的部队名誉重要。”朱皓山反问道：“那你说该怎么办？如今箭在弦上，能硬收回来吗？”谷翔一脸尴尬无语。

随着天使出击队员命令发出，徐春云的指挥部上空顿时一阵惊雷，吓得大家不知所措。“谁把炮弹打到指挥部来了，参谋长你立即去给我查清楚。”徐春云几乎怒吼道。还没等他的话音落实，参谋长赵盈川从天使出击队那里跑出来叫道：“师长，我们通讯全部中断，联系不上部队了，可能蓝军那边天使出击队已进入我们的指挥系统。”“奶奶的熊，怎么会这样啊，既然他不给我面子，那就休怪我了，立即通过专线请求陆航团增援，派特务连对仙霞关实施空降，抄朱皓山的老窝。”

除直接向H集团军报告行踪的专用有线通讯尚可使用，A师指挥部所有的对外联络全部中断了。A师所属演习部队一不小心被人家换了主帅，但他们并不知道。二团团长张晓兵看了几遍来自师里的电令，觉得这样的命令不可思议，但他又判断不清真假，只觉得周身寒冷，但还得无条件去执行。

正当朱皓山兴奋地指挥A师两个团自相残杀时，A师特务连在军区陆航团的增援下，已经迅雷不及掩耳之势空降到他的阵地上方。当他看飞机飞临他的防区发出炮火打击时，配合A师演习的天使出击队员已对红蓝两军防区的空地一体实施了大功率电子干扰，命令已经发不出去。于是朱皓山像身上套了枷锁，一屁股瘫在地上说："完了，我们也受制于人了。"

见此情景，军训部长何淼走到薛兆文面前提醒道："首长，你看这仗打成这样是不是可以宣布演习结束了。"薛兆文黑着脸犹豫了一下，眼圈湿润带着失望道："结束吧，全部按失败评判。"史云赋略一愣，有些不解地问："双方都打得不错啊，你来我往，有战法有谋略……""哈，还不错，A师让人家当了家长；B师让人捣了老窝，不错在哪?"何淼说完，走了出去。

A、B两师前指："鉴于A师B师已全部丧失战场主动权，再对抗下去已毫无意义，现已令所属各部中止演习原地待命。"H集团军魔爪演习作战指挥部。

熊熊战火戛然而止，这时仙霞关又雾散云开。那云朵像花样滑冰的演员上了冰场，格外精神十足，它们或扭动腰肢，或张开臂膀，或跳跃旋舞，霓裳飞扬……

总 结

薛兆文走出演习指挥部，发现天空晴朗无云，依然冬日暖阳像什么也没发生。暖阳刚刚越过东面一片树林的树梢。薛兆文踩着有些枯黄的草地，迎着太阳走着，雪白的头发在清冷的风中飞舞。军训部长何淼紧跑几步，把大衣轻轻披在他的肩上。薛兆文犹豫了一下停住脚步，声音低沉得如疲惫的列车，喘着粗气问道："何部长，你对这个演习结果怎么看?"

何淼知道他对这次演习不满意，于是故意走到薛兆文面前，皱了一下眉头，说："不太尽人意啊，A 师因为 B 师一败涂地；B 师因为 A 师，发挥不大正常。这下徐师长的日子不好过了。"薛兆文点点头，眼睛红红地说："应该说是很不尽人意。它证明科技强军、质量建军、谋打赢势在必行；另一方面，它也暴露出了部队的很多问题。我说的不尽人意，指的是胜负的结果。"为此何淼试探道："如果就这样结束这次演习，我们的目的就无法达到。好像这只是在演示高科技的无所不能。这对全军今后的训练，是不利的。如果 A 师也能正常发挥，收获就要大得多。"

薛兆文叹道："A 师为什么发挥不出来，这个问题很关键。我感到这不是一个简单的问题。B 师作为蓝军这回算是超水平发挥了，在实战中把战略性空中打击、制空权的争夺、电子战、信息战等诸多现代局部战争的重要特征，都充分表现出来了。而且，这是在一场无导演的对抗演习中表现出来的。这方面的收获，必须充分加以肯定。A 师如何发挥的问题，也必须在这种激烈的对抗后加以认真解决。"

听了薛兆文的一番话，何淼确信他还要再搞一次演习，因此大胆问道："首长你是不是想再搞一次演习?"薛兆文并没回答而是自言自语道："这个……客观原因也有一些，电子部队，红军根本无法和蓝军抗衡，战场主动性也就无法谈起了。"

薛兆文背着手，转身把何淼丢在一边。他知道首长想自己静一静。

"天使出击"队按照张家驹的预想，在红蓝双方的交战中打了一个平手。这令他非常满意，毕竟手心手背都是肉，哪个队他也不想输。当两支队员汇聚在 H 集团军驻地瀛州指挥部时，张家驹像是看到了久违的孩子们，一一给予了最温暖的拥抱。

演习已经结束，两个师接命令返回防区后，军训部长何淼受 H 集团军薛兆文的指示，决定立即召开演习总结大会。对此何淼带领他的手下们连续加班两天，在 H 集团军的广场上搭起了主席台。

会议场上军歌嘹亮，参加大会的官兵却高兴不起来。对此，A 师师长徐春云和 B 师师长朱皓山的脸如亲兄弟般垮着，好像人家欠他们钱不还一样。总结大会前，徐春云看到薛兆文向他的 A 师方队走来时，心里倏然一紧便大声、拖着长长而坚定的口令道："立定……"

"报告参谋长同志，A 师参加'魔爪袭击'演习总结大会集结完毕，请您指示。"薛兆文面无表情地还礼道："请稍息。"接着一脸不高兴地问道："你认为你们 A 师这次对抗演习打得怎么样啊，请你这个军事指挥官给我说说感受。"徐春云立即立正，发出洪亮的声音："报告首长，A 师这次演习没能达到首长预期的效果，主要在我指挥不力，请首长处分。""知道失败在哪儿了吗?"薛兆文背着手转身问道。"这，这主要是我水平有限让首长失望了。"薛兆文接着道："一句水平有限就打发我了？告诉你徐春云，你没有找到问题的根本，你的根本就是老传统，以为让你担负红军司令就一定能够赢，这是多年来惯出的毛病。""是的，首长，我错了。"徐春云小声承认着。

"当前，我国国防和军队改革已进入攻坚期和深水区，着力解决我军长期积累的体制性障碍、结构性矛盾和政策性问题，是我们不能回避的一场大考，走中国特色的精兵之路，围绕强军目标，形势逼人，时不我待。有计划没行动等于零；有机会没抓住等于零；有落实没完成等于零。"徐春云不敢说话。

"所谓的'精兵'核心在于一个'精'字，它体现了军队建设'量'与'质'的辩证统一。精干和高素质的兵员、先进的技术装备、科学的编制体制、便捷高效的指挥体系，只有四者融为一体，才能真正建设一支听党指挥、能打仗、打胜仗的强有力的人民军队。"徐春云嗫嚅着，像小鸡啄米，连连点头。

训完 A 师的徐春云，薛兆文又背着手朝 B 师方阵走来。朱皓山虽然远远地没有听到徐春云在挨训，但他从徐春云低头不敢直视薛兆文的姿态中早就看了出来。当他看到薛兆文朝着他们的方向走来时，立即往刚从国防大学学习回来的师政委李牧宁身后躲闪。没想到，他的这一举动被薛兆文看了出来并远远责问道："朱皓山，你躲什么啊，你不是号称朱大胆吗，怎么我是老虎?"朱皓山一脸尴尬报告道："报告首长我在，正准备向您报告。"薛兆文也不生气，带着令人判断不清的笑，问道："说说你们这次仗打得如何，自己评价一下吧?"朱皓山犹豫了一下，强装笑脸说道："这个，这个还请首长明示。""但说无妨，今天不批评你。"

对此，朱皓山把 B 师演习的指导思想巧妙地给汇报了一遍。他之所以要这样汇报，就是要让薛兆文感觉，虽然演习打了"败仗"，但并不是以他的意志为转移，相反他的战略战术还不错。如果说有什么错，那不在他，而在 A 师不按章法出兵。薛兆文听了他的汇报，也不赞成或是反对，而是背着手在 B 师方阵前踌躇着走了几步，突然来了一个大变脸，嘿嘿一笑道："朱大胆，你这次干得还是不错的，虽然你的老窝被人家端了，但你能让 A 师两个团自相残杀还是有点水准，不过这你得感谢电子对抗部队，否则你是赔了夫人又折兵。"

说完他径直向主席台走去。

B 师的官兵们听到薛兆文的肯定，顿时个个脸上洋溢出胜利的笑脸。

薛兆文端起一杯茶喝了口大声说道：

"同志们，今天的总结大会既不是批斗会，更不是表彰会，而是警示教育大会。新中国成立六十多年来，有人说我们的朋友遍天下，于是我拿着放大镜在世界地图上找啊找啊找，没有发现多少真正的朋友，却发现了一个比万里长城长得多的包围圈！我们一定要记着，2009 年一开年，中国周边就格外热闹：美日韩在东北亚围绕朝鲜核问题，政治、军事大动作不断，明对朝鲜暗对中国；日本在 2 月份和美国达成冲绳撤军协议之后，7 月份宣布与美国一起驻军与那国岛，此岛距台湾仅110公里；菲律宾、越南等国家连续在中国南沙群岛宣布法理拥有中国海域……”

说完他环顾了一下四周接着说道：“大国小国或公开耀武扬威，或暗中排兵布阵，或公然抢劫，或大肆挑衅……这都不是偶然的，而是互相联系、互相配合的。都在大包围圈上链接着一个又一个火力点。长远看，他们这样做是为了肢解中国，中国总共有三条陆地能源通道：一是新疆，二是靠近朝鲜的东部，三是缅甸。还有一个准备用的巴基斯坦。这几个点目前都是美国针对中国的战略重点，目的就是掐住中国的喉咙。而海上，太平洋已经被美日控制；印度洋上又有美印，基本上海路已经被封死。如果陆地再被锁住，中国就会饿死在资源匮乏上。”

官兵们为薛兆文眼界高远所折服。薛兆文喝了口茶说道：“放眼全世界，只有中国周边才这样；回望历史，只有晚清时候的中国才这样。虽然军队需要改革的方面林林总总，但正确处理数量与质量的关系，则是摆在我们面前的突出问题。从世界新军事革命中我们不难发现，保持庞大的常备军已不再是国防力量强大的唯一标志，走质量建军之路已成为各国军队建设的共识。下一步我们还要搞这样的对抗演练，增强演习难度，而且要成为‘新常态’……”

“21世纪，对怀有大国崛起、民族复兴梦想的中国人来说，充满希望，又充满严峻挑战。当今世界强大势力纷纷博弈亚洲：美国祭出‘亚洲再平衡’战略，日本激化钓鱼岛之争，南海和诸大洋风起云涌，一些国家提出对华作战的具体方案，声称要对中国做好进行长期激烈斗争的准备。这不能不令每一个中国军人警惕和戒备……”

薛兆文浑厚的声音在官兵耳边回荡，官兵们谋打赢的信心在不断高涨。他们知道，落后就必然挨打，历史的教训不能重演……

“天使出击”队凯旋的消息传到 L 电子对抗大队后，全大队上下一片欢腾。官兵们用军味十足的创意和灵巧的双手，在大队正门前扎起色彩鲜艳的凯旋门。这场面又如西南实战演习凯旋的壮观景象，大队官兵们还早早地准备着锣鼓、鞭炮在军营大门两侧翘首期盼着。大队政委徐培尧，大队长梅照岭更是早早地就来到现场迎接他们。

当十辆披着硝烟的电子对抗迷彩车出现在十里蜿蜒的省道上时，大队官兵们远远地就欢呼着，翘首期盼着……随着“天使出击”队员们从战车上鱼贯而出，军营内外一下子成为欢乐的海洋。

“天使出击”女队员们则按照崔静的临时排练，伴着特别的音乐节奏，唱起《天使出击队之歌》，跳起了欢快的士兵青春舞。一些会跳舞的官兵则纷纷加入欢乐的行列……

第十八章　真情若只如初见

免　职

当赵亮处理完公务疲惫地回到家时，手机突然响了起来。他有气无力地接通电话："喂，是哪一位?"电话中立即传来清脆的声音："我是慕蓉雪啊!"赵亮立即如打了鸡血，不耐烦地问道："是你啊，这么晚了你有事吗?""我的老同学，没有事就不能找你啊！倒是你，最近好事不断啊!"慕蓉雪阴阳怪气道。他知道她想说什么，于是加剧不耐烦道："找我有什么事？有事也是你惹出来的事，太晚了我们改日再聊好吗?"

"喂，我还没有和你讲正事呢？你别挂电话啊！不然你后果自负。"慕蓉雪的话又让赵亮做贼心虚，一下子愁上眉头："你这是在威胁我?""我的大秘书，哪敢威胁你呀，我的人品就这么差吗?"慕蓉雪开始撒娇了。"那你想干吗?"赵亮口气明显缓和道。"你到我别墅来，我就告诉你。"慕蓉雪开始卖关子。她了解赵亮这种人的性格：懦弱，却常常自作聪明。

果然不出她所料，赵亮迟疑了一下，商量道："改天吧，今天实在太累了。""不要改日，今天晚上我有时间。我们一起吃夜宵一边告诉你。"慕蓉雪迫不及待要见他。"那不行，今晚太晚了。还是改日吧！""我的老同学，你不要辜负我一片好心啊，都是为你好。今晚必须见到你，否则你就会后悔，我要对你负责。"这时，慕蓉雪故意带着威胁和温暖的语气。"什么重要的事能让自己后悔？慕蓉雪又要什么花招？"一连串的好奇还是让他听从了慕蓉雪的指使。

踌躇一番后，行色匆匆的赵亮开始在夜色茫茫的城市里穿越情感的隧道，他不知道慕蓉雪葫芦里卖的什么药，接下来会发生什么。于是他一路心潮心伏。由于上次去慕蓉雪的别墅，引起一场不小的风波。今晚，虽然夜已经很深了，可是赵亮依然特别小心，他怕又被人跟踪，因此像影视中收报人员传递情报样，小心翼翼地左顾右盼发现没人跟踪后，才敲开慕蓉雪的家门。

慕蓉雪在家里的穿着很休闲，屋子里开着空调，客厅的茶几上放着西瓜，还有点心，茶水。她见赵亮姗姗来迟，嗔怪道："你总算到了，值得表扬。""对不起，我迟了一会儿，有什么重要的事非要今天说？"赵亮在惶恐不安中不高兴道。"没事，只要你不要告诉我马上又要走，我都很高兴。你现在是一个人，自由得很，谁也管不了，只要不做伤天害理的事，都不犯法。是不是？"慕蓉雪拉着赵亮强迫他坐下，然后递给他一片西瓜。

接着，慕蓉雪用含情脉脉、情意绵绵的眼神看着他。"你别用这种眼神，我有种在看 A 片的前戏。"慕蓉雪扑哧一笑，靠近他的身体并将她身体上特有的味道传递给他，这让赵亮有些不寒而栗，他害怕再入歧途。为此，他孤注一掷，开门见山说道："慕蓉雪，我们算老同学了，不要卖关子了，你有什么重要的事快说，我真的有些累了。"

看到赵亮一脸谨小慎微，慕蓉雪扑哧笑了，用充满春天的味道说："你累了最好，在我这里睡吧！我又没有赶你走，我不是说过，你不和我结婚可以，我心甘情愿做你的情人还不行吗？又没有叫你承担什么责任，你还怕什么？"

"慕蓉雪，我不想听这些东西了。你不要把自己的感情当游戏好不好？"赵亮开始不悦了。慕蓉雪见状自言自语叹道："人都是很贱的，爱你宠你的人你不稀罕，对你冷若冰霜的却穷追不舍。"赵亮脸一沉像暴风雨要来临，见此，慕蓉雪怕他拂袖而去，连忙讨好说："对不起，这不就是因为我太喜欢你了！好了，我不开玩笑了，说正事。你的心太硬了。"

赵亮接过话，他决定把话挑明，免得慕蓉雪想入非非："慕蓉雪，你是受过感情挫折的人，我希望你认真对待感情，不要再受到伤害。我不是你所找的人，我早说过，我们是同学，可以做朋友，不可以做情人，希望你理解。"慕蓉雪听了他的话，在沉默中眼眶湿润起来，然后起身走到卧室，拿出一包东西。

"赵亮，是这样的，今天宁馨儿拿了十万元人民币，让我转交给你。她说这几年她发了一点财，作为同学有福同享，以表同学之情。"慕蓉雪说着就将一个塑料包递给他。

"对不起，无功不受禄，我也帮不上她。"他像触电样一挥手说道。“赵亮，这事是你知我知的事，人在江湖身不由己。况且都是老同学，又不是行贿受贿，有什么可怕的，你不要歪曲宁馨儿的好心，人家也是一片同学之情。干吗想那么多?”慕蓉雪极力劝说着。赵亮依然用表情表示拒绝。而她之所以如此卖力，是宁馨儿给了她一个大红包。人，往往无利不起早。

“那请你转告宁馨儿，她的心意我领了，钱不能收。如果她一定要把钱送出去，叫她捐给希望小学，那儿正缺钱。”“赵亮，你这样处理不好，会伤了同学之情。你就收下吧！一点事都没有，你也接触过宁馨儿，这人还是蛮讲义气的，都是老同学，知根知底，就给人家一个面子。”慕蓉雪说着硬将钱往他手中塞。

“我如果给了人家一个面子，自己就会失去一个尊严，谁和钱有仇，但君子爱财取之有道。况且我是有工资收入的人，这事绝对不行，你别害我。”赵亮不容置疑地将钱推还给慕蓉雪，然后很绝情地说：“如果你叫我过来是为了这钱，那我就走了。”然而，就在赵亮一转时，慕蓉雪紧紧地抱住了他，当赵亮藏起自己靠近她身体时，顿时像触电般抽搐起来……

英雄难过美女关。赵亮是个唯心论者，他相信天时、地利、人和这句老话。如果不是慕蓉雪，就没有赵鸿觎的慧眼识才，而他怎么会进入东海市政府呢。因此他对慕蓉雪又有着说不清道不明的感激。正在这时，他的电话响起，是赵鸿觎书记打来的，说了一声“好的”立即就往他的办公室赶去。

接到赵鸿觎的电话，赵亮知道军人出身的领导都有英雄情结，希望他施展好才华，可能又有什么新任务要交给他了。一路上，赵鸿觎的教诲在耳边响起：“不能优柔寡断、畏首畏尾、做太平官，只要对工作有利、对发展有利，需要拍板的时候敢拍板，需要决断的时候敢决断，需要担当的时候敢担当，每个人都要努力做政治上靠得住、人品上过硬、工作上有本领的干部。”

市委大院很宁静，虽然还有一些办公室亮着灯，广场上也有值班的武警战士，但他还是感到有几分阴森。赵亮敲开赵鸿觎的办公室后，看到阎晓宏市长也在里面。料想是有什么重大事情要安排他去完成。赵鸿觎和阎晓宏看到赵亮停止了说话。正当赵亮嘴蠕动一下想说什么时，阎市长先开口了：“小赵，今晚我们约你来，知道是什么事吗？”赵亮一脸茫然地摇摇头，说：“不知道，请您指示。”赵鸿觎突然抬起头，问：“小赵，能不能说说你为什么至今未娶？”

赵亮心里一怔，嗫嚅着不知怎么回答。正在他还没有完全反应过来时，赵鸿觎接着斥责道：“看来你晚上都很忙啊，而且乐此不疲，你行啊！”赵亮脸一下子红到脖子根上，便准备向赵鸿觎作解释，结果被阎晓宏打断了：“赵亮同志，你知道东海市委为什么把你调上来吗？我们俩当初对你寄予很大的希望。你现在是国家公务员，你的生活作风、工作作风都应该非常严谨，你不是电影明星、歌星，可以有如此多的绯闻还一脸无所谓。”

“赵书记，阎市长，我没有沉溺于儿女私情。”赵亮不知道从何说起，他开始语无伦次地辩解。看到他一脸无辜，赵鸿觎没好气地不再说话，而是从桌上信封中拿起一沓照片丢到他眼前。定眼一看，赵亮立刻蔫了，是他与宁馨儿在人间佳人 KTV 搂抱的照片。

看着桌上花花绿绿的照片，赵亮像个脸上白净，却衣不遮体的乞丐很不协调地立在那。对此，赵鸿觎说道：“你不像个秘书，怀拥如花美眷，夜夜笙歌，从我家门出去就又灯红酒绿。你！你简直把我的话就当耳边风了，你倒像滑稽演员，虽然你至今未婚，但你这样下去一定会像某些人的下场，从现在开始停止你的秘书工作。”

听了赵鸿觎如雷贯耳的话，赵亮更加无地自容，额头上，腋窝下不断有汗珠溢出。他有种跳进黄河洗不清的悲哀，心里挣扎着准备解释，结果又被赵鸿觎打断了：“中央八项规定你怎么贯彻的，反四风你怎么反的？市纪委印发的《东海市党员领导干部加强作风建设和廉洁自律‘十个严禁’》你不知道？‘十个严禁’明确指出，不准用公款、私款或者接受邀请出入私人会所和歌舞厅、夜总会等消费娱乐场所进行各种形式的消费活动。”

领导的话准确地打中了他的泪腺，眼泪扑啦啦地下来了。他的嘴奋力地嗫嚅了下，却被阎晓宏阻止道：“你还想辩解什么？你以为人们只关注贪污腐败？你的生活作风不严谨，违反党纪条规照样会被人们揭发，你看看你夜夜笙歌的照片都在微信上发布出来了。同志，你给市委市政府，不！给赵书记和我造成多么大的负面影响。”阎晓宏越说越激动。

赵鸿觎在推波助澜中，插话道：“我和阎市长都是军人出身，当初我们在东海南沿海演习，面临酒绿灯红许多诱惑时我们都能做到一身正气，不染邪气。你倒好，才到市里上班几天就经受不住诱惑，那么以后随着你的发展，在权力、金钱和美色上你怎么能把持得住？”

面对狂风暴雨的斥责，赵亮全身发热，无地自容。此时的他非常后悔与慕蓉雪、宁馨儿接触，同学圈之害让他彻底尝到了“圈子”的危害，可一切都晚了。阎晓宏还不解气地说道：“作为领导秘书，一定要净化生活圈、交际圈、娱乐圈，过好权力关、金钱关、美色关，展现良好的精神风貌，用自己模范的道德情操和人格力量引领社会风尚，彰显共产党人的人格力量……”

风雨之后不仅是宁静，还有一片狼藉。走出赵鸿觎的办公室，市委大院在橘红色路灯的沐浴下，仿佛一下显得陌生起来。赵亮在后悔中猜想这是谁揭发的呢？是谁把他们在KTV的照片发到微信平台上的？想着想着，心里一下子就有了目标：“一定是慕蓉雪！”可转念一想：“不对呀，她没必要这么做啊？那就应该是宁馨儿，因为他没有要她送的钱，肯定开始报复他了。”

想到这里他立即拨通了宁馨儿的电话。接通电话后，宁馨儿发嗲道：“赵大秘书怎么突然想起我了呢……”还没等她下一句到来赵亮就斥责道：“你怎么这么卑鄙无耻？”“我无耻，你什么意思啊？”宁馨儿一腔无辜道。于是赵亮把微信合影说了出来。宁馨儿大惊得几乎尖叫：“不可能吧，我没发啊。”一听她口气便知道不是她干的。于是赵亮一个电话打给慕蓉雪，慕蓉雪一接电话就告诉他说，网上照片的事她知道了，也调查过了，不是李浧连干的，也不是宁馨儿干的，而是女同学雷晓喻在微信圈炫耀时，被人家转发到东海微信上了。目前是谁转发的她还在调查之中……

赵亮崩溃得一屁股坐到地上，觉得自己比窦娥还冤，再次后悔那晚不该去。他想哭，可哭不出来，内心憋得难受，只能在房间里来回不断地走着，然后不断深深、长长地叹气。仿佛他的胸口淤积着一个沼泽，淤积着被一个被人拼命咀嚼，但终究没能消化，黏糊成一团的整个世界。“赵亮，赵亮……”慕蓉雪在电话呼叫着，他在绝望中想起了崔静。

求 情

一轮明月又高高地挂上夜空，空中那星星点点，显得繁花似锦，却又安静泰然，这是凯旋之夜。正当崔静和天使出击队员们兴奋地讨论明天如何庆贺一番时，电话突然响起。接通电话后赵亮近乎用哭泣的声音告诉她，他被停职了。

这一消息对崔静来说如晴天霹雳，来得实在太突然了。“你怎么了，你怎么了，快说。”崔静焦急道。于是赵亮把他参加同学聚会到 KTV 的事说了出来。赵亮的一番话，令崔静爱恨交加，有点恨铁不成钢。

恨令她痛楚，爱令她清楚。她立即想到老领导赵鸿觎书记，知道这个时候只有她才能帮助他，因此决定回家去找赵鸿觎书记求求情，说不定看在老部队新战友的份上可以放他一马。

少年时积攒的情愫，如迷雾混沌飘忽，却坚贞纯粹。放下电话，崔静已泪眼婆娑。这时她才知道他在自己心中的分量，于是心中发誓道：“你进，我陪你出生入死；你退，我陪你颐养天年；你输，我陪你东山再起；你赢，我陪你君临天下。”

临走之前，她突然想到应该跟史云赋说点什么，于是提笔给史云赋写起信来，她要在走之前把一切乱如麻的情感理清……

云赋：

当你看到这封信时，我已经在回家的路上了。匆匆而别，我想对你说，叶子的离开不是因为树没有挽留，而是树知道，只有风才能把叶子带去更广阔的森林！每当我独自凝望天空，云朵的变幻莫测总让我想起许多善变的东西：多变的心，多变的性情，多变的世事。其实，我们也不过是浮云一片，在苍茫的世界里飘荡着、变化着，永无休止。倘若还有什么是固定的，恐怕只有记忆了。有些人，有些事，永远留在你心中的某个角落。不论世事如何变迁，是一样的音容笑貌，一样的历历在目。

多少年过去了，我还是忘记不了那个小男孩，我小时候最要好的玩伴，也是我的初恋。他就住在我家隔壁，两家不过相隔十几米，我没事的时候就到院子里溜达一圈，然后对着他家的屋子喊上一声，他立刻就跑到他家的院子向我张望。要是大人在家我们就在路边玩，要是大人不在家我们就满山撒野。山上是我们的乐园，在童话故事里那有魔法森林，我把自己想象成漫游仙境的爱丽丝，而他则是保护爱丽丝的骑士……

因此他对于我的意义不等同于左手和右手，不是那样失去一条胳膊还能姑且用另一条将就生活的分量，而是一双手和一双脚，砍哪一对都会使我生不如死。

总有一些缘，自认为刻骨铭心；最真实的感动，是风雨中的同心同行；最贴心的感情，是心灵间的相吸相映。生命的驿站里，只要有那么一个人：默默无言地守候，心甘情愿地陪同，无怨无悔地分担忧愁，无私无畏地给予所求。陪伴于无言是踏实的心安，珍藏于心间是握紧的情缘。

青梅竹马，两小无猜的爱情故事几乎绝迹，而我却看到自己最亲密的朋友成就了一段美满的爱情。或许你会笑我根本没有读懂你的内心世界；或许你在骂我是个逃兵，没有去承担创造爱情的责任和义务，我都不想反驳，只希望你把我所做的这一切认定为出于爱吧。

最后，我还想对你说：我爱你！但那不是爱人的爱。

崔静匆匆

史云赋参加完H集团军召开的“魔爪袭击”演习总结大会后，就请了年假回家探望父母亲。在回家之前，他特意来到L电子对抗大队，准备与崔静商量能否一起回家拜见父母。

然而当他兴高采烈地敲响崔静的单身宿舍门时，没人应答。如此反复几下后，天使队员袁芳出来告诉他：崔静匆忙收拾东西回家去了，并随手递给他一封信。史云赋顿感有些意外，他好奇地打开信，便看到崔静娟秀的字迹，一如她灵巧的手飞快地写着信，矜持、神秘而高雅。

史云赋看完信，仰天长长地叹了一口气，一种我明明在你身边，却被人钻了空子的感觉油然而生。与崔静曾经度过的美好，那些过往的记忆，在他脑海中闪烁。每一个画面，每一句誓言，还有她的笑，她的喜怒哀乐，已经深深刻进他的脑海，永远挥之不去！

思如海恋如城。在崔静的心中，其实最爱的人还是赵亮，是那种排山倒海，独一无二的爱。她的心在痛苦中挣扎着，赵亮的痛苦状态浮现在她面前。她知道赵亮把事业、成功看得很重，更懂得一个刚刚开始新征程的人突然止住脚步的痛苦，所以她必须拯救他。喜欢让一个人变成另一个人的影子；爱，让人获得多少勇气，就让人蓄满多少泪水。

“赵书记，外面有位军官想见你。”秘书小程看着赵鸿觎报告道。说完他随即补充道：“是名女军官。”赵鸿觎“哦”了一下看着秘书，心想“我没有女战友啊”。对此带着疑问问道：“有没有问她找我有什么事？”“问了，说是从您老部队来的。”赵鸿觎脸上立即露出光泽道：“请她进来吧。”

“报告首长，打扰您了。”崔静一进门，立定军礼道。望着眼前英姿飒爽的陌生女军官，赵鸿觎单刀直入问道：“是张家驹叫你来的？”崔静犹豫了下答：“不是首长，是我自己慕名而来。”赵鸿觎顿觉好生奇怪，便又问道：“那你来找我有什么事呢？”崔静迟疑了一下，没有正面回答，而是套近乎说：“听说首长还是张参谋长的红媒吧？”赵鸿觎哈哈一笑道：“这小子机灵聪明，就是头脑简单了点，太刚性了，你怎么知道？”对此崔静又讨好道：“我们参谋长经常提起，说您为人正直善良、能力强、作风硬、有魄力。”

“他这家伙真这么说的？我看他说不出这样有智商的话来，这人话不多我知道的，你骗不了我。”真心大冒险失败，崔静便转移话题道：“听说首长参加过老山前线作战，还取得了电子对抗首战告捷是吧？”赵鸿觎顿时露出笑脸道：“你还知道的不少，不过那都是过去的事了。”

看到赵鸿觎渐渐进入他喜欢的话题，崔静顺势而为道：“改天请首长回老部队给我们讲讲你的英雄战绩，好吧？”赵鸿觎连忙说：“好，等有机会一定去看看老部队老战友们。别说还真想那儿的山山水水了。”说完他话一转似笑非笑地问道：“你今天不是来和我谈这些的吧，咱们军人还是单刀直入说说你找我有什么事吧。”

崔静脸一红，于是把自己介绍一番后，说出了赵亮的事。听完她的来意，赵鸿觎脸色立即乌云翻滚起来，然后端起茶杯看着她问道：“你们是男女朋友？”“比男女朋友还要亲，准确说是青梅竹马。”崔静在说到青梅竹马时故意加重了口气，她希望赵鸿觎能网开一面。

来者意明，赵鸿觎因此沉思着考虑如何能够让崔静接受他的言辞。还没等他思考好，崔静便恳求道：“赵书记，赵亮那天去参加同学聚会真的不是有意的，请您再给他一次机会吧。”说完她眼睛都闪出了泪花，见此赵鸿觎说道：“咱们都是当兵的人，就不转弯抹角了，赵亮给市长当秘书当初是我推荐的，为这还有许多人不理解，他的事情已经给东海市委市政府、给市长和我造成了极坏的影响，你知道老百姓怎么说的吗？”

崔静一脸无辜看着赵鸿觎。赵鸿觎接着说道：“老百姓说我们像贪官污吏一样，很多话我都说不出口。你知道军人把名誉与荣誉看得多么神圣，虽然现在我和阎市长已经不是军人了，但我们本色没变，也永远不会变，这是我和他对东海市人民许下的诺言。”崔静一听便有些不服气道：“他真的很无辜啊，人家非要他进去他才去的！”

“什么叫无辜？‘君子不立危墙之下’。如果他一开始就保持清醒头脑，按照八项规定要求和反四风要求去做就不会无辜。所谓的无辜是因为他没有把规矩放在心上。”赵鸿觎情绪激动地说完，停顿下不解气地继续说道：“我也调查过他不是有意的，但是照片被别有用心的人发挥了，就带来了不可挽回的影响。”

崔静在惶恐中没有退步，而是又恳求道："那能不能让他继续干秘书?""你是共产党员吗?"崔静答："是!""党的群众路线实践教育活动参加吧？八项规定和反四风也学过吧?"崔静答："参加过，学习过。"崔静知道接下来他还会说什么话，因此插话恳求道："我知道他违反了党纪条规应该受到处理，但我只想你给他一个重新做人的机会。"

见崔静不罢休的样子，赵鸿觎脸色阴沉地走到她面前道："崔静同志，不是他赵亮还能不能当秘书的问题，冤枉也好，无意也罢，关键是他已经踩地雷了，不给处分已经非常照顾他了。当然这不是因为他是市长的秘书就可以从轻处理，而是从他担任秘书以来做了很多实际工作，没给党和政府造成损失，因此我跟阎市长商量，给他一个改正错误的机会，回农牧局工作。"

一听要把赵亮退回到农牧局工作，崔静便急了。她知道赵亮一定没勇气面对老单位的一班人，于是眼睛闪着泪光，做出最后的努力恳求道："可不可以不去农牧局?""不行，就是要他回到农牧局接受大家的议论，让他彻底认识到自己的错误，从而常保共产党人的清醒头脑，你不要再为他求情了。"

听了他的话，崔静心里火焰直往上蹿，心想求这不行，求那也不行，你这老战友也太不近人情了吧。于是她压住怒气，用熟稔的外交辞令问道："听说首长当时为转业的事还找过老团长陈韬吧?"赵鸿觎一听这是激将，便哈哈一笑道："是的，你说的没错，当时我想转业，部队不放，所以帮张家驹介绍了对象，但老团长并没有帮我转业。这一点你可以回去打听一下，外面传说都是谣传。"

招数全部用完，崔静像打了败仗一脸颓败。见此，赵鸿觎真诚说道：“你的心情我可以理解，知道你们青梅竹马那种最纯粹的感情，但你想想党纪条规摆在那，欲知平直，则必准绳；欲知方圆，则必规矩。人不以规矩则废，党不以规矩则乱。对于一个党员，纪律是高压线；对于一个政党，纪律是生命线。我就是放过他，群众也不会放他啊。”

见崔静脸色非常难看，他便安慰道：“你回去告诉赵亮，不要太在意别人怎么看他，和他毫无关系，他要怎么活也和别人毫无关系。欲戴其冠，必承其重。让他放下包袱，好好干，只要从此不再违反党纪条规，干出成绩来，我一样提拔他。再说我们一些地区好多同志不也是因为免职，最后改正又重回领导干部岗位了……”

听到这里，崔静心头重重的枷锁慢慢解开，脸色开始明亮起来。她知道：规矩不立起来、严起来，很多问题就会慢慢产生。一些党员领导干部违纪违法往往是从不守规矩开始的。习总书记在十八届中央纪委五次全会上的讲话，再次强调了严明纪律的重要意义，提出了纪律建设的明确要求，指出了党风廉政建设和反腐败斗争的着力方向。各级党组织对政治纪律和政治规矩，要十分明确地强调、十分坚定地执行；广大党员、干部必须牢固树立纪律和规矩意识，做政治上的明白人。

看到崔静脸色一点点由阴转晴，知道她已经想通了组织的决定。对此赵鸿觎哈哈一笑问道：“你现在想通了吧？”崔静像孩子般轻轻点了点头。“那好，中午我在食堂加几道菜，我把阎市长也叫上，我们电子对抗的战友小聚一下如何？”崔静立即像个孩子般破涕为笑道：“好的，听从首长的安排。”说完她又好奇地问道：“阎市长也是我们电子对抗××大队的?”赵鸿觎有些惊讶道：“难道你不知道?”说完他想起什么补充道：“对了，你也是不知道，他以前在玳瑁山情报站工作，没有多少人认识他。”

这时有人敲响赵鸿觎的门，崔静知趣地行了一个军礼退出。

情　缘

冬日的东海海面上，波涛如怒，残阳似血。

立于山巅，极目远眺，只见海天一色，青山如黛，林海如荫，芳草如萋。树木苍翠，蓊蓊郁郁之中点缀着红墙碧瓦，绵长曲折的海岸呈弧线拓展，中部延伸入海的老虎石海滩宛如巨大的船锚，赏心悦目、胸荡层云、美不胜收。

夕阳的余晖散发着炫目的光彩，海水蓝得醉人，洁白的海鸥不时从海面悠然掠过，心胸仿佛被时光的穿透力震慑。

游人来到这冬日黄昏的海滨，远离喧嚣，享受着蓝天，碧海，金沙，空气，阳光，那浪清水净、沙软潮平的海浴场足以征服每一位游客的心。清凉的海使东海名声大噪，到东海看海，吃海鲜，住休闲别墅，已成这儿旅游业蓬勃发展的潜质。

在落日的余晖中，一位小男孩牵着一位扎马尾辫的小姑娘，在海滩边忙活着。她一会儿跪在地上，用小塑料锹铲一把海沙装进一个漂亮的小桶里；一会儿，又兴致劫勃地把一桶桶海沙堆积在同一个地方，那样认真、执着。因为她心里充溢了希望，充溢了自信，也充溢了欢欣。她要建造一座爱的城堡。

小姑娘和小男孩在忙乐中，渐渐垒起坚实的城墙，垒起漂亮的城堡，然后放上几只小瓶子，作为守城卫兵的象征。接着小男孩觉得少了点什么又挖了一条开阔的护城河，搭上几根棒冰棍，那就是衔接城内外的栈桥。女孩心目中最宏伟的城堡圆满地展示在眼前，小男孩幸福地笑了。

夕阳西下，海浪似乎并没有随着夕阳西下放心回家，而是一个巨浪翻滚扑来，小男孩和小女孩害怕的事情还是发生了。他们的杰作被大海回收了，可是女孩没有哭泣、没有悲伤、没有惧怕、没有遗憾，反而喝彩着、雀跃着。她知道潮起潮落一切都是必然，然后欢笑着拾掇起他们的工具，牵着小男孩的手向家的方向走去。或许，明天她还会来。

此情此景如过往犹新，令赵亮泪腺涌动。他思绪如潮，生活剧透了他的理想和未来。他既痛心又惶恐，痛心的是一切毁在自己手中，惶恐的是未来一片茫然。“回家吧赵亮哥。”崔静温柔地提议道。赵亮动情地回道：“你看他们像不像我们小时候的样子?”“别想多了，一切都会好起来的。”崔静说完牵起他的手。

落叶飘零，飘零的是一场梦。总有那么一个人，在不经意的时间里就会想起，总有那么一个人，不管走到哪里都无法忘记，仿佛，记忆里，他的名字已刻在心里。本以为自己可以轻易地忘记，但一想念，便触心弦。

看完崔静的信，史云赋才意识到“阿尔法女孩”的含义：做人聪明绝顶，爱情一塌糊涂。他痛恨自己亲手把爱情弄丢了，于是踌躇中带着疲惫的身心来到部队边上的芭塘堤湖公园散心。

望着一湖波澜荡漾的湖水，他心潮起伏痛楚不堪，可一切都已经晚了，为此他绝望得对着远方发泄：“啊……”正在这时，“叮铃，叮铃”的电话声和着他的喊声响起。他蔫蔫地接通电话，便听到陈茵甜蜜的声音：“云赋你在哪儿呀?”她在电话中亲昵地问道。那温暖的声音，就如丝丝蜜糖沁入他的心间。

史云赋梦回现实，装作平静地回答道：“在外面溜达溜达，有事吗?”“快来我爸这吃饭吧，他想见见你。”陈茵用近乎不容更改的话道。史云赋心想，我和你爸又不认识，见我干吗。正当他准备回绝时，电话中出现一个中气十足的声音：“小史，我是陈韬，来家一起吃个饭吧，上次小茵的事让你受牵连了。”史云赋立即答道：“好的，老首长。”

当他快速来到陈韬家时，看到除陈家一家人外只有他和张家驹。他被陈韬奉为上宾坐到自己身边，这让他有些受宠若惊。坐定，陈韬连忙招呼陈茵倒酒，说要为他和张家驹庆贺“魔爪袭击”演习庆功。觥筹交错由此展开……

酒逢心事几杯醉。随着一杯酒下肚，史云赋脸上的喜气渐渐呈现。陈茵看在眼中，甜在心里。自从姐夫张家驹告诉她崔静匆忙回家后，她大致猜出史云赋没戏了。因为崔静的举动不符合常理，距离，产生的不是美，而是诠释了不堪一击的爱情。

“庆功宴”在陈韬“来、来、来，孩子们，我们一起干杯，祝你们再立新功，祝女儿事业有成，祝张莹健康成长”中开始了。程桂兰见陈韬不提自己，故意装作生气了，立即板着脸责怪道：“老头子，怎么不祝福我呢。”陈韬一愣道：“哎呀，这老糊涂了，把最主要的人给忘了，那我祝你福如东海，寿比南山。”张家驹景上添花，连忙端起杯道："那我们一起祝爸妈健康长寿。"顿时，祝福和碰杯声交相辉映。

晚饭结束后，陈菁与张家驹走着走着又来到芭塘堤湖公园。公园里景色依旧，却不见当年。

"陈菁，你看我们是不是把复婚手续办了。"张家驹带着酒劲试探道。陈菁没有惊愕，而是早已经预感到今天会发生什么，因此当他说出这话时，陈菁已经有所准备，故作惊讶回道："家驹，怎么突然想起复婚了？""就算是为了孩子和老人们吧。"陈菁微微一笑说："年少时我一直执着地认为真爱大过天，到了一定的年龄后却更加注重内外各方面的契合。婚姻真的要选择有相同价值观的伴侣，彼此能谈得来有话聊，才能相互帮助、相互尊重、相互欣赏、共同成长。"

张家驹马上接话道："我就想和你一起，经过喧嚣人群，穿越繁华寂寞。"

"呵呵还挺诗情的。家驹，虽然你不是那种治愈系的暖男，但你是铮铮铁骨的汉子，更是一名优秀的军人，但我们可能真的不合适。""怎么就不合适了，我性格不好我改还不行吗？"张家驹咄咄逼人说完，立即后悔了。"你看你咄咄逼人的样子又显现了，我们没说上三句就又要吵架了不是？"

张家驹立即后悔自己脾气不好，事实上他不是脾气不好，只不过他不知道如何处理自己身上的各种渴求，只是找不到和他相爱的人相处的办法。见他沮丧地低下头，陈菁又安慰道："给我们彼此一些时间吧，也许随着时间的推移，都会改变或接受。"

"哼，算了吧，你怕是要和柳总在一起吧。"张家驹愤恨说完，陈菁立即抿嘴生气道："人家有妻子有孩子，我干吗正牌不做，要做冒牌的贱人让人唾弃呢。"张家驹的脸抽搐了一下，想说什么又停止住。

陈菁拉着他的手又说道："家驹，多么美好的一天，今天不谈这事，我们回去吧。"见张家驹一脸沮丧不挪步，她又接着说道："这一生有很多遗憾，但好在也有很多美好。所有值得的东西，都在路上，别急。现在的事，现在的心，随缘即可，老天总是在你的指点下安排的；未来的事，未来的心，现在何必劳心?"张家驹哑然。

史云赋与陈茵出门后，便直接往家属楼附近的毛塘河畔走去。那儿是官兵和家属们都喜欢去的地方。在去毛塘河的路上，陈茵高兴得蹦蹦跳跳，那样子就如即将出嫁的新娘，一脸喜悦，好像有什么好事将近。

冬日的毛塘河畔，那一排排垂柳在寒冬的肃杀下显得苍老孤独。惟有河水依旧清澈，不拒繁华缓缓流淌。"云赋，你现在是希望我叫你哥哥呢还是亲爱的?"陈茵凑得几乎贴着他的脸问道。史云赋故作一愣，退了一步问道："你从张家驹那听到了什么？是落井下石呢还是庆幸?""没有听到什么，你回答我的问题就是了，干吗这种口气!"他脸一沉道："谢谢你总在我落寞的时候想起我，但我不缺你。"

如此回答，令陈茵非常生气地反击道："我心眼有点小但不缺心，我脾气好但不是没有。有时候女人需要一个男人，就像跳机者需要降落伞，没有伞也可以跳。这个世界，谁离开谁都能活，只有谁比谁更舍不得。再执着的情，也经不起无视；再火热的心，也受不了冷漠。别等人走了，才幡然悔悟；别等心伤了，才急于弥补。”

见陈茵如此不清不楚的恼怒样子，史云赋突然扑哧一笑道：“好养人的鸡汤啊，谁说我不珍惜的？”说完又像疯了一样哈哈大笑起来。陈茵因此莫名地问道：“有什么好笑的，没疯吧？”“我没疯，其实生命中真正在乎我的人并不多。得意时，有很多人围着转；失意后，又有谁不曾走远。陪我不离不弃的人，我怎能辜负？”说完他用力将陈茵拥入怀中。

波澜起伏，令陈茵如坐过山车。她喜泣道：“你刚才为什么跟我说那么难听的话。”史云赋一脸严肃，撑开她说道：“我们可能真的不能在一起。”“为什么？为什么？”陈茵又紧张又着急道。“因为你是外籍，而我是军人，如果我们在一起，军纪不允许的。要么我转业，要么你选择脱籍回到祖国的怀抱。”

陈茵非常豪爽道：“原来就是因为这事啊，小事一桩，我脱籍回到祖国的怀抱。”面对她的突然决定，史云赋显得有些惊愕：“你没疯吧，这样你的外资企业就变成内资企业了，所有的优惠条件全没了，还要多交几百万元的税赋……”陈茵脸一红，说道：“只要能和你在一起，只要能成就你的将军梦，这些全不足挂齿。”“你真这么想的？”“是的，我知道你热爱军队，国防建设需要你这样的人才，损失点钱算不了什么，那东西生不带来死不带去的。”陈茵说完，一头就扎进史云赋的怀中，他顺势捧起她那张灿若生花的脸，所有的幸福在这一刻永恒……

后　记

心在，情在，泪在

“高飞之鸟，易死于食，深潭之鱼，易死于饵。”带着这样的期求和诱惑将此书修改完成并划上最后句号时，清晨的阳光再次洒满我的窗台，这时才发现一地阳光中映满了我的泪痕。这泪既有我对主人公们倾注心血的撕裂，更有在初稿时挑灯夜战将身体摧残的病痛。好在它令自己感动地展现在了我面前，20 万字，承载着我满满的爱和期待。

这部作品也承载着我对第二故乡的深情眷恋和对战友们“念想”的回答。从开始思考写此书时，那青春中最动心的两位美丽的主人公便翩然来到我的眼前，尽管在书中考虑到情节和故事的需要把她们写得非常美丽、干净和纯粹，但我知道现实中的她们，比书中的人物更加美好。对此我想对她们说：“对不起，我依然还爱着你们!”

应该说此书的主人公都来自于我身边的人物，无论性格还是人格以及样貌，我都力求让他们对号入座，可又害怕将他们对号入座，于是在纠结中尽力展示着美好的一面。如主人公张家驹，一直想把他展现为缺少情商却又不失有责任有担当的当代军人形象，然而在写作中还是不自觉地展示出他柔情的一面。这是因为在我的世界中，军人并非不食人间烟火，相反他们不仅有责任有担当，还正直善良，温情似水。

那对迷人的双胞胎姐妹，从一开始就是我的真情流露，因此一直努力想把她俩从青春记忆中的美好展示出来。于是我努力去搜寻那一回眸的青春冲动，因此便有了陈菁、陈茵占据我生活中诗一样的过往。这是我一直追求的那种美好，也使得她们更令人向往。

那群女文艺兵，亦是我记忆中部队的一抹风景。那时她们的到来，有围观的、陶醉的、觊觎的，还有爱得死去活来的……作为围观者，我更喜欢队员王丽红在钢琴面前高山流水的线条，她如瀑的黑发流泻在素静的白绒衫上，一如她欢快的手指敲打着黑白琴键，矜持、神秘而高雅。

爱，总因位置而认真。对于这群如花美眷们，想说的太多，想写的太多，可落笔时却发现黔驴技穷。这大概就是人们心中的“匆匆那年”，美好着，却说不出来。

十八岁，参军到部队。在部队期间，我一直对江郎山、仙霞关、须江畔和毛塘河情有独钟。每当雨过天晴站在军营中远眺巍巍的江郎山时，那伟岸、雄壮的姿态，总令我感叹人生亦该如此：不畏风霜，不畏严寒，还得顶天立地。而对于须江畔的眷恋，那是私密情愫的宣泄，每每站在岸边，看着诗一般清纯女子在江边嬉水，便可抚慰青春的躁动和对未来美好的向往。闲暇时我也更愿意在军营南大门外的毛塘河散步，那清清的河水，散发的泥土芬芳，让我立即找到家乡的味道。

人说，爱在哪里，心就在哪里。往事回首：若可，请代我许你们一世静好。

最后特别感谢南京财经大学何昕畅同学对小说提出的修改意见。

写稿于 2015 年 2 月 17 日除夕前夜
定稿 2015 年 7 月 15 日上海财经大学